文 学 有 大 益
Literature benefits, tae fashion

TAETEA LITERATURE

大益文學

主 编 陈 鹏

慢

MAN

01

漓江出版社
LIJIANG PUBLISHING

图书在版编目（CIP）数据

慢 / 于坚，马原，欧阳江河著 . -- 桂林：漓江出版社，2016.9
（大益文学 / 陈鹏主编）
ISBN 978-7-5407-7911-5

Ⅰ . ①慢… Ⅱ . ①于… ②马… ③欧… Ⅲ . ①中国文学 - 当代文学 - 作品综合集 Ⅳ . ① I217.1

中国版本图书馆 CIP 数据核字 (2016) 第 206428 号

01 慢

主编：陈鹏
特约编辑：马可　王恒腾　阮王春
责任编辑：陆源　孙静静
装帧设计：庄海萌　张雷
出版人：刘迪才
出版发行：漓江出版社
社址：广西桂林市南环路 22 号
邮编：541002
投稿邮箱：dayiwenxue@163.com
发行电话：010-85893190　　0773-2583322
传真：010-85890870-614　　0773-2582200
印刷：昆明富新春彩色印务有限公司
开本：889 × 1194
印张：21
版次：2016 年 9 月第 1 版 2016 年 9 月第 1 次印刷
书号：ISBN 978-7-5407-7911-5
定价：66.00 元

目录

01 卷首

以慢的名义

陈鹏

蒹葭苍苍，白露为霜。

9月9日，时令白露。爽朗的秋气将苦夏的溽热赶走，天空高远深湛。我从12楼办公室向外眺望，昆明上空似有鹰的影子，先以极慢的速度悬浮，突然扶摇直上，破云穿空，瞬间消失了，仅在大地上投下迅疾移动的影子。我恍然发现此前的“慢”竟是为随后的飞速启动做准备。当大风呼来，便同风而去。疾徐之间，正是万类霜天的真正奥秘：耐心、等待甚至蛰伏，只为随后的更快、更高、更远。

慢，本是万物通识，在这个时代却基因突变，让一个向来深谙疏影横斜，暗香浮动的慢之堂奥和秘密的优雅民族变得如此喧嚣；我们很难想象唐诗宋词在疾驰的舟车中写成，也很难想象书法的横平竖直能在破碎的手机时间里熟透，更难想见磅礴绵延的长城以及秀肌肉的故宫颐和园只用几日、几月便速成。我们历来是重视并信仰慢的民族，一个深知小火炖靓汤、慢工出细活、因慢而掌控时间和世界的民族，一个敢于向时间叫板、不惮苦吟推敲甚至懂得惜字如金和大道无言的民族，一个崔巍如高山，并呼唤青山待我应如是的将万物灌注无限诗意的民族，却在一场唯恐被拉下的全球化运动中突然恶魂附体。快，再快……从牛车到火箭，从秦砖汉瓦到垃圾烂尾楼，从鸿雁传情到微博微信，从悬梁刺股到一夜成名，其豕突狼奔之快速远超任何时代；李杜重生，恐怕无法接受更无法想象他们的后辈已经被风驰电掣的速度搞得面目全非乃至体无完肤。慢，是历史的，也是现实的；快，当然也是历史和现实的——很多人肩负着莫名的压力遍地疾走，担心被抛离，被遗忘，被碾成齑粉。这或许不再是一个崇尚慢与美的时代，但在快的罅隙中还必须交出美，这种与上帝意志相悖的命题只能以自毁和自戕的方式完成，那我们必须追问，这种快而美对生命究竟有何意义？如果美不以善和真为前提，不以尊重生命、释放生命为准则，此类快美，是否与纳粹残酷的“暴力美学”相类而丧失了敬天畏神、天人合一之要务？人不是工具，但是人赋予工具以理性以诗意的源头，而非相反。

所以，我们呼唤慢。

比任何时候都呼唤它。

不是呼唤，是回到。回到常识，回到我们都知晓的重要与必要。

艺术、文学尤其需要慢。我很难想象几十天完成的小说如何与数百天数千天甚至一生完成的小说匹敌。我的意思是，比起快而好，慢而好及至慢而更好，岂不更佳？

在更加古老的生命哲学之中，在中国的老庄之“道”中，慢被赋予敬重万物、天人合一的要义。老子言“不敢为天下先”，庄子言“以有涯随无涯，殆矣，已而为知者，殆而已矣”，都指向“慢”，指向知已矣而顺大道之大境界。如今大量小说打着各种大师手笔、准经典的旗号动辄大奖、研讨、热议，几不知“熙熙攘攘皆为利来”，遑论“慢”之后的大音希声，大象无形。一个常识遭到肢解与遮蔽的民族注定将在艺术和文学方面全线落败，以致烂尾。这绝不是危言耸听，是浮华表象下的文学之根本废驰日久，因此大师们也久不见矣，因为，谁都没有时间成为大师；那些头戴大师光环者，也因为缺乏慢的品咂、慢的沉淀而相当可疑，就像无数勾兑的“陈酿”“好酒”。

“大益文学”书系以追求慢为第一要务。慢慢写，慢慢发，慢慢将小说的细节、句子、字词落到实处，让文学之美由传统而当下，让慢渗透为坚实之质地而非华服，让慢成为一种脚踩大地的精神而非哗众取宠的口号，让慢成为我们驱策并抵达的疆域与远方。大漠孤烟直，长河落日圆。唯有慢下来，我们才可见如此的大漠孤烟，长河落日。哪怕，写作之“慢”终究是徒劳，也试着驻守这种捍卫尊严与大道之“徒劳”吧。上帝说过，人的命运，无非劳苦。

这是“大益文学”第一次与大家见面，其中美文，多是慢工熬出来的靓汤。非常巧合的是，本期一律男作家出场，与慢的拼音“MAN”英文所指的男人一致，岂非天意？马原熬出雄奇的童话，刘庆邦、王祥夫熬出精妙的短篇；吉狄马加、欧阳江河、王家新都是“大家”，向来要求自己的诗歌写作“慢而再慢”；更值一提的是于坚，《朝苏记》之反思，正暗合了我们对慢的款款深情。

不多说。请慢慢往下看吧。

02 虚构

马原

作者简介

中国著名作家，当代“先锋派”小说开拓者之一。代表作品有《冈底斯的诱惑》《虚构》《上下都很平坦》《纠缠》《牛鬼蛇神》等。

砖红色屋顶

马原

1. 造给自己的房子

从山上的森林空地朝下看，那片独一无二的砖红色屋顶就像是一首诗。

他叫湾格花原，上山的那一年他三岁。时间这东西很怪，它不肯停下来，一直在走。上山四年了，湾格花原便也七岁了。

这四年里爸爸一直在做一件事，就是造房子。用爸爸自己的话说，男人一辈子总会为自己造一次房子。而且爸爸专为造房子写过一首歌，是一首儿歌。

我用泥巴捏房子 / 我用沙子盖房子 / 大人的房子像房子 / 我的房子不像房子 / 哦，房子 / 孩子沙子黄泥巴 / 绿墙红顶太阳花 / 我的太阳花

那首歌也是爸爸的骄傲，是爸爸最钦佩的雷蕾阿姨谱的曲。让湾格花原奇怪的是，它明明是一首儿歌。那时候他还没出生，爸爸还不认识妈妈，他为什么要写一首儿歌呢？而且那时候爸爸没盖房子，爸爸说过这一次是他今生今世头一回盖房子。

爸爸的回答很简单，写儿歌的时候爸爸有另外一个小宝宝，就是哥哥。那时哥哥也是三岁。

至于盖房子嘛，那是一个人一辈子只有一次的很大的梦想，许多人一辈子也没机会盖自己的房子。爸爸写这首歌的时候只有梦想而没有机会。当爸爸终于有机会实现自己的梦想，他说他的心里很满足。

湾格花原还有一个问题，就是爸爸为什么把房子用他的名字来命名，房子为什么也叫湾格花原？难道在爸爸心里，房子也是儿子吗？他想问爸爸，又怕爸爸会嘲笑他。也许这个问题很简单，像 1+1=2 那么简单。如果是那么简单的问题他还要问，他岂不

是很糗？七岁的男子汉不允许自己说如此丢面子的话。

跟在这个问题后面还有一长串问题。

爸爸还写了一本童话，也叫《湾格花原》。爸爸说得很清楚，那就是送给他的礼物。故事里的主人公还是叫湾格花原，湾格花原和小风叔叔的故事。他有一个只属于他自己的秘地，小风叔叔是他唯一领进去的外人。小风叔叔把那个地方也命名为湾格花原。

最初的湾格花原只是他自己，他是爸爸妈妈的小宝宝，湾格花原是他的专有称呼。可是后来乱套啦，一下子出来那么多湾格花原。

还有呢。爸爸在推房基的时候，推出了一块大石头，爸爸把大石头推到台地的边缘，把它横向立起来。它有三米那么长，有一米七那么高（跟妈妈差不多高）。房子盖好以后，大门正对着那块大石头。爸爸很开心，说那是老天的安排。

爸爸自己在石头上写了四个大字。来小住的外公把四个字用钢钎镌刻出来，又用绿颜色的油漆涂出，四个大字很醒目。家里来的每一拨客人都会在刻了字的大石头旁留影。那四个字我不说你也猜得到：湾格花原。

大人们总说一个人有各种各样的权利，他们说过有一种权利叫姓名权。这个糊涂爸爸，怎么可以把我的姓名权，随随便便就给了一块石头、一本书、一个园子和一个地方呢？不行，这件事我早晚要找爸爸讨个说法，现在不讨，以后总会讨。

爸爸妈妈总会惊讶，小小的儿子，嘴里经常会蹦出一些让大人啼笑皆非的词。他最近的常用语是不公平和无聊。

“爸爸，你一天看三次电视，我只看两次，这不公平！”

“妈妈，我作业写完了，你不让我看电脑，这不公平！”

“爸爸，又让我背诗，无聊死了！”

“妈妈，我好无聊啊！让我看会 PAD 吧。”

妈妈想出一个主意：“给你 PAD 可以，你要先把家里的房子画出来给爸爸看。爸爸满意了，你就可以看十五分钟。”

湾格花原知道自己拗不过妈妈，只有老老实实照做。他知道爸爸比较好对付，不管他画得是不是很用心，爸爸总会夸他画得好。有时候爸爸会拿过他的笔，在他的画上改几下，同时告诉他为什么要改，问题出在哪里。很奇怪，自己画出来的东西，他自己总觉得有哪里不对；可是爸爸改一下，或者自己按爸爸说的重新画过，湾格花原就忽然觉得像那么回事了。

这次也是这样。

在湾格花原三岁到七岁的这几年，爸爸在那块坡地上盖了好多房子，最高的那一座是钟楼，比钟楼还高的是一家三口的卧室。说钟楼最高是因为钟楼建在下面，说住人的房子比钟楼还高是因为建在上面。

爸爸说钟楼有 15 米高，但是钟楼的地势比住人的房子低 4 米；说住人的房子右边 13 米高左边 12 米高，所以从建钟楼的地面起算，最高的八角楼 17 米，另一个八角楼 16 米。钟楼只能屈居第三高度。

与钟楼地基一样高的还有爸爸的小茶厂，还有茶厂旁侧的六角茶楼。不过它们都比钟楼矮上一截。

比地基高出一个台地的是爸爸专为客人建的二层木楼。爸爸说它是傣式的，是吊脚楼。

再高出一个台地的是家里的井亭。井是爸爸的最爱，他专为那口挖出来的甜水井建了四叠石头护墙，建了个很高很大的草顶凉亭，还环绕水井建了半月形红砖鱼塘。最漂亮的还是家里的那一眼山泉，它从石墙上通过一根粗大的青竹，叮叮咚咚注入到鱼塘里。谁来了都羡慕嫉妒恨，属于自己家的山泉水啊！

湾格花原没办法把所有这些细节都画出来。但是他不能不画家里住人的大房子，那是两幢连在一起的八角楼。爸爸把吊脚楼搬到了一层砖混房子的上面，效果非常特别，很多过路的都会停下车拍照，有的甚至还想方设法进到园子里，要和园子的主人合影。

刚才说到的四大建筑，钟楼、茶厂茶楼、木楼客房、主宅，这些是家的主体部分。除此之外，这个号称湾格花原的园子里还有另外许多。

比如井亭鱼塘护墙和那口外观也是八角形的井；

比如三个几乎一模一样的鸡房；

比如大狗的房子连同庭院；

那个由两横两竖巨大梁柱结构的空门（空门是爸爸对它的称呼）；

比如小狗的狗屋；

比如池塘下面的鹅房；

比如家里的厨房（火塘房）；

比如竹影掩映下停放爸爸那台老爷车的车亭；

比如那个像没有墙和门窗的房子一样的葡萄架；

《长城，北京》
[法] 马克·吕布
1971 年

比如进了大门便可以一路看到的红砖砌就、并且铺了天然五花石板的那十几个路边凳；

再比如比钟楼地基再低一层台地的门房。它的格式也与主宅相类似，一层是一套两间的红砖混凝土建筑作底并一个小卫生间；二层则是全木楼。

这幢门房小楼不知怎么就入了老大的法眼。老大说它是小独栋（别墅），跟爸爸申请住进来。

老大是湾格花原的老大，也是哥哥的老大。哥哥比老大至少高出两个头，可是哥哥还是叫她老大。老大最早是爸爸的徒弟，师徒如父子，所以老大早就是家里的一分子。

哥哥最佩服的人就是老大。连哥哥都佩服她，证明老大很厉害。湾格花原最喜欢问的就是谁厉害，谁更厉害，谁最厉害。他给老大的排位是更还是最？

有一点让他最佩服，就是对马力。

马力是家里的大狗，纯种的昆明狼犬。家里曾经有过中犬叫马乔，马乔被爸爸送走了。现在还有小狗马丁。

马力很凶，从小就很凶。所以湾格花原从小就怕它，它一凶他就会尖叫，他的尖叫又会让它更凶。它长大了以后就更凶了，连爸爸妈妈也有几分畏惧。所以他一直不敢近距离接触它。

可是老大刚见面就与它成了朋友，它绕着老大左转右转，伸出它的大舌头舔老大的手，仿佛他们是多日不见的老朋友。老大有一年多没过来了，她走的时候它还很小，它怎么会记得老大的？对他来说这是个天大的谜。他和它天天在一起，可是它对他还是那么凶，呲着牙咆哮，仿佛要把他一口吞掉。哥哥佩服老大，谁都不怕的马力也不遗余力的拍老大的马屁，湾格花原对老大绝对服气也就没什么奇怪了。

对他而言，服气不服气还在其次。老大是所有大人里跟他说话最多的人，妈妈除外。老大喜欢他，这一点他心里最清楚。喜欢他才会跟他讲那么多的话，才会仔细听他的话。

除了前面说的那些建筑，这个号称湾格花原的园子里还有些别的。首先是那条路，它的总长度超过 100 米。因为要盘旋向上，路下与路上的高差有 10 米之多，所以它的图形类似于曲别针。

大门在路下入口。说大门其实不大，高 2 米宽 3 米对开，仅仅容得下一辆中型汽车的出入。

从外面的路上看过来，这个园子被两段石墙围着，石墙上是土坡，刚才说的那些建筑还在上面。

进了大门的右手方向还是石头护墙。墙之上的土坡有三级梯田，每一级由红砖墙护坡。那是三块爸爸专为妈妈创造出来的菜地。

与梯田菜地有一个交角的坡上，是有意保留下来的原生态竹林，面积比菜地要大。其间的竹子极其繁茂，都有超过 10 米的高度。在主宅对面形成一道密匝匝的绿色高墙。那块坡地是鸡的乐园，三个鸡房就隐藏在竹林间的空地里。万绿丛中三点红。

家里的另一片竹林在主宅卧室的侧翼，刚好形成八角楼的又一道屏障。主宅背靠茶山，一派苍翠。

除了井亭、六角茶楼和主宅的门亭是草顶，除了爸爸的车亭是瓦草结合的顶，其他的房子是清一色的砖红色屋顶。如果有朋友开车过来，爸爸经常会告诉他，见到那片红屋顶的房子就到了。

这就是爸爸给自己造的房子。

房子的主人是一家三口。这一家可不止三口。

用爸爸的话说是几百口。包括狗；包括猫；包括鹅；包括鸡；包括鱼（数量最多的是它们，都是自己放养的，两次超过 300 条。而且已经两年多，已经见到了诸多它们自己繁育的小鱼）；包括并非主动豢养的那些原本生活在这里的小动物，如蜥蜴，如竹鼠，如山蟹，如蛤蟆，如青蛇和花蛇。

再仔细历数下去，还有不计其数的各类昆虫。

这里当真是地球上最舒服的地方。这里是热带，但是由于 1600 米的海拔，夏天最高的气温不超过 25 度，冬天最低在 10 度上下。而且这里有大面积的原始森林，又有不计其数的古老茶园，鼎鼎大名的普洱茶就出在这里。这里到处是叮咚作响的山泉水，泉水又清又甜。这里远离任何一个大城市，远离污染。

这里是湾格花原，是众生的乐园，是人的天堂。

2. 马力在咆哮

除了爸爸妈妈，马力是这里当之无愧的一号人物，连他的小主人也对他战战兢兢。

毕竟他出身名门，有两只尖尖的永远朝前的漂亮耳朵，敏锐的听力是他无人能及的本事。他随时随地监听着方圆超过百米范围里的一切动静。而且他肺活量巨大，他的吠叫声可以直达山谷对面的寨子。当然他还是个无比强壮的家伙，他发起狂来连爸爸那样的大块头也被他拖了走。爸爸有九十公斤，马力还不到四十，可见他的力量之大。

虽然说出来很丢脸，但我还是得承认我怕他。跟在爸爸或者妈妈身边，他不会把我怎么样，因为他知道爸爸妈妈不会让他对着我发飙。可是一个人不行，我不敢走近他，我对他长长的犬牙很害怕，我也觉得他的眼睛更吓人，我根本就不敢和他对视。

听，那就是他，他在疯狂的咆哮，对着下面大门的方向。一定是有人来了，而且是生人。

果然是生人，是我从来没见过的面孔。我小跑着一路向下，左转，再左转，还是一路向下。现在我和他隔着铁门上的钢网面对面。

我问他："你是谁？"

他说："我叫羊驼。"

羊驼，羊和驼，怪不得我看着面熟。羊我见过几次，骆驼我也在动物园里见过。可是这种又像羊又像驼的羊驼没见过。他是羊和驼的孩子吗？

我没敢问他。他个子比我还高，一定比我更厉害。

我问他："是不是有事？"

他说："走山路口渴，想要点水喝。"

这是最不成问题的问题了。我让他等一下，我去给他拿水。我刚转身，又转回身。

我说："马力不认识你，所以他叫你走开，你别生他的气。"

他说："这个马力干嘛这么不友好？你们不是有一句话，有朋自远方来不亦乐乎吗？"

"他不认识你，他不知道你是不是朋友。整个园子都是他的领地，有外人来了他都会警告他们。"

"我当然是朋友。你看看我的牙齿，再看看我的蹄子，我像是坏人吗？天下的好人都是朋友。"

《巴黎》
[法]马克·吕布
1953年

我说："这句话真好。你想进来吗？"

羊驼说："当然想，如果你同意的话。"

我说："你要等一下，我没带钥匙，我回去拿，也顺便跟马力打个招呼，告诉他你是个朋友。"

"从很远很远的地方来的朋友，从另一块大陆。"

有朋自远方来不亦乐乎。

说没带钥匙是假，钥匙就放在大门内侧的砖下。但是我不能当着外人的面拿钥匙，这是爸爸再三嘱咐过的。我去拿家里的备用钥匙，同时也要跟马力说好，让他不要狂吠。狂吠很失礼，让主人很没面子。

羊驼过来时马力很友好，他一定是看出了这个长相奇特的家伙很友善，也没恶意。羊驼说得对，看看他成排整齐的牙齿就知道他没一点攻击性，他的蹄子也是如此。马力竟一声没叫，甚至友善地摇一下尾巴。

隔着马力小院子的铁栅栏，他们聊起来了。

马力说："你说从很远的地方来的，那是哪儿？"

羊驼说："安第斯山你知道吗？"

"我知道是在美洲，南美洲北美洲就记不清了。上地理课的时候没用心，真是不好意思。"

"别不好意思，谁都有不喜欢的课。我最不喜欢的是数学。我对地理课很有兴趣，所以我知道南糯山，知道这里的普洱茶最好。"

"可是我不懂，你怎么会一个人跑这么远？美洲过来不是隔着太平洋吗？你是坐飞机来的？"

"不是。我的身价还不值一张机票钱，他们当然不会让我坐飞机。"

"他们是谁？"

"就是我的新主人。他花钱买下我们，再把我们运过来。我们一共是七个。他给我们安了个新家。"

"可是你怎么出来了？主人同意你出来吗？"

羊驼说："他当然不同意。是我自己要出来的，我想到处看一看，就出来了。"

马力说："他没有圈住你们？"

"他怎么可能圈住我们呢？他用的是牧场常用的那种铁丝围栏。他把一座小山岗围了半圈。他以为另外半圈是悬崖峭壁，是天然的围墙。他根本不知道，我们就生活在悬崖峭壁上，那根本拦不住我们。我跟几个伙伴打一声招呼就出来了。”

“可是你离开家，怎么解决吃饭和睡觉的问题？”

“我原本就在山上，吃饭和睡觉根本不是问题。我的目标就是南糯山，我就想到南糯山走一走看一看。看到这里漂亮的红屋顶，我就想停下来。”

这两个家伙真是过分，他们怎么可以当我不存在呢？毕竟这是我的家，是我放羊驼进来他们才会相识。他们居然视我为无物，太过分了！

我说：“这里是湾格花原，是我的家。”

羊驼说：“你的家真漂亮。你呢，你叫什么？”

“湾格花原。”

“你说的是你的家还是你的名字？”

“又是我的家，又是我的名字。”

马力说：“我的名字叫马力。”

我说：“羊驼又没问你。”

马力说：“羊驼，你可以当作没听见，就当我什么也没说。他总会莫名其妙就生我的气。”

我说：“你总是当着外人的面告我的恶状。”

羊驼说：“没有啊，你们都很好啊，你们都是很好的朋友。马力，你是我的好朋友。湾格花原，你也是我的好朋友。诶，那是谁？”

我扭头一看：“是我妈妈。”

羊驼说：“我得躲一躲，我是不速之客，不知道你妈妈是不是欢迎我。”

一边说一边躲进坡下的竹林。

我对马力低声说：“不能出卖朋友啊，别让我妈妈知道家里来了外人。”

马力同样低声说：“狼犬家族里，没人会出卖朋友。管好你自己吧。你狗肚子里装不了二两香油。”

妈妈手里端着马力的食盆和鹅的食盆。这会儿正是马力开饭的时间。当然不只马力一个，还有另外那几百张嘴都等着喂食。

马力荤素搭配。鹅只是吃素，剁碎的菜叶拌上米糠。那百来只鸡的主食是苞谷和碎米。米缸在井亭下面，有木盖板盖着。妈妈每天的次序是先马力，再鹅，再鸡，最后是鱼。

狗和鹅之后，妈妈要去井亭下面取鸡粮。

井亭在反方向 20 米处，这是羊驼从竹林里溜出来的最好机会。因为竹林是鸡的领地，妈妈拿了鸡粮就会深入其中，撒碎米和苞谷之后，再检查鸡房中的鸡窝，看看能捡几个蛋。

虽然妈妈背向我们，但是距离太近，我不能对藏在竹林里的羊驼说话。我希望羊驼能探头看我，我可以用手势指挥他溜出来走开。可是他没探头，他错过了溜出去的大好时机，因为妈妈已经到了井亭，并且已经揭开盖板，从中舀出碎米和苞谷。

我心里又懊丧又紧张。鸡场的门就在马力的院子旁侧，平时都是敞开的，妈妈的那些鸡兵鸡将们随意进出。现在羊驼躲进了鸡场里的竹林，而妈妈马上就会进鸡场，等于是将作为不速之客的羊驼生生堵在了鸡场里。羊驼的个头那么大，他不可能不被妈妈发现。妈妈发现了，我该作何解释呢？

妈妈很有意思。她喂狗的时候，会跟狗说话；喂鹅的时候，会跟鹅说话；喂鸡的时候，会跟鸡说话；喂鱼的时候，会跟鱼说话。可是她一直只是自说自话，从来不期待它们的应答。因为妈妈不懂它们的话，它们也不懂妈妈的。

而且粗心的妈妈从来都没发现我的秘密：它们的话我都懂，它们也懂我的话。

说她粗心，她真是粗心。那么大的羊驼在鸡场里猫着，她居然愣是看不见它。它能做的，充其量也只是围着竹丛打转，跟她玩一次藏猫猫游戏。她一边查找鸡蛋，一边喊我进马力的院子，让我把马力的食盆拿出来，再把马力弄得哪里都是的食物碎屑扫出它的院子。这是一道例行公事，每天早晚各一次。那些扫不出去的碎屑由无所不在的鸡群去收拾残局。

妈妈终于出来了。我把食盆递到她手上。我看她手里有七个鸡蛋，她脸上的笑靥表明她很开心。

羊驼安全了。其实是我安全了，我躲开了妈妈的追问。但是我完全没料到，羊驼会提如此过分的要求。他说他想留下来。马力也在一边起哄，留下来留下来。

这么大的事，我做不了主。如果鱼塘附近多了几只别处过来的蛤蟆或者山蟹，我可以不跟妈妈打招呼就同意他们留下。可是像猫和狗这些，容留的权力就不在我了。羊驼比他们都大，我必得请示爸爸妈妈。

我说：“明天才能给你答复。你今晚可以住园子里，但是不可以乱走，不可以让爸爸妈妈看到。你如果不喜欢躲来躲去，不住园子里也行，你自己决定。”

羊驼说：“不住园子里。我喜欢自由自在。还有就是你妈妈没准备我的晚餐，我也要吃东西啊。”

马力说：“你也不早说。早说了我可以嘴下留情，给你剩一点。”

羊驼说：“就没见过你那么笨的。你吃什么，我们又吃什么？我怎么吃得下你吃的那些？”

我说：“就是。你是杂食，他肯定是素食。”

马力说：“你怎么知道他是素食？”

我说：“你就不会动动脑子吗？谁都知道羊是素食，骆驼也是素食，羊驼是什么还用问吗？他让你看过牙齿和蹄子，你看他像又能捕猎又能吃肉的人吗？”

羊驼说：“别再说他了，狗生来就不用动脑筋，我们羊驼也是。吃草吃树叶是我们的命，就像吃肉吃其他东西是马力他们的命一样。”

马力说：“就是！你们一天到晚的绞尽脑汁，烦不烦累不累啊？我就觉得你们在自讨苦吃。”

我说：“不跟你们胡搅蛮缠。羊驼，我送你出去，你明天什么时候再过来？到时候我等着你。”

羊驼说：“你知道幸福的黄手帕吗？”

“为什么黄手帕才是幸福的？”

“我说的是很久以前的一个电影，高仓健和倍赏千惠子演的。高仓健是我偶像，我是他骨灰级粉丝。”

我不知道他们是谁，也不关心。我不关心别人的偶像，而且我不明白这跟黄手帕有什么关系。

我说：“黄手帕究竟怎么了？”

羊驼说：“高仓健离开很久了，他不知道倍赏千惠子是不是还在等他。他们早约好的，如果她等他，就在她的家挂上黄手帕，让他远远就能够看见。”

“你是说让我也挂黄手帕？”

“是啊。你妈妈要是不同意，你什么也不用挂。要是同意我留下，随便挂什么颜色的手帕都没关系。别让我在不知道结果的情况下到你家门口傻等。”

“你这个美洲来的老土，现在都什么年代了，谁还用那些过时的手帕？”

“不用手帕，那你们用什么？”

“那还用问吗，当然是纸巾了。”

“随便你，你有什么就挂什么好了，挂得高一点，让我从远处也能看得见。走啦。”

送走了羊驼，我又回到马力的门口。

我说：“看到羊驼那会儿，你发什么疯？”

马力说：“我就想让你去看看，他究竟是个什么怪物。我知道你没怪我，你心里在感激我，谢我让你交了个新朋友。”

“你别臭美了！不过说心里话，这家伙真不错。你说，爸爸和妈妈会不会同意他留下来？”

“肯定会。羊驼那么安静，不吵也不闹，对谁都没危险，也不会妨碍别人。他们肯定喜欢他。”

我说：“羊驼那么稀罕，去外面买他一定很贵吧？我猜我再喜欢他，爸爸妈妈也不一定会买一个给我。现在人家主动送上门，他们该偷着乐才对。”

马力说：“他们对你那么好，你既然喜欢羊驼，只要他们买得起，就一定会给你买一个。”

我说：“马力，谢谢你说了这么好的话。我这会真想摸摸你的头，可是你总对我呲牙，我不敢摸你。”

马力说：“我把嘴闭上，把眼睛也闭上，你用不着怕我。你摸吧。摸吧。随便你摸多长时间。”

这是湾格花原和马力第一次亲密接触。马力疯狂的咆哮为他带来一个好朋友，他从心里感谢他。他一直闭着眼闭着嘴，很享受湾格花原的抚摸。

3. 狗兄狗弟

马丁还不到三个月大，是家里当之无愧的萌宠。

因为马力血统纯正，出身猛犬家族，所以刚进门的时候就显出了虎狼之威，令年仅四岁的小主人心惊胆战。两个人未能交上朋友，成为爸爸妈妈的遗憾。

爸爸希望孤单的儿子从小就有一个亲密的玩伴，于是马乔进门了。马乔是纯种的比特犬。比特犬以忠诚著称，体型不大却凶猛善斗，应该比较理想。它和湾格花原相处融洽，面对比它大七个月的马力毫无惧色，让爸爸妈妈相当满意。但是很快新问题出现了，它是个女孩，女孩该有的所有问题它都有。最大的问题还是发生在二八月上（发情期）。远近不知几里还是几十里外的各路公狗，每临天色混沌之际便会将红顶房子团团围住，吠叫声此起彼伏。

马力当然不让分毫，以咆哮对咆哮吠叫对吠叫。整个园子内外被无尽的疯狂所笼罩。不要以为所有那些家狗和野狗只是叫叫而已，它们没那么斯文。夜幕四合，它们便由四面八方出动，想方设法钻进园子。胆子大的会直接冲到马乔身边欲行不轨。

被链子锁住的马力怒不可遏却也无计可施，只能以狂吠来发泄一下，时而将铁链铁笼拉拽得轰轰作响。形势虽然严重，爸爸妈妈却也没有更多对策，有的也只是家里那柄高光大电筒。

超亮的电光的确能给来偷情的小公狗们的眼睛一次小小的刺痛。但是它们不是一个，是很多个，而且层出不穷。别说电光造成的伤害只能持续半分钟，即使电光的威力足以完全剥夺它们的战斗力，它们仍然会前赴后继不屈不挠。

爸爸妈妈加上小主人经过两个晚上的激战，终于发现了自己完全没胜算。爸爸于是做出决定，将女孩马乔送还给它原来的主人。

这才有了后来的马丁。马丁的父亲是纯种的拉布拉多，母亲的血缘有点杂，但也有一半属于拉布拉多。所以马丁可以戴一顶拉布拉多的帽子。拉布拉多以温和著称，是个擅长拍马屁的种群。马丁就是个马屁精。

它的拿手好戏是见一个人便会摇着小尾巴贴上去，在你的裤脚上反复摩挲，告诉你它是个乖孩子，正在向你邀宠。六岁的同时也胆小的湾格花原，正需要这么一个无条件向你献媚的小东西，他们马上成了朋友。

爸爸新近为马丁造了属于它自己的房子。当年马力也没这个待遇，马力的院子是新造的。房子虽然也造得早，但只是一个标准的狗笼而已，与马丁的红砖瓦顶房相去甚远。爸爸有意将马丁的新房址选在二十步开外，以为远离了马力的院子。

但是爸爸忘了，马力是狗而不是人。以人眼去判断距离与狗眼有很大不同，狗眼更锐利是其一，人以为很远的距离狗看得要更清晰。还有其二，就是狗的速度比人快得多，二十几步的跨越就是一眨眼的事。

问题就出在马丁的新房子上。

新房子外观很炫，通红的新砖在阳光下格外惹眼。而且它就建在主宅大门的左手一侧，而离主人更近，对看家狗而言是一种显而易见的待遇。

论品种，马力是国家级的正宗工作犬种，血统不可谓不高贵；论进门时间，绝对第一，不要说马丁，连马乔都要比它晚上大半年。马力明显遇到了不公平。

它可不是个咬碎了牙自己咽到肚子里的窝囊角色，为什么它的待遇比别人要差？而且是一个晚进门二十个月的杂种狗！还有更不公平的，它刚刚得到一个小院子，只比原来锁链的范围大了两倍而已；而马丁则完全自由，既没皮带又没锁链。

重要的事情说三遍：为什么为什么为什么？？？

马丁其实并不喜欢它的新房子，它的心气和要求比这更高。它最开心的玩伴是咪咪，而咪咪可以随意出入任何一个房间，这是爸爸妈妈对它严令禁止的。

允许它进出的只有门厅内和大厅。但它经常在大厅里闯祸，经常会将两个垃圾桶扒倒，将垃圾弄得到处都是。这种时候都会招致爸爸的怒喝，有两次爸爸的拖鞋还会砸到它身上，吓得它屁滚尿流仓惶逃出房子。但它同时发现了别的待遇，它可以循着门厅进入楼梯间，顺着楼梯到二楼。

二楼是两大片广阔的天地，它可以在其中纵横驰骋。后话。因为几次在二楼便溺，它也反复尝到了妈妈扫把的厉害。

所以尽管有自己的独栋豪宅，马丁其实并不会经常性地安于其中。只要它不出现在马力的眼里，马力的火气便不会那么大，自尊心不会受到如此严重的伤害。正常情况下马丁激怒马力的频率在 7 次 / 日之内，对于生性狂躁的马力而言，这是个极克制的数字。

但是今天的情形有所不同，马丁得到了一个全新的脖套。在马力眼里，新脖套意味着新的礼物，它亲眼看到老大为马丁戴上那个新脖套。看上去马丁非常开心，不停地立起身向老大表达谢意，一边还殷勤的摇着它地小尾巴。虽然距离很远，马力还是看得很清楚，马丁的礼物不止是脖套，还有一条绿颜色的布带子，颜色相当漂亮。马力更加妒火中烧。

问题在于马力已经忘记了，脖套和布带子（相当于它的锁链）曾经是它的最恨，正是那两样东西让它失去了自由，把它困在一个极小的范围之内。因为有了自己的院子，原有的脖套尽管还在脖子上，但是已经没有了锁链。看来好了疮疤忘了疼不只是人的局限，应该也是狗的。别人得到它们已经引起它的嫉妒了。

老大是马力最好的朋友，至少马力自己是这么认为的。但是老大总是会走，而且一走就是一年半载。但她每次回来，它都会忘记她曾经走了那么久。老大是湾格花原的老大，湾格花原的老大也就是它自己的老大。更重要的，它知道老大懂它。

老大说过她自己家里还有它的兄弟，那是个年长它八岁的大哥，它是老大从小养大的，也像老大自己的兄弟一样。老大知道马力心里想的，知道如何跟它玩。老大从来不像妈妈那样躲避它，她知道它绝对不会也不可能伤害到她。

可是今天正是老大送了马丁礼物。

马力不生老大的气，它气的是马丁。马丁典型的人小鬼大，摇头摆尾一副阿谀谄媚的丑态，但它的确讨得了大人的欢心。老大亲手为它戴上脖套，又把已经固定好的绿带子拴到了脖套上，这下马丁完完全全获得了与马力先前一模一样的待遇！

马力气死了！气疯了！它凭什么？凭什么！

老大告诉妈妈，马力如此疯狂的吠叫是因为嫉妒，她必须要过去安慰它。果然，马力不叫了，它抬起两只前爪迎上老大伸进铁栅栏的手，一副欣喜若狂的表情，颀长柔软的大舌头在老大的手上舔来舔去，激动的情绪很快便平复了。

马丁被绿带子限定在自己的新房子附近。这也同时意味着它离不开马力的视线范围。原来它可以进到房子里，或者转到房子背面火塘屋那边。现在则不可以了。所以它日常的活动和玩耍，都像是在为马力的专场演出。

马丁最经常的游戏是追鸡，无论是大鸡还是小鸡。即使是大鸡，也肯定不是马丁的对手。但是它们知道马丁只是个孩子，它的追逐只是一种游戏的方式，不会带来任何意义的伤害；所以它们被追逐时也没显出惊慌，更没有失魂落魄。

马丁追小鸡，情形会有所不同。小鸡会紧张些，更紧张的则是它们的妈妈。鸡妈妈会从旁侧对马丁发起进攻，双翅低垂，脚步急促，一副决战的架势。当然它不是为了战斗，而仅仅是为了保护鸡雏，引开马丁。尚在幼年的马丁会因此而分神，放弃对小鸡的追逐，转而将精力转移到鸡妈妈。鸡妈妈的策略成功了。

马丁另一个玩伴是大白。大白经常性的傲慢会激怒马丁，它的斜睨的眼神目空一切，尤其会令马丁生出无名火。马丁会瞅准时机，对着大白屁股的方向发动突然冲刺。这种时候大白唯有落荒而逃，有时嫌两条腿太慢，它会猛然张开双翅以提升速度。

更多的时候情形刚好相反。大白会时刻警惕着，将头对着马丁的方向。它的洪亮的鸣叫连同强大的鹅喙，对马丁形成了无情的威慑。它偶尔甚至会主动攻击马丁，马丁也唯有扭头逃窜一条路。

马丁不能进屋了，咪咪也感到了寂寞。它于是主动过来撩拨马丁。马丁的身量比咪咪要大一些，但是灵活性明显略逊一筹。它们两个的辗转腾挪，其实更多是咪咪在“逗你玩”。咪咪甚至有时候故意做出弱势姿态，令马丁以为它不是自己的对手，以为自己对咪咪占尽了上风。游戏中的马丁是全情投入的，眼里充满了喜悦和激情。而咪咪刚好相反，经常是一副冷眼旁观的表情，同时带着慵懒和不屑。

所有这一切都让马力气恼。马丁的肆意妄为摆明了是在向它挑衅，告诉它，它有的一切它都没有。它只能被圈定在小小的院子里，它不能与任何伙伴一起嬉戏玩闹，它注定只能做一个囚徒，而它和它们全体伙伴都可以自由自在！

马力深知一切的一切爸爸妈妈才是罪魁，但是忠诚的天性令它无法将怨气聚焦在爸爸妈妈身上。是的，所有的不公平都在它内心里聚集成怨气。

它深知对它最好的那个人一定是妈妈。一日两次喂它的是妈妈；一日最少两次喂它水的是妈妈；在它弄脏了自己浑身瘙痒的时候，为它洗澡的还是妈妈。但它同样知道妈妈并不真的懂它。

它跟妈妈表达亲热的时候，它能够觉到妈妈有些怕它，经常会躲闪，怕它的犬齿和尖爪会划伤她。她并不知道它在那种时候尖爪是收起来的，犬齿是它最有分寸也最能控制的器官，它用犬齿比人用手更为精准，它绝不会让妈妈受一点点伤。可惜她不懂这些。

妈妈还不知道它的心情。它是很想依偎在妈妈脚下，向妈妈表达自己的感恩之情。但是妈妈不给它这样的机会，妈妈根本没心情在它的小院子里停留。妈妈太忙，要照顾整个园子和整个家。它唯一的机会是妈妈给它洗澡的时候，它要利用那一点很有限的时间告诉妈妈，它其实可以非常安恬的静卧在她身边，享受着她给它的清洗和抚摸。

而马力最敬重的人则是爸爸。爸爸把它带回家的时候，它只有 27 天的生命。它知道它的漂亮的笼子是爸爸亲手设计，亲手买来材料，之后由海山叔叔为它造起来的。它还知道它的小院子也是爸爸的杰作。

每次它撒欢或闯了祸，都会受到爸爸的训斥。如果后果严重（别的家禽家畜受到伤害或殒命），爸爸会狠狠的打它几下。那种时候是它向爸爸表示认错认罪的时间，它会凑到爸爸脚下让爸爸把怒气发泄到竹竿上，进而发泄到它的屁股上。它心里非常清楚，爸爸的竹竿绝不会挥向它的脑袋或者腰椎或者肋骨，爸爸心里很清楚那会对它造成严重伤害，所以爸爸从不。爸爸的竹竿让它很疼，但是从没让它真的受伤。

它对爸爸从无怨恨，所以它同样渴望能依偎在爸爸的脚下，同样的遗憾是爸爸一直没给它这样的机会。

它知道自己很烦，一旦挣脱了脖套和锁链的束缚它总会失控，将所有积聚的怨气发泄到任何人身上，包括咪咪大白小白和那些愚蠢的鸡，也包括马丁。它的每一次失控都会气坏妈妈和爸爸，它当真不想让他们生气，但它控制不了自己的情绪。

用爸爸妈妈的话说，它没记性！

它不是没记性，它只是无法控制住由于被锁被圈所逐渐积聚起来的怨气。而它们所有的自由自在（它没有的正是自由自在）更加剧了怨气的膨胀和爆发，所以它会失控，它会因此而承受竿责（正如臣子们犯错皇帝要杖责一样）。疼痛只能让它记住一支烟的工夫，不会更久。记的时间短就是没记性吗？

马力最为苦恼的是不知如何将这个道理告诉他们。爸爸妈妈连同老大他们都不懂这个道理，所以它才会一而再再而三地犯错。如果他们知道了，他们便不会给它再犯错的机会，他们会调整他们的方式方法。

马力当真不想一错再错，它深知在同一个地方跌倒两次是很大的愚蠢，跌倒三次四次是更大的愚蠢。它不喜欢自己愚蠢，但它无法阻止自己的一错再错。所以它更希望爸爸妈妈和老大他们去调整自己，别让它在愚蠢的泥淖中无法自拔。

4. 黑夜王子

园子里有两个王者。白天是马力，到了夜里就换成了咪咪。虽然马力在夜里依旧警觉，偶尔也会吠上几声。但是多数时间，他都伏在卧榻上，睁一只眼闭一只眼，谁也不知道他睡了还是在养精蓄锐。

咪咪是马力最早的伙伴，比马力晚进门两个月。那时候他们都是孩子，马力三个月大，咪咪还没满月。

刚来的时候咪咪怕冷，晚上总会蜷缩在或者爸爸或者妈妈的脚踝处。大概那里比较暖和一点。

爸爸妈妈先前都没养过宠物，考虑到养猫纯粹是因为家里发现了老鼠。老鼠会在各处肆无忌惮地留下自己的印记，它们让爸爸妈妈很是头疼。咪咪来了，老鼠的确没以前那么猖獗了。

咪咪的待遇与家里的其他动物都不一样。妈妈只喂它猫粮，超市里买的那种。妈妈的考虑并非让它抓老鼠，妈妈想的是有它在，老鼠就会退避三舍，大家就可以相安无事。她说她怕看到猫吃老鼠，想到那种血淋淋的场面心里就不舒服，所以她不让咪咪饿着。

因为厨房（火塘房）是一幢独立的房子，所以爸爸试图将咪咪关在屋里，并且专门为它设了睡觉的窝。给咪咪喂食也固定在厨房的地上。但是爸爸忽略了猫的本领，门关上了还有窗，窗关上了还有墙上的十字气孔，厨房里根本关不住它。

当然也更关不住老鼠。老鼠借助墙面的微小凹凸，便可以爬上爬下。所有瓦片下的缝隙都足以为它们提供来去的通道。对它们简直防不胜防。

咪咪小的时候对老鼠的威慑力很有限。但是咪咪的祖先素来是老鼠的天敌，它稍稍长大一点便已经容不得它们在园子里为所欲为了。

更为有趣的是，咪咪很快有了自己的伙伴，那是两只比它要大许多的野猫。一只属浅色系，灰色米色白色间杂；另一只以深咖啡色为主，也有大块的灰白互为嵌色。每到晚上，两个伙伴便会或在大门或在后门喵喵地约它。借了房子周边的几处地坪灯，经常可以看到三只猫鬼鬼祟祟的身影。

爸爸很忌惮野猫会进屋，所以见到它们便扔石头赶它们走。两只野猫应该很清楚，它们在此不受欢迎。所以它们和咪咪的约会就更加鬼祟、偷摸。

我不喜欢咪咪。我觉得咪咪的神态很像是小偷。我不否认他是个聪明的家伙，他一定知道我不喜欢他。所以他根本就不会讨好我靠近我。有一次他在冬天的阳光里打瞌睡，我见他四肢放松闭着眼，就忍不住想捉弄他，用一根细草棍轻轻搔他的鼻孔。谁知他的反应会如此强烈，突然一个大摆臂，一巴掌扫在我拿着草棍的手上。他的该死的猫爪在我手背上划了深深的一道，血马上流出来，吓得我尖叫，疼得我大哭。

妈妈为我做了消毒和包扎，我从此离咪咪远远的，再没用手碰过他一下。他也从不到我跟前来，见到我便远远躲开。他白天经常会伏在窗台上晒一阵太阳，见到我进来则瞄我一眼，做出不理不睬的样子。但我知道他对我充满警觉。假如我向他的方向再靠近两步，他会睁开双眼看定我，然后跳下窗台另找一个远离我的角落，重新伏下身并且一直盯住我不放。

白天看到他，通常就是这样一种情形。时间久了，我甚至经常会忽略他的存在，也就是大人们常说的视而不见。他的动作很轻，几乎没有声音，所以他的来去都是在不被觉察的状况下完成的。

连爸爸妈妈都会忽略到他的存在。今天午睡起床后，爸爸忽然对妈妈说起咪咪。

“好像有两天没见到咪咪了。它不会跟外面的野猫跑了吧？”

“你不喂它它也不想见你。我想不见它都不行。”

妈妈每天是家里最早起来的那个，她要给我做早点，又要给那么多张嘴喂食，还要骑摩托车送我去学校。爸爸说妈妈是家里最辛苦的人，是家里的顶梁柱。

可是这个早上，妈妈的一声惊叫把我和爸爸的睡意都赶走了。爸爸腾地从床上一跃而起。

“老婆，怎么了？”

妈妈仍然惊魂未定：“蛇！”

爸爸顺着妈妈手指的方向看过去，一步一步悄然向前。我也从我的床上爬起来，悄悄站到妈妈身后。

妈妈在发抖，她躲在爸爸身后。妈妈最怕蛇了。

妈妈指的是贵妃榻下面。爸爸蹲下身仔细查找。

爸爸说：“你还记得家里那个抓蛇的夹子吗？”

妈妈说：“在楼梯底下的储藏间。”

“你去取一下。我在这看着。”

我对蛇没什么概念，但是妈妈的惊恐传染了我。蛇变成了一个令人恐惧的东西。妈妈回来了，将手里的蛇夹递给爸爸。

爸爸将拖鞋在面前摆好，双膝跪在拖鞋上，整个身子趴在地面。这样他就可以约略看到贵妃榻的底下。

爸爸说："看到它了。用不着害怕，它那么小。"

妈妈说："再小也是蛇啊！"

爸爸用长柄蛇夹去触碰。这下我看到了它，它从榻下动作迅速的爬向木板墙，并且迅速隐身到墙缝当中。它有我的拇指那么粗。我的手指很细，拇指可能还不及爸爸的小指。它比我的胳膊要短，但是比手加上小臂要长。我猜它不会比一个大汤圆更重。我从心里一点不觉得它有什么可怕，不明白妈妈怕什么。

爸爸还是小心地查看它隐身的木板与木柱之间的缝隙，显然没有结果。他于是绕向旁边的花格窗，打开窗探出头。爸爸看到了它。

爸爸说："它钻出去了，大半个身子都在外面。"

我马上凑到爸爸身边，也探出头。这一次我看得真真切切，它的有着白环的细长身子，它的小眼睛闪着贼光，它红红的舌头像草叶一样一伸一伸。它丑死了，也难怪妈妈那么怕它。

爸爸轻轻的将手里的蛇夹伸出窗子，伸向它。它马上发现了，而且意识到蛇夹的危险。它身子一扭，一下便从缝隙里脱出来，先落到隔层遮雨的檐瓦上。倾斜的檐瓦没能接住它，它便顺势溜下去，落到下面的草坪上。看来这四米多高的坠落，没有伤到它的筋骨。它瞬间便恢复了蛇行的本能，窜进最近处的草丛遁身了。这一切我和爸爸看得一清二楚。

妈妈给吓得不轻，说不敢在卧室住了。于是一家三口便搬到了一层哥哥的房间。哥哥常年在杭州，只偶尔会来一次南糯山，所以他的房间平日里都是被爸爸当做了临时休息的地方。

爸爸说一层是什么砖混结构，说可以放心，蛇无论如何进不来。看得出来爸爸在安慰吓坏了的妈妈。

妈妈一直在分析蛇是怎么进来的。它不可能从大门进来，再爬上三楼。若是那样，它就太猖狂了。那么最大的可能，是卧室旁侧的那一大丛竹林。竹林比房子还高，经常会有倾斜的一支倒向房子。而且现在正有好几支都靠在屋瓦上。妈妈的结论，蛇正是借了竹枝过来的。

爸爸同意妈妈的分析，马上动手将那几株倾靠过来的高大青竹从根上砍断，将它们一一拽出竹丛。这个过程竟把一片檐瓦也带了下来。好了，再没有一根竹枝挨到房子。距离最近的也有三四米远。想必蛇没有飞翔的本事，不会在空中一跃窜到房子这边来。

你别以为我忘了继续咪咪的故事，我没忘。在家里闹蛇的这个意外事变当中，我只是个看客。爸爸也只是个称职的男主人而已。真正的英雄是咪咪。

当天傍晚，天还没有黑透，但是园子里那几个光感应地坪灯已经自动亮起来了。吃过饭是全家人在园子里小聚的时间。马丁很开心地和他的鸡哥鸡姐们玩追逐游戏。我心里琢磨着该如何跟爸爸妈妈说羊驼的事。妈妈还在担心蛇会不会到园子里报复我们。

咪咪忽然用他的细嗓子吼了一声。我随即看到它的一次跳扑。显然它捕到了什么东西。我马上过去。太让我吃惊了，正是那条有着白环花纹的小蛇。看得出来它已经被咪咪重创，已经丧失了蛇行逃命的能力。但它还活着，它的细长柔韧的身体在无助地扭动。

咪咪显然知道它已经没了回天之力，于是伸出一只猫爪拨弄它一下，再拨弄它一下，把它当成了玩物。两个回合里咪咪便失去了耐心，它对他而言一定是一道美味。它进了他的嘴，他便开始了慢慢地咀嚼。

我说："妈妈，这下你可以放心了。"

5. 孤独的大白

湾格花原在家里最好的朋友应该是大白。

他胆子小，所以面露凶相的马力和有利爪的咪咪都让他紧张。只有大白从不对他凶。大白不属哺乳类，但是它比哺乳类的咪咪的身量要大很多。

爸爸对它的称呼是大白。

现在你知道了，大白就是家里唯一的大鹅。

刚到家里那会，它不是一个人，还有另外三个伙伴。它们四个小家伙被圈在一个两米直径的竹篱笆墙当中，它们互相挤在一起取暖。遇到阳光好的时候，它们会彼此啄对方的背，因此有两只小鹅的背变得光秃秃的。秃背的那两个很快便一命呜呼。

不知不觉当中，剩下的两个很快长成了半大鹅。在湾格花原的眼里，这两个家伙只知道吃，是百分百的吃货。除了妈妈喂给它们的，它们每天大部分时间都会在草坪上啄来啄去。爸爸那么用心种植的草坪，被这两个吃货啄的光秃秃的，只剩了草根。

那时候马力还没有自己的院子，它一直被铁链牢牢拴在自己的小房子旁边。凶悍的天性令它拴得越久脾性就越狂躁。它视所有能够自由来去的伙伴为敌，尤其是那些鸡。它先后扑杀咬死了有十几只，简直伤透了身为鸡司令的妈妈的心。

那时候妈妈对两只鹅一视同仁，喂食时总会叫“大白，大白，过来吃饭”。爸爸不一样，他从个头上分别叫它们大白和小白。

马力的力很大，它的脖套很快就会因为一次又一次不停的拉拽而损坏。每一次损坏，它都有机会从锁链下逃脱出来，撒欢一样地奔突。一时间鸡飞狗跳不亦乐乎。每次它都至少要重创一两只鸡，被重新锁住之后，挨爸爸一顿暴打。

家里的鸡数量众多，大多终日在山上山下觅食，已经具备了相当的奔跑和飞翔的能力。所以偶尔马力会扑空。但它的精力太过旺盛，得不到释放，它依旧会左奔右突找攻击目标。那次它瞄上了鱼塘中的大白和小白，它在围着鱼塘转了两圈之后，终于忍不住跃下水狂追两只鹅。小白躲避不及，被它扑住就是一口。一直在追它的爸爸急了，手持竹棍跳进塘里，狠命抽打马力。剧痛令马力松开小白。

那一次马力可是吃了大苦头。

妈妈没舍得把亲手养大的小白杀掉放血，细心为它疗伤。小白没死，但是落下了残疾，两个翅膀不能够紧紧收齐在身体上，而是无力的垂在身子两侧。大白对伙伴的

《埃菲尔铁塔的油漆工》
[法] 马克・吕布
1953 年

受伤表示了深厚的阶级感情，一直不离不弃伴在小白身旁。那是一段非常感人的日子。

可是好景不长，马力又一次失控。这一次是在天黑之后，它似乎对小白怀有深仇大恨，专门攻击了小白。紧追不舍的爸爸几下愤怒的击打，都没能拦住马力的疯狂报复。小白奄奄一息。

妈妈心里仍然抱着一份幻想，她没听爸爸的。爸爸让她给小白放血，放了血可以有一顿美餐。妈妈不，她企望小白会再一次痊愈。可是第二天早上它死了。

大白就此成了家里唯一的大鹅。

爸爸为了抚慰妈妈的伤痛，专为马力建造了属于它自己的院子。马力从此不必被铁链拴住，性情也不如先前那般狂躁，而且再也不必为它失控而揪心。

大白已经成年了。它的羽毛又白又整齐，偶尔为什么事奔跑，两只翅膀会平行张开，姿态非常优美。虽然同是卵生，又同是禽类，大白比那些鸡要聪明得多。当然它比它们也更厉害。

湾格花原已经发现大白对自己很友好。它对鸡最不客气了，只要它们试图与它争食，它会毫不客气地赶开它们。

如果与马丁正面相对，马丁也不敢与它玩闹，有时会被它追得掉头就跑。马丁当然不怕它，只要它屁股对着马丁，马丁会猛追过去让它落荒而逃。它和马丁是一对玩伴；偶尔也会是对手，实力相当各有胜负。

湾格花原发现，大白根本不惧怕马力。那些讨厌的鸡们经常会凑近马力的院子，捡食那些被清扫出来的残羹剩饭。这种情形会激怒马力，它会隔着竹篱笆和铁栅栏朝它们狂吠向它们示威。它们即刻四散奔逃。这种时候大白全无惧色，对近在咫尺的马力的发威不理不睬，依旧慢条斯理在它近处踱步，一边还用睥睨的目光对它的咆哮表示不屑一顾。

如此的从容淡定连他也做不到，所以他很钦佩好朋友大白。大白如此有胆有识，他已经把它当作是心中的偶像。在偶像的榜样力量鼓舞下，他尝试着像它那样走近正在吠叫的马力，让自己近距离的体会恐惧带给自己的心跳。

他告诉大白："马力那么凶的叫，以前我会被吓得扭头就跑。看你不怕他，我也不怕了。"

大白说："连马力自己也知道，他只是瞎咋呼，他根本奈何不了谁。想不想知道一个秘密？"

“关于马力的秘密吗？”

“是啊，告诉你，他根本不是个恶人。他只是生气而已。家里只有他一个人被锁住，所以他生气。”

他说：“谁让他咬死小白，还咬死那些鸡。他就是没记性，每一次闯祸都要挨打。看爸爸打他，我都觉得疼。爸爸是真打他。爸爸真被他气坏了。”

大白说：“你说得对，他没记性。他追那些鸡，咬那些鸡，只是为了出口气。他其实在跟他们玩，不是想要他们死再把他们吃掉。他跟咪咪抓蛇和抓老鼠不一样。咪咪要把他们吃掉，马力只是想玩，包括跟小白。他跟我说过，小白的死他很难过，他不想他死，可是一不小心小白就死了。”

真是难以置信，马力居然会反省。大白不会说谎的，对于这一点湾格花原深信不疑。

今天已经很晚了。但他很想跟大白说说羊驼的事。鹅房在鱼塘里，他一个人踱到塘边。

大白说：“这么晚了还不睡，你不怕妈妈说你？”

他说：“我想告诉你一个秘密。我还没跟妈妈说，我怕妈妈不同意。可是马力说妈妈不会。”

“连马力都知道的算什么秘密？你不说也罢。”

“大白，你不要吃马力的醋，因为这个秘密是马力发现的，我当然没办法不让他知道。你听说过羊驼吗，一个又像羊又像骆驼的怪人？”

“羊和骆驼都是好人，他们和我都是素食。”

“而且他和你一样，都是一身的白色。可能是由于你的缘故，我喜欢一身白色的人。白色让我觉得很干净。在我心里，白色的人都是好人。”

“我们是老朋友了，你不必拍我的马屁。你知道我的族群里什么颜色都有。有一种天鹅是黑色的。虽然他是黑色的，他也是好人。”

“我想告诉你，我已经把羊驼当成好朋友了。就像我把你当成是好朋友一样。马力也认为他是好人。”

大白显然对他的话不屑一顾。他用鼻子哼了一声，他的潜台词非常明显，他颇不以为然。他知道他不喜欢跟别人比，大白从来就傲慢得像个公主。本来很想找好朋友说说知心话，但是好朋友的态度令他沮丧。

湾格花原说：“我不管你怎么想，我就是要告诉你，那个羊驼是我的新朋友，这一点已经定了。他想留在我们这儿，要我问妈妈会不会同意。可是现在我不打算问别人的决定，我自己决定了留下他。”

大白说：“自己的事情压根就用不着请示谁。”

“这话我爱听。”

“你爱听正好，我要告诉你一件事，这件事非常重大，你必须要知道。就是羊驼要吃东西。”

“这不是废话吗，谁不吃东西？”

“绝对不是废话。他个子很大吧？”

“比我要高，比妈妈要重。”

“他那么大个，会吃很多很多的东西。”

“有你吃的，有马力吃的，就会有他吃的。”

“你不懂，他比马力和我加在一起吃得还要多。告诉你一句实话，每天我根本吃不饱。你妈妈根本不知道，她喂我喂得太少了，所以我只能不停地找青草来填饱肚子。你爸爸也觉得我太能吃了。”

“可是你已经比一只鸡吃得多很多了。”

“鸡吃的都是粮食，是草籽，他们还可以在山上吃到很多虫子，他们的食物比我的更有营养。我们不同，我们吃素食。那些菜叶和青草一点不耐饿。”

“你说的我懂。可是你为什么不告诉妈妈？妈妈知道了可以多给你准备些吃的。”

“你妈妈不是只有我一个孩子，我只是她许多孩子中的一个。她每天很辛苦，我不能再给她添乱。吃不饱没关系，我可以自己找青草来填肚子。你知道大熊猫吧，那种黑色加白色的胖胖熊？”

“总是在电视上见到它。他们说它是国宝。”

“这个大熊猫主要吃竹子。竹子根本就没什么营养，所以它必得吃很多很多的竹子才能维持生命。它除了睡觉以外，睁开眼睛的所有时间都在吃。”

“你为什么说起大熊猫？”

“我是想告诉你，吃素食的，胃口特别大，很不容易吃饱，每天要吃很多东西。其实大熊猫原本不只吃素食，但是它们的领地已经很小了，而且在海拔很高的地方它们找不到更多的食物，竹子成了唯一，它们变成了只吃竹子。”

“你是说羊驼也差不多？羊驼很能吃是吗？”

大白说：“我没见过他，我猜是这样。我猜你妈妈根本没办法弄到那么多的树叶和草。”

大白的话把他吓住了。是啊，妈妈已经太辛苦了。家里当真添了一个大胃王，妈妈怎么吃得消呢？

他说：“羊驼自己说吃和住不是问题的，想必他会自己解决吃饭的问题吧。”

“如果那样当然好。我看你该和他讨论一下，看他自己有什么办法解决。你知道吗，你们都以为我们和鸭子看上去差不多，其实我们完全不一样。鸭子在水里有小鱼小虾吃，可是我们只有可怜的水草。”

“平日里看你们在水面上悠哉游哉，还以为你们无忧无虑呢。”

“表面上看，鸭子比我们小很多。其实它们个个都是小胖子，浑身肉滚滚的。”

“怪不得烤鸭都那么肥！”

湾格花原差一点脱口说出他吃过的烧鹅。烤鸭的确比烧鹅肥的多。但他马上意识到说烧鹅是大忌。尽管只有七岁，他已经很机灵了。

他说：“可是鹅的羽毛比鸭子漂亮得多了！”

大白说：“那倒是真的。我们就像那些女孩子，瘦削的身材更适合漂亮衣服。我们比那些胖胖的鸭子更美。”

他每一次和大白聊天，都会觉得受益匪浅。对于大白来说，他已经在年富力强的年龄，学养和人生经验都处在人生的巅峰期。而他自己还太小，刚刚迈入学校的门槛，要学的东西还太多。

他说：“幸好跟你先聊过，心里有了准备。不然明天到了吃饭的时候，我一定会蒙头。我让他留下来，却没有饭给他吃，那时候岂不是太糗了。”

“你们的毛主席说过——世界上什么问题最大？吃饭的问题最大。家里吃饭的问题不归你管，所以你从来不认为吃饭会有什么问题。现在知道了吧？”

他心悦诚服：“知道了。大白，谢谢你。”

“得得，你又来这一套！你的那些假客套少来！”

“狗咬吕洞宾，我说谢谢还错了？”

“那好，你打算拿什么谢？说来听听。”

“大白，谢谢你。”

6. 羊驼黯然神伤

每天早上的时间都很匆忙。妈妈的闹钟定在6:40，妈妈绝对不懒床，因为时间是她自己定的。她早上的任务是做早点，之后是送儿子上学。7:40之前他们要出门，上课是8:00。他们有17分钟的山路，一路都是下山。家里到山下的学校是5369米。

湾格花原7:10必得起床穿衣服。妈妈起床后留给他半小时，让他从朦朦胧胧中精神一点。跟他同时起床的还有爸爸。他每次都要跟爸爸比，谁穿衣服更快。通常都是他赢。但是他赢的并不自信，因为他不能确定爸爸是故意输给他，还是真的比不过他。

7:15的时候，妈妈会准时上来，督促儿子是其一，刷牙洗脸是其二。妈妈是慢性子，儿子也是慢性子。娘儿俩的洗漱工程至少要10分钟。这样留给他们的吃饭时间也只剩了不到20分钟。

早晨如此忙碌，他只能考虑在早餐时跟妈妈说上几句话。这会儿爸爸正在给马力的院子篱笆修补漏洞。

他说："妈妈，你知道羊驼吗？"

妈妈说："见过一次。羊驼是澳洲的动物。你还小的时候，我们带你去上海动物园。你还记得吗？"

他说："怪不得，我说怎么那么面熟。"

"面熟？那时候你还不到两岁，不可能记得。怎么想起羊驼了？是电视上看的吗？"

"妈妈，它们的家在美洲，在安第斯山。你知道安第斯山吗？"

"我不知道安第斯山。我记得不会错，一定是澳洲。爸爸来了你问他。"

"妈妈，羊驼很漂亮对不对？"

"羊驼是很漂亮。你快吃，抓紧了，快迟到了。"

妈妈的催促他不能听而不闻，于是他埋下头一口气吃下三个大汤圆。这时妈妈已经撂下筷子，去抽屉里拿钥匙。家里的钥匙都在抽屉里，汽车的，摩托车的，铁门的。妈妈要拿铁门的和摩托车的。

他说："家里养一只羊驼是不是很好，妈妈。"

"那么大的动物，你拿什么喂？抓紧走了。"

糟透了，妈妈一句话就说到了要害。拿什么喂？而且很显然，早上的时间已经没有了。如此重大的问题绝对不该在早上说，他明显选错了时间。

他上午三节课，10:30 放学。届时妈妈再来接他。他已经接受了早晨的教训，决定在路上不谈关于羊驼的话题。话说不透，还不如不说。

11:00 到 12:00 这段时间是个机会。爸爸妈妈允许他每天在这段时间里看电视。他决定今天牺牲掉看电视的机会，专门跟妈妈讨论羊驼。他知道妈妈没他那么闲，那是妈妈做午饭的时间。

但是他有他的办法，他搬了一只小藤椅到厨房，坐到火塘前隔着料理台面对妈妈。妈妈忙她的，他一点不会妨碍妈妈。

妈妈觉得奇怪："今天怎么不看电视了？"

"妈妈，我有事跟你说。还是关于羊驼。"

"我就奇怪了，你今早没看电视，昨晚我们全家看电视剧，你什么时候看到羊驼的节目了？为什么一大早就跟我说羊驼？"

"那是因为，"我终于决定直说，"我想收留一只羊驼。昨天它从门口路过，它渴了，想喝水。我就让它进来，结果它喜欢上了我们家，想留下来。妈妈，你让它留下来，可以吗？"

"你说你昨天见到一只羊驼，你让它来家里喝水，然后它就想留在我们家。你是这个意思吗？"

"是它自己的意思，不是我的。"

"它自己的意思？它自己想进来喝水？自己要求留下来？它的想法你是怎么知道的？"

"我，我看出来的。我能看出它的想法。"

他不想对妈妈说羊驼会说话，因为她肯定不会信。也不想告诉她，他听得懂它的话，妈妈更不会信。与其让妈妈怀疑，还不如干脆不说那些话。

"又胡说八道了。这里会有羊驼？羊驼会用眼睛说话？你懂羊驼眼睛里的话？你究竟哪一句是真的！"

"都是真的。你为什么不信我，妈妈？"

"你让我怎么信你？没见过你这么胡说八道的孩子，你脑子是不是出什么问题了。"

"妈妈，要是羊驼来了呢？它来了你信不信？"

"眼见为实，你让它来吧。来了我就信你。"

"好，你等着。"

他在心里先已经想好了。他有三条红领巾，一条是新的，另两条每天轮换着戴（洗一条戴一条）。他要把三条并排绑到长长的竹竿顶端，把三面小红旗挥舞起来。羊驼一定可以看到它的幸福的红手帕。

他正是这么做的。他要证明给妈妈看，他不是在胡说八道。他站在园子大门前，足足挥舞了十几分钟。可是羊驼没出现。他的热情被泼了冷水，但他没死心。他将他的旗杆固定在铁门上，三面小红旗依旧在微风下猎猎飘扬。

他没精打采地往回走，路过马力的院子。

马力说："你妈妈同意了？"

他说："她不信有羊驼。她说见到羊驼她才信。"

马力说："他会来的，他说了就一定会来。别那么没精打采的，他来了我叫你。"

他又打起精神。大白正从鱼塘里跳上岸。

大白说："你妈妈说没说羊驼吃饭的问题？"

"她说了，那么大的动物，你拿什么喂？她根本不信有羊驼这回事。她说要见了羊驼才信。"

他回到客厅，坐到爸爸常坐的红木沙发上。这个位置刚好可以看到马力那个小院子。正对面的那一大蓬竹子又高又厚又密，完全挡住了下面的大门。虽然看不到大门，但是马力已经答应他，羊驼来了马力会在第一时间通知他。

妈妈从厨房那边过来，她去冰箱里拿东西。

妈妈说："你不是去找羊驼吗？"

"它过一会才来。妈妈，你怎么比我还急？"

"我不急，你什么时候找它过来都行。今天不行明天，这周不行下周，随便你。"

妈妈在幽默，她显然不相信儿子会把羊驼找来。她已经又把冰箱门关上，准备往厨房去了。

就在这个当口，马力叫了。

他说："妈妈，不用等到下周，它已经来了。"

妈妈站住了："来了？好吧，我跟你去看看。"

她把手里的那块冻猪肉放回冰箱，双手在围裙上擦了擦，跟着儿子出了门。他这会很得意，右边叫一声大白，左边叫一声马力。它们也都欢快地回应他。

他和妈妈顺着路左拐，五十步之后再左拐，又二十步再左拐。他的眼睛发亮，因为一身素白的羊驼就在三十步开外的铁门后面。他得意地回头看妈妈。

妈妈果然满脸的惊愕。她已经站下了。

他悄声说："妈妈，这下你信了吗？"

妈妈说："不许你放它进来，我去找爸爸。"

妈妈转身就走，比过来的时候快了一倍不止。他知道事情不会顺利。妈妈的态度已经令他紧张了。他不能也像妈妈那样转身回去，他只能硬着头皮向前。

他说："你得等一会。"

羊驼说："你妈妈改变主意了？"

"我不知道。妈妈先说一起来接你，不知怎么又要去找爸爸，也不明白她是什么意思。"

"她同意我留下来吗，还是不同意？"

"她没说。她不信我的话，她说见了你才信。"

"如果她没同意，你不该让我过来。如果她最终连门都不让我进，我不是太没面子了？"

它这么说，他没主意了。他的确没想到这一层。

他说："妈妈说去找爸爸，爸爸不会不让你进门，爸爸不是那样的人。"

"你说你爸爸是什么样的人？"

"我觉得他喜欢动物。喜欢动物超过喜欢人。他专门写过一本人和动物的书，书里的人很笨，不如动物聪明。那里边每一个动物都比人要聪明。"

羊驼说："那样的话，我就再信你一次。"

爸爸来了，他走的比妈妈要快，妈妈只能紧随其后。从爸爸急匆匆的脚步可以看出他的心情。看来妈妈先已经把钥匙交到爸爸手上，因为是爸爸开的门。

爸爸友善地抚摸了一下羊驼的颈项，手下轻轻用力，引领羊驼进了大门。乌拉！儿子懂事的将大门锁挂上锁好。

爸爸和羊驼在先，儿子和妈妈在后。

儿子说："爸爸同意了？"

"爸爸什么也没说。"

"爸爸让它进来，肯定是同意了。"

"家里的事爸爸说了不算，这一点你要明白。"

儿子刚刚温暖起来的心重又冷下去。不错，家里妈妈是一把手，无论什么事都要妈妈同意才行。儿子心里很明白，羊驼的吃饭就是个大问题，谁来解决呢？

当然了，他可以和羊驼私下里讨论。如果羊驼自己可以解决，那么它留下来的可能性便大大增加了。

爸爸的脚步停在茶厂与木楼客房之间的那块空地上。羊驼也懂事的停下脚步。

爸爸说："先把它拴在这。"

儿子说："干嘛要拴它，它会不自在。"

妈妈说："不拴不行。它到处乱跑怎么行？"

爸爸说："我考虑的是它会胡乱吃那些植物。"

"它不会，我保证它不会。"

妈妈说："你只能保证你自己，拿什么保证它？"

爸爸说："儿子，它是草食动物。家里那么多草坪和花，刚好是适合它的食物，包括这些树。你不会希望那些树都被它啃得光秃秃的吧？"

"我可以，"他意识到不能这么说，于是改口，"我是说，我可以为它解决吃饭问题。"

妈妈说："你怎么解决？你上山打草摘树叶？你知道它一天要吃多少？至少几十公斤！"

"我可以像放牛放羊那样去放它。"

爸爸说："那不现实。草食动物一天里大部分时间都需要进食，你不可能有那么多的时间。再说了，你一个小孩子，单独带着珍稀动物上山也不安全。至于怎么安置羊驼，我们需要坐下来好好商量一下。"

湾格花原对爸爸妈妈的问题都提不出解决的办法，所以他只能听任爸爸将羊驼拴起来。爸爸找来一根尼龙绳，在羊驼脖子上系一个套，将另一端拴在木楼客房的柱根。下一步只能听天由命，等待商议结果。

爸爸说："妈妈怎么考虑的？"

妈妈说："一定是从动物园里跑出来的。给动物园打电话，让他们领回去。"

儿子说："可是……"

妈妈说："没有什么可是。珍稀动物是公共财产，它跑出来，动物园一定急坏了。"

爸爸开始给114电话，查问动物园的号码。114的回答令他们不知所措，最近的动物园在昆明，离这里有千里之遥。但是爸爸还是记了动物园的电话，并且打过去。

对方的答复是本园没有羊驼这个物种，让他们再问问别处。

儿子出了一个捣乱的主意，让妈妈给上海动物园打电话，让他们把它接走。妈妈让他别捣乱。爸爸说失主会很着急，一定在努力寻找。说不如给电视台打个电话，让电视台通过失物招领去联系失主。于是妈妈又在电话簿里翻找电视台朋友的号码。

湾格花原见他们忙个不亦乐乎，趁机溜出去，一个人找羊驼商量一下该怎么办。

他说："你的吃饭问题，你自己怎么解决？"

羊驼说："吃饭没有问题啊，山上哪里都有树，哪里都有草，我想吃什么就可以吃什么。"

"爸爸说你一天要吃很多很多的东西，家里怎么可能有那么多东西吃。"

"吃东西我可以去外面啊。"

"你是说白天你出去找东西吃，晚上再回来？"

"你不是要说，我白天不可以回来吧？"

他想想："那样的话，问题就复杂了。家里随时要锁大门，你出去的时候要专门有人去锁，回来的时候你怎么叫门呢？你不叫门，谁来给你开门？"

羊驼说："门一定要锁吗？不是有马力看家吗？"

"不锁不行。每天有许多游客去看山上的茶树王，他们总会在这里下车拍照。门开着，他们会涌进来问这问那，还要和爸爸合影。爸爸那么忙，没时间和游客应酬。所以谁出门都要把大门锁上。"

羊驼也犹豫了。它每一次出门都要有人跟着它开门和锁门，每一次回来又是这样。而且它没手机，没办法通知家里人它回来了，叫门也是个大麻烦。

羊驼说："你爸爸要锁门，我能理解。我的主人也会把我们锁在院子里。你刚才说的是一个办法，早上出来，晚上回来。那样的话，我就只是回来睡觉，我留在你家还有什么意义。哪里都可以睡觉啊。"

"爸爸妈妈还在讨论要怎么处置你，我是偷着跑出来的。我想听听你自己怎么说。"

"处置我？他们凭什么要处置我？"

"他们觉得你是从什么地方跑出来的，是动物园还是养殖场。他们担心你的主人会着急。"

"他们着急不着急干你爸爸妈妈什么事？他们为什么不考虑我的感受？气死我了。"

“他们也是替你着想啊，想早一点送你回家。”

“我才不要他们替我着想。你马上放开我，放我离开这个鬼地方，哼！还以为你们是个好人家呢。”

“我们当然是好人家。你不要好心当成驴肝肺。他们诚心诚意替你着想为你着急，你还说这种话！”他动手解开拴它的绳子，“要走你尽管走，真没见过你这样的朋友。”

一分钟前，他们两个谁也没料到会反目成仇。羊驼兴致勃勃地来，湾格花原一直在努力留下它，谁都不懂怎么会突然之间就僵持住了。已经恢复了自由的羊驼，尤其不知如何是好。

羊驼说：“湾格花原，你干嘛那么小气。”

“你想留下来，我一直在帮你，怎么就小气了？”

“你替我想想，我刚从养殖场逃出来，他们又想把我送回去，对我来说他们是不是坏人？我生他们的气是不是理所应当。我生气了，你不安慰我，你还不是小气？你就是个小气鬼。”

“不管怎样，我都不许你说他们是坏人。坏人会替你着想吗？即使你不需要他们替你着想，你可以告诉他们，但是不可以说他们坏。”

“好了好了，我不跟他们一般见识，就算我说错了不行吗？无论如何，他们要是替我着想，就必得征求我的意见，不然就根本不是替我着想。那么你现在是怎么打算的，撵我走还是留下我？”

“刚才是你自己要走，现在还说这种话！”

“我说你小气，你自己看看你小气不小气？你决定吧，帮我还是不帮我。”

他心里很气。它明明心里想求别人帮它，还非要在口头上占别人的上风。这种人真是又招人恨，又招人可怜。他简直拿它没办法，又不能撵它走。

妈妈在喊他。他应了一声转身往回跑。

羊驼说：“你把绳子解开了，就不怕他们说你？拴好了再回去。”

他完全无可奈何了：“不是你让我解开吗？”

“既然你不让我走，还是先拴上好了。我可不想让他们乱说我吃了他们的宝贝植物。”

湾格花原只能依它，把它按老样子拴好。

妈妈的态度有所转变，应该是爸爸做了她的工作。

妈妈说："跟电视台说好了，一有消息会通知我们。这个羊驼只好在我们家逗留几天。"

儿子说："我跟它也说好了。白天它自己出去找吃的，晚上回来睡觉。"

爸爸说："我看这主意不错。"

妈妈说："我还是担心它晚上乱吃乱嚼，把花园弄得乱七八糟。晚上回来一定要拴上它。"

"我看这样很公平，儿子，你看呢？"

他们已经二比一了，他不同意也得同意。最后还是他去跟羊驼谈，把结果告诉它。

羊驼说："这算怎么回事嘛。我来看朋友，结果朋友把我囚禁了。我已经失去自由了，对不对？"

羊驼这么说，他不能说它说的话不对。它既然留在园子里，爸爸妈妈都不同意给它自由。

至于它是不是能接受最终被送还给它主人，那是它自己的事。因为白天它是自由的，离开这座园子它是自由的。它若选择不回主人的养殖场，它可以晚上干脆不回园子。爸爸妈妈没囚禁它，所以不必担责。

爸爸给它找的位置当真不错。那条拴它的绳子很长，它想晒太阳就到房子外面来，如果下雨又可以到房子下面来。下午有整整半天，它有权决定下午。

湾格花原说："你要出去吗，找吃的或者随便遛一遛？如果不要，留在这里我也没意见。"

它说："出去。我从主人那里逃出来，就是不想过那种被囚禁的生活。"

"这里没人囚禁你。这样吧，日落的时候我在大门口准时等你。"

羊驼走了，他心里总算松一口气。昨天见面的时候他欣喜若狂，没承想不到一天的时间它就成了他的心病，成了他和妈妈之间的导火索。

7. 鸡司令的烦恼

你们已经知道了，鸡司令是妈妈。妈妈就是这些鸡兵鸡将的总司令。

爸爸在妈妈喂鸡的时候最喜欢拿起手机拍照。那种时候是家里的微型节日，因为大大小小上百只鸡都会先守候在厨房门前，等候妈妈端着两个盆子从厨房出来，它们簇拥在妈妈的身前身后上蹿下跳。那段路大约三十七步，直到马力院子门口。

通常马力的食盆在妈妈左手，因为马力的院门是从左向右开，妈妈把门拉开一道食盆那么宽的缝隙，就可以随手把食盆放进去，让马力第一个进餐。这也是一种经验，开饭的时候吵得最凶的是马力，先喂它可以堵住它的嘴。马力安静了，整个园子才会安静。

右手的食盆是大白的。鱼塘在路的右边，妈妈要把这个属于素食者的餐盆放进塘中的鹅房。大白是嗓门仅次于马力的那个，它的吵闹声可以盖过那些鸡。

所有的鸡粮都在鱼塘对岸的井亭下面的缸里。妈妈要从桥上过去再掀开盖板，舀出满满一体鸡粮（苞谷和碎米）。这时候有差不多半数的鸡会跟着她过来，之后再跟着她往回走；另外差不多半数已经涌进坡下的竹林里等候妈妈。

这片坡地竹林是鸡的家园，妈妈将鸡粮均匀地撒在竹林间的几片空地上，而且会在其中盘桓一阵，查看下蛋的窝和睡觉的地方有没有异常，顺便将新下的鸡蛋捡回来。

爸爸不止一次把妈妈喂鸡的照片发到微信上的朋友圈，那些照片通透清澈的背景连同绿的湛蓝的天，引来诸多的啧啧称赞，艳羡之声不断。那是真正意义的田园诗般的生活写照，令那些饱受雾霾困扰的都市人由衷地赞叹和感慨。

但是妈妈对爸爸的自得和炫耀很不以为然。

多养鸡是爸爸的主意。最初妈妈也不反对。

爸爸想的是，家里房前屋后有许许多多大鸡小鸡在觅食，那是一幅真正天伦之乐的画卷。

妈妈想的是随时随地有鸡吃有蛋吃。所以最初为了扩大种群，他们连一个鸡蛋也舍不得吃。于是一窝一窝的小鸡破壳而出，鸡群迅速壮大，蔚为壮观。

想当然的时候一切都无比美好。它们是散养的，除了定时一日两餐，它们可以到附近的山上林间觅食。那里有无穷无尽的蚯蚓虫蛹蚂蚱和肉虫，它们有天然而且富有营养的脂肪和蛋白质的补充。

它们也确实如此，园子四围的山上山下到处可以见到它们的身影。爸爸的理想正在变成现实。

妈妈的烦恼来了。今天会发现一只鸡雏受了伤，明天会发现一只半大的鸡被过路的车轧死，后天又在鸡房附近发现还算完整的蛋壳（当然是空的）。马力偶尔会失控，代价则是或死或伤的大鸡小鸡。鸡自己偶尔也会失足，或者掉下鱼塘被淹死，或者飞上马力小院的铁栅跳下去打扫残羹剩饭，被马力追扑落难。

眼看着自己亲手喂大的鸡兵鸡将遭遇意外，妈妈的心里疼啊。所有这一切防不胜防，她也无可奈何。但这仅仅是鸡司令烦恼的一部分。

妈妈一直憧憬有自己的菜地，爸爸实现了她的愿望。她的菜地是三叠梯田，一块比一块的面积更大。妈妈兴致勃勃地把土地翻开打碎，按照自己的规划种了大约十几种菜蔬，黄瓜、茄子、白菜、豆角、水瓜、辣椒、生菜、红薯，不一而足。

爸爸备了专供灌溉的储水缸；妈妈让大家把尿积在大桶里，为她的菜蔬做肥料；儿子也自觉自愿地把在家时的每一泡尿都尿在菜地，所谓肥水不流外人田。

谁也想不到，这一切辛苦却原来成了鸡兵鸡将们不足半顿的口粮。所有这些菜蔬的新芽瞬间被啄得精光。看着这些鸡闲庭信步一样在菜地踱步，妈妈气急败坏抓起土坷垃朝它们扔过去。那又能怎样呢？

于是只有爸爸出马。第一个回合为菜地围网，以为两米高的围网可以防范鸡的入侵。马上就发现它们随随便便一跃一振翅就到了网上，再轻而易举的降落，围网根本无济于事，菜地只能撂荒了。

更让鸡司令恼火的是房前屋后无所不在的鸡屎。也难怪家里别的伙伴们都瞧不起鸡，这些家伙肯定是地球上排便最没有节制的家伙，它们随时随地随处便溺，完全不在乎时间地址和场合。它们便在地上也就罢了，草坪已经完全被啄光，被鸡粪涂得脏兮兮的。

它们还要飞上葡萄架，飞上晾衣绳，飞上石凳木椅甚至门前的台阶，它们简直为所欲为，所到之处毫无例外地都留下鸡屎。

爸爸最初的美好愿望，最终成了全家的噩梦。最苦的还属鸡司令，她每天为它们操劳奔波，换来的却是无穷无尽的烦恼。如今她已经无计可施，已经绝望到想把它们全体消灭掉。

妈妈的烦恼最终也会成为爸爸的。儿子心里非常清楚，妈妈是家里的轴，他和爸爸是轮和辐。而任何烦恼一旦成为爸爸的，它的末日也就到了。

妈妈说："真拿它们没一点办法。除非不养鸡了，一只都不养了！"

儿子说："不养怎么办，杀了吃吗？你舍得？"

妈妈正在气头上："怎么舍不得！"

爸爸说："你也就是那么说说吧。不要说一下子都杀了，就是一天杀一只你也会心疼得要命。"

妈妈说："别光说风凉话，你倒是拿个主意。"

爸爸说："养鸡本身不是问题，山上谁家不养鸡啊。问题在于养多少合适，在于怎么养才能避免出那些问题。"

"还能怎么养？菜地做围网不管用。把鸡圈起来也不管用。你又不同意剪鸡的翅膀。"

爸爸说："从根本上说，鸡是鸟啊。你剪了它翅膀，等于把鸟关到笼子里，我当然没法同意你。"

"结果只能是它们到处飞到处跑到处拉屎。那你说说养多少合适？怎么养才能不出问题？"

"我看寨子里每家每户的鸡都不多，十几只或者二三十只，没有谁像我们家这么多。我们可以做减法，该杀就杀，也不抱新的鸡雏。"

儿子说："好啊，妈妈每天杀一只鸡，天天有鸡吃喽。"

爸爸说："还有就是喂的问题。我们现在每天喂两次，早上一次晚上一次。我想把早上那次取消。"

妈妈说："还是取消晚上那次的好。天黑了，鸡什么也看不见，所以夜里吃不到东西。它们早上最饿，天没亮就守在门口，等着我喂它们。"

"不对，你知道他们为什么都晚上喂？不是要它们吃饱，而是要它们回家，要它们知道这里是家，在这里吃也在这里睡。"

"吃在这里，不一定就睡在这里。"

"不对。我仔细观察了，它们吃过以后不会马上出去。而且天快黑了，它们愿意就近找地方睡觉。鸡睡觉总是喜欢在固定的地方，无论它们进不进鸡房。"

妈妈说："先前它们都睡在木楼下面，都睡在房檩上。我发现每只鸡的位置都是固定的。"

爸爸说："如果它们习惯了晚上不喂，它们又何必从山上山下回这里来呢？它们睡在哪里都一样。那样它们就成了野鸡。你既不能捡到鸡蛋，连抓它们都抓不到。你早上喂的结果，让它们知道不出门也有的吃，这也是它们不出去觅食的原因。"

妈妈终于认同了："就是。它们整天在园子里转来转去，根本不想出去找东西吃，所以园子里到处都是鸡屎。它们要是出去了，自然把屎拉在外面。"

"至于它们乱跑被汽车轧死，那是没法子的事。别说鸡，人也避免不了。这种事毕竟很偶然。"

这是晚饭前的一个临时家庭会议。会议的两个结果非常重大，一是鸡要减员，二是取消鸡的早餐。

太阳正在朝下山的方向疾走。马上开饭了。儿子一直在关注太阳与山顶的距离，吃过饭应该来得及。

8. 风云突变之夜

我一直紧盯着窗外的太阳，吃饭的时候也没有放松。我们约好的日落之时，我不能够失约。还好，太阳没有急匆匆赶路的样子，看上去慢吞吞的。直到吃完晚饭，它与山之间的距离似乎没明显的缩短。

我于是躲到三楼去等太阳。妈妈在一楼忙碌，我不想让她看到我神不守舍地盯着窗外。三楼卧室的窗前是爸爸的贵妃榻，窗子刚好朝向正西，在贵妃榻上看落日是家里最好的位置。而且我的 PAD 在卧室。

在看完了一整集《大头儿子》（动画片）后，太阳终于接近山顶了。一集动画片足足二十分钟啊。从三楼到楼下，一分钟；从门口到大门口，一分钟；拐过第三个左弯之后，我已经看到了守在大门的羊驼。

我打开门锁。

我说："你准时啊。我喜欢准时的人。"

羊驼说："真是奇怪了，一个严重迟到的人会说他喜欢准时，脸皮是不是比墙砖还厚？"

这个阴阳怪气的家伙！也许他先到了，先到了就了不起啊？我气不打一处来。

我说："说谁迟到了？还严重迟到。你老人家抬头看看太阳——"

说这话的同时，我自己也朝向太阳。我的脸一下子绿了，太阳明明已经完全藏到了山后，西天上的云霞也已经相当暗淡。难怪羊驼会生那么大的气。

羊驼说："脸皮厚的人嘴都那么硬吗？硬到可以睁着眼睛说瞎话是吗？你不欢迎，我可以走！"

我无言以辩："对，对不起，是我疏忽了。我没有不欢迎你，我一直在等你。真的，我没骗你。"

他没有跟我一般见识，没跟我使性子转身离开。我做了个请进的手势，他在先，我锁了门跟在后面。进门的这段路比较陡，向上会有些许吃力；过了第二个右转才平缓下来。

虽然马力的院子要过了第三个右转才能看到，但是马力已经在以欢快的吠叫表达他的欢迎了。

我说："马力在欢迎你。我们都在欢迎你。"

他说："马力欢迎我是真心诚意，我听得出来。"

"你是说我虚情假意了？去和马力打个招呼？"

"如果你允许的话。我知道我的地方已经到了，再向前就是我的禁地了。"

"你又何必说的那么难听呢？如果你愿意，我可以带着你在园子里到处走一走。"

"不必了。我是你们的囚徒，没那么多自由的要求。能让我和马力打个招呼已经是很开恩了。"

"如果你那么看自己，你又何必回来呢？我再说一遍，家里没人囚禁你，你也不要故意去误解。你心里很清楚，这样的故意误解很伤人的。"

"是你自己说的，我要在园子里走一走的话，要你带着才行。这不是囚禁吗，不是给囚徒放风吗？算了，也不要见马力了，我已经没心情跟任何人说话了。麻烦你，把我拴上吧。"

他的话像刀子一样扎在我心上。这还算是朋友吗？我想了又想，终于还是说出来了。

"要不，你还是走吧。既然留下来这么别扭，你何必要勉强自己回来呢？你不回来没人会怪你。"

他没跟我赌气。后来想一想，尽管他态度一直很抵触，但他却不是个爱赌气的人，一次也没赌气。

他说："你设身处地为我想想。我从地球的另一端被人带过来，被圈在养殖场里。我不喜欢被人圈着的感觉，一点自由都没有。现在我自由了，想找一个自己喜欢的地方。可是这里比养殖场更不自由，因为多了一根绳子，养殖场里也没有这样一根绳子。你想想我会是什么心情？"

"可是你的自由在你自己手里啊。你想来可以来，想留下可以留下，想走又可以走，没人限制你啊。"

"你以为拴上绳子不是被限制吗？"

"拴绳子就是这个家里的规矩，谁在哪里会没有规矩呢？我是爸爸妈妈的儿子，我照样得遵守他们专为我立的许多规矩，我违反了照样受处罚。无论怎么说，你还是个外人。外人进了门就可以为所欲为了？"

羊驼听着，渐渐低下头。

他说："你说的也有道理。想想马力，他也照样被锁在自己的院子里，不能够到处乱走。你们的那句话怎么说的来着？什么规矩……"

“没有规矩不成方圆。”

“就是这话。我们生在大山上，我们不懂规矩，也不喜欢别人来规矩我们。所以……”

我说：“有的人天生懂规矩，比如咪咪，所以他的自由就比别人多。他可以进屋，可以上楼，可以出入每个房间，因为他不会破坏东西，不会弄脏屋子。”

“我也不会啊。我甚至不需要进屋。”

“可是有的人天生不懂规矩。那些鸡就不懂，它们到处拉屎，所有的地方都被它们弄得脏兮兮的。你知道，咪咪和马力都只在固定的地方尿尿和拉屎，咪咪还把屎和尿自己埋好。”

“这些我们羊驼做不到。”

“鸡把妈妈种的菜芽都吃掉了，妈妈很生气。鸡还会吃爸爸的花，它们把扶桑的花啄下来，还会把树枝折断。爸爸也气得要命。”

我忽然意识到不能再说鸡了，因为再说就要说到家里刚刚达成的决议，要杀鸡减员，要停掉鸡的早饭。毕竟羊驼也是动物，动物之间肯定会同病相怜。

羊驼说：“我们也会吃菜和树，有时也会吃花。我们分不清哪些东西允许吃，哪些不允许。”

我说：“这就是爸爸为什么要把你拴住的原由。爸爸买那些花和树花了好多钱，费了好多心，当然由不得你不加分别就把它们吃掉。是不是这个道理？”

羊驼第一次露出了笑容，他不是开心而是笑他。

“看不出来，你还是个好儿子诶。”

“才不是呢。爸爸说我专门赖妈妈。睡不够的时候会跟妈妈大哭大叫，心情不好的时候也会。妈妈说我，我会更大声说她。爸爸说我欺负妈妈。赖妈妈欺负妈妈的儿子，能算好儿子吗？”

“听你说话，你好像什么都懂啊，怎么还会揣着明白犯糊涂呢？”

他的问题我没法回答，我也不明白为什么。为什么我会为很小的事情跟妈妈大哭大叫，为什么换了爸爸就不会？我知道，妈妈每天围着我转很辛苦，我还是忍不住为很小的事情跟妈妈发脾气，可是为什么呢？

我说：“走还是不走你自己决定。我该进去了。”

羊驼说：“我只是跟你说说我的心情。我说过要走吗？心里有委屈了，你还不让人说说吗？你走你的，我这里不要你管。明早记着来放我出去就是了。”

天已经黑下来，我以为再见面一定是天亮之后，我当然预料不到夜里会风云突变。

羊驼不来见马力，我要跟马力解释一下。

我说：“羊驼心情不好，说不过来见你了。”

马力说：“我理解。谁都有心情不好的时候。”

“我跟爸爸妈妈说好了，羊驼愿意的话可以留在家里过夜。羊驼说白天他自己出去找吃的，晚上回来。这样最好了，要不全家人都会为他吃饭而犯愁。”

“真不错，家里多一个伙伴了。”

“别臭美！谁敢跟你玩？你没轻没重的，一闹起来别人不是死就是伤，连我都怕你。”

“你现在不是不怕了？谁让你胆子那么小，还是男孩呢。你为什么怕我，我弄伤过你吗？”

“谁让你的眼睛那么凶，牙齿那么吓人？”

“也难怪，你还是个小孩子嘛。”

“再小也比你大。我六岁多了，你还不到两岁。”

“你说得不对。我是大人。我们过了一岁就是成年人。你们到了十岁还是小孩子。”

“不跟你说了。爸爸在葡萄架那干嘛呢？”

家里的葡萄架也是令爸爸骄傲的一幢建筑。可是这会他站在下面的靠凳上看什么呢？我也站上去。

原来是爱爬家那个转弯在会车。那里是个急弯，原本路又窄，所以每次会车都会有一些耽搁。我这时忽然发现，日落的方向天光还很亮，比刚才在下面接羊驼的时候还亮。真是怪了，为什么过去了十几分钟，天没有更黑些，反而亮了呢？

我说：“爸爸，我刚才在下面接羊驼。我们约好的日落见面。我在卧室里明明看见太阳还在山上，为什么马上到下面，太阳就已经落下去了？”

爸爸说：“三楼那么高，比下面高十几米，看到的太阳当然也高。大门口比这里已经低了许多，与三楼比就更低了，太阳自然也就低了。”

怪不得羊驼会认为我迟到！不行，我不能就这么被他冤枉，我要去跟他解释清楚。我跳下凳子冲出葡萄架，一个小冲刺沿着路往下，我已经气喘吁吁。

我说：“别怪我刚才迟到，原来是我等你的时候等错了地方。我站在三楼看太阳，太阳根本没落山。三楼那么高，从路上到路下又那么高，所以大门口那里看太阳会觉得已经落下去了。”

羊驼说：“现在说这些还有什么意思呢？”

“我要告诉你我不是个会迟到的人，是太阳把我骗了。不对，是所在位置的高低在骗人。这么说好像也不对，反正，反正我没想迟到。我说得连自己也糊涂了，你懂我的意思吗？”

“你真是个啰嗦的家伙，那么一点事有什么好解释的，何必呢？男子汉别什么都解释个没完。”

我说：“我也觉得我啰嗦。爸爸说妈妈是个啰嗦婆，说我是个啰嗦仔。男孩啰嗦是不是很讨嫌？”

“知道自己啰嗦就别再啰嗦了。”

我本来想进一步解释，现在不了，悬崖勒马了。

“羊驼，明早见。”

“明早见。”

都说版纳的天一日三变，山上的天一日十变也不止。这不，中间只隔了洗个澡的功夫，外面忽然就下起雨，而且雨势很急。我心里惦记羊驼，不知道这个傻瓜会不会躲到木楼下面去避雨。刚才我俩说话可是在木楼外的露天处，他不会那么没脑子吧。

我知道山上夜里凉，下了雨就格外凉。我想到木楼下铺的是地砖，而且肯定会有雨点被吹进来。趴在地砖上一定会凉上加凉。

我问妈妈：“家里有废纸箱吗，大一点的？”

妈妈问干什么用。

我说：“给羊驼铺一下，我怕地上太凉。”

妈妈说：“你真是瞎操心。它们身上的皮毛就是天生的皮褥子。它们生于高寒地带，常年露天在山上住也不会怕冷，到了房子底下怎么反倒会冷呢？”

妈妈说的在理，反倒是我脸红了。

“他不是客人吗，对客人多关心一点呗。”

雨一直下个不停，雨声很有节奏，那简直就是绝妙的催眠曲。我应该是在雨声中走进了梦乡。我肯定睡得很沉，因为睡得沉才觉得夜里的电话铃格外尖利。爸爸接了电话，一连气好几个语气肯定的“知道”，说明问题很严重。爸爸关了手机。

“电视台的电话，说羊驼的失主联系上了，说他们要连夜赶过来接羊驼回去。”

妈妈说："半夜三更的折腾什么，明天再过来接不行吗？羊驼又不会飞。他们不睡我们还要睡觉呢。"

爸爸说："你得理解人家的心情。人家的宝贝丢了，恨不得一下子飞过来见他的宝贝。"

我躲在被窝里，他们的话我听得一清二楚。

妈妈说："那怎么办？"

爸爸说："没办法，只能起床等他们来。"

"我不起来了，那么冷。你自己去等他们。"

爸爸说："他们没那么快，最少得一个小时才赶得过来。我也再眯一会儿。"

我从床上爬起来，迅速套上衣服和外裤。

妈妈说："尿尿啊，儿子？"

我含混地应了一声，拉开门出去，轻手轻脚地沿着楼梯下楼，悄悄打开大门。外面的雨还在下，我去楼梯下的储藏间找一把伞，冒雨跑到木楼下边。

我说："你主人要来接你，你打算怎么办？"

"他们怎么知道我在这里？"

"他们通过电视台联系到爸爸，说连夜过来。你自己要做个决定，是让他们接走，还是你先出去躲开他们。"

"你说呢，你觉得我该怎么办？"

"我不知道你的想法。问题在于你想不想回去，想不想再过以前那样的生活。"

"其实我自己也不清楚。养殖场想想也不错，有人专门照顾我们，定时给我们投放饲料给我们喂水，又有那么多的草场和树林，我们不愁吃也不愁喝。可我就是不喜欢那里，所以才逃出来。你冷吗，你怎么浑身都在发抖？"

天那么凉，我穿得又那么少，而且又在下大雨，他居然问我"你冷吗"。这个爱说风凉话的家伙！

"别说我了，快说你。你怎么决定？你要躲起来的话，我马上开大门放你走。"

"那就，开大门吧。"

他决定走，但还是听得出他的犹豫。我为他解开绳子，后来又为他打开大门。

我说："你还会回来吗？"

他先说："应该会吧，"马上又说，"肯定会。"

“那好，我准时在太阳落山时等你。你放心，我不会再迟到，我在大门口看太阳。”

羊驼说：“那就一言为定了。”

我们在夜雨中分手，我一个人拿着伞走回来，心里觉得很凄凉。那样的情形，加上那样的离情别绪。有一件事我必须面对，我放走了它，我要不要告诉爸爸妈妈？如果不告诉，羊驼的主人来了会让爸爸妈妈尴尬。他们会以为是爸爸妈妈藏匿或者放走了羊驼。

我必须要说。妈妈有一点紧张，担心人家来了不好交差。爸爸反倒轻描淡写，说羊驼是自己来的，自己想走我们也不便阻拦。如果它想跟主人回去，即使出了大门它也一定不会走远，或许就在门前等候。

爸爸这么说我的心倒是放宽了。

羊驼的主人一看就知道是个急脾气的有钱人。我注意到他左手戴了四个戒指，每个戒指上的宝石颜色都不一样。他听说羊驼不在就火了，责问它为什么不在。爸爸很幽默，说它来的时候也没问它为什么来的，而且它走的时候也没过来打招呼。

羊驼主人说：“可是你们为什么不关大门呢？”

大门是爸爸在他们到来前打开的，原来爸爸是这个用意。

爸爸说：“我们不关大门的，所以它才能进来。关了大门我们就没机会认识它了。”

“你们既然给电视台打电话，就应该把它关起来，等待失主来认领。”

“你这么说就不妥当了。一家有一家的习惯，我们家没有关大门的习惯。我不想为了一个畜生的到来，改变我的习惯。”

在一旁听他们说话，我心里很紧张，因为明明知道爸爸在说谎。可是爸爸的谎是那么自然而然，根本听不出是在说谎。我在心里很钦佩爸爸，我听得出来，爸爸说羊驼是畜生说的不仅仅是羊驼，是双关语。羊驼的主人黑着脸。

他说：“现在怎么办？”

因为他说话的时候没面对爸爸，所以爸爸像没听见一样，既不看他也不接他的话。那个人终于转向爸爸，直接对爸爸说话。

“我看这样，我会留下两个人守在你家。羊驼回来了，让他们带回去。要麻烦你们一下了。”

爸爸说：“让人守在这等羊驼不是问题，但是最好在大门外面，我可以借你一条长凳让他们坐。他们在院子里的话，狗会整夜叫个不停。”

羊驼主人说：“你就不能把狗关起来吗？”

爸爸说：“它本来就关着，但是有生人了，我没办法让它们不叫。狗又听不懂人话。”

爸爸的话说出来很难听，我不知是因为话的内容还是他说话的口气，总之我听了很不入耳。

爸爸和他是在房子门口说话，我站在爸爸身后。听那个人的口气，他在大门外还有别的人。也难怪，他们在夜里上山，肯定是开车过来的，开车走夜路不会只他一个人。而且他们还要带上羊驼，没有人手也不可能把那么大的羊驼放到车上。对了，拉羊驼必得用卡车，或许他们的车不止一辆。果然。

他说：“不劳你费心，他们可以在车上等。”

他连打扰了这样的话也没说一句，转身就走了。爸爸的脸色很难看，站在原地有一分钟之久。我没敢吱声。之后爸爸拿上刚才打开的大门上的大锁。

“儿子，咱们去把大门锁上。”

“你不是刚刚说咱家没有锁大门的习惯吗？他们有人留在门口，会看见你锁大门。”

爸爸轻轻摇头。我跟在他身后，转过最后一道弯。羊驼的主人还没走，正在跟两个手下交代。爸爸脚步依旧，上前将两扇门挂上大锁。

羊驼主人说：“你不是没有锁大门的习惯吗？”

爸爸说：“门口有生人就不一样了，锁门不就是图个心安吗？我说了，大门口这里狗看得见，看见有人会叫个不停，人尽量站在狗看不见的地方才好。走了儿子，咱们回去睡觉。”

爸爸转身向我伸出手，我马上紧紧拉住。爸爸脚步很大，我也尽量跟着他迈大步。一二一，一二一。

进了屋子，他让我回三楼，说妈妈肯定在惦记。他说他留在一楼哥哥的房里。我知道那个房间的窗可以看到半个园子，看得出来爸爸还是不放心。

马力又叫了，叫了一阵，有一个停歇；之后再叫一阵，再一个停歇；再叫。后来的事情我就不知道了。

9. 警察或钟楼

早上我被闹钟铃吵醒。醒来的那个瞬间，我马上想起了夜里的骚扰。

我说："妈妈，爸爸肯定夜里没睡好。"

妈妈说："你再睡会，我去做早点。"

我已经没了睡意。妈妈下楼后我也不想再赖床，穿好衣服下了楼。爸爸已经在扫路。他的眼睛红红的。

我说："爸爸，我扫吧。"

爸爸把扫把递给我，手指着大门的方向摇一摇。我猜他不让我多说话，就不再说话。

我看到马力正在吃早饭，显得很安静。我于是想起了他夜里的吠叫。平日里他的早饭通常要晚一点，在我和妈妈出门的时候。今天早饭提前了。

爸爸回房去了。

我问马力："下面的人还在吗？"

马力说："他们在离大门远一点的地方。他们夜里一直没过来，我一直看着他们。他们胆敢靠近，我会警告他们，让他们滚得远一点。"

"你知道羊驼去哪儿了吗？"

"汽车来的时候他就躲在近处。那辆小车走了以后，他也没了踪影。我没听到他回来。"

"你说他还会回来吗？他一定知道他的主人在这里留了人。"

"他是个聪明的家伙，除非他自己想回去，他不可能让他们把他抓回去的。"

"我是说，他还会不会回到湾格花原？他喜欢这里，虽然拴绳子让他很委屈，但他还是想留下来。"

"他主人还没撤人，他不会马上回来。"

这时我听到远处有警笛声。真正的警车我只见过一次，那会我还小，是在上海家里。爸爸说那是救火车，是一个车队，刚好从我们住的房子前面呼啸着开过去。爸爸说有什么地方着火了。那些大车全身是红色，与我在电影里经常看到的那些警车的颜色不一样。我们在山上这几年从来没听过警笛声。

警笛越来越近。

我对马力说："好像离我们很近了，我去看看。"

我撒腿就往下面跑，我可不想错过只有电影里才见得到的场面。我的担心是多余的，因为它的目标就是我家大门口，我想错过也难。

这回我看到的警车不是红色的，是蓝白相间。它的后面是一辆大奔，那个醒目的三叉星标志地球人都知道。警车上跳下来五个警察。大奔上下来的正是夜里那个不速之客，羊驼的主人。他们六个人凑到一处，似乎在商量什么事。

一个警察过来："小朋友，你家长在吗？"

我很紧张，点点头。

警察又说："小朋友，让你的家长出来一下。"

在我的眼里，警察都很威风，警察的话就是命令。我又点点头，转身往回走。刚进大门的那段路是最陡的，所以我的脚步很吃力。

警察在我身后说："小朋友，你可以快点吗？"

我心里突然起了逆反，你凭什么？我在自己家里，我想快就快，不想快就不快，你管得着我吗？我心里很明白，我的火气是朝着羊驼主人的。我不喜欢那个人，警察是他带来的，他带来的警察我同样不喜欢。所以我不但没加快脚步，反而将速度减慢了。

我刚到木楼，爸爸已经闻声赶过来。马力一直在狂吠，与此起彼伏的警笛声交相呼应。

我说："爸爸，外面是警察，他要我找家长。"

爸爸说："你先别回去，跟我一起下去，听听他们说什么，再回去给妈妈报个信。"

那个警察见到爸爸很客气，脸上有了笑模样。

警察说："您是马老师吧？我是110外勤。"

爸爸说："有什么事吗？"

"是这样，我们接到报警，有一只珍稀动物昨天夜里在这一片区域走失，说是曾经到过您家里。我们想了解一下这方面的情况。"

爸爸打开大锁："请进来说话吧。"

警察说："谢谢马老师的配合。我们还有几位干警，方便一道进来吗？"

"没问题。"

他回头摆手示意他们一起进来。他们一行六个跟在爸爸身后。我在原地站了一下，我在想要不要把大门关上。我想起夜里爸爸说过，家里没有关大门的习惯。既然如此，就不关吧。

爸爸先是打开门房的小门，探头看一下。

爸爸说："这里太窄了，你们人多坐不下。咱们还是到书房里坐。"

我心里咯噔一下，书房在三楼，在卧室的对面，爸爸从来不在那里会客，今天怎么了？

爸爸领着众人走过钟楼和茶厂，忽然拐向右手的小路，拐向茶厂前面的六角楼。我一下子明白了，爸爸说的书房是六角楼下面那个房间。那间大房子是爸爸和我平日里练书法的地方，有一张大书案，是爸爸从上海运过来的，还有几张椅子。原来爸爸不是要带他们去我们住的那幢房子。

爸爸说："诸位请坐。"

书案两面有四张笨重的大椅子。现在他们连同我和爸爸，一共八个人。八个人只有四张椅子。爸爸让座，但是有七个人都没有坐下来的意思。唯一坐下的是那个戴着许多个戒指的男人。

爸爸说："椅子不够，让孩子再去拿几个。"

我明白这是让我出去。我正好可以告知妈妈。

妈妈问："他们怎么说话？"

我说："挺和气的，一口一个马老师。"

妈妈说："你拿上两个小凳过去吧。"

我提着两个当地的小竹凳递给最近的两个警察。现在有六个座位了，我认为爸爸不会想自己也坐下来，我也不想。

爸爸说："大家都坐呗。"

领头那个警察说："就不坐了，我们还要到村民小组长家里，请他帮忙发动村民帮着找一下。毕竟是珍稀动物，跑丢了是很大的损失。"

爸爸说："是不是派人在园子里到处看看？看是不是它会躲到什么地方。"

警察说："马老师说笑了，我们不会信不过马老师。而且还是马老师给电视台打的电话。"

"你们慢慢找，想喝茶的时候过来喝茶。"

话说到这个份上，爸爸是在下逐客令了。

"马老师，给您添麻烦了。还是要谢谢您。"

他们走了。羊驼主人从始至终没开口。爸爸也没客气，在他们身后将大门落锁。

他们虽然没回头，但是关门锁门的声音他们肯定听得到。

妈妈很气愤，说他们还挺有本事，连警察都请得动。爸爸认为有人报 110，110 自然会根据情况决定是不是有必要出警。妈妈说谁家走丢了牲畜这种事，应该不在警察寻找的范围。爸爸说羊驼是珍稀动物，是贵重物品，110 出警应该在情理之中。妈妈说警车警员出动要耗费人力财力。爸爸说失主有钱，承担必要的费用肯定不是问题。妈妈说听说现在破案都是报案方承担费用。爸爸说没听说，又不是你报案，又不要你出钱，你操那么多心干嘛？

妈妈说：“总之我觉得，为个人的事情出动警力，这是只有富人才做得到的事。寨子里的老百姓丢了一只羊，他会去让警方来帮他寻找吗？”

爸爸笑了：“你丢了鸡肯定不会报警，你肯定担心要你自己承担费用，你舍不得花钱是不是？”

我说：“你们一点不担心羊驼被他们抓回去？”

爸爸说：“你把事情说得很严重，但事实上羊驼是人家的财产，理所应当被主人带回去。”

妈妈说：“儿子，你是不是有非分之想，想把它据为己有啊？”

我说：“才不是呢，是它自己想留在这里。”

爸爸说：“无论谁，它属于什么地方就该留在什么地方。就像家里的芒果树，它在山下长得很好，它不属于山上。我把它弄到山上来，结果是一死一伤，活着的这个也不开花不结果。还有那个外来的植物水葫芦，到了中国就疯长，很快就把大小水塘长的满满的。结果水塘变成了干塘，环境也因此改变了。最后国家严令禁止外来的物种入关，防止它们的入侵。”

我说：“还有中国的鲤鱼入侵美国，在美国成了灾难。那些鱼过量繁殖，在水面上飞来飞去。”

妈妈说：“那个电视节目我也看了，鲤鱼成了灾，真有意思。该在当地开家西湖醋鱼餐厅，肯定会火。寨子里在广播，听听什么事？”

爸爸说：“不用听，肯定说的是羊驼。通知各家各户，发现了羊驼即刻报警。”

爸爸话音未落，广播里的声音便接了上来。

“……如果哪位发现了羊驼，请协助将羊驼控制住，并与警方联络，等待失主来认领。失主有重谢。再播送一遍，姑娘寨的各位乡亲请注意，警方发布通知，近日有一只像羊又像骆驼的珍稀动物在南糯山区域走失，它叫羊驼，如果哪位……”

妈妈说：“儿子，听清楚了没有？警方已经正式通告大家，羊驼是走失的珍稀动物，谁见到了都有义务报警。所以就别做你的美梦了，即使它自己回来，你也无权收留它。”

我说：“我不收留它没关系，但我还是不想它被那个人抓回去，那个人就是个坏人。”

爸爸说：“跟你说过多少次了，不能以貌取人。”

“爸爸，你还说过，一个人是好是坏都写在脸上，一眼就认得出来。他的脸上写明了他是坏人。”

“他很傲慢，我也不喜欢他。但他是失主，他丢了东西会很着急很恼火。他的脸上写的充其量也只是恼火，是好是坏根本是另一回事。”

“羊驼跑出来，也就证明它不喜欢他。既然不喜欢，既然羊驼想留在南糯山，留下岂不是很好吗？爸爸，你想想看，羊驼恢复它野生动物的身份，这么大的南糯山总会养活它，我们随时随地都可能看见它，不是个特别开心的事情吗？”

爸爸摇头：“不可能的，重赏之下必有勇夫。明知道失主会重谢，它的下场就只有两个。或者被抓住去请赏，或者远远见了人就躲开，让人轻易见不到。可惜羊驼不会说话，没人告诉它一定要躲开人。”

我在心里窃喜，别人不能告诉它，我能。

警车又启动了，因为警笛伴随着轰鸣声，但是马上警笛声又停了。

爸爸说：“警察还是明事理，离开毕竟不是什么要紧的事，就应该把警笛关掉。这个羊驼啊，这一夜半天给我们找了多少麻烦。”

我说：“一点不麻烦。它不来，也许我这辈子也没机会跟它面对面。爸爸，你就一点不喜欢它？”

“喜欢是一回事，找麻烦是另一回事。我这个年龄了，多一事不如少一事。我们一辈子奉公守法，当然不希望警察上门。我就从来没跟警察打过交道。”

妈妈说：“过去了，都过去了，别烦了。”

我心里很矛盾，既希望羊驼会留在南糯山，又担心它会被乡亲发现了捉住。我一定想方设法，尽快跟羊驼见面，要提醒它躲避人，一定别让人捉住。

妈妈刚才说都过去了，妈妈肯定没预料这一天注定是家里麻烦不断的一天。今天是周六，本该是妈妈歇歇的日子，因为我不必上学，妈妈至少不需要下山跑送我上学这三趟。下午这一趟用时最久，因为只一堂课，妈妈没必要跑上跑下两个回合，她已经习惯了在外面等我。上午三堂课，只能送一趟，再接一趟。

羊驼事件让早上一家人都忘了赖床，所以中午全家人都要补一觉。吃过中饭再洗过碗扫过地，时间已经过了一点。下午无事，三四点钟起床会是一个不错的午觉。然而事与愿违，两点还差七分的时候妈妈的手机铃响了。妈妈在应答的时间里已经把我和爸爸的美梦彻底给毁了。

妈妈说："是乡政府一个什么官员的电话，说他已经到了大门口，说有人举报我们，说什么教堂。"

爸爸说："你们睡你们的，我下去开门。"

我说："我跟爸爸去。"

妈妈说："你们都下去，我再睡一会儿。"

来人自报："我是乡上的文化宗教助理，你一定是马老师吧？因为有人举报，所以冒昧来打搅。"

他是开车来的。爸爸请他进来说话。他在钟楼前站下，仰首端详钟楼。

爸爸说："你说有人举报，举报什么？"

"说你们这里在盖教堂。乡里的主要领导来过你们家，都说马老师不可能啊。但是毕竟有人举报，就让我专程过来确认一下。给您添麻烦了。"

爸爸也看看自家的钟楼："我明白了，一定是那几个通风口被误解了。建钟楼的时候，我在图纸的中间部分画了两个十字，指明了是通风口，工人也就在通风口的部位一面做了那两个十字形小窗。"

宗教助理点头："对，举报信上指出两条，第一条就是十字架。一共八个十字架。"

爸爸笑了，笑得无可奈何。

"透气孔怎么就成了十字架了？莫名其妙。"

宗教助理说："马老师，既然不是教堂，我觉得通气孔的形状可以小作调整，以免给别人把柄。"

"调整？也不是不可以。要不这样吧，你看，我把十字的上边堵上，变成T字总可以吧？或者另一个，把下边堵上，变成个倒T字，您看这么调整怎么样？"

"我觉得很好。只要不是十字，就跟宗教扯不上关系了。很好。"

爸爸说："还有别的吗？"

“还有一条是教堂。说你家建了个教堂。乡长说举报信完全是胡说八道，他看过你上边的双八角楼，每个房间都进去过。乡长让我拍几张照片回去作证。”

宗教助理显然毫无敌意，爸爸也不再板着脸。

爸爸说：“请到上面随意拍。”

我说：“每天都有人过来拍八角楼的照片。”

宗教助理说：“为什么建成八角楼呢？”

一面说着，他们已经来到主宅下面。

爸爸说：“我喜欢全敞开的空间。一个房间里四面八方都有门窗，每个门窗都是景观，想想也觉得很漂亮。自己的房子自己做主，就这么造起来了。”

“真的很有意思，恐怕全西双版纳只此一份。”

我说：“爸爸最喜欢建筑，他去过全世界很多城市，爸爸说没见过哪里有这样的建筑。”

爸爸说：“小孩子乱讲。我只是自己喜欢而已。”

助理说：“的确与众不同。马老师，方便到里面参观一下吗？如果不方便拍照片，不拍也行。”

“没什么不方便的。乡长说带几张照片回去，你随便拍好了。拍好了我们在二楼喝茶。儿子，你带着叔叔每个房间都转一转，我在二楼准备茶。”

我在家里经常充当爸爸妈妈朋友们的向导，这是我喜欢的差事。因为常听爸爸跟朋友介绍自己的想法，我也知道该如何把爸爸的想法告诉给参观者。

“两个八角楼相差一米高。因为右面一层是大客厅，所以比左面一层高一米。左面一层是我和哥哥的房间，两个房间一模一样，两人共用一个卫生间和一间起居室。起居室对着井亭和鱼塘，是家里景观最漂亮的屋子。”

宗教助理一边拍照片一边啧啧称赞。

“房间很有意思，每一间都不方正，都有一大两小三个窗。”

“把八角形切割成两大两小四个空间，爸爸费了不少心思。”

“你爸爸到底是大学教授！这些都是他自己设计的吧？”

“都是。爸爸很得意，说他一个人带着几个农民工，就把房子和园子造出来了。

“这是家里的大客厅。爸爸不喜欢隔墙，所以房子的八个角八个面看得一清二楚。

“爸爸叫二层左边是家里的外客厅，有客人大多在这里喝茶。家里人也都喜欢在这里聚会，有沙发有吊床，有许多藤椅和竹凳，还有音响和电子琴。”

客人说：“马老师这是把吊脚楼搬到了屋顶上。”

“爸爸说了，吊脚楼落在地面上，下面的空间就浪费了。把吊脚楼搬上屋顶，等于多出一层楼。”

“是这个道理。”

“爸爸还说，山上凉快，完全用不到空调。说人在户外比在房子里更舒服。这个二层没有墙没有门窗，太阳晒不到，雨水淋不到，人在这里比房里舒服。”

“是啊，景洪太热了，没法在户外坐。小伙子，你说说，为什么右边比左边要高？为什么右边的中间要建一间房？”

“外客厅有一间就足够了，一百多个平方呢。所以爸爸把右边改造成我的自行车道，我和爸爸还可以在这里拍球，妈妈还可以在这里慢跑。中间是爸爸为外公准备的房间。你刚才还问什么来着？对了，这边为什么高？因为下面是大客厅啊，大客厅就是要高一些。还有爸爸也说，房子里面有错层更有意思，说空间有变化。叔叔，什么叫空间啊？”

客人说：“这个我不懂，还是问你爸爸。他是大教授，他的话里有学问。”

“我问过他错层，他说房子里的地面不一样高，就是错层。什么是空间，我忘了问了。三层是爸爸的工作室，也是爸爸最得意的地方。”

“小伙子，我还要问你，怎么上面的楼梯变成木头的了？”

“爸爸说上面是木楼，不能踩着水泥楼梯上木楼。他说这是他的别出心裁，爸爸就喜欢别出心裁。叔叔，你要小心，很多人头一回走木楼梯会害怕。我开始也害怕，走惯了才不怕的。”

“我们不怕。我们以前家里的老房子，都是这种木楼梯，老早就习惯了。”

爸爸的工作室他没多大兴趣，他连那五级木楼梯也没下。

“这是个家庭图书室，”手指对面，“那边呢？”

“是卧室。”

“卧室就不进去了。你爸爸还在二楼，下去吧。”

我有点不尽兴。本来爸爸的工作室我还有话要说。工作室的屋顶绝对与众不同。下面是八个角，但是上面却变成了四角。这里面的门道只有爸爸和我知道。可是客人没给我机会，没给我发挥的余地。

客人并没有逗留很久，喝过一杯茶便起身告辞，说有公务在身。爸爸在门前与他道再见。让我送叔叔出大门，然后把门锁好。

我回来时妈妈也下来了，他们正在议论这件事。

妈妈说："你该问他看看那封举报信。"

爸爸说："没这个必要，身正不怕影子歪。"

"会不会是谁在背后搞小动作？"

"不做亏心事不怕鬼敲门。你就别自寻烦恼了。这里是乡下，乡下不像城里那么复杂，用不着处处提防这提防那。"

"虽害人之心不可有，但防人之心不可无啊。一般村民不会联想到宗教上，这像是文化人的问题。写举报信的一定是文化人。"

"老婆，一定不要疑神疑鬼的。选择了上山，也就选择了过山民的日子。不要自己跟自己过不去。"

我说："爸爸，你不是说这里原本就有神有鬼吗？干嘛又不让妈妈疑神疑鬼？"

"有神有鬼是有信仰。疑神疑鬼是自寻烦恼。这根本就是两回事。"

"信仰是什么呢？"

"儿子，你把爸爸难住了。"

妈妈说："就是你信不信呗。信佛是信仰，信基督是信仰，信鬼神也是信仰。爸爸，我说得对不对？"

"就是妈妈说的这个意思。妈妈比爸爸厉害。爸爸就不知道该怎么解释。"

我说："妈妈，爸爸夸你了诶。"

妈妈显然很开心："爸爸哪天不夸妈妈？"

我说："爸爸早就说了，妈妈是爸爸的偶像。"

爸爸说："妈妈当然是爸爸的偶像。"

我说："可是爸爸是我的偶像。"

妈妈说："那我呢，我儿子当我的偶像吧。"

"这可是你说的，妈妈。"

"当然是我说的，你不是我的偶像我会每天从早到晚都围着你转吗？"

"嘢！我也是偶像啦！"

爸爸长长呼出一口气："这一天一夜啊。"

我以为爸爸想说什么，可是没下文了。

10. 与羊驼的又一个约定

对爸爸而言多事的一天已经过去了。可是对我还没有。我心里还记挂着羊驼，因为毕竟我们有约在先。

太阳落山的那一刻。

时间还早，我正在琢磨着看电视还是玩 PAD。

爸爸说："几天没写字了？儿子，写字去。"

爸爸摆明了要和我一道去写字。其实我对写字没什么抵触，每一次都觉得很开心，一笔一划都有变化，都不一样。写字的要求很严格，每个字都要重复写好几遍，直到让大人满意为止。我不讨厌写字，只不过它更像是功课和作业，不像游戏那么开心，不那么自由自在。

我知道，我去也得去，不去也得去。别看爸爸平日里说话比妈妈随和，他叫你做什么，你就必得照做，没有丝毫商量的余地。

爸爸说他以前写字都是用废报纸，根本没有我们这么好的条件。他说他们用的是墨汁。我不知道墨汁是什么，但我知道写字要用水，要用毛笔蘸着水。爸爸还说那时候他们的字写上去就像印上去一样，再也不会消失，所以要用很多很多的报纸才行。我们写字写下不久，字就干了，就可以反复再写。爸爸还说，以前根本就没有仿宣纸水写布。我练写字才十几天，他说的那些我不懂是什么。

爸爸在空白格上写字。我的那个虽然也有方格，但是方格里有勾了线的笔划，有勾了线的偏旁部首，还有勾了线的空心字。老师要求我们在线内运笔，每一次都务求将线内的空心填满。

我也很想像大人那样在空白格上写，可是写出来的笔划总是歪歪扭扭。心里想着把横写平，竖写直，可无论如何都很难做到。按妈妈的说法，所以才让小孩反复写，写得多了熟能生巧，笔划才能写得横平竖直。用铅笔写字是这样，毛笔写字也是这样。

我忽然想到一件事。羊驼曾经问我为什么别人家的房子是灰屋顶，而我们家是砖红色屋顶。他说一路上山看到的房子都是灰屋顶，所以他不理解我们为什么选择了红屋顶。我知道他问题的答案在爸爸手里。

"爸爸，你为什么把屋顶造成红色的？"

"没什么特别的理由。可能我不喜欢那种灰色吧，那种灰色里带着蓝，而蓝色点缀在大山的绿色之中，我总觉得别扭。砖红色配上植物的绿背景很养眼。”

我也觉得红配绿好看，可能就是爸爸说的养眼吧。

爸爸又说：“其实灰色是最漂亮的，但是灰色一定不能够发亮。瓦的表面要防水，所以要做釉。釉面一亮，漂亮就被破坏了。还有就是灰色里一定不能加蓝色，加了蓝就会变得很贼。”

“爸爸，为什么说颜色是贼呢？”

哈，爸爸这下又被我难住了。每次难住爸爸，我都会暗自得意。他过了好一会才开口，但他的语气不像先前那么自信了。说贼，说的是一种心情，是颜色在心里勾起的不舒服的感觉。说任何一种孤立的颜色没有好与不好的分别，说颜色只有在对比当中才会有好与不好的感觉。所以说蓝色点缀在绿色之中心里会不舒服。爸爸说得很慢，听上去很深奥。

不过有一点我懂，就是我们家的屋顶很漂亮，也很醒目，隔着很远就能看到它。爸爸说它是红配绿。

“爸爸，那写字呢？纸是白的，字是黑的。”

“儿子，你想问什么？首先纸就不是纯白的。”

“我想问的是白纸黑字，我觉得书法很漂亮。”

“书法当然漂亮，中国画当中很大的一部分与书法很相似，都是以水墨与宣纸的关系为前提。儿子，考考你，一幅书法是由几种颜色构成的？”

我说：“这还用问吗，当然是两种，黑和白。”

爸爸摇头：“还有第三种。想想，第三种是什么？我的问题没那么简单。简单了就不会专门问你了。”

“黄色，纸的颜色发黄。”

“你呀，刚刚告诉你问题没那么简单，就不能有一点想象力吗？动动脑子。白和黑之间是什么颜色？”

我恍然大悟：“是灰色。”

爸爸说：“好儿子，就是要这样想事情。灰不只是一种颜色，它也是一种调子。灰色是眼睛里的颜色，而调子是心里的颜色。老宣纸的颜色发暗发黄，那其实也是一种灰，灰调子。在纸和墨之间，在白和黑之间，尽管事实上看不见，但是灰色是存在的。虽然眼睛看不见，心里却明白无误地感知到灰。这也是书法和水墨画之所以在千年里居于中国艺术主流的原因之所在。”

这会爸爸一定忘记了他在跟谁说话，我肯定这是他们大人之间的话题，他忘了我还只有七岁。

说话的时候爸爸写出了九个字，其中有四个我不认识。我于是指着第一个不认识的字问他。他说那个字念 zao（凿）第二声。第二个字念 qiao（窍）第四声。第三第四个字连读 hundun（混沌）二声四声。

日凿一窍七日混沌死

现在我可以完整地把它们读出来了。什么意思呢？

爸爸说混沌没有眼睛不能看，没有耳朵不能听，没有鼻子不能呼吸，没有嘴巴不能说。他的朋友为他着急，于是商量好了为他开窍，每天凿开一窍七天混沌就死了。

我说：“说这个有什么意思呢？”

“不要总是张口就问，自己动动脑子。”

两个眼睛两个耳朵两个鼻孔加上嘴巴，人一共只有七窍。开出七窍混沌反而死了，听爸爸的话似乎其中自有玄妙。别人有七窍很正常啊，也没问题啊，怎么混沌就死了？对了，混沌一定不是人。

“爸爸，混沌不是人吧？”

“为什么这么说？”

“人都有七窍。混沌没有七窍当然不是人。”

“还有呢？”

“没有七窍他是活的，凿出来七窍反而死了，所以混沌肯定不是人。”

“你认为这句话在讨论混沌是不是人，是吗？”

爸爸这么问，让我反而糊涂了。显然我的结论有问题。这句话应该不是在讨论混沌究竟是什么。那么……对了！

我说：“不如不凿！”

爸爸笑了：“有点意思。一天凿一窍七天凿死了，从结果上看你的话倒是符合逻辑。”

我追问：“我的回答是答对了？”

“也可以算是答对了吧。更准确的理解应该是，不要试图给混沌开窍。儿子，你觉得混沌是什么？”

“像人，又不像人。爸爸，不跟你说了，我还有要紧事。我今天无论如何不能再迟到。”

“什么事那么慌慌张张的？”

“我要去等羊驼。我不知道它今晚会不会回来，但我得在约定的时间去等它。”

爸爸扭脸看看西向的大窗，窗外的太阳离山际线还有一段很明显的距离。

“我担保你今天不会迟到。别忘了你妈妈的话，羊驼是别人丢失的珍贵物品，你无权收留它。”

这话我不爱听，但是我知道我必须得听。

我点点头：“我知道。”

幸亏我及时关心到太阳，毕竟六角楼的位置还是比大门口要超出一层房子的高度，下到大门口我发现太阳还是在山顶之上一点点，我把心放回肚子里。

看来要收留羊驼是不可能了，警察的介入令事情变得严重。而且警方已经找过村民小组长，并且通过小组长对整个寨子发布了公告。这样的结果让羊驼在大家的心里构成了一个事件，一个公共事件。而一天之前他还仅仅是我（一个孩子）的私人朋友。作为私人朋友我是可以决定我如何对待他，现在不行了。

我在心里默默与他道别。

就像听到了我的话一样，我忽然也听到了他。

羊驼说：“你还承认你是我的朋友吗？”

我一下子分辨不出他的声音是从哪里传过来的。我四下张望，这也太蹊跷了。我怕是我的幻觉，所以不敢大声与他搭讪。我把声音压得很低。

“我当然是你的朋友。可是你在哪儿呢？”

“我在你的下边，你看不见我。”

我的下边？也就是说他在路的下边。我的大门口就是那条窄窄的水泥乡路，路边是蒿草和灌木，密匝匝完全遮蔽了视线。大山就是这样，路的一面若是高坡，另一面必定是深谷。我家在路之上，路下的一面相当陡峭。

我说：“你用不着怕我。”

他说：“我不怕你才会来见你。”

“你哪里来见我了？我根本见不到你人。”

“你见不到我最好，也省得别人说你见到我不去报警。我不想给你添麻烦。”

“我们这样子说话很怪，我像是在对着空气说话，我从来没这样子说过话，一个人对着空气。”

“我已经决定了不让你见到我。”

我说：“那好吧。你已经决定了不跟你主人回去，还是暂时不回去而已？”

他说：“我不想回去，以后也不想。我喜欢这里，我要留在南糯山。”

“那么你听着，我明确告诉你，这里很危险，南糯山对你很危险，姑娘寨对你尤其危险。”

“为什么这么说？”

“你知道什么是警察吧？”

“知道。就是今天跟我主人一起来的那些人，他们都穿一样的衣服。”

“那些警察已经决定了，谁看到你都要向他们报告，他们会帮着你主人找到你，一定要找到你。”

“我不信别人会帮他的忙害我。”

“他们也不是要害你。但是你主人说了，谁帮忙找到你，谁就会得一大笔钱。我怕谁会更喜欢钱。所以你不能被别人看见，被人看见了你就有危险。”

“可是我知道你们都会喜欢我。我又没招惹你们，谁会无缘无故地害我呢？”

“我已经跟你说过了，他们不是要害你。钱是我们的魔鬼，我们很难敌得住钱的诱惑。”

“我不信，你也是你们当中的一员，你就没为了钱去害我。虽然你这会见不到我，但你仍然可以告诉警察你跟我约好了要见面，让他们来抓我。你没有。”

他这么说的时候，我不知如何去解释。他是我的朋友，朋友这两个字很重。

我说：“你知道为朋友两肋插刀这句话吗？”

他说：“知道。只要是朋友，就是搭上命也可以做得到。而你就是这样的人，你不会出卖朋友。”

“谢谢你的话。听我说，如果你要留下来，一定不要进寨子。你可以在林子里，树林竹林都可以，尽量不要进茶园，因为茶园里经常会有人。还有，我知道你分不清哪些树允许吃哪些树不允许吃，记住了，一定不可以吃茶树，既不能吃树叶，更不能啃树根。那样他们就不会拿你当敌人。你不能让他们恨你。”

羊驼说：“你说的我懂，可我还是分不清什么是茶树，什么是别的树。我怕我会不小心吃到茶树。”

我想想，让羊驼分辨什么是茶树，的确不是一桩容易的事情。那么还有一个办法。

我说："这样吧，我告诉你我家林地的位置，你可以在里面随意吃什么树叶。我家的林地荒着，你吃到什么也无所谓，爸爸和妈妈也不会怪你。"

"林地里没有茶树吗？"

"有，但是没去采过茶，所以说那块地一直荒着，茶树叶和别的树叶一样，都没派什么用场。但是记着，一定不要啃树根。山羊啃树根很招人恨的，所以现在大家都不喜欢养山羊。啃了树根树也活不成了。"

"我怎么才能知道哪里是你家的林地呢？"

"就是北面的那条山梁。那条梁整个都是。我家下面的地都是别人的，都被整理过；上面没整理的林地就是了。那一片有三十几亩，足够养活你一个人。你吃了这边，那边会长出来；吃了那边，这边又会长出来；不会对林子造成破坏。"

"可我还是怕弄错了地方。"

"这样吧，我们约好明天早饭后在坡上那棵最高的大树下见面。那棵树就在我家的林地里，我会告诉你我家林地的范围。你说得对，弄错了地方，别人也许不会原谅你。"

"这样最好。我们又可以在你家林地里见面了。"

他的话也正是我心里所想的。但是我知道这必须是一个秘密，既不能让寨子里的人知道，也不能让爸爸妈妈知道。当然就更不能让警察知道。

电影里是怎么说的？

黎叔很生气，后果很严重。

11. 马力闯祸了

马丁和主人一家在一起的时候，极尽奉承巴结之能事，因此有在表面上看比马力多得多的自由。但它毕竟只有三个月大，还不真的具备审时度势的能力，所以在面对大兄马力时它有一点忘乎所以。

它在一天的多数时间里是自由活动的，只有在晚上喂食之后才被那条不长的绿带子拴住。绿带子的作用主要是限定它在睡觉时不进房子里。

因为马力的威势让马丁有所畏惧，马丁平时不大往马力的院子这边凑。可是这两天家里来人多，而来人多正是马丁最欢愉最想自我表现的时间，来人令它兴奋，它总会跑上跑下的迎送客人。其结果便是它一天很多次地往返于路边马力的院子。

如果它多一点长幼尊卑的教育，在每次经过马力的时候，和马力打一声招呼，或者停下来跟它聊上几句，它的大兄长也不会多么羡慕它的自由来去。但是刚好马丁对长幼尊卑这一点缺乏教育，又太过忽略马力的心理感受，对这位大兄长几次视而不见。马力的心理失去了平衡，甚至将马丁的不理不睬当作是有意冒犯，是马丁在向它示威，在炫耀它的自由自在。

危机在酝酿，马力内心的火气在上升。

刚好在如此危机的情形下，一只终日在小院子周遭盘桓觅食的半大母鸡，以为马力只会发疯地吠叫而全无危险，所以胆大妄为地跳上小院的铁栅栏，之后轻松地落地，去捡食散落的食渣。如此的傲慢激怒了马力，对马丁的满肚子怒气一下子释放出来，一时间鸡飞狗跳不亦乐乎。在招来惊慌的妈妈之前，小母鸡已经被马力扑倒痛咬，奄奄一息。

“马力！马力！马力！”

妈妈的尖声呼叫根本阻止不了马力施暴。爸爸和儿子也赶过来了，同时那根象征着家法威严的竹竿已经紧握在手里。马力知道又闯祸了，两眼无助地望着脚下已经逐渐停止抽搐的小母鸡。一顿暴打在所难免。

小母鸡是因为不知死活而丢了命。另外一个不知死活的是马丁，它居然胆敢尾随在爸爸身后，朝马力用它的尖嗓子强力吠叫，似乎在为爸爸助威，其实只是个狗仗人势的帮闲。

马力面露恐惧，后背紧靠着狗笼，眼睁睁地看着爸爸解开院门进来。它偷眼瞥了马丁一下，眼神中带着严厉的警告（这一点只有马丁自己知道）。怒不可遏的爸爸全然没有察觉。

爸爸先是把已经气绝身亡的小母鸡拎起来摔到马力面前（先前的每一次都是如此），马力便也随之低下眼神，表示自己已经知罪。那也不能改变什么。

妈妈在一旁呐喊助威："打它打它打它！"

爸爸将竹竿抡圆了就是狠狠地一下。马力身子猛地一抖。又一下。又是一抖。又一下。又是一抖。马力的左侧屁股已经吃不消了，能做的只有向后缩，再向后缩，最后终于头和屁股倒置，将右侧闪躲出来朝着爸爸。那也就意味着爸爸再打就打右边好了。它的眼神里满是可怜和无助。

最可恨的当然还是马丁。爸爸每打一下，它便配上一串助兴的吠叫，与之相伴的是马力痛苦不堪的哀嚎。马丁成了爸爸施刑那一刻的鼓乐手。

爸爸下手太重，竹竿已经摔打出裂缝。又是妈妈的叫声，这一次她的火气不是冲着马力，而是爸爸。

"出血了！干嘛打那么狠？要把它打死啊？"

爸爸说："竹子打劈了，把它割伤了。"

妈妈说："儿子，快去拿酒精，在佛龛下面的柜子里，快去。"

爸爸退场，妈妈上场。马力的割伤不严重，但是挨打的部位已经肿起来了。妈妈用酒精仔细为伤口消毒，蘸满酒精的棉签刚一碰伤口，躯体便猛一抽搐。马力的疼痛传染给妈妈，妈妈自己也在发抖。

爸爸将死鸡拎到竹丛下埋了。一种不同寻常的宁静降临到家里。妈妈默不作声地准备晚饭。爸爸在大客厅里的贵妃榻上仰卧，两眼瞪着天花板发呆。儿子一会儿看看爸爸，一会儿又看看妈妈。他知道他们的心情都很坏，这种时候他会自动缄口，他知道无论他说什么都可能招致爸爸或妈妈生气。

晚饭的时候这种家庭氛围没有丝毫改进，一家三口默默地吃，默默地瞅着自己的碗。天已经黑下来。

一声尖叫突然降临。

妈妈大喊："是马丁！"

爸爸第一个从餐桌上跳开，三步并作两步窜出门。妈妈和儿子拥到大窗前，整面玻璃的大窗可以朦胧地看到有地坪灯照明的马丁的新房。

爸爸已经冲出去了，马力几乎同时从狗屋前跳开，迅速窜进黑暗中。

妈妈的心里一阵抽紧，马丁的叫声让她预感到有严重的事情发生了。她也急忙往外面奔过去。

爸爸喊：“快把马丁抱进去！”

之后他手持已经有了裂缝的竹竿朝着马力的方向追过去。园子很大，有着三个很大折弯的道路就有一百多米。黑夜中的马力在园子中左奔右突，犹如一道窜来窜去的鬼影。

儿子傍在妈妈身边，妈妈在查看失魂落魄的马丁。身上没有外伤。看来狂怒的马力也只是扑了它两爪，吓它一下，并没有真的对它下死手，至少没有动用它骇人的犬齿。狗到底是懂事的畜生，不伤同类尤其是妇孺，是它们恪守的基础准则。

妈妈说：“我刚才吓死了。我以为马丁一定会没命的。马力恨死它了。爸爸打它，马丁一直在旁边幸灾乐祸。马力没要它的命真是万幸。”

儿子说：“妈妈，马力不像你们想的那么坏。平日里总拴着它，它才那么生气。”

妈妈打断儿子：“不好，那些鸡！儿子，你照看马丁，别开门，别让马力进来！”

妈妈的担忧没错，马力此刻已经窜进了鸡的领地。以爸爸的一己之力，加上浓重的暮色，已经完全无法阻止马力对鸡群的杀戮。

鸡的领地紧傍在马力的院子下面，那是一片竹林，面积至少有马力院子的十倍二十倍之多。其中的四个鸡房都建在斜坡上，是鸡公鸡婆避雨睡觉连同下蛋的处所。当然这只是主人的一厢情愿，因为许多鸡会自己找住处，自己找下蛋的地方，许多鸡会干脆睡在树上和竹枝上。鸡的夜视能力很差，晚上跟瞎子差不多。

现在马力进去了，而且是在鸡丧失视力的时间。当然了，狗的夜视能力也不算强，比猫要差得多，但是比鸡要好一些。所以马力的入侵令鸡群大为恐慌，一时间鸡园内鸡叫声和翅膀的拍打声响作一团。

视力比马力还要弱一些的爸爸，深一脚浅一脚在坡地中穿梭，一边高声呼喝着“马力！马力！”但他的脚步比马力慢得多，根本无法阻止疯狂的马力。

带着手电的妈妈终于到了，如刀子一般锐利的手电光杀进了竹林，几番晃动之后马力的眼睛也受了袭扰，丧失了搜捕睡鸡的能力。加上爸爸挥舞着的竹竿的逼近，马力逐渐被赶向鸡园的竹门方向，最终从竹门逃出了爸爸妈妈的追打。

鸡园的门由一张遮阳的黑色纤维网形成遮挡，网下横卧着一根木杆。纤维网挡鸡可以，挡狗却形同虚设。妈妈让爸爸拿着竹竿守在门前，以防马力再次进入。毕竟鸡园是家里的薄弱环节，而且已经被马力冲击了一个回合，里面的死伤情况还不清楚，不能够让马力再一次进入了。

妈妈之所以敢于一个人赤手空拳追马力，是因为最近刚刚消除了对马力的恐惧心理。更重要的，她知道马力听她的。平日里她叫马力坐下它就会坐下，而爸爸做不到这一点。还有就是她从不打它，教训它的任务都由爸爸来完成。她怕马力内心有阴影，怕它对爸爸怀恨在心，怕它会趁机报复爸爸。她知道它不会对她有所侵犯，这就是她独自去追它抓它的信心所在。她是女人，所以对以柔克刚的手段天生就知晓。她不能对它来硬的，来硬的不但她不是它的对手，连爸爸也绝对不是它的对手。

“马力，马力过来，过来。妈妈给你好吃的。”

马力一次又一次从她身边走过，却对她伸出的手不理不睬。它显然还没有马上归顺的想法，它还想自由自在一阵子，然后再做他想。

马力的院子对面就是鱼塘。鹅屋在鱼塘里，那是大白在夜里的栖息之所。

如果大白安卧在鹅屋之下一声不响，如果大白不是一身的雪白（格外醒目）；如果马力只是在自家的小院里逡巡，一切都不成问题。但是现在所有的如果都不成立。马力是个可以去任何地方的自由身；而大白早已经被院子里的事变所惊扰，不但从鹅屋里跳进水塘，而且不时要大叫几声表示自己的存在。所以它就成了已经失去目标的马力的新目标。

马力已经不止一个回合的绕着鱼塘疾走，伺机跳下水去擒获大白。而智商颇高的大白则一次又一次远远游开，以躲避马力随时可能的跳扑。

爸爸说：“妈妈，别让马力扑到大白。”

妈妈说：“它一直在追大白！怎么办呢？”

“找根长一点的竹竿轰它打它，别让它靠近。”

“可是它一点也不怕我啊。”

“打它，用力打它。”

爸爸话音未落，马力已经下水了。大白仓惶猛扇翅膀，居然一下子脱离水面飞出池塘。它脚步不停扇翅不停，以前所未见的速度一举穿越齐胸高的竹篱笆，消失在坡下的黑暗之中。爸爸看得目瞪口呆。

无论如何这是一个壮举。马力再怎么疯狂，已经威胁不到脱离险境的大白了。妈妈总算松了口气。

马力显得垂头丧气，灰溜溜地从鱼塘里窜上岸。它显然已经筋疲力尽，再也提不起兴致跟妈妈玩捉迷藏的游戏。而且妈妈叫它的声音那么温柔，它也不好意思一而再再而三地违逆妈妈的柔情。它两次用力抖掉身上的水滴，最后平静地去到妈妈身边。

妈妈伸出手先挠了挠它的脖颈，之后抓住脖套。

“马力，乖，别再闹了，妈妈累坏了。走吧，跟妈妈回去，走。听话，乖，听话。”

马力先还挣了几下，险些将妈妈拉倒，而后彻底平静下来，随着妈妈的导引回到自己的小院子里。妈妈的手一直紧拽着，直到把它带进狗笼。她把笼门关严，用铁钩挂上钌铞。她这才彻底松了一口气。

爸爸用手电筒仔细检查了院子的各处，发现是竹篱笆的一角已经被力道强劲的马力拨开了一个口子，大到足以令它钻出去的程度。虽然找出了问题，但是他们已经精疲力竭，要想补救只能留待明天了。

妈妈心有不甘，她还挂念着鸡园。她让爸爸等她，她一个人在园中再三查看。结果比她预想的还要坏，她找到了两只短命鬼，其中一只是正在下蛋的红脸母鸡。另有一只还滴着血的伤员，她也把它拎在手上带回去包扎。

真是残酷的一天。加上白天的那只，三死一伤啊！它们可是妈妈从小鸡雏养起的，心里这个痛啊。

回到房里。马丁一直在儿子为它找的纸箱里抽搐。虽然没有外伤，但它显然受到严重的惊吓，可怜的小脸上写满了恐惧。儿子一直在跟它说话。

妈妈惊魂未定，一边自言自语。

“这样不行，马力不能留了，太祸害人了，无论如何也不能留了。”

爸爸说：“我明天一早把它送走。”

妈妈忽然惊醒：“送走？你要把它送哪儿去？”

“随便送哪儿都可以。给人。没人要就把它放到路上。反正不留它了。”

“那不行。绝对不行。”

“不是你说不留它了？”

“我没说。我什么也没说。”

“儿子，你作证，妈妈说了没说？妈妈刚才是怎么说的，你给妈妈重复一遍。”

“妈妈，你刚才是说不留马力了。”

“我没说，我就是没说。”

爸爸说：“你说没说就算了，就当你没说。”

儿子说：“马力也是我的，我不同意把它送走。它做错什么了，你们一定要这么狠地惩罚它？打它几下也就算了，还要把它送走？我不同意！”

妈妈说：“你说它还要做什么？它杀了四只鸡！差一点把大白也杀了。差一点把马丁也杀了。它还要做什么？你说！”

“那是因为你们总锁着它总圈着它，你们对它不公平，一点都不公平！它帮我们看家，它比谁都辛苦。可是它一直被锁链锁着。”

爸爸说：“跟狗讲什么公平？圈着锁着怎么啦？这样它还咬了四只鸡，咬了大白和马丁！不圈着锁着它还不翻天了？我养狗就为了要它看家，你不要跟我说它辛苦不辛苦。我每天喂它，我辛苦不辛苦？”

儿子被爸爸突如其来的火气吓住了，不再吭声。

爸爸发脾气，连妈妈也不敢吭气。爸爸跟妈妈不一样，妈妈随时随地都在吆喝儿子和爸爸；可是爸爸要十天半个月才会大吼一通。爸爸吼的时候最好谁也别搭腔，谁搭腔他就把火气对向谁，没人搭腔他自然会偃旗息鼓。爸爸是大男子主义，大男子主义的坏处是偶尔会发大脾气，好处是不会没完没了。

妈妈看爸爸平静下来，这才说都累了，洗洗睡吧。不知从什么时候开始，中国人在“洗洗睡吧”这四个字里发现了幽默，但凡有人这么说了，别人一定会笑。这不，妈妈说过以后，爸爸果然笑了。

平日家里的程序是儿子先洗，之后是妈妈，最后是爸爸。儿子想多陪马丁一会，让妈妈爸爸先洗。毕竟马丁受了惊吓，的确也该多享受一点爱抚。

爸爸告诉儿子，今晚就不要把马丁拴到外面了。马丁原本在门厅里有一个纸箱，它这会正蜷缩在自己的纸箱里，一副可怜巴巴的样子。爸爸从里面锁了大门，又去大客厅里闩上通往火塘房的小门，最后关上大客厅的灯，关上大客厅的门，把他和它留在门厅。

儿子这才将马丁抱起来，他有悄悄话要对马丁说。

12. 夜聊

我有话不能当着爸爸妈妈的面跟马丁说。不止跟马丁，我还有很多话要跟马力说呐。

我先说说家里的门厅。从大门进来，向右两步就是大客厅，向左六步是我和哥哥的卧室区。门厅有三米宽五米长，左面的整面墙壁是一直到顶的高大鞋架。与门厅紧密相连的是楼梯间，楼梯的下面是家里的杂物储藏室，有多个搁架和更多的料理箱。马丁的纸箱就放在储藏室的拐弯处。

一层上二层的楼梯是经典的倒U字形，家人用的洗澡间就在二层楼梯口的右手。也就是说洗澡间里的声音，我在U字形中间听得很清楚。我听得见他们，他们也一定听得见我。有两个选择，一个是等他们两个人结束后我再开始；另一个是我把纸箱搬到客厅里，关上客厅的门；我选择了后者。

尽管没看到外伤，但那声凄厉的尖叫令我还是担心马力伤到了他。我尝试着用手指轻轻捏他的全身，没有哪一处让他格外觉得痛。看来问题的确不严重。

“马力咬到你了吗？”

“他扑得很凶，而且一下就把我叼在嘴里。我吓死了，所以只能没命地尖叫。”

“没看到哪里有伤。你有哪里特别疼吗？”

“好像没有。他扑我的时候扑到肋上，当时很疼的。后来还是吓坏了，一吓反倒不知道疼了。”

“没受伤真是万幸。马力对你看来还是手下留情了。你看他扑那些鸡，扑到了不是死就是伤。你也是的，他挨打的时候你干嘛要幸灾乐祸？他不恨你才怪。别以为有铁链拴着有栅栏围着，你惹不起他的。”

“我是小孩子啊，他是大人，干嘛要和我一般见识？大人就不该欺负小孩子是不是？”

“理是这个理。小孩子也不该故意去惹恼大人。马力脾气那么大，谁惹了他也没好果子吃。”

“我没有故意惹他啊。爸爸打他，我在旁边叫几声，值得他对我发那么大的火吗？”

“你叫几声只是个引子，他的火气是平时攒起来的。你想啊，你和咪咪大白包括那些蠢货，你们都没锁着圈着，只有马力一个人，他心里能不委屈吗？”

“你们晚上用绿带子锁住我，我也很委屈啊。”

“就是这个道理。你必须得承认马力比你要聪明，比他们都要聪明。最聪明的反而被锁起来，他心里没火气才怪。爸爸打他，你对着他叫，那就是火上浇油。火上浇油是最坏的事情，所以他要找你算账。”

“那爸爸为什么一定要锁他呢，不锁不行吗？”

“你也看到了，他那么凶，见到谁扑谁，扑了谁就会伤到谁。爸爸是他的主人，他犯的错误都要爸爸来承担责任，你说爸爸能有什么别的办法？”

“他凶是因为一直锁着他，不锁他不会那么凶。你看我就是例子。我也跟别人玩，我不会伤到别人。”

“可是已经晚了。马力小时候如果不锁他，可能他也不会伤害别人。他小时候的样子比你凶，连我和妈妈都怕他，没办法才锁了他，结果才变成这样。”

马丁摇头：“不晚。做好事什么时候都不晚。”

我也摇头：“没办法，家里有那么多蠢货，放开马力，那些蠢货就要遭殃。今天天就死了三个伤了一个，妈妈不敢冒那么大风险放开他。”

“马力是你的朋友，你可以跟他讨论一下，看他能不能改一改他的坏脾气。”

“爸爸已经对他绝望了，要把他送走。即使马力想改能改，我怕他已经没机会了。”

“要送他走？妈妈怎么会舍得呢？”

“妈妈舍不得！但最早是妈妈提出不能留马力，妈妈自己已经乱了。”

“不止是妈妈舍不得，我也舍不得呢。他生我的气，我以后不惹他生气就是了。别让爸爸送他走。”

“今天我说了，爸爸因为这个对我吼了很久。”

“湾格花原，别怨我多嘴。你说那些鸡是蠢货，我不明白为什么还要养那么多。他们只知道吃，又馋又懒。还到处拉屎撒尿！不知道妈妈是怎么想的。”

“多养那些蠢货是爸爸的想法。爸爸已经知道自己想错了。爸爸说他喜欢看到妈妈喂那些蠢货的情形，说妈妈是鸡司令，率领那么多鸡兵鸡将真是威武。他把那些照片传到网上，他的网友没命地给他点赞。”

“爸爸现在后悔了吧。”

“他不后悔才怪。你没见妈妈的菜园都被他们糟蹋了。他们什么都吃，连爸爸的草坪也给吃的精光。不跟你说了，我看你已经好多了，我要把你送到楼梯间，然后我要跟马力聊了。”

我刚把纸箱端起来，已经洗完澡的爸爸就推开了大厅的门。爸爸问我怎么还不睡。我说我睡不着。他说他看下面的灯又亮了。我说亮了灯马丁就不害怕了。我看得出来，爸爸的火气已经消了。

我知道现在的时机不错。

我说："爸爸，别把马力送走，求你了。"

爸爸说："刚才在气头上，也就是那么说说。就算我舍得，妈妈也舍不得。"

我说："你也不要嘴硬，就算妈妈舍得，你也舍不得啊。"

爸爸笑了："马力姓马，它就是马家的一分子。它犯了错要教育它，不可能把它赶走的。"

我也笑了："马丁也姓马。"

"儿子，别睡得太晚，别忘了关灯关门。"

爸爸的话卸去了我心上的一块石头，大人跟孩子还是不一样，大人在气头上说的话有时候就会变现。现在爸爸明确说不送走马力了，我要把喜讯告诉他。

可是马力并不领情。回头想想也是，要送走马力的话，马力并未听到，那场危机对马力而言相当于不存在。他不知道要送走他，当然不会认为不送走他是喜讯。他不知道，但是我知道，所以我认定那是喜讯。至少对于我来说是喜讯。

我们俩说话，我这边隔着铁栅栏，他那边隔着钢管笼子，双重阻隔仍然隔不断彼此的脸，隔不断彼此的心。老大说大狗相当于七岁孩子的智商，我刚好七岁，我和马力的智商应该是对等的。

"不管怎么说，爸爸和妈妈都想过把你送走。"

"我让他们心烦了，他们那么想我能理解。"

"我不是要你理解。我觉得你不能再犯同样的错了，再犯的话也许你真的会被送走。"

"没你想的那么严重。再犯错还要挨打，挨打是必须的。谁也不可能不犯错，犯错了就要承担后果。只是后果不像你说的那么严重，妈妈不会送我走。"

"你就不会改改吗？你何必为了那些蠢货惹祸上身呢？放他们一马对你就那么难吗？"

"这你就不懂了。我跟他们不一样，我的责任就是看家护院。驱赶那些鸡也是我的职责。我要让爸爸妈妈知道，我是个尽心尽责的人，哪怕对自家的鸡也随时保持警惕。"

“你这个家伙！怪不得经常会看到那些蠢货在你的院子里找食，看到你任由他们去，不理不睬。原来你追他们对他们叫，是做给爸爸妈妈看的。”

“我也不是做做样子，我要表明我的立场。”

“可是每次你都会伤到那些蠢货，今天你就造成了三死一伤，还把大白追出了园子。你表明立场了，你知道妈妈会多么伤心。”

“那些愚蠢的鸡是死是伤我不在乎，养他们就是为了吃蛋和吃鸡。吓到大白我绝不是有意的。大白平日里跟我最好，我好不容易自由自在了，我想和他玩一玩闹一闹，谁曾想他会吓成那个样子？他跟我的关系怎么样，他心里最清楚了，他就不该怕我。”

“你说得不对。妈妈养你快两年了，还不是照样怕你。也包括我。你就不知道你的样子有多凶！”

“你说这话真是丧良心，我什么时候伤到过你？什么时候伤到过妈妈？该打我的时候都是爸爸打我，我又什么时候伤到过爸爸？”

“大白怕你肯定是因为小白。小白被你伤到两次，第二次活生生被你咬死。你说大白怎么会不怕你？”

“小白与大白不一样。爸爸打我最重的那次，就是因为我弄伤了小白。我因为他挨打，当然记他的仇。有仇不报非君子。我与你们的基督山伯爵和梅长苏一样，只是为了复仇。人要复仇有什么错呢？”

他的话也有道理。复仇是人的天性。基督山伯爵和梅长苏因为复仇成为英雄。马力要复仇怎么就成了罪人了？

“马力，你不会伤到大白吧？”

“怎么会呢？我伤到马丁了吗？那个小家伙那么混蛋，那么幸灾乐祸，我不照样手下留情了？”

“你这么说我就放心了。有一件事我想告诉你。你扑那些蠢货，扑伤就可以了，不要把他们咬死。因为你咬死的，大家都不能吃，你的牙齿有病毒，这种病毒会传染给我们。还有，你一定要扑鸡的话，尽量挑公鸡去扑，因为公鸡不会下蛋。尽量挑大鸡去扑，因为大鸡可以吃肉。”

马力不耐烦了：“我那时候眼睛都红了，哪里分得出谁大谁小？哪里顾得上谁是公鸡谁是母鸡。你说得轻巧，把你换成是我，你会有这份闲情逸致吗？”

我知道他的话无可辩驳。

“分不清你就不要分了，是我强人所难。但你务必不要用你的犬牙，别要他们的命。马力，拜托了。”

我话说到这个份上，他当然也只能退一步。

“好吧。我说，你就不想说说羊驼吗？”

“你想让我说什么？”

“你跟羊驼是怎么商量的？”

“你怎么知道我跟羊驼商量过？”

“我不止知道你们商量过，我还知道你让他到家里的林地去吃树叶，叮嘱他一定别吃了别人家的，怕他被别人发现，给自己找麻烦。”

“你能掐会算吗？怎么什么事情你都知道？”

“你忘了你们是在什么地方商量的？我就在你们头上十几步远的地方。你还忘了我的耳朵！”

“你这个喜欢偷听的家伙。”

“谁让我耳朵这么厉害啦，想不听也不行。羊驼不想被他主人带回去，留在南糯山也不是容易的事。”

“是啊，我已经把危险都告诉他了。我除了提醒他也没别的办法，他只能自求多福了。”

马力说：“我发现他挺机灵的。他第一次来，躲着不让妈妈看见，妈妈果然就没发现他。他要是在原始森林里，只要他不想被人发现，别人发现不了他。”

我说：“想想也是。林地里平日没人进去，所以安全一时半会也不是很大问题。问题是长此以往，他总有一天会被人发现，一旦发现了，后果不堪设想。所以我觉得他留下来总会有危险。”

“那你就劝他回他主人的养殖场吧。他好像对养殖场也没有那么抵触。虽然有一点不自由，但是总比像个逃犯似的东躲西藏要好。”

“我问过他两次，他两次的回答都是要留下来。如果留下来是他的心声，我还是觉得该跟着心走。想想你自己，你不喜欢被圈着锁着，可是你每一次挣脱了之后，还是没选择离开。你是可以离开的，没有人拦得住你。但是你不离开。你不离开就得被锁着圈着，你自己也清楚这一点。”

“你说得对，是我自己不想离开，那也是我的心声，就像羊驼要留在南糯山一样。

跟着心走吧。你要帮他就帮他，如果需要我也会帮他。”

“马力，你这么说我很高兴。这两天我一直觉得自己是个阴谋家，我的阴谋就是想帮羊驼。我觉得自己成了孤家寡人。他的主人找他，警察也在找他，寨子里的人都希望能找到他，连爸爸妈妈都警告我不能够收留他。我觉得自己特别孤单。可是我只是一个人。现在你成了我的伙伴，也是我的同谋，我不再是一个人了。我真开心。”

“可是我不知道我能帮上什么忙。”

“你当然能帮上忙！我见他不方便，如果被人发现了会说我知情不报，这样会给爸爸妈妈带来麻烦。可是你不一样，你去见他不容易被人发现，而且即使被发现了也不会连累到爸爸妈妈。”

“可是我被锁着圈着，爸爸不会允许我出去。”

“你不用爸爸允许，我就可以放你走。只是你必须要答应我，不要去招惹那些蠢货，尤其不要在出门以后惹是生非！我跟你说过了，你惹了祸，最后都要爸爸替你去承担后果。你能答应我吗？”

“能。男子汉大丈夫，吐唾沫成钉。”

“那咱们一言为定。我明天带着你去林地，我们和羊驼三个人一起商量以后该怎么办。就这么定了。”

13. 云的奏鸣曲

夜里，云上山了。在儿子看来，云和雾就没什么不同，反正都是混沌一片。可是爸爸把云和雾分得很开，按爸爸的说法，在走的是云，停下来的是雾；浓淡不均的是云，均匀弥漫的是雾。

如果爸爸的说法不错，今夜的就一定是云了。

天亮的时候，云还在过。从窗子看出去，连那些微微摇曳的竹丛也被云团模糊了绿色。按妈妈的理解，晚上的云如果一整夜都过不完的话，白天就会有雨。妈妈最不喜欢雨天，因为妈妈每天有衣服要洗；而且不出太阳的话，太阳能热水器也放不出热水；妈妈是海南妹，可以一天不吃饭，却绝不可以一天不洗澡。

家里备了大小三套太阳能热水器。但是爸爸忽略了连阴天的可能性，一旦连阴，家里便断了热水。这无论如何是爸爸的一个疏忽，这一点爸爸自己也承认。爸爸说了几次，要加装一个电热水器。但是说归说，因为不是很紧迫（几天不见太阳的概率很低，全年也不超过五次），所以一直未付诸行动。

妈妈的话是经验。的确，持续耽搁不去的云朵大半是雨云，所以天亮之后经常会化作雨滴。房檐树下和竹丛便会滴滴答答，整个世界都湿漉漉的。对于打算进山的儿子来说，拿伞还是不拿伞成了一个问题。

儿子不说他进山，他说他带马力去散步。说进山，妈妈可能不放心，说散步就不同了，而且还有马力为伴。但儿子自己知道，说散步只是个借口。

妈妈让他带上伞。他想到带伞在林子里不方便，就拒绝了。于是妈妈让他换上防雨布户外装，这样正中了儿子的下怀。户外装有帽子，下一点小雨也不怕。

他和羊驼约定的时间是早饭后。吃过早饭他们就上路了，他们还有一段山路，需要一点时间，至少要十几分钟。马力已经很久没出园子放风了，它是今天最开心的那个。出门的时候，湾格花原没用锁链而换成了尼龙绳，这也让马力轻松了许多。每天戴着沉重的锁链，令它不胜其烦，锁链的哗啦哗啦是它在这个世界上最讨厌的声音。尼龙绳就不同了，几乎没有声音，而且非常轻快。

由水泥路转向山间的泥土路时，湾格花原索性将尼龙绳的锁扣也解开了。这让马力欣喜若狂，撒开四腿朝向上的前路奔突了好一阵才回过头，发现小主人已经不在它视线之内，便急忙向下往回路上跑，直到冲过湾格花原才刹脚。它长长的舌头一伸一缩，刚刚完成的一来一去两个冲刺让它非常尽兴。

现在它安静了许多。或前或后伴在湾格花原的旁侧。这条土路的坡度很陡，右手是坡上，左手是坡下，路的两边尽是茂盛的半人高的荒草。因为一路都在爬坡，他们行进的速度不很快。

他说："你说羊驼会不会等急了？"

它说："不会吧。既然它就留在林子里，它除了吃就没别的事情好做。等人的时间它照样可以吃啊。"

"我不喜欢等人的感觉，爸爸也不喜欢。家里就妈妈啰嗦，我和爸爸总是要等妈妈。妈妈是啰嗦婆。"

"不是吧？那为什么爸爸也叫你啰嗦仔呢？"

"我比爸爸啰嗦，可是妈妈比我更啰嗦。马力，你说如果爸爸也啰嗦，该叫爸爸什么呢？"

"我猜妈妈会叫他啰嗦公。他们是两公婆嘛。"

儿子说："啰嗦公好难听啊，幸好爸爸不啰嗦。"

马力说："什么事都在习惯，习惯了就没有好听不好听了。开始叫我马力，我也不习惯呐。"

"我们都觉得马力好听。马力，马丁，马乔，你们三个人的名字，你的最好听。妈妈也最喜欢你。"

"才不是，最喜欢我的话就不会让马丁进门了。"

"这个你不知道。爸爸是为了我有个伙伴。你刚来的时候我太小，我总躲着你，所以爸爸把你拴起来，你也没能成了我的伙伴。爸爸再找别的狗，首先就不能太凶，要找那种乖一点听话一点的，这才有了马乔和马丁。爸爸不知道，其实我不喜欢马丁。"

"你是个口是心非的家伙。你每天跟马丁玩，我看得一清二楚，你是怕我嫉妒才这么说的，是吧？"

"马丁太爱拍马屁了，我不喜欢拍马屁的人。我们学前班也有拍马屁的，我不要跟他做朋友……"

"别说话——"马力双耳笔直地向前，显然它发现了什么他发现不了的声音。但是显然他更聪明。

他说："是羊驼吧？"

它说："就是它。它已经在等我们了。"

几次与羊驼的交道，他知道羊驼是一个极遵守时间的人，他喜欢守时的人，虽然羊驼认为他不够守时。马力问他要不要它先过去打个招呼，它觉得这样最好，它就先去了。这一点点路对马力而言简直是小菜一碟。

剩下他一个人，走在蒿草之间且一路上坡，他觉到了些许孤单和落寞。前面至少还有三四百步的路程，他只是一个七岁的孩子，在大山之中独自行走，而且目的地又是一片原始森林，的的确确需要点胆量。当然他还有马力做心理支撑，只要他喊它，它会在几分钟之内出现在他身边，毕竟它离得不远。

一个人走在这样的路上，男孩的脚步不由自主地加快了。如果是成人，或许可以说是肾上腺素令他紧张也令他兴奋。但他只是个男孩。

所以当那条长度超过他身高的青蛇从前面上方的草丛里窜出时，他为之一震。它差不多有他的胳膊那么粗，而且它慢条斯理的，并不急于穿过他前面的道路。即使只有七岁，他还是能感受到大蛇对他的蔑视。

他马上发现它的注意力并不在自己这边。原来它遭遇了另一个敌人，一个比松鼠要大两号的深土黄色的家伙（也许是黄鼠狼）。它已经从路下走着舞步来到路上。它与青蛇四目相对，神态中充满了警惕。男孩的脚步在不知不觉中已经站定，他预感到一场恶战将一触即发。真是奇怪，那一刻他没有丝毫的畏惧。

突如其来的一块云刚好从战场上掠过。先是大松鼠的身子被模糊了，它只留下一张只有鼠类才有的尖尖的脸。接下来浓云又遮蔽了已经高高翘起的蛇头，蛇身的绝大部分却留在路上。

那是一幅怪异的图画——上方悬吊着充满警惕的鼠的脑袋，下方匍匐着长长的没有脑袋的蛇身。

可以想见，如果他怕了，他会高声喊马力，马力将在最短的时间里冲过来。那样的话大青蛇和超大号的松鼠将只能四散奔逃。男孩相信它们俩都远不是马力的对手。男孩没出声，仅这一点就反证了他没怕。男孩长成男人，这样的际遇是必修课。他一定要独自面对有危险的境况，他的心智会在每一轮的紧张中一步一步地成熟。

没喊马力的结果，让他有幸看到了城市孩子极少能看到的一场鏖战。没有一个成年人在场，也就没有一个对蛇的对手更为精准的描述，所以不能够断定那是一只黄鼠狼还是一只獴。据说獴是蛇的天敌，獴斗蛇是自然界最为精彩的以小胜大的戏剧。

根据湾格花原后来的描述，蛇和那只超大的松鼠都受了伤，他不能够断定谁最终战胜了对方。他能够确认的是，双方都带了血，而且各自的行动都已经有所不便。结果则是它们各自撤退了，青蛇退回路上，大松鼠退回路下。

至于他自己是怎么通过蛇鼠大战这段路的，他竟然完全记不起了。一场血腥的鏖战，这一段路面一定令任何一个孩子觉到恐怖，会被视为畏途。

可以肯定的一点是，他没唤马力过来，他是独自通过那片战场的。他甚至没觉得那有什么大不了。

他心里其实已经很急了，因为羊驼等在那里。既然它喜欢守时的人，所以他很希望自己能守时。他不堪忍受让别人空等的想象，所以他不愿再有耽搁。

家里的林地就在前面转过右手弯的乡路之上。这一段临路的坡极陡峭，所以林地虽近在咫尺，却不能够在陡坡上进入它，需再向前两百多步之后再向右拐进去。男孩开始小跑。据他自己的解释，他跑不是因为害怕，他只是不想让羊驼等得太久。而且那一段路没什么纵向坡度，跑来也并不吃力。

拐进林子，脚步随之慢了下来。马力从树林深处一窜一跳地迎过来。很明显，它喜欢扮演向导的角色。最高的那棵树位于森林的中心区域，要穿越完全没路的密林才能到达。中心区域的大树不止一棵，而每棵大树下的植被都要稀疏许多，一定是因为大树树冠抢夺了太多阳光的缘故。

他已经看到羊驼了，它的白色在幽暗的原始森林里相当醒目。尽管有杂乱的树毛子半遮半掩，尽管有一坨又一坨的浓云遍布周遭，他还是一眼就看到了它的身影。

马力在林子里很乖，没有平日里那种狂躁，因而也就没有了恼人的吠叫。它就盘桓在他和羊驼周围。

羊驼说："今天你很准时。"

男孩说："刚才被大青蛇耽搁了一会儿。它跟一只很大的松鼠在路上斗了好一阵。这里怎么样？"

"吃的不成问题。就是能见到太阳的地方太少。我们羊驼都喜欢晒太阳，晒不到太阳我会很难受。"

"晒太阳不成问题。找一小片没大树的灌木林，把那些树毛子砍光，阳光就进来了。或者干脆砍一大蓬竹子也行。"

云朵在周围环绕，他和它仿佛置身仙境。

“你说得容易，我们怎么懂砍树的事情？”

“放心吧，爸爸早就说，要把森林里的树毛子清出来。既可以让大树长得更好，又可以重新规划林地，考虑哪里种什么树，爸爸会找工人来清理林子。”

“那样的话，我岂不是还要另找地方躲起来？工人砍了那些树毛子，会很容易就发现我。”

“不会的。来工人就是一个人，他砍了以后就走了，不可能找来找去，非要找出一个羊驼来不可。你只要稍稍注意一点，就不会被发现。”

“万一被发现了呢？”

男孩发现羊驼这个家伙很难缠，它什么东西都不肯接受，还要不停地给他出难题。

这会儿的游云如同魔术师一样，一会儿遮去了羊驼的那张柔弱而且充满了温顺的脸；一会又将脸露出来，仅仅将它高高的四条腿变得似有似无，如同羊驼在腾云驾雾。男孩面对着时刻处于变幻中的羊驼，心里在想象自己在羊驼眼里的变幻，那样子一定很有趣。

也许马力说得对，它就该回到它主人的养殖场，这样它既不必担心被谁发现，也没有绳子或是锁链拴住它，而且它不必担心吃什么的问题。男孩心里陡然生出了逆反。

“万一被发现，就只有回养殖场一条路了。”

“我已经说了，我不回去。”

“你不想回去的话，就别被发现啊。所以你自己务必要当心。重要的话说三遍，当心当心当心！”

男孩心里很爽，他发现用羊驼自己的话去反驳羊驼是最好的办法。它是个臭赖皮，它就想把自己所有的难题都交给他。他又不是它爸爸，凭什么要把它的难题扛到自己身上？他忽然想到，如果把羊驼的事情都告诉爸爸，爸爸会怎么面对。爸爸也许会帮他，爸爸一定会帮他。如果爸爸帮他，整个情形就不一样了。他就没见爸爸发过愁，任何难题都难不倒爸爸。

那么为什么不把这一切都告诉爸爸呢？

湾格花原的心里豁然开朗。当然他心里很明白，爸爸帮了羊驼心里会承受太多的压力，一旦事情败露，爸爸就得扛起所有的责任。可是如果不败露呢？他对自己的后面一个诘问很得意，如果不败露呢？

羊驼说：“你说你爸爸知道了会怎么说？他会骂你吗？还是会帮你？”

“爸爸只是警告我，无论如何不许我收留你。”

“他没说让你告发我吧？我就知道他没说。”

“爸爸永远不会说这样的话。因为他不是这样的人，他从来不做损害任何人的事情。”

“你说，他知道了我的事情的话，会不会帮我？”

“你想让我告诉他吗？还是不告诉他的好。因为那会让他为难，他不会伤害你，也不会欺骗警方。我不想让我爸爸为难。”

“我知道你已经很尽力了，但是你能帮上我的很有限，所以我才想到你爸爸。”

男孩忽然很生气。自私的人想的总是别人怎么帮它，它就完全不会设身处地为别人想想。

“你只是我的朋友而已，尽管我能帮上的忙很有限，你也只能认命。能有一个像我这样诚心帮你的朋友，你该偷着乐才是。其实你还有别的选择。你本来可以跟你的主人回去，你说过养殖场既有人按时喂你们，也没有绳子和锁链。在我看来那地方不错。”

羊驼说：“你话里有话，我听得出来。我不跟你计较。你认为养殖场不错，那只是你的认为，我也不跟你争论。我承认你帮过我，如果你后悔了，你以后不帮，我也无话可说。我要说声谢谢你。”

男孩给气死了。如果羊驼是一个人，他会马上跟他绝交，转身离他而去。可惜它不是一个人。

“因为你和我是朋友，谢谢的话以后也不要说。我帮你，有我的能力局限。我知道你不满意。你不满意，我也没什么更好的办法。我希望你明白这一点。好了，吃的问题解决了。你又要阳光，我也会想办法解决。我能帮你的也只有这些，道一声对不起吧。”

他不想再和它纠缠，于是自己转身离开。

他没给它最后说话的机会，它相当郁闷。对它而言，它自认为已经一退再退，他又何必步步紧逼，他这简直就是赶尽杀绝的态势。它忍了他几个回合，它已经变得不像它自己了，他还想怎么样呢？

他家的整片林子（据说有三十五亩之多）它都已经转过了。尽管范围不小，可吃的树叶其实并不算多。主要因为这里的树都长得太高，哪怕那些细细的树也是如此；以它的身量，直接吃到树叶几乎不可能，它能做的只有将细树枝先行咬断，让上面的枝叶落下来才方便吃。不错，这种被他称作树毛子的细树非常多，它不愁没得吃。还有，间杂在树毛子中的诸多藤类也都是它喜欢的美味。食物在这里肯定不是问题。

它的问题在于避雨和晒太阳。

它肯定这里没有任何一个岩洞或者向前探出的崖头，避雨的问题完全没办法解决。当然那些极其雄伟的大青树树冠很大，也算稠密，会阻隔大部分雨水，所以不会有集中的雨滴直接砸在它身上。但是热带有长长的雨季，它不可能一直站在树下等着雨过去，下雨的时候它需要安卧在舒适温暖又干燥的窝里。这里没有可以做窝的地方，连一处也没有。

太阳光他说他会帮忙解决，可是没个避雨的窝，它就不可能把这里当做自己的家。在养殖场有专门为它们盖的房子。它很清楚他自己还小，根本没能力帮自己盖房子。它之所以问他爸爸，是因为它知道房子的问题他爸爸能帮它解决。可是他不客气地为他爸爸挡驾了，他的口气连一点回旋的余地也没有。

它看着他逐渐消失在树毛子当中，也听见尾随在他身后的马力的轻吠。还是一抹浓云最终遮蔽了他。

羊驼刚刚已经先行和马力聊过，是马力告诉它，他爸爸很有办法，家里所有人的大房子小房子连同院子鱼塘这些，都是爸爸造的。它这才起了让他找他爸爸的念头。

羊驼轻唤马力，它希望马力听到而湾格花原听不到。果然。

从浓云里现身的马力可不像它的小主人那样薄情。

马力说："他很生你的气，他说你太自私了。"

"谁又不自私呢？他们不是也说，人不为己天诛地灭吗？"

"他们还有些相反的话，你要不要听？我也认为你自私。你已经给他们带来太多的麻烦，他还在帮你。如果他也自私的话，他会继续帮你吗？"

"换作我是他，我不会像他那么傻。"

"他们还有一句话，滴水之恩当涌泉相报。你呢？你不但知恩不报，反而恩将仇报，你就是个小人。"

"我压根就不是人，我是羊驼。只有你们才会把自己当作是人。你再问问自己，你是人吗？"

马力暴怒："你就是个混蛋！枉你长着一张羊脸，却原来一肚子的狼心狗肺。算我瞎了眼！"

羊驼说："你又乱讲话了。你的眼睛好着呢。"

"再帮你，我就不是人！"

"你本来就不是人。你就是一条狗啊。你瞪我干什么，你还要吃了我吗？我哪句话说错了？快走吧，你主人已经走很远了，你这个跟屁狗要跟紧才是，千万别因为你的任性，坏了你们跟屁狗的名声。"

"你听好了，骆驼和羊的杂种，你已经被逮捕了！你是警方通缉的逃犯，必须听话伏法，不得违逆反抗和逃跑，否则后果由你自负！你走在前面，走！"

羊驼说："哟，你说变脸就变脸啊。你不就是个跟屁狗吗？我不走你又能拿我怎么样？还你已经被逮捕了？被谁逮捕了？被你？你也不撒泡尿照照自己是什么东西？"

羊驼之所以对马力如此不屑，是因为它的宿敌个个比马力凶悍得多，它们是狼、豺和雪豹花豹这些。羊驼连它们都不放在眼里，怎么会怕一只看家护院的狗呢？可怜的马力是被羊驼那张柔弱的小脸所迷惑了，它根本无法想象羊驼四肢的神力。羊驼终年在悬崖峭壁上腾跃跌宕，连强大的美洲狮也奈何不了它。

马力朝羊驼狂吠，警告它老老实实跟自己走。在马力眼里，这样子的一个逃犯根本不在话下，它完全可以将它制服。虽然它比它要大，它再大也是白大。马力眼里的白色动物永远只能是弱者。

羊驼对它视而不见，偏偏在距它咫尺之遥处抬蹄向山上去。这里的山势处处陡峭，而羊驼专门挑陡峭处向上攀爬且毫不费力。

马力能做的，只有紧随其后，但是两个回合便已经气喘吁吁。它的脚力跟羊驼相去太远。

羊驼居高临下："自不量力的家伙。原本没有谁瞧不起你，你也就不要自取其辱吧。你我的路不同，我们各走各的互不相扰。你回去做你的看家狗，你有你的小院子和铁链子，有吃有喝，还有主人为你洗澡刷毛。你可以对你的主人摇头摆尾感激涕零，你走你的阳关道。但是你记着，你就是一条狗，一条看家狗而已。"

羊驼复制了刚才男孩的傲慢，它同样不给马力说一句话的机会。它已经转身向上了。

马力无计可施也无可奈何。它先看着羊驼逐渐在坡上的丛林中消隐，看着新的游云毫不客气地阻断自己的视线，然后自己收起尾巴，沿着小主人下山的方向紧跟过去。羊驼说得不错，它要跟上他。

新的写作和生活方式

——与马原对话

陈鹏：如果没记错，这是你继《湾格花园》之后的第二部童话。为什么突然写了两部童话？很难想像当年先锋派旗手的马原写起了童话。

马原：写童话，首先是因为爱。我有一小儿子，他今年七岁，正是读童话的年龄。在他小的时候，我们会给他读一些著名的童话，比如像《小王子》。他现在已经开始认字，到了除家长给他读以外，自己也尝试读童话的年龄。为儿子写童话，我觉得是顺理成章的事情，毕竟我的职业是写作，首先是给马原自己写作，然后是给马原身边的人写作。于是我的小儿子成了我写童话的最主要的契机，而且，童话一直是我最喜欢的文学品种，我特别尊敬的瑞典大作家塞尔玛·拉格洛芙，她的《尼尔斯骑鹅旅行记》就是一部非凡的童话。

陈鹏：我个人觉得《砖红色屋顶》很棒，比《湾格花园》更好，天真烂漫、收放自如。今后还会写童话吗？

马原：谢谢夸奖。《砖红色屋顶》其实是我的另一个写作计划。它是《姑娘寨》三部曲的一部，因为写得比较顺手，也觉得它独立出来也许更好，所以就把它单独提了出来，脱离《姑娘寨》大的构想。山上的生活一切都是新鲜的，会有诸多灵感，所以才有机会写出像《砖红色屋顶》这样有意思的童话来。

陈鹏：云南作家都在说你近期的创作写了南糯山、写了云南，提供了一种相当新鲜的写作视角，完全不受拘束。而相比之下，云南的作家好像反而有点放不开……对此，跟云南作家说点什么吧。

马原：其实所说的云南题材写作，对我而言还仅仅是一个开始，这也是我个人的一种新的写作和复原生活的方式。许多年前我在西藏的时候，我就给自己下了一个死命令，一定不能尝试钻到藏族人的心里去写作。我是一个外来者，一个外来者自然会有一种与本地人完全不同的视角，本身就有它特别的意义，不必要非得钻到藏族人的心里，揣摩藏族人的所思所想，揣摩他们的动机、愿望和目的。我仅仅把我所看到的藏族人的起居、生产劳作、婚丧嫁娶，用印象的方式写出来就够了。我来到南糯山，这里的人们的生活习俗、生活方式，以及对待事物的方法和他们的价值观念、宗教观念，是让我的故事有血有肉的基础。同时，我还依据另外一些未曾使用过的方式——史料。史料虽然有时只是一言半语，但它会带给我灵感，我有想象力丰富的特性，有时候只要借助某一个点，就会找到有灵感、有新鲜感的故事。我的故事，肯定会带一点烟火味儿，也不大能以常规的方式深入到云南少数民族的内心去，但这也就是我的局限和长处所在。我没有资格对云南作家的写作水平说长道短，他们这种丰厚的写作积累和他们这种非凡的创造力是我所不具备的。

陈鹏：你从海南来云南有五年了吧？感觉你越来越热爱南糯山，热爱云南。除《姑娘寨》三部曲外，还有什么云南题材写作计划？

马原：从海南到云南已经快五年了，这期间我一直在为建立家园而劳作，同时也很享受这种生活。从我这么短时间就能写出《姑娘寨》三部曲，你就可以想象得到我有多么享受姑娘寨的山山水水。

陈鹏：说说你平时的生活状态。花在阅读、写作上的时间多吗？最近在读什么？

马原：上山以后，我的生活方式改变了许多。因为我有一个很大的院子，有很多事情等着我去做，所以大部分时间都在家里忙碌那些琐碎的事情。我有一条一百多米长的路，这条路每天都会有很多落叶，我要把这一百多米的路扫干净，大概也需要二十多分钟的时间，我们还有鸡、鹅、狗、猫许多小动物。这样你就会知道，我现在每天用在写作和阅读上的时间，不是比原来多了而是比原来少了。但现在这种生活，充满了细节，充满了新鲜感。每天我光敲钟就要敲两三次，我过的是一种暮鼓晨钟的生活，我现在的生活差不多是回到了古代，回到了老子所描述的那种“鸡犬之声相闻”“老死不相往来”的古代生活。最近两年我也认真地依照注释重新读了《老子》和《庄子》，

云南西双版纳南糯山马原宅邸“湾格花园” 吴尧／图

因为我当下的生活与他们那个时代的生活有可比性，所以对他们的著述和他们的妙论有了更多的理解，觉得受益匪浅。我也陆陆续续读了一点《左传》《史记》，觉得以往没有认真读史是一个特别大的缺憾，希望能有所弥补。

陈鹏："无欲则刚"。我感觉现在你对写作完全出于真正的爱，而非名利。当年与你一起"先锋"的大咖们，如格非、苏童、余华如今都去了北京，拿了这个奖那个奖，对此你有何评价？读过他们的近作吗？

马原：对老朋友们的写作受到肯定，我诚心诚意为他们感到高兴。他们都在北京，北京是首都，是全国甚至是世界的文化中心，在这样的环境里写作，可能个人的能力更容易发挥，更容易受到社会各界的关注，应该说会有更好的发展前景，我诚心诚意地祝福他们。现在我们很少见面了。说到自己，我确实觉得我现在的写作跟名和利相距很远，我现在关注的都很细小，很微弱。我写自己家的院子，写我们这个小小的十几户人口的寨子，视野非常狭窄，但是这就是我当下的生活，我也不觉得有什么缺憾。我猜我以后的生活不会有很大变化，我说过姑娘寨是我的终老之地，当下正在逐渐建立起来的全新的生活秩序也会是我今后生活的基本模版，我就在这儿过着安静的乡居生活，思考和写作。我和我老婆两个人会伴随着小儿子的成长逐渐老去。

陈鹏：这是"大益文学"书系第一辑，你对这样一套文学书系怎么看？有何期待和建议？

马原："大益文学"这个书系是一个让人特别期待的有创意的书系。你接手《大家》以后对《大家》的改造，我算是比较了解的，我对你把"大益文学"做好充满了期待。我觉得这会是一个比较有意思的平台，如果在这个平台上去创办一个全新的"大益文学奖"，会特别有意思。许多年以前，我刚离开西藏的时候，曾经有一个梦想，我希望能办一个文学奖，当时的设想是叫"金顶文学奖"，因为金鼎是西藏的特殊标志之一。我说的是拉萨的布达拉宫的金顶，它高高在上，但当时没有一个有志于此的企业家对这个事有响应。我见过大益集团掌门人吴远之先生，我觉得以吴远之先生的胸怀和气魄，完全可以支撑起一个能在全国乃至世界有影响的文学大奖，通过这个方式，给文学带来更多光明和希望。一套书系和一个大奖，能形成一个强有力的支撑，相信你会以一种独特的方式，给处在下行空间和高速下滑的文学，尤其是中国的文学，打一针强心剂。

这件事没有胸怀，没有气魄和实力的是做不了的。在我心里，吴远之先生有这个胸怀、气魄和实力，期待你们能够办好这个书系，并在这个基础上将文学奖做出来。

陈鹏：很多人喜欢你当年的中短篇小说，如今在这两个领域混吃混喝混名声的主儿太多，都希望你重新出手。事实上《姑娘寨三部曲》已经是一个相当不错的开始，今后写作重心会放在中短篇上吗？尤其短篇，已经很多年没读过你的新短篇啦……

马原：我很希望能回到短篇，写短篇比写长篇幅的作品需要更多的激情、想象力和灵感。我是一个写了一辈子的老人了，要有那么多激情、灵感谈何容易，可以说，回到短篇对我而言是一种奢望。但是我想努力尝试一下，看看能不能尽快回到短篇。你知道我在前面二十年里发表的作品，主要都是中短篇，现在我倒过来了，从最初2010年三十多万字的《牛鬼蛇神》，到二十多万字的《纠缠》，再到几万字的《姑娘寨》三部曲，已经越来越短，这么说来还是挺乐观的，就是说我完全可能回到短篇。你期待着，我自己也同样期待着。

刘庆邦

作者简介

1951 年 12 月生于河南沈丘农村。当过农民、矿工和记者。著有长篇小说《断层》《远方诗意》《平原上的歌谣》《红煤》《遍地月光》《黑白男女》等九部，中短篇小说集、散文集《走窑汉》《梅妞放羊》《遍地白花》《响器》《黄花绣》等四十余种。曾获第二届鲁迅文学奖、第二届和第四届老舍文学奖。

河工

刘庆邦

好长时间没见到娘了，我每次放学回家，娘都不在。我习惯了进门之前先喊娘，都上小学二年级了，这个习惯不但没有改变，反而越来越自然。我不喊爷，也不喊爹，更不喊大姐二姐，只喊娘。好像娘就是家，家就是娘，只有娘答应了，我才算回到了家。

我知道，娘外出挖河去了。收罢了秋，地里种上了小麦，娘就扛起铁锹，背起打成卷儿的棉衣，去了挖河的工地。娘是在石榴树落叶的时候走的，如今都到了冬天，石榴树上早变得光秃秃的，娘一直都没有回来。我明知娘不在家，一到学校就把娘不在家的事给忘了，放学后回到院子里，进门之前我还是习惯性地喊娘，娘！娘！！听不见娘答应，我才记起，俺的娘，她到很远的地方挖河去了。娘在家的时候，我喊娘头一声，娘就会答应。我喊娘并不一定有什么事，既不是跟娘要吃的，也不是跟娘要喝的，好像为喊娘而喊娘。而娘只要一答应，我心里顿感踏实，好像什么都得到了。听不见娘的答应呢，我情绪低落，顿时就蔫儿了，像遭了霜打的茄子一样。

这天是星期六，天上下着小雨。雨气带着寒气，小雨下着下着，有的小雨就变成了小雪，形成雨夹雪或雪夹雨的天气。这天下午只上了一节课，老师就宣布放学。我就读的小学在我们村子的村东，全校只有一个班，一个老师。老师是我的一个同宗的堂叔，以前我把他叫三叔。当上老师后，我就不叫他三叔了，叫他刘老师。刘老师长得不好看，身体还有缺陷（具体什么缺陷我就不说了，人到什么时候都得尊敬老师），以前老也找不着对象。当上我们的老师之后，他很快就把对象找到了。他的对象银盘大脸，很是好看。相比之下，他不愿意跟我们这些学生娃子待在一起，更愿意回到洞房里跟他新婚的对象待在一起。他提前放学从来不说理由，好比放羊的人不必跟羊群说理由，想什么时候放学，只在课堂上宣布一声就完了。放了学，学校就要锁门，三四十个学生只得各自回家。说来我真是不长记性，回到家门口，我又喊开了娘。娘不在家，当然不会答应。回应我的是大姐，大姐说：跟你说过一百遍了，咱娘去杂姓营挖河去了，你就是记不住，你到底长没长耳朵？大姐的口气有些不耐烦。

我在学校是班长，连老师都很少批评我，我可不吃这个。我说：我就是没长耳朵，怎么啦！

那你的耳朵呢，是让猫吃了？还是让老鼠吃了？

什么什么，猫和老鼠的牙齿都很尖利，我的好好的耳朵怎么能让它们吃呢！大姐说话也太难听了，跟我怎么能这样说话呢！娘生了大姐，又生了二姐，第三个孩子才生了我。我是娘所生的第一个男孩儿，娘一直很喜欢我。娘从来不打我，不骂我，也没说过让猫和老鼠吃我耳朵的难听话。这不行，我得向大姐提出抗议。我抗议的办法是，大姐越不让我喊娘，我越要喊娘。我喊得声音很大，拉得秧子也很长。我不只是喊，简直是在吼，把嗓子几乎都吼破了。

大姐说：喊吧，使劲喊吧，有本事把天喊个窟窿才好呢！反正不管你喊得再厉害，咱娘也听不见，也不会答应你。

大姐打击性的话，说到了我的委屈点。回家见不到娘，我每天都觉得委屈。我的委屈已经积攒了许多，肚子里，眼睛里，包括书包里，似乎都盛满了委屈，一摸就是一大把。委屈是憋不住的，憋得时间越久，委屈就越大，迟早有一天会爆发。这时，我还没想到自己会哭，只想继续向大姐表示我的抗议。但抗议着抗议着，我的声音就不大对劲，里面夹杂了一些委屈的成分。当我听见自己的委屈以声音的形式流露出来，我就有些管不住自己，委屈引发着委屈，自己推动着自己，竟哭了起来。我一哭而不可收，哭声越来越大，如波浪越滚越高。外面的雨夹雪下得更加密集，地上的泥已经泛起。

我一哭不要紧，把我的一个妹妹和两个小弟弟都惹哭了。后来我想，他们一是被我的嚎哭吓着了，因害怕而哭；二是他们都比我小，我想娘，他们可能比我想娘想得还厉害。特别是我最小的弟弟，他才七八个月大，正是天天在娘怀里吃奶的时候。娘毅然给他断了奶，把他交给我大姐看管，自己轻装上阵，到挖河工地去了。我爹已经去了挖河工地，我娘作为一个妇女，她完全有理由留在家里照管她的六个孩子。谁都知道，挖河是要命的活儿，出一趟河工，不掉一身肉，也得脱一层皮。我们村有一些妇女，不是嚷这儿疼，就是说那儿肿，千方百计躲避出河工。比如老师的新娘子，她比我娘年轻得多，身体也好得多，她就没有去挖河。不管多重的活儿，我娘都不会躲，都会抢在前面。她在前一年当上了县里的劳动模范，从县里领回了奖章和奖状，挖河她不当先谁当先呢！哪怕全村只出一个挖河的妇女，也只能是我们的娘。爹娘不在家，只有十二岁的大姐，只好担起爹的责任，又担起娘的责任，在家里照管我们。我爷爷已经是一个老人，老得胡子都白了。爷爷天天去的地方是生产队里的饲养室，他宁可和那些不会说话的牛、驴待在一起，也不愿和我们这些动不动就哭鼻子的孩子们待在一起。好在大姐不用做饭，生产队里的大食堂一敲钟，大姐提上一只竹篮子和一个瓦罐，把我们全家的饭领回来就是了。当时是 1959 年的初冬，大食堂的烟筒虽然还在冒烟，但离断炊已经不远了，即将到来的大饥荒已经在向人们招手。大姐领回的饭没什么好吃的，不过是一些蒸红薯，和用红薯面搅成的稀糊糊。可在我们眼里，那两样都是好吃的东西，比传说中的任何东西都要好吃。大姐按每人的定量把红薯和稀糊糊分给我们，我们都吃得狼吞虎咽，喝得碗底朝天。小弟弟还不会自己吃红薯，大姐就把红薯嚼一嚼，放在指头上，抿到他的嘴里。他像吃奶一样把红薯往肚子里吸时，噎得直翻白眼。按大姐的话说，小弟弟像是饿死鬼托生的，不管是从大姐手里往外挣，还是在地上爬，他的目的只有一个，那就是找吃的。抓到一根麦草，或抓到自己的尿泥，他都往嘴里放。什么东西都抓不到，他只好把自己的手指头放在嘴里。他的口水老是啦啦流，把两个嘴角都淹红了。在我不哭的时候，小弟弟动不动就咧着嘴哭。见我们一哭，他跟着我们哭得更痛快。见我和弟弟、妹妹哭成一团，大姐、二姐眼里都含了泪。但大姐、二姐都忍着，没有跟我们四个一块儿哭。大姐有些生气地说：咱娘是去挖河去了，咱娘又没死，你们哭啥哭，都给我憋住！

大姐提到了死，这个问题我以前可没想过。要是娘死了，我可是再也见不到娘了。我现在也见不到娘，挖河和死人是不是差不多呢！大姐的话不但没有打消我想娘的念头，反而使我想娘的念头更加强烈。我一边继续哭，一边又产生了新的念头，我得去挖河工地找娘去，看看娘到底还活着没有。这个念头一生出来，我的别筋劲头也上来了，再也收不住。娘跟我讲过孟姜女哭长城的故事，给我留下了很深的记忆，我想我得向孟姜女学习。我不哭了，使劲把眼泪一抹，毅然向门外走去。

大姐命我站住，问我要干什么！

我不理大姐。

大姐定是猜出了我的心思，说：你不知道挖河工地在哪里，你找不到咱娘。

我仍不理大姐，鼻子下面是大路，条条大路通北京，我不相信连挖河工地都找不到。

这时大姐做出了一个决定，她说：把你弄丢了怎么办，要去我跟你一块儿去。

这还差不多，我不反对大姐跟我一块儿去找娘。

大姐跟二姐交代了一下，让二姐在家里看好弟弟妹妹，就跟我一块儿向村外走去。我们家没有雨伞，没有雨衣，也没有用蓑子草勒成的蓑衣，任何挡风遮雨的雨具都没有，我和大姐就那么冒着雨雪向外面走去。我们上身穿了棉袄，下身还没有穿棉裤，穿的是单裤。雨雪落在我们的头发上，耳朵上，脸上和领口里，湿凉湿凉的，一阵风吹来，我不由地打起了哆嗦。大姐问我冷了吧？我说不冷。

大姐知道去挖河工地的路，我和大姐从村后出了村，就踏上了田间的一条泥巴路，一直向西走去。我们那里的土地土质松软，雨水雪水一浸泡，泥巴就很深，也很粘。我有一脚抬得慢了一点，脚就陷在泥巴里。我一拔脚，脚是出来了，鞋却陷在泥巴窝里。我穿的是那种我娘做的尖口浅帮的布鞋，鞋已经有些旧了，穿上不大跟脚，加上我没有袜子可穿，是光脚穿鞋，脚和鞋很容易分家。我做了一个金鸡独立的姿势，弯腰把陷在泥巴窝里的鞋揪了出来，重新穿在脚上。可是，当我拔出刚才独立的那只脚时，脚和鞋分家的事再次出现。这可怎么办？如果两只脚老是这样，交替金鸡独立下去，恐怕走到天黑也到不了挖河工地。

为了站下来等我，大姐的两只脚也陷进了泥巴窝。大姐穿的布鞋跟我是一样的，大姐也没穿袜子。大姐说：看来鞋是穿不住了，干脆，咱们光着脚走吧。大姐把裤腿向上绾了绾，脱掉鞋，光着脚踏进泥巴里，把两只鞋分别提溜在两只手里。

泥巴一定很凉，我不想光脚踏泥巴。但大姐给我做出了样子，我只得学着大姐的样子，把光脚踏进泥巴里。我想到了泥巴很凉，可没想到泥巴会这么凉，我的脚刚踏进泥巴里，就凉得我倒吸了一口凉气。泥巴的凉是冰凉，因为泥巴上面已结了一层冰碴子。这样的冰碴子也叫冰骨，冰骨横一道竖一道，连结成不规则的网格。这样的冰骨还没结成平板的冰，还不结实，一踩就碎了。就是这样的碎冰，冰得我的脚像针扎一样疼。而且不是一根钢针，像是有无数根钢针都在扎我的脚，我的脚不只是踩在泥窝里，冰窝里，还像是踩在钢针窝里，真让人疼得受不了。我以前光脚踏泥巴的次数很多，但从没有在冬天踏过带冰碴子的泥巴。几十年后，我之所以对那次去挖河工地找娘的事念念不忘，很大程度上是来自脚的记忆和肌肉记忆。赤脚在冰碴子上行走，这件事给我留下的印象太过深刻。

大姐让我咬住牙，说一会儿把脚冻木了，就不知道疼了。大姐说得不错，我咬紧牙关走了一会儿，双脚就冻木了，木得像两根木头棍子一样，就感觉不到疼了。

天气越来越冷，小雨没有了，都变成了小雪。小雪也从雪粒子变成了一朵一朵像枣花儿一样的雪花儿。这样很好，雪花儿在棉袄上化得慢，不会很快把我们的棉袄弄湿。我们的村子西边离别的村子很远，远得一眼望不到边。在一马平川的田野里，除了鼓着一些坟包，还有一片被说成义地的乱坟岗子，岗子上经常性的扔着一些用谷草裹着的死孩子。在阴雨连绵的夜晚，我们站在村西护村坑的内侧，就可以看到鬼火在义地里闪烁。听大人说，义地里鬼很多，几乎是鬼的世界。在好天好地的时候，我一个人都不敢到义地来，更不要说在阴天下雪的时候了。雪茫茫，野茫茫，尽管有大姐和我在一起，我还是有些害怕。我问大姐：鬼会出来吗？

大姐说：不要瞎说！

我想起来了，娘跟我们说过，一个人心里有鬼，才会遇上鬼，要是心里没鬼，是不会遇上鬼的。娘还跟我们说过，在鬼多的地方不能提鬼，你一提鬼，鬼就来了，你不提鬼，鬼就不会找你。我赶紧闭嘴，不再提鬼。

不知道走了多远的路，也不知道走过了几个村庄，我和大姐终于来到了挖河工地。我们村前来挖河的人都住在一个叫杂姓营的村子，我们还没进村子，先看到了挖河工地。挖河工地战线很长，从东到西有十多里。这里原来没有河，连沟渠都没有，都是已经种上了小麦的平地。上面一声令下，把一条直线一画，人们就铲掉了麦苗，开始在平地挖河。为什么要挖河呢？因为要大搞水利建设，要把淮北变江南，旱地变成水浇田，万亩稻谷连成片，天天都吃大米饭。为什么会产生这样的想法呢？因为大跃进来了。我们那里不把跃读“越”，都是读成“要”。我那时也不会写大跃进的跃字，以为大跃进就是“大要进”，或是“大要劲”。“大要劲”是很厉害的，它的一个突出特点，就是敢想敢干，打破常规，靠人的力量，把不可能的事情变成可能。登上挖河工地的一个高坡，一看到成千上万人在风雪中劳动的场面，我和大姐好像都被吓着了，吓得目瞪口呆，说不出话来。我们没有想到，挖河工地这样宽阔。开挖的河床本来就够宽的，而整个挖河工地的宽度相当于河床的三倍。因为从河床中挖出的泥土要堆在两岸，所以铺开的场面就大了。工地上这里那里，插了不少红旗。红旗被雨雪打湿了，裹在旗杆上，不再飘扬。因距离对岸比较远，还有雪的弥漫，对岸的红旗看上去有些模糊。比起工地上的红旗，更多的是挖河的民工，河是人河，海是人海。可能因为人太多了，工地太大了，人看去有些小，小得像蚁群一样。不只人小得像蚂蚁，也黑得像蚂蚁，匆忙得像蚂蚁。挖河没有什么像样的工具，当时连架子车都没有，人们只能用铁锹把河泥装在用厚帆布做成的泥兜子里，两人一根木杠子，把河泥向斜坡顶上抬。别看天下着雪，没有一个穿棉袄的，都是穿着单衣服，赤着双脚。几乎无一例外，他们穿的衣服上面都打着补丁。还有的人光着膀子，脖子里套着一个圆形的垫肩。他们都瘪着肚子，人显得很瘦，可见一根根突出的肋骨。别看他们一点都不壮实，但他们抬起河泥来都是一路小跑，一点儿都不敢放慢脚步。因为有干部模样的人，手持铁制广播筒，在不停地催促他们，给他们加油，让他们鼓足干劲，力争上游。上坡的小路满是泥泞，很是滑脚。人们抬着沉重的泥兜子往坡顶攀登时，脚下一滑，有时会滑倒，摔一个大马趴，木杠压在脊梁上。摔倒的人马上爬起来，抬起杠子，继续向上攀登。

我和大姐瞪大眼睛，在人群里搜寻。我们没看到我们的娘，我们的爹，也没看到一个我们村里的人。挖河是分段包工，每个村包一段，村与村之间开展竞赛。看来这一段河工不是我们村包的，要找到娘，我们还得沿着堆满河泥的工地往前走。

在工地艰难行走时，一些正干活儿的人们会抬起眼来看我们。我不愿意让他们看我们，我怕他们把我们留下来，让我们也在工地干活儿。要是那样的话，可糟糕透了，我和大姐可抬不动泥巴兜子啊！我问大姐：人家会让咱们干活儿吗？

大姐说：你还是个小学生，你会干啥活儿！

虽然我还是个小学生，大跃进的事情我也参加过一些。大炼钢铁的时候，上级号召，各家各户只把锄头、镰刀、铲子、铁锹等干活儿的工具留下就行了，其它铁制的家伙统统都要交到生产队里去，一样儿都不许留。那天往生产队里交东西时，我们全家能拿东西的人几乎都出动了，爹掂着大锅，娘掂着小锅，大姐端着鏊子，二姐拿着锅铲。家里人都参加大跃进了，我也得参加。他们都对大跃进做出了贡献，我该贡献点什么呢？找来找去，我见墙上挂着一杆大秤，秤头挂着一个秤砣，就把铁疙瘩秤砣取下来，交到生产队里去了。队长表扬了我，说秤砣实在，十个锅铲子都比不上一个秤砣。队长拿起秤砣，砸进我娘刚放在地上的小锅里，一下子就把锅底砸烂了。我们那里有一个词，就叫砸锅。这个词是说，有的事情办坏了，不可弥补了，就是砸锅。我以前没见过砸锅，在大跃进期间，我才算把“砸锅”看到了。还有一次，上级要求我们村把一大块红薯地连夜种上小麦，以迎接公社组织的参观团参观。如果种上了小麦，就插红旗。如果种不上小麦，就插白旗。要是插了白旗，就得把村里的干部拉出来，当场批斗。红薯还长在地里，满地的红薯秧子扯扯捞捞，是无法耩小麦的。队长一着急，把我们这些学生娃子也从学校里叫出来了，叫我们去地里帮着拔红薯秧。我们连根拔红薯秧时，有时把红薯也带了出来。红薯鲜红鲜红，块头儿也不小。我们把拔掉的红薯秧子扔到地边的坑里去了，那，带出来的红薯怎么办呢？我们问老师，老师问队长。队长似乎有些不耐烦，说问什么问，扔，一块儿扔！就那样，我们把红薯秧子和好好的红薯一块儿扔到坑里去了。坑里有水，很快就把红薯泡坏了。

比起挖河，我以前看到的大跃进的场面都是小场面，目前所看到的全公社的人一块儿挖河，才是大场面，才真正像大跃进的样子。我又想起娘给我讲的孟姜女哭长城的故事，听娘说，当年去搭长城的人也很多，也是人山人海。搭长城的人如果死了，也不通知他家里人，就手把死人当作一块砖头或一块石头，垒进长城里面就完了。这么多人在冰天雪地里挖河，会不会也有人累死呢？要是人死了该怎么处理呢？

我和大姐沿着高高低低的工地又向前走了一段，还没看见我们村的人。光着脚走了这么远的路，又冷又累，我觉得肚子有些饿了。我听见自己的肚子在咕咕叫，肚子仿佛在对我说：我饿了，我饿得受不了啦，快给我一口吃的吧。那时候，正在长身体的我，天天处在饥饿状态，看见天上的云彩都想抓下来吃一口。够不到天上的云彩，我只能低头往地上瞅。地上除了烂泥，就是砂礓，哪里有什么可往嘴里放的东西呢！肚子瘪了，用布条做成的裤腰带就松了，我的裤腰带松松垮垮，裤子眼看就要掉下来。我只得停下脚步，把裤腰带解开，把裤腰勒得紧一些。

大姐知道我饿了，大概是要为了转移我的注意力，往河坡里一指对我说：你听听，那个人喊的是什么？

我听见了，那个人用广播筒喊的是：不怕流血和流汗，共产主义在前面；大干苦干拼命干，共产主义早实现。那个人不但喊口号，还拉着长秧子在唱歌，他唱的是：那个与天斗，那个与地斗，那个与人斗，那个与龙斗。斗天斗到天流泪，斗地斗到地冒油，斗人斗到人淌浆，斗龙斗到龙低头。

我问大姐：啥是淌浆？

大姐说，她也不知道。

那个人还结合挖河工地的实际情况，点名对有的人提出了批评，他接着唱的是：李老七，在河工，屙屎屙了半点钟。要问他屙得时间咋恁长？他是躲在茅房里磨洋工。

这一次我听懂了，明白了半点钟是怎么回事。

大姐说：走吧，再找不到咱娘，天都快黑了。

等我和大姐找到娘的时候，雪把地上变白了，天真的快要黑了。在雪色朦胧中，我和大姐都看到了娘。娘和一个男劳力抬着一兜子泥，正沿着斜坡奋力向上攀登。娘抬的是杠子头，男劳力抬的是杠子尾。一般来说，女劳力和女劳力才会抬同一根杠子。而我们的娘，却和一个男劳力同抬一根杠子。那个男劳力我认识，他是我们村一户外姓人家的哑巴。别看哑巴不会说话，他的两个腿肚子上暴着青筋，力气大得惊人。我娘就是和这个力气很大的哑巴合抬一根杠子，而且泥兜子上面的绳索不偏不倚，就放在杠子的正中间。这表明泥兜子的重量由娘和哑巴平均承担，娘并没有让哑巴多吃重。娘的头发湿透了，脑后的发纂儿松垂着，一些头发粘在娘略显苍白的脸上。湿透娘头发的，有溶化的雪水，肯定也有娘的汗水。娘的衣服也湿了，打着补丁的褂子湿得花花搭搭。娘跟所有的民工一样，也是绾着裤腿，赤着双脚，在泥里水里抬泥。娘的身量本来就不高，沉重的负担压在肩上，娘显得更低了，低得像个孩子一样，好像还没有大姐高。这就是我们的娘，干这么要命的活儿，她怎么吃得消呢！孟姜女的丈夫搭边墙时死掉了，好在我们的娘还活着，我和大姐一起大声喊：娘！娘！！好久没看见娘了，现在总算又来到了娘的身边，我和大姐的喊声里都带了哭腔，眼眶里也热乎乎的。

我以为娘听见我们的喊声，会立即放下泥兜子向我们跑过来。那样的话，我和大姐会扑进娘的怀里痛痛快快哭一场。让我万万没有想到的是，娘听见喊声，看见我们后，对我们一点儿都不亲热。不但不亲热，娘突然间就生起气来。娘和哑巴倒是把泥兜子里的泥巴倒了出来，但娘没有把杠子放下，更没有向我们跑过来，而是站在原地大声吵我们：谁让你们来的，不好好在家里待着，来这里干什么！

大姐叫着我的小名，说我哭着喊着要找娘，她怕我走丢，就带我到这里来了。大姐说着，揉着眼睛哭了起来。

娘见把大姐吵哭了，口气才缓和了一些，说没看看，这儿是你们来的地方吗！好了，先到村里去吧，找个背雪的地方等着我，我一会儿就下工了。娘说着，又向河底走去。河底已经挖出了水，水又黄又浑。水中的土方被说成是水下方，人们正站在水里挖水下方。您还别说，这条新河真的挖成了。后来我到镇上上学，每天都要经过这条河。夏天天热时，我会和同学们一块儿下河洗澡。我站在桥中间的砖垛子上，扑通一下就跳进河里去了。河水清澈见底，我潜在水里睁开眼睛，能看见小鱼在眼前游动。又过了若干年，我从城里带儿子回老家看河，见河水变成了黑色，黑得跟酱油的颜色一样。据说是家乡办起了不少小造纸厂，造纸厂都把污水排到河里去了，弄得河里不但不再生鱼虾，岸边连芦苇都不长了。再后来，有人把某段河道填起来，在上面盖起了楼房。从无河到有河，从有河再到填河，这是桑沧呢还是沧桑呢？是人间正道还是邪道呢？不明白。

直到天黑，娘才从工地上回来了。娘住的地方是杂姓营村一户人家的灶屋，灶屋里的锅灶给扒去了，整间屋子用麦草打成了地铺，地铺上住着三十多个妇女。娘放下工具就对我和大姐说：该饿了吧，我去给你们领点儿吃的。

说实话，我一心要到挖河工地上找娘，除了想娘了，还有一个藏在我心底的私心，那就是希望能到工地吃到一点儿好吃的。村里的食堂老是蒸红薯，煮红薯，一天三顿都是红薯，一点儿改样的饭都没有。在工地的食堂，我希望能吃到馍，吃到面条。当然了，如果能吃到烩菜，那就更好了。我和大姐在地铺上等啊等啊，饿得我喉咙眼里都快要伸出手来，娘才把吃的东西拿了回来。当我看到娘手里拿的吃的东西时，别提多失望了，娘从工地的大食堂里拿回的也是红薯，而且只有两块红薯。

娘大概看出了我的失望，解释说，人都饿急眼了，一点脸面都不讲。食堂每抬出来一笼屉红薯，大家都挤上去抢，也不怕刚出锅的红薯烫手，一哄就把一屉红薯抢光了。直到抬出第三屉红薯，她才抢到了这么两块。娘把红薯分给我和大姐每人一块，又返回了食堂。娘还没有吃饭，明天还要继续挖河，她不得不去食堂接着抢红薯。

民工们吃过了晚饭，不能马上休息，还要集合在一起开会。那晚的会规模较大，是全大队三个村的民工在一块儿开。会议的主要内容是斗争，斗争的对象是那个在茅房里磨洋工的李老七。会场里吵吵嚷嚷，像是在唱大戏，听大戏。因会场离娘住的地方很近，我和大姐也去会场看了看。雪停了，天很黑。地上的雪也被乱脚踩黑了。我和大姐没看到什么，只听到人们乱嚷：扫他的暮气，扫死他，扫死他！还听见人群中传出凄厉的叫声：活不成了，救命啊！救命啊！

我和大姐不敢再听，赶快回到那间灶屋里去了。我问大姐：那个人死了吗？

大姐说：这下你知道了吗，我看你还来不来！

那次去挖河工地，我没看见我爹。反正我主要是想娘，不太想爹，见爹不见爹都无所谓。

从工地回家后，我的脚后跟冻烂了。先是起白泡，后是流黄水，其疼难忍，其痒也难忍。冻烂脚怕开头，一开头就很难收住。从那以后，连着好几年，我的脚后跟一到冬天就会被冻烂，疼一冬天，也痒一冬天，到春天天暖了才会好。

王祥夫

作者简介

作家，曾获中国鲁迅文学奖、赵树理文学奖、《上海文学》小说奖、《小说月报》百花奖等。

厨子木头棍

王祥夫

快到中午的时候，王建国不得不去了一下厨房，厨房的窗子很大，几乎一面墙都是玻璃，从窗子里可以看到对面楼的红瓦顶。外面阴着，但还是很热，这种天气最好是来点冰镇啤酒，王建国想好了，他要给自己来一个糖拌西红柿，这个菜很好做，简直是鬼也做得来，然后再切一根哈尔滨红肠，那种又粗又长的红肠味道很对王建国的胃口，王建国喜欢吃这种红肠的时候再来些大蒜，大蒜和红肠放在嘴里一起嚼。喝啤酒有这样两个菜其实就差不多了。主食呢，王建国准备把端午节女朋友送来的粽子热一下就行，冰箱里冻着了一大袋肉粽，王建国很爱吃这种肉粽。现在，王建国的家里只有王建国一个人，房子很大，是两层，楼下那一层有一个大客厅，一个厨房，三个卧房和两个卫生间，楼上那一层小一些，有两个卧房，一个卫生间还有两个储藏间，其中一个储藏间在好几年前被王建国改成了衣帽间，衣帽间里当然都是衣帽，那些长长短短的衣服都挂在那个架子上，几乎都是王建国爱人的衣服，爱人临离开家时还在架子上遮了很大一块旧窗帘，旧窗帘没用了，但正好用来当苫布。现在王建国就一个人住在这套两层的房间里，当然还有那三只猫。一想到这三只猫王建国就心烦，要不是猫，王建国也许早就不在这个城市里居住了，但他又不可能带着三只猫到处跑。有人劝过王建国把猫送人或者干脆把它们放掉。

“那可是三条命！”王建国当时就生了气。

“还是你舍不得嘛。”朋友说。

“这只，十岁！那只，五岁！黑猫三岁！”王建国说它们只会在楼顶上散步，放出去就死路一条。“到时候它们都只能被活活饿死。”

快到中午了，王建国得给自己弄点吃的了，他要先把红肠切出来，然后再把粽子放在微波炉里稍微热一下。这时候外面门响了，有人敲了两下，停停，又敲了两下，王建国拿不准会是谁在外面。他迟疑一下，还是去开了门。

就这样，木头棍又从外边进来了，木头棍长得又瘦又高，人们就都叫他木头棍。不管天气有多么热，木头棍总是戴着他的棒球帽子，有好多次，王建国对木头棍说你怎么在厨房里都戴着帽子？厨房里又没有太阳。这么说的时候王建国就又想起那个姓刘的校长来了，王建国那时候还在学校里工作，学校的澡堂和食堂离得不远，从食堂的后门出来走几步就到了，食堂的后门到澡堂之间是食堂的菜地，种了些茄子西红柿什么的，还有灰绿灰绿的大葱。那时候王建国总是先去澡堂洗澡然后再去食堂吃饭，学校的澡堂也不能说有多么大，但学生和老师们都混在一起洗，水“哗啦哗啦”地流着，当然那是淋浴喷头，当然校长也会到这地方来洗。洗澡的时候王建国总是习惯把眼镜戴着，而有一次那位姓刘的校长就突然问了他一句，“洗澡怎么还戴眼镜，你看什么？”这句话简直是让人猝不及防，王建国被窘得够呛。要是有人这么在澡堂里问你，你肯定也会像王建国一样不知所措，但戴眼镜的人就是这样，他们一旦习惯了戴眼镜就总是不想把它摘下来，一旦摘下来，许多不适应就会紧跟着而来，比如头会有那么点晕，比如有时候连食欲都会降低，甚至于，有人在做爱的时候都戴着眼镜，动作快起来的时候还要时不时抬起手来扶眼镜，这真是很麻烦的事。王建国有许多副眼镜，有一阵子王建国热衷于给自己配眼镜，只要一见到喜欢的眼镜框他就要配。王建国的电脑桌左侧的那个抽屉里边就有十多副眼镜。但最贵也是最好的一副是大卫·杜夫，这个牌子来头可真是不小，除此，王建国还有一把很漂亮的木头椅子，很矮，很宽，坐上去很舒服，就放在一上楼正对着电视的那地方，也是大卫·杜夫，这可真是大的不能再大的名牌，所以也贵，一把椅子都差不多四千了，只差十几块钱。“知道不知道这副眼镜是大卫·杜夫的？”王建国还问过木头棍，木头棍那天正拉开他的抽屉找东西，是在找一把改锥，因为厨房的一个炒锅把子上的一个镙丝掉了，那颗镙丝总是掉，炒菜的时候炒锅总是在木头棍的手里左左右右地晃来晃去。“你在这地方找什么改锥？”王建国对木头棍说改锥什么的都在楼下大厅的抽屉里，你去那地方找，别在我这里乱翻。其实木头棍并不是在找改锥，他东翻西翻，其实是什么都不找，他就是有事没事总喜欢和王建国在一起待着，有时候他们之间一句话都不说，王建国做王建国的事，王建国的事也就是在电脑上查东西或在那里打字，木头棍就在旁边一边看着王建国在电脑前打字一边抽烟。木头棍的坐姿总是那样，一条腿架在另一条腿的上边，再把一条胳膊支在架起的那条腿上，身子朝前探，这么一来他就像是哈着腰，身子朝前倾，像一只飞翔中俯冲的大鸟。

“好在我这个家不禁烟。”王建国对木头棍说。

“这就好。”木头棍笑着说。

“你别得意，哪天我就要禁止在家里吸烟。”王建国说。

木头棍就“哈哈哈哈”笑起来，其实王建国的话并不可笑，只不过是一句普通的话，但木头棍就能笑老半天。有时候王建国就会很不高兴，扬扬胳膊把木头棍赶到楼下去，说你到楼下看你的电视去，别影响我。或者你想去哪儿就去哪儿，到做饭的时候再来。王建国这么说的时候木头棍肯定会看一看挂在墙上的那个不太大的小吊钟，说，时间快到了，我总不能现在回一趟家过一会儿再来。木头棍说要是这样的话我吃不胖都跑瘦了。那你就到下边去看电视。王建国说，希望你不要总是待在我身边。王建国把这话都说了出来，但木头棍动一动身子了吗？木头棍根本就没动身子，还在抽烟，一边抽烟一边嘻嘻笑着对王建国说，你做你的，我看我的，我又不影响你。木头棍这么说话的时候根本就让人猜不出他和王建国是什么关系，一般的人也都猜不出木头棍和王建国是什么关系。来王建国家的人都猜不出木头棍仅仅是王建国家里的一个厨子，一天来做两顿饭，做晚上那顿饭的时候会捎带着把王建国第二天的早餐给准备出来。除了给王建国做饭，木头棍还兼了两份工作，给鸭脖店送外卖和给海鲜店往饭店送货，他可真够忙的，但即使这样他也挣不到多少钱。但即使这样他也愁得够呛。木头棍对王建国说过他的儿子马上就要考大学了，到外地上学需要许多钱，他的母亲刚刚才在医院做过手术，又借了不少钱，他的爱人却刚刚丢了一份工作，即使挣得不多，她那份少的可怜的工资也打了水漂。

王建国的爱人去南京已经五年了，走得时候王建国就满肚子不高兴，王建国说那我吃饭呢？你知道我不会做饭，我连最简单的鸡蛋都炒不了，连最简单的面条都煮不了，连最简单的方便面都泡不好。王建国的爱人说我要你自己做了吗？我会给你雇一个厨子，那一阵王建国的爱人可真是忙，因为忙，根本就没时间考虑给王建国物色厨子的事。王建国的爱人同意王建国自己给自己找一个厨子，那一阵子，王建国的兴致很高，职业介绍所那边给他介绍了不少人过来，都是女的，这是王建国的要求，首先是要女的，其次是要年轻一点的，当然人长得漂亮一些就更好，能够增加人的食欲。在那些日子里，王建国的家里可真够热闹的，王建国看了一个又一个，那些女厨子可真是既年轻又漂亮，这让人简直想不到，想不到在这个小城里居然会有这么多年轻女人愿意做厨子。但到了后来，王建国的爱人却突然改变了主意，这么一来呢，总是笑嘻嘻戴着一顶棒球帽的木头棍就出现了。王建国知道自己的爱人给自己找个男厨是什么意思，这个意思一般人都懂，关于这一点，可真是不那么难懂。

就这样，木头棍出现了，他总是戴着他那顶帽子，有时候热了他会把帽子摘下来，脑门那地方就有一圈儿帽子压出的痕迹，不过这痕迹会很快消失掉，但过不了多大一会儿木头棍又会把他的帽子重新戴上。

“你这是干什么，这是家里，又没有风。”王建国对木头棍说。

“我最怕感冒了。”木头棍对王建国说。

“你戴个帽子就不感冒了吗？”王建国说这真是奇谈怪论，说这话的时候也许王建国正坐在那里吃饭，坐在紧靠厨房的餐厅里。那张餐桌可真够大的，能坐八个人，如果哪天客人多了，还可以临时再加两把椅子，但现在只有王建国一个人坐在那里吃他的饭。现在的餐桌上堆满了书，简直就像是图书馆的书桌。王建国总是一边吃饭一边看书，或者是随便拉一本杂志过来看。王建国吃饭，当然木头棍也要吃，厨子一般是不能跟主人一起吃饭的，但因为家里只有他们两个人，所以情况就慢慢发生了变化，这真是有点滑稽，一个厨子，一个主人，一开始，木头棍还坚持等王建国吃完然后自己再吃，后来就变成了他们一块儿吃，说一块儿吃也就是一到时间就同时开始吃，王建国在餐桌上吃，木头棍在厨房里吃，木头棍会给自己搬一把椅子坐在灶台旁边吃，到了后来，王建国要他到餐桌上来，木头棍一开始还觉得有些不对头，但后来很快也就习惯了。他们就在一个餐桌上共进午餐或晚餐了，有时候他们还喝酒。王建国有很多好酒，都是朋友们送的，那些酒都放在北边露台的储藏间里。那个储藏间里除了酒还有不少茶，王建国每年都要买些普洱茶存起来，但他自己却喜欢喝绿茶，王建国的绿茶都放在客厅南边角落里的一个冰箱里边，那台小冰箱会时不时发出一阵“嗡嗡”的响声，不熟悉的人会被吓一跳。王建国喜欢喝茶，对酒却没多少兴趣，而且在家里很少喝酒，而那天王建国却突然提议是不是来那么一点？白的，高度的，那天王建国看足球看高兴了，他喜欢的那个球队大获全胜，是克罗地亚对土耳其，克罗地亚胜。木头棍当然马上就表示同意，之后，他们就开始了，一般的情况是王建国只喝一点点，在一开始的时候，木头棍也不那么放得开，也只喝一点点，到了后来，情况发生了变化，木头棍是一天比一天能喝。到了后来，王建国不再想喝的时候木头棍也会给自己倒上满满一杯在那里慢慢喝。再到后来，王建国早就吃完了饭，甚至都漱完了口，而木头棍还在那里喝个不停，但王建国容忍了，反正碗筷都是木头棍来洗，他喝到什么时候跟自己没关系。王建国一吃完饭就上楼去，躺一会儿或玩儿一会儿手机看看短信，然后再做自己的事。有几次，王建国下楼去厨房取茶叶，发现木头棍早就趴在餐桌上睡着了，菜盘菜碟子都还堆在那里。再到后来，王建国发现端到桌上的菜都是木头棍喜欢的口味，木头棍最喜欢川菜，而王建国一吃辣椒嗓子就要疼好几天。"太辣了，太辣了，"王建国对木头棍说，木头棍却说这么多年的经验告诉他，要想让对方吃得高兴只有把自己最喜欢的东西端上来。对此，王建国无言以对。

"我是主人还是你是主人？"有一次王建国实在是忍不住了，问木头棍。

问话的时候木头棍正趴在餐桌上睡觉，他太累了。

"你怎么又来了？"在木头棍进家的那一刻王建国对木头棍说，王建国这么说话多少有些不礼貌，为此木头棍迟疑了一下，但他还是把鞋换了。一进门的鞋柜里有一双属于木头棍的拖鞋。换好拖鞋后木头棍停顿了一下，好像在想什么，然后就朝厨房径直走去了，王建国在后边跟着，王建国听见木头棍说了声"螺丝"。又说了声"那颗镙丝"。

王建国说："什么镙丝，你说什么镙丝？"

"我忘了把那颗镙丝拧上了。"木头棍说炒锅把子上的那颗镙丝又掉了，我担心炒菜的时候烫着你。

"怎么会？王建国说。

王建国这么说话的时候木头棍转过了身。

"你别小看一颗镙丝。"

王建国不知道木头棍什么意思，看着木头棍。

"问题是要看这颗镙丝拧在什么地方。"木头棍说。

进了厨房，王建国看着木头棍把胳膊抬起来，把手放在冰箱上边的搁板上摸了一下，搁板上放了许多东西，蜂蜜瓶子、海米袋子、放粒粒糖的瓶子，有两纸盒小枣，还有王建国每天要吃的那种海苔片，一片一片地都密封在塑料袋子里，吃一片取一片。木头棍抬手摸了一下，那颗很短却很粗的镙丝就出现在木头棍的手里。"就是这颗镙丝。"

木头棍又抬起胳膊摸了一下，这次是改锥，那个木把子十字头的改锥，王建国想不到改锥会放在这地方。这两件东西到手后，木头棍把挂在墙壁上的那把炒锅取下来放在了案子上，很快就把镙丝拧到了那个炒锅的把子上，这么一来，那个炒锅在炒菜的时候就不会再晃来晃去。

“看看，不晃了吧？”木头棍说。

“你来就为了这。”王建国说。

“是啊，这不是小事。”木头棍说，被烫一下可不是什么好玩儿的事。

王建国看着木头棍，不知道他下一步还会做什么，看样子，他不仅仅是来拧这颗镙丝，也许他还要做什么，果然，木头棍又把那颗镙丝拧了下来，木头棍说这颗镙丝要是不想让他掉下来最好在里边垫一点什么？说话的时候木头棍已经走到厅里了，厅里的书架上的好几排抽屉，木头棍已经拉开了其中的一个抽屉，王建国不知道他拉开抽屉要找什么，直到看到木头棍从里边取出了那种密封管道接头的生料带。木头棍从上边撕下来一小段生料带，然后把它慢慢慢慢缠在了那颗镙丝上，然后再把这颗镙丝拧在了炒锅的把子上。

“好了，这下完全好了。”木头棍对王建国说。

王建国试了一下，确实不晃了。

“我可以抽支烟吗？”木头棍对王建国说，他把炒锅又放回了原来的地方，从厨房出来，转了一下身子，然后就在一进门靠墙的椅子上坐了下来，旁边的桌子上有烟灰缸，里边的烟头也都是木头棍留下来的。

就在早上，王建国还想着要把烟灰缸里的烟头倒掉，想不到木头棍又来了。

“你抽吧，抽完你就走吧，我还有许多事要做。”王建国对木头棍说。

“你真想好了？要解雇我。”木头棍开始翻他自己带来的那个大兜子。

“你翻什么？”王建国说。

木头棍把帽子摘下来了，放在桌上，这可不是个什么好信号。

“这里有一个松仁小肚，还有一袋培根，我给你买的，算我请客。”木头棍已经把东西从他的包里取出来了，木头棍抬头看王建国的时候王建国看见木头棍脑门上戴帽子留下的那一圈儿痕迹，王建国知道这一圈儿痕迹会马上消失的，但很快木头棍就又会把帽子戴上了。王建国希望木头棍把帽子戴上，然后站起来走人。木头棍是站起来了，但他没有戴他的帽子，帽子就放在椅子旁的桌上，一会儿可能就会有一只猫跳上去卧在帽子上。木头棍站起来后没有朝外走却去了厨房，他一手拿着他的小肚一手拿着他的培根。这时候那三只猫出现了，它们都闻到了培根的味道，它们跟着木头棍鱼贯而入进了厨房。

王建国想了想，也站起来跟着去了厨房。

木头棍已经把小砧板从墙上取了下来，那块小砧板是专门用来切肉的。

“这小肚可真够香。”木头棍对王建国说，刀已经拿在了他的手里。

“我跟你说……”王建国说。

“这样的小肚只有在一个店里才买得到。”木头棍马上就把话接了过来，那圆圆的小肚很快就在他的刀下变成了一片一片的薄片，这么一来，小肚的香气就更浓了。被切成薄片的小肚很快就被码在了一个大盘子里，木头棍码的可真好，像一件艺术品。王建国没注意到煤气灶上的平锅已经在冒那种淡淡的青烟，平锅里是培根，王建国很喜欢吃培根。

“培根只有煎得干干的才好吃。”王建国曾经对木头棍说。

“我跟你说。”王建国又说。

“再加点胡椒。”木头棍马上又打断了王建国的话，那把胡椒锤子已经拿在了他的手中，木头棍把胡椒锤子在平底锅上拧了拧。只几下，然后用一只手把平底锅端了起来，木头棍的手劲很好，他把平底锅端起来，是平平地端起来，然后把悬在半空的平底锅向前一推，又一推，这种动作王建国可永远也来不了，那平底锅在木头棍的手里被一推，又一推，锅里的培根就飞了起来，在半空翻了一下，然后又落在了锅里。培根的味道可真是香。

“我跟你说。”王建国又说话了，他想把话再一次跟木头棍说清，你被辞了，我一个人不需要厨子，我一个人能把自己喂饱，这话王建国已经对木头棍说了好多遍了，王建国以为昨天自己说的是最后一遍，想不到木头棍却又来了。

“我跟你说。”王建国这次是跟在木头棍的身后。

木头棍不说话，他已经把切好的红肠和煎好的培根端到了餐桌上，当然还有西红柿，木头棍看到了那几个洗好的西红柿，他知道王建国喜欢吃什么和要做什么。西红柿被切成了小块儿，上边已经撒了白糖，过一会那些糖会慢慢化掉，为了口味好，最好要在糖化掉之前开始吃它。木头棍又去了一下厨房，这次是去端那盘小肚。做完这一切，木头棍又去洗了一下手，水笼头被拧开，水“哗哗哗哗”地流出来，木头棍在洗手，“啪”

的一声，木头棍打了点肥皂，又用水冲了一下。王建国这时已经坐了下来，看着厨房那边，他知道接下来会发生什么，接下来，木头棍会把酒瓶子拿过来，当然酒杯也会跟着出现，紧接着，木头棍也会坐下来，然后就要倒酒了。这一顿酒，还不知道要喝到什么时候。

王建国坐在那里，心里有点烦，又有点不知所措，他等着木头棍从厨房里出来，而木头棍却迟迟不见出来。王建国坐不住了，他站起来，也去了厨房，一只猫从厨房里边出来了，接着是另一只，它们都闻到了餐桌这边的味道。

王建国站在了厨房的门口，朝厨房里边看去。木头棍靠着餐台站着，在抽一支烟，笑眯眯地看着王建国，说，“你吃你的，我等你吃完收拾一下我就走了。”

“你不来喝一口？”王建国听见自己忽然说了句这话，这话好像根本就不是自己在说。

“不了。”木头棍说。

“来吧。”王建国说。

“不喝了。”木头棍说。

“喝两杯吧。”王建国说，王建国觉得这不是自己在说，不知是谁在说。

木头棍又给自己点了一支烟，还那么站着。但他没抽完这支烟，忽然在原地转了一个圈，他总是动不动就转一个圈儿，然后，就从厨房出去。木头棍从厨房出去了，却没有在餐厅停顿，他直接去了走廊门那里，在一进门的地方开始换鞋，看样子他这次真要走了。木头棍身子有点抖，但他还是把鞋换好了。他忽然又想起了他的帽子，他探一下身子，看看放在桌上的帽子，请王建国帮他递一下，因为他已经换好了鞋子，再进去就会把地板踩脏了。

木头棍伸着胳膊，有点抖。

王建国把帽子递给了他。

然后，木头棍就出去了，从走廊门出去，下楼。

王建国觉得有些奇怪，自己怎么会也跟着走了出去。

“喝两杯再走吧。”王建国听见自己在说。

木头棍已经下了一层楼梯，王建国也跟着下一层楼梯。

“喝两杯再走吧。”王建国有些糊涂，不知道自己在做什么，说什么。

走在前边的木头棍把帽子摘了一下，又戴上。

王建国看着木头棍走远了，又把帽子摘了一下，然后又戴上，但木头棍一直没回头。

王建国在街边小饭店的桌边坐了下来，因为天气热，小饭店的几张桌子就摆在外边。王建国开始喝啤酒，他要了一盘花生米还有一个拍黄瓜，他好像忘了家里餐厅桌上的那些吃的，小肚啊，红肠啊，培根啊，糖拌西红柿啊，那些吃的也许这会儿都已经被猫清掉了，也许都已经被猫弄得满桌子都是了。

学群

作者简介

湖南岳阳人，上世纪六十年代出生在洞庭湖边一个农民家庭。先写散文，后来写小说。出版过《生命的海拔》《两栖人生》等。

坏牛仔

学群

从戒毒所出来，我什么都不是。不是牛总，也不是坐在那里开会的牛代表。没有离婚，可我已经不是谁的丈夫。有一个儿子，却没有当他的爸爸。孙子不用当了，儿子也懒得去做。剩下来就只有我自己。可是我是什么呢？是的，我姓牛。这是早在我出生之前，从我父亲从我爷爷那里开始，就已经注定了的。牛字后面还有两个字，我爷爷找一个算八字的老头给取的。念书的时候发奖状，用的是这三个字。后来关这里关那里，也是这三个字。当代表是，吸毒也是。有一段时间，这三个字后边加了些别的字，因此有了不少东西。现在这些统统没有了，只剩这三个字。韩小冬走后余下的那些钱没了，连爷爷奶奶留下的房子也没有了。出来的时候，他们让我往一张纸上签字。我没有看那上面写些什么。看也没用。签在那上面的，就是那三个字：牛立人。

出戒毒所，感觉只是把头上那层水泥揭了。路面上和码在路两边的房子，全是水泥。村子没有了，泥巴路没有了，草垛没有了，红薯和豆子没有了。什么也没有，我往哪里去？

我没想往王卒那里去。那时候王卒到处找我，只觉得厌了倦了，关了机，窝在宾馆的房子里。他越找，我越烦。我宁愿窝在那里，自己烦自己。就像一只烟头，冒火冒烟，只烧它自己。后来有人敲门。响声在门下方，知道是光头。他总是用脚。我心情好的时候，他会蹦得响一些。现在只是敲。我像笼子里的老虎嗥了一下。外面说：开门嘛，我们又不是王卒。我开了门。开门的结果，我跟红毛和光头一起去了一处歌舞厅。说是散散心。

一种颜色很漂亮的丸子，漂亮得叫人想吃。吃了摇头。摇头比点头哈腰好。中国人可以说不。他们在摇在喊，看着很过瘾。我吃了，我没事。我坐在那里。事情是从一张桌子开始的。桌子的一条边在扭动，想从桌子上爬走。它一动，其他的边线跟着动。到后来，倒像是桌子要从边线中逃走。它不要四肢着地趴在那里，不要做一张桌子。桌子不要做桌子，椅子也不要做椅子。世界在一张椅子上面，就是屁股，屁股。椅子很愤怒。椅子有四条腿。椅子跟着桌子在爬在跑。墙壁在逃离。窗子穿过天空，越墙而去。世界突然倒过来。热水瓶和抽水马桶，代替天上的老爷子。女人穿着风，两条腿在追赶裙子。我什么都可以不是。我宁愿做一条狗。一头畜牲从天上爬过。有很多叫声。屙下来的东西纷纷砸向天空。世界好像变了，白天是黑夜，黑夜是白天。我们的眼睛里同时住着黑和白。黑暗的黑，白粉的白。

后来就到了戒毒所。一切都用墙装上。原先的快活，要用痛苦抵消。那么多快活加在一起，足以让一头牛死伤好几回。

你可以说，离开王卒以后，就成了这样。可是我知道，刘义兵之后，日子就是从王卒那里来的。我不想再回到那里去。王卒那里我不想去，阿珍那里我不能去。一个男人不能光凭一杆枪，带着一张嘴往女人那里去。男人他不能让女人来喂。男人生来就是喂女人的，两头都喂。老马头那里倒是可以去一去。可以用拳头去捶他的门。捶一下，就叫他从床上跳起来。他不跳起来，就去牛圈杀他的牛。杀一条不够，就杀两条。让他叫我做祖宗。去他的牛圈看过，那里还有几条牛。牛好像知道，在里面出粗气。暗处有一条狗。听狺狺声就知道，它不是那种好叫的狗，它把身子绷得很紧。我知道这种狗，说不定就蹿过来一下咬住你的脚。它要蹿出来，我就拧断它的脖子。它闻得出来，我不是好惹的。我一拳打在老马头的门上。老马头一下从床上跳起来：我的小祖宗，是你吗？还没动他的牛，就在叫祖宗。我没有吭声。我听到鞋在地上趿拉着响。我不会在这里久待。我会找他要一点东西。

我在戒毒所的时候，王卒笼络到一帮年轻人。支书的儿子是他们的头。他们要把湖边的山卖给王卒。那地方是马牛二姓的地脉。上了年纪的人不想卖。他们找支书：你是支书又是儿子的爹，你得想法子。支书摊开两只手：我是支书没错，可人家现在是支书的爹——他才是爹！

现在我回来了，他们望着我。我要是还向着王卒，他们就没什么好望的了。

我去找王卒，他打发一个人出来见我。说是副总。我当然知道，在这里只有老总才是人。加一个副字，顶多也就一条狗。狗离人近，就像副总离王总一样。就在我坐过的办公室，连桌子椅子都没换。他把桌子调了一下方向，朝门口坐着。庙里的菩萨才这么坐。我可不是来上香的。我坐在这里，多半把脚架在桌子上。他摆上两只手，桌子上面居然还有几张字纸。他穿西装，还扎一条领带。不知道那根带花的红领带是不是假货。假如它质量足够好，我可以把它拎起来，挂到什么东西上。他在那根领带上面对我说：

找王总有事吗？他不在，跟我说一样。

他不是牛胖子。对一件衣架子动手没什么意思。我说我在这里坐过，想找一样东西。力气还在。我一下把那张桌子搬起来，摆到原来的地方。接下来是椅子。我朝椅子走去。他不笨，识趣地让到一边。椅子不像桌子，椅子下面装着轮子。你往哪边推，它就往哪边转。我看了他一眼，原来他是眏子眼。我不跟眏子眼说话。

水泥路上，车在跑人在走。可这一切像电视片，走着走着就断了线。我捶了捶脑袋，它们又走起来。车在跑，一只轮子突然跑脱了，跟在后面滚。我知道，嘴上戒掉的东西，身子里面还有。我喊了一声。轮子追上车，照样在车子底下转。王卒以为我要回来做一只轮子。他错了。我只想告诉他，我要到湖洲上去住。

老马头请我喝酒。我想喝酒想打架想操女人。我心里老有东西在爬，沿着血沿着神经在爬。酒从喉咙下去，贴着皮肤在爬。爬到脸上，爬到手上，爬到头皮上。它到不了那么深的地方，可它在挠着。隔靴挠痒，总归在挠。老马头想知道，我找王卒做什么。他一边喝酒，一边跟我说女人。他说那些屌子，屁股一翘，我就知道他们要射尿。祖宗的地卖光了，也要到城里去撒尿！城里有什么好家什？车是公交车，厕所是公共厕所。他说湖里倒是有一个黄头发。他一看到黄头发就想骂娘。后来才知道，那不是冒牌货。外国来的娘们，躬着屁股，说是看鸟！天啊，那屁股！我不行了，想撒尿，也只能一点一滴往下数。你行呀！她不是要看鸟吗？让她看看，让她看看……我说我是要到湖洲上去。他说好。我亮出一只手，那上头有五个手指。他问什么。我说五万。他说你要钱还不容易？往王卒那里一坐，钱多得烧腰。我说我要你的钱。还不了，等你死了，烧纸给你。他问：王卒那里不去了？我说我不能待这边，怕断了的东西又接上。他一笑：只要死了还有一块地方烧纸，这钱不用还！我就在你爷爷身边刨一个坑。要是你爷爷都待不下了，我就认了。我笑了一下。他把桌子一拍：喝酒！

他又在说那个女人。花白胡子沾着酒，一颤一颤的。刚才是黄头发，现在成了红毛。我说红毛和光头都在牢里。他说你那个红毛除了贩毒有卵用！我这个红毛要屁股有屁

《中国黄山》
[法]马克・吕布
1986年

股，要奶子有奶子。有屁股还有腰身！说到屁股和腰身，我们连干两杯。他说他不行了。舌头像趿拉着拖鞋，走不利索。不行了还在说，说你爷爷不在了，就剩下我们兄弟俩。兄弟我有想法有办法。你牛皇帝大大的……我把桌子一拍：老子不管外国不外国！老子连肥皂都吃！

我得往湖洲上去。我看不得楼，一看就感到自己趴下成了一条狗。一路码上去的房子斜起身，随时都会朝狗打过来。我听不得喇叭。它只要叫一下，再叫一下，就会拽住你的神经两头拉。它们总是叫一下再叫一下。才想睡一下，就被它撕得稀烂。我看不得汽车跑，不是自己跑散了，就是旁的东西跑到它那里。只要汽车在跑，世界就没有安稳的时候。有枪有坦克都不行。我也不喜欢水泥地。白光光的水泥地，没有阴影。阴影都到了我的身子里面，闹得我想喊想叫想打架想强奸想把楼房和城市一起谋杀。

我找到开船的哑巴。哑巴很高兴。哑巴哇哇叫，一会儿握出一只酒瓶做出吃酒的样子，一会儿把两只拳头抱在胸脯上，一闪一闪地动。我笑，他也笑。他笑起来也是哇哇叫。世界对他很简单，要么是一只酒瓶，要么是女人两边的胸。我有五万块钱。五万块钱其实可以买不少东西。我给他买了酒，把其他要买的东西写在纸上，交给他。哑巴认得几个字，不认得也会拿去问别人。没有人会骗他。骗他，他回过头要找人拼命。挣钱的人不喜欢跟哑巴拼命。哑巴聪明，他会告诉人家，买这些东西的人是谁。他只要举一下拳头，再举一下大拇指，人家就知道是谁。人家还会给他烟抽。不给他烟抽他会不高兴，会往地上吐口水，会把大拇指捏进拳头往自己身上捶。人家喜欢看他生气，看他笑。他生气和笑都是哇哇叫。

水泥路一直通到湖边。以前是泥巴路，蚂蚁和马陆用很多脚，牛用四只脚，人用两只脚在上面走。后来成了水泥地，来来去去，就是轮子在滚。要么四个轮子，要么两个。现在我用两只脚在上面走。运动鞋不像拖鞋，一下一下很干脆。看到爷爷奶奶的坟，像两只闭上的眼睛。旁边刨了一个坑，知道是老马头。王卒应该知道。我去找过他。他至少知道，我回来了。他不是刘义兵，他会不知道？他要不知道，我会有办法告诉他。

湖洲上的房子还在。还有人在这里住过。一只纸盒子，还有一些纸，放在火堂边，引火用的。上面是些外国文字。真有黄头发？

原来的白铁皮现在成了黑铁皮，拆下来先放一边。砌墙的石块照样砌墙，拆下的木料只能当柴烧。这次砌房跟上次不一样，有哑巴，后来又加了一个砌匠。房子比原来高，加了架空层。平时里头可以放些木柴什么的。水泥在架空层，在石头的缝隙中。水泥在这里不讨嫌。

除了火房和睡房，比原来多了一间睡房。哑巴把头歪在一只手掌上面，他想要一间睡觉的房。多一个哑巴当然好。我那间睡房，打开门，整个就是一张大床。连鞋子也只能搁在门外边。我没有多想，只觉得活动多在门外面，要么是火房，睡觉的地方就只睡觉，不如睡得宽展些。就弄了些方木，让砌匠把两头砌进墙。砌匠砌的时候就笑：这下好了，进门等于上床。我想到三妹子，想到阿珍，眼下再没别的人好想。老马头说的黄头发，我没见过，不知道怎样去想。我说：哪个肯进门，就怨不得人了。哑巴像喝多了酒，一会儿看看他那间，一会儿看看这边，哇哇乱叫。睡在这里，可以把手和脚打得很开。我喜欢这样。

王卒应该知道。我爷爷那时候的地头，打过架杀过人的地方。我把房子砌得很牢，石头，水泥，还加了钢筋。我不是泥做的火烧的。

老马头没有说瞎话，还真有黄头发。一男一女，只是黄头发已经变灰，算得上老头老太了。老马头说得那样上劲，大概把我想得跟他一样大。我愿意跟他们一起。你望着他们，他们朝你一笑，你就觉得愿意。有很多人，他们长得跟你一样，他们离你近，可是你不愿意。两人会一些简单的中国话。知道房子是我的，知道我现在要到这里住，他们觉得很自然，就跟他们到这里拍鸟一样。看到我的睡房，女的一下叫起来。男的竖起大拇指说伟大。伟大不一定写在纸上，伟大可以是一张床。男的说，睡这里不是孙子，是老子。女的指着我叫唆螺，还玛丽亚玛丽亚地叫。我不知道她叫玛丽亚做什么，不知道她是不是要吃唆螺。湖滩上有很多螺蛳，我愿意为他们下水去摸。因为他们看到房子，一下就懂了。懂得比哑巴还多。他们不要吃唆螺。我让他们睡我的睡房。我睡哑巴那间，哑巴睡船上。女的高兴得哇哇叫。哑巴跟着叫。我说哑巴会外语。他们说他的外语比他们好。

老马头和支书来找我的时候，那两个坐哑巴的船进芦苇荡去了。老马头说，王卒弄了好几辆平板车，一辆车上一台挖土机，一台挖土机上一个本地烂子，领头的是支书的儿子。那么多车拖着一路灰，开到牧牛山去了。再不去就迟了！我望了望老马头旁边那个人：你不是支书吗！老马头说：他这人说起来又是支书又是爹，其实夜壶一只——泥做的，火烧的，卵用！我看着他的白头发和皱纹，他不敢朝我看。那只拿话筒做报告的手，如今拿一棵烟都在发抖。我说，我去会会你儿子。他脱口而出：给我打死那狗日的！临到上船，他又把我拉到一边，嘴张了几下才把话说出来：你给我打断他一条腿。断一条腿，我抬他到戒毒所去。说完就流泪，鼻子抽得呼呼响。人一老就喜欢流泪。眼泪没有用，加上鼻涕也不行。

我先找牛胖子。我不想要他帮我，只是不想他来掺乎这边的事。牛胖子住在下河街的小区里。小区的人说，他窝在家里差不多一年了。从那个叫李斯的女人不跟他好以后，他就没下过楼。要买吃的，就用绳子从窗户里吊一只篮子下来。钱在篮子里。下面的店家拿了钱，把东西放篮子里。他跟外面的联系就这只篮子。我想跟他说一句，其实他可以到湖那边去住。我没能敲开他的门。

我没有径直去找支书家那个报应。我先逮了一个小马仔，在他们常去的酒吧等着。睡过中午之后，他们大半从这里开始他们的一天。烂子陆陆续续来，来一个我逮一个，叫他喝酒。没有人不知道我是谁。我打过局长打过警察，我吃过毒坐过牢。我的经历足以让他们五体投地。我叫喝酒，又不是叫他们喝农药，他们还有什么话说？三下两下就把自己灌得歪歪倒倒。支书的儿子，他们叫他“政委”。他大概以为当政委就是披一件西装，摇摇摆摆走路。我摸了一瓶酒，往桌上一顿：给老子喝酒！装啤酒的杯子，一瓶白酒做两下分了。一扬手，我把其中的一杯倒进喉咙，拿眼睛望住他。他朝两边看了看。两边的人现在都拿眼睛看我。他知道，他得喝下那杯酒。空肠空肚，半斤酒下去，吸毒的身子扛不住，哆嗦一下，西装先从肩头滑下去，人跟着泻到桌子底下。我从衣领那儿拎住他。那样子，里头全散了架，只有皮和筋还连着。像拎一挂东西，我把他拎到椅子上。他还不服气。嘴在不干不净地动。我没理他。我叫老板弄点黄牯鱼，要活的，上火锅。

老板拿给我看，确实是活的，鼓着肚子，在咂嘴。我拣了条大的。掐住鱼身，前面两根长刺一下挺起，带着有毒的锯齿。我不说话。我用黄牯鱼刺扎他的嘴。他不骂了，他发出杀猪一样的叫声。他叫我爹，叫我做爷。他的嘴肿起来。他用手摸，我扎他的手。我说我不想当支书，也不想当支书的爹。你爹叫我打断一条腿。腿不打断，手总得痛痛吧？做坏事多半用手！他是头，我需要他们的头叫给他们看。他们看到了。

支书的儿子进了戒毒所。先前帮着王卒押车的人，现在反过来阻止挖土机。王卒会怎样？动用武力，强行开工？或许他会来找我。要找他得到湖洲上来找，我等着。

柴油机在突突响，在冒烟。柴油机一停，湖就宽了很多。一些挖沙船在响，给湖框了一道边。湖洲上，青帆草、蘩蒿和芦苇侧向两边，让出一条路通往中间的高地。王卒要找我，只能到这里来。灯笼树下面站的不是两个人，是三个。难怪哑巴举起三个指头朝我叫。老马头说的不假，是有一个黄头发。太阳光落到上面，就像一棵烟，从一头把她点燃了，另一头就等着你把她含在嘴里。新麻布袋那种黄。短头发，就那么从头顶分向两边。感觉得到，是个漂亮娘们。拥抱真好，可以这样通向她。第三个，我抱到的是柔软。很想还做点什么。可是，我不能像对阿珍那样对她，也不能像对三妹子那样对她。我不能。她的黄头发扫过我的脸。我闻到野蘩蒿一样的气息。

她就是玛丽亚，前一阵去了纽约和北京。才知道唆螺也是人，一个住在湖边的人。他没有来，他们管我叫唆螺。我说我不叫唆螺，我是牛立人。她说她很赞成。她问牛立人是不是骑牛背的人，是不是牛仔。我说我放过牛。她跟那两个一样，管那边叫湖，管这里叫湿地。后来，我也跟着叫湿地。我说，你是全世界人民的湿地。那是后来。

这天晚上，两个年纪大的睡哑巴那间房。他们叫玛丽亚睡我那间，她说她喜欢这间。她问我睡哪里。我心里一动。我说我睡火房。

火房里没火。火房里的火都到了我身上在烧。我尽量不往那边想。我还是想到那扇窗。月亮从那里进来，刚好在胯打开的地方。月亮照在那个湖汊里，有一处地方举做一朵蘑菇一样。她跟我一般高。不想也知道，月亮照着的那一带正好适合蘑菇生长。身上一些东西被唤醒。我开始怀念摇头丸，怀念它身上的颜色。我愿意做一条狗。狗可以不穿衣。狗可以在地上爬。我要在饭里水里都放上那东西。那两个爬不爬我不管，我只要她跟我一起爬。我要拖着她的头发爬要骑牛骑马当牛当马要放火要把自己发射出去……

白天还是在那个夜晚后面醒着。晚上，我曾爬到她窗口。白天，我不敢朝她的黄头发多看一眼。

白天，为了做成一个人，我得努力往湖那边去想。想湖那边的事情。王卒没有来找我。老马头也没来。打发哑巴过去看，回来他跟我说那些挖土机，做成睡觉的样子。拖拉机在睡觉。王卒就这样善罢甘休？王卒卖的什么药？

我不能去找王卒。不能去打架。不能像柴油机，又响又冒烟。她会把人点着，我不能在她身边待着。我去摸鱼。摸鱼的人有些像畜牲在爬。我弄了一根分叉的柳条，梢头叼在嘴上，像是拖着绹的牛。可是一头牛，只要是母牛它就会去爬。它不会去管那是国外进口的牛，还是国产的牛。挣断绹也会去爬。何况这条母牛还会跟着你……

我在水浅一些的地方踩出一行脚印。浅滩的太阳多一些，一些鱼游到这里来。一有动静，就躲到脚印里。循着脚印去摸，不时就有鱼蹿到柳条上。从声音里听得出来，她很惊奇。她学着去摸。鱼撞到脚上，她惊叫一声，摸到的是自己的脚。悬在那里的胸，看着有些怪怪的。一边的胸像是跑到另一边那里。屁股真好，比母牛还要母牛。我不敢多看，怕它也会像车轮一样，跑下来一边。怕它像车一样碾压过来。我摸鱼，竟然也摸到自己的脚。我没吱声，接着摸。好几个脚印，摸到的是浑浊。后来又摸到鱼。

老马头找到我的时候，我们烧了一堆火，烤鱼吃。火烧在鱼身上，滋滋冒水的声音让人感到痛快。它往外冒，我身上也轻松许多。老马头老远就在喊：那边出怪事了——你倒好，在这里烧鱼吃！看到玛丽亚朝他笑，他停住，连眼睛和嘴都停在那里。之后，他的声音小去许多：天啊，我的小祖宗！玛丽亚很好奇：祖宗不是爷爷吗？黄头发会说话。黄头发在望着他笑。他不再说话，连那边的怪事也忘了。

问起来才知道，王卒把那边山上的挖土机拖走了。全都拖走了。几台平板车拉来的，又用几台平板车拉回去。他望着我。他不知道王卒怎么就走了。他不知道黑头发怎么会和黄头发拢到一起。他说：你不是朱元璋也是牛元璋，牛尾巴栽到泥巴里，也会做牛叫。

我是那天晚上睡到半夜才知道的。先听到她穿在鞋子里，接着听到鞋子踩在地上，硬的地，有草的地，软的地。泼洒声像把整个湖洲罩在下面。回转的路好像不是把刚才倒转一遍，好像到了火房的屋檐下面。屋檐下面有一扇窗。我就睡在窗子里面。我装作睡着了。我控住呼吸，让它变得平缓。有一个人把呼吸举在窗子上。我听到了。原来她也不想好好做人。她也要做一头动物。她也到了别人的窗户边。我坐起来。她没动。她还在那里。她在笑。仿佛她早就知道会这样。

我们去了那边的房间。突然一下就明白了：为什么要有这样一间房，为什么这房子都喜欢。上天把一切都安排好了。安排在湖洲上。湖洲上有一间房子，里头全是床。

就是在这个晚上之后，我们说到湿地。她说她是受伤的湿地。两年以前，因为乳腺癌，她左边的乳房被切除。她当时的丈夫陪她做完这些，选择了离开。和很多这样的人一样，她也是在和死神有过一次碰面，身上有了一条伤之后，才想起要做点跟以前不一样的事情。联合国自然基金会要人，正好她学过汉语，就跟人一起来了。为了在这里建湿地保护区，她跑过纽约，跑过北京。她已经离不开这块地方，这块地方也需要她。她以前从来没有过这种感觉。她喜欢这种感觉。她也喜欢我，连房子一起喜欢。

很长一段时间，她都没让我看她的胸。黑暗中，我的手掠过那边的空虚，在一边山地上落脚。那边的空缺使得你不敢太过享受这边。假如这个世界上只有这一处山头，事情就好办了。可是你知道不是。你知道那边原来也有一座山，跟这边一样。就像汶川一样，突然一声地震，那边没有了。从这里走过，你得跟它一起受难。慢慢愈合。是的，我的手曾经掠过很多乳房。它们总是成双成对，总是让手，有时也让目光一起得到满足。倒是那块空地，让经过这里的手一下长大。它再也不能只是在上面踩，在上面爬。

后来她让我看。我看了。右边饱满而美丽。左边被残暴的力拉扯着，塌陷下去。褶皱的皮耷拉着，一道疤痕在上面扭动。目光打着寒颤，想转往右边去，却被左边牢牢钩住。我咽了一口痰，努力把这些咽下去。有一点厌恶，还有别的。很多。这时候我看到她的脸，这样平静。安在上面的眼睛，像蓝色的湖。她说的瓦尔登湖大概就是这样。我在里面看到一个人，他叫牛立人。他身子里的阴影，正在被湖水淡去。

就觉得说什么都没用。压在她的胸脯上，右边一座山，没有山的那一边，里面是心脏。

后来我梦到王卒。好久没有梦到他。看八卦的老头说过，好久没有梦，梦到的会有些灵。是在晚上，我听到有人在往这边走，不知道那是谁。我蹲下身顺着路面的白色看过去，看出来是王卒。他来做什么？这地方现在是湿地保护区，他已经吞不下。他知道，他还来做什么？想起玛丽亚说过的话就想，他是不是也犯上癌症？我问了一句谁。他没说他是谁，他反问：是牛立人？后来我就醒了。

03

对望

内森·英格兰德（美国）
曹 寇（中国）

编者按

两军相逢，勇者胜。两个作家相逢呢？尤其是，一个外国作家，一个中国作家？

“对垒”之目的，实则让两个不相干的作家跃上擂台试试身手。我们强调“同代作家”，如70后，80后，90后；我们也强调“经典性”，您的对手或许是海明威、福克纳、卡夫卡。让咱们仔细瞧瞧：你好在哪儿，哪儿还不太够？

安排中外作家的比拼并非我们本意。我们强调：1，欢迎登擂的作家自荐对手，可国内，可国外。可同代，可经典。看您的胃口了。2，您要是不太方便挑选“对手”，我们可以代劳，但我们通常会找国外高手陪你过过招。3，您必须有一颗强大的足以接受批评的心脏——当然是善意的批评，我相信负责任的批评家会为您提供帮助，绝非“毁人不倦”。4，我们会安排敢说真话的优秀批评家。我们既不会谬赞（因为没拿您的红包），更不会恶贬（因为毫无必要）。我们不过是希望，建立一种良性的、互动的、沙龙式的写作氛围，让更多有勇气有见地却又缺少些机会、长期闷在“水下”的中青年写作者、骨灰级的文学爱好者、总在抱怨各种名门大刊不给机会者找到施展的平台，厘清写作的方向，树立写作的信心。

不过，文无第一，见仁见智；但文学终究有标准，且是相对唯一的终极标准。历数中外经典，绝大多数具备了普遍而永恒的文学价值：典型人物、深入的人性揭示、自我的质疑与剖白、反讽、一种神话模式的再运用、精湛的故事、考究的语言、才华横溢的混搭、深深的爱与悲悯，等等，等等，皆深刻揭示了人之复杂性及存在之复杂性，以深刻展现了作家之气度、胸怀、智识与远见；唯其如此，一度经历寻根文学、先锋文学、新小说、新写实等流派的中国小说都在新时期以降努力寻找着自身的方向与定位，经受西方文学观念尤其小说方法论之影响不可谓不深，也确实涌现了一批较为成功的小说文本，但毋庸置疑，受传统观念、审美情态影响甚深的“中国当代小说”仍然与欧美、拉美文学存在一定距离，一个莫言的“得道”并不能保证中国文学整体实力的骤升（遑论莫言作品也还存在争议）。必须承认，虽然我们一直不舍昼夜地学习、借鉴，但中国当代小说距离世界一流的小说作品、经典作品，还有很长的路要走。而希望，总在年轻一代写作者身上——在其阅读、眼光、观念、经验、积累都不成问题之后，接下来的问题是，写什么，怎么写。当此二者也不成问题，那接下来就是写作态度的问题了：坐下来，将你的作品一个字一个字敲进电脑。

鉴于那些有想法有实力又能坐下来，尤其是有着勃勃野心将国外同行“干掉”的家伙越来越多，“大益文学”书系将为你们开辟一方战场，我们本期暂以“对垒”名之，其义不言自明：对某些“主流写作”看不惯的，对外国同行不服气的，对大腕大家们有微词的，都请拿出你们的作品，我们希望你尽情展现你的能力，释放你的才华，一起亮亮肌肉、扳扳手腕：“是骡子是马，咱拉出来溜溜。”

当然，我们的终极想法无非帮助和推动中国作家、中国文学的整体进步。如果评论家的观点有失偏颇、您不认同，您大可置之不理，或来信来电与我们交流，甚至再提交一篇新作再战！我们举双手欢迎。

不积跬步无以至千里，“对垒”的远方，将是美丽的小说彼岸，而它，是由你们，一批具有灼灼才华的野心家们，携手跨越的！

我们翘首以待。

内森·英格兰德

作者简介

内森·英格兰德(Nathan Englander),1970年生于美国纽约，美国新生代作家。出版短篇小说集《为了释放难以忍受的冲动》《当我们谈论安妮·弗兰克时我们谈论什么》，长篇小说《特情部》。

窥视秀

内森·英格兰德（美国）/李天奇译

在去港务局的路上，艾伦·费恩戳到了大拇趾，鞋尖也磨坏了——五百美元的商品顿时有了瑕疵。他掏出手帕，吐口唾沫擦亮了鞋尖，每擦一下就骂一句。

鞋尖上的磨损，这一小处瑕疵，打乱了艾伦习以为常的节奏。他环顾四十二街，看了看周围翻修过的戏院和出售正常商品的小店——一家人能在大白天一起去逛的那种。以前那些站在街头，兜售快乐天堂、廉价赃物、非法演出和蜜色大腿的小贩都跑哪儿去了？艾伦如此专注于自身的转变，以至于完全忽视了周围环境同样剧烈的变化。

想到这里，他不禁脸红起来，疑惑起当年那个小个子艾里·费恩伯格是怎么变成了艾伦·费恩先生，穿着深红色的翼尖鞋。他是什么时候变成了现在的成年男人，走在回家的路上，家里有深爱他的妻子，已有身孕的妻子，漂亮的金发异邦人妻子？当他不知道如何悬挂圣诞节彩灯时，她大笑了起来；当他追悼父亲时，她端来了上面印有耶稣像的蜡烛。（“白色的蜡烛卖光了，”克莱尔说，“把耶稣转过去对着墙不就行了？”）

艾伦拉直领带，拿起地上的手提箱。他再次环顾四周，然后问自己：如今四十二街看起来如此光鲜，如此正经，如此蒸蒸日上，它的内部还和过去一样吗？

一个男人回答了他。

“伙计，”他说，“兄弟，”他说，“楼上。女孩子。里面有女孩现场表演。”

“上面？”艾伦问，随即看见了橱窗里的招牌：一枚由霓虹灯组成的巨大硬币，“25分”的字样在中央闪烁。

“没错，伙计。”男人说，“球形舞台上的奇迹，只要二角五分钱。纽约唯一一家三百六十度旋转舞台。从楼梯上去，丢不了——所有箭头都指向一处。”

艾伦进去了，只花了一瞬间向后张望，看命运是否安排了同事或邻居来目击他的行动。

他走进楼梯间，开始往二层攀爬。

走进二楼大厅，他看见一个高大的人影坐在收银柜台后面。巨人身后的走廊通往一间巨大的屋子，里面是一片巨柱般的空间，周围均匀分布着一圈小门，分别通往私密的小隔间。

艾兰冲柜台后的男人一笑，仿佛这是个只有彼此才懂的笑话，仿佛他来这里只是场无伤大雅的阴差阳错，事后他还会讲给克莱尔听。是啊，如果他的负罪感足够强烈，他就会告诉克莱尔，自己进去过了。艾伦掏出一枚角币，放到柜台上。

“一元。”男人说。

“不是说二角五分吗？”

“一元。”男人说。他没有回应艾伦的微笑。

艾伦在钱包里摸索了半天，掏出一张五元钞票，换回了五枚代币——他局促得不敢索要找零。

“摸啊。”她说。她直视着他；她能看见他。在艾伦·费恩的记忆中，这种表演以前不是这样的，以前那些女人无法看到顾客。铺着地毯的舞台上坐着四个女人，全都盯着他，发出同样的邀请。“摸啊。”她们说，“摸啊。”好吧，只有三个女人这么说。第四个坐在一把廉价塑料躺椅上，胖得椅子都盛不下。她的大腿在底座边缘硌成两半，失去支撑的一侧向下垂去，和乳房一样垂成倦怠的弧线。她在读书。她戴着眼镜，手指捏着一页纸准备翻页。艾伦知道，她的动作将是缓慢而懒洋洋的，和她的姿势一样透露出疲倦。

她们都光着身子，或者说几乎全裸。第二个女人穿着胸罩，第三个穿着内裤，第四个则拿着书，戴着眼镜。在艾伦看来，第一个女人最美。

他只在童年时来看过窥视秀，但他几乎能想起那时的一切。他记得自己颤抖个不停，牙齿咯咯作响，双手夹在腿间取暖。那时他生怕自己会冻死，或因激动就此丧命。他会纵容自己就那么想下去，把宝贵的欣赏时间花在阴郁的想象上，想象自己在隔间里倒地不起，就此一命呜呼。艾伦记得当年的布置，记得代币投进去的响声和艰难旋转的机关。等木制隔板缩进两侧的墙壁，窗口的最底下会射进来一道光。窗户厚厚的玻璃上满是污痕和指印，总是因顾客浓重的呼吸而蒙上一层水雾。玻璃后面就是女人们，她们在台上跳着舞，仿佛真的很在乎这一切，摆动身体撩拨着看客。

这些分离的小隔间基本没有变化，但窗口不一样了。艾伦震惊地发现，上面的玻璃没有了。女人们坐在椅子里，和他之间毫无隔挡，如此真实地回望着他。

舞台是圆形的，周围一圈被隔间的内墙牢牢挡住。大多数窗口都打开了，艾伦能看见里面的男人们。一位额头宽大的中年偷窥狂显然正在激烈地手淫。艾伦与旁边一位拉丁男人对视了，对方的领带和他一模一样。艾伦伸手按住心口，感觉到领带随着自己心脏的跃动一跳一跳。拉丁男人长得很帅。他转脸不再看艾伦，相反与穿着胸罩的女人对上了目光。

女人站起来，走向拉丁男人。男人抬手伸出窗口，刺穿了与幻想世界之间的屏障。艾伦从没见过这样的场景，从没见过梦幻世界被人像这样捅出入口。

当第一个女孩望向艾伦，他觉得自己根本不值一看。他简直有些受不了让她感知到自己的存在。他想问她到底在看什么。"有什么可以帮你的吗？"如果换个地点相遇，他会这么问她。那女孩就是完美的化身，艾伦绝望地渴求着她。这种渴望纯粹得让他想哭。这实在太不公平了，光是因为肩膀的形状，腰部的柔软曲线，他的整个人就都渴望得痛了起来。艾伦盯着女孩的腿，她的深色肌肤在白色躺椅的衬托下显得很黑。然后他抬眼看着她脸上经过训练的诱惑表情。在那做戏的表情后面，隐约可见真正个性的闪光。

"摸啊。"她说。艾伦想摸她——看看她是不是真的。但他还没回答，女孩就起身向他走了过来，身材高挑、姿势优雅，他梦想中的女人。

艾伦又开始发抖，就像他小时候那样。怎么可能不呢？这位忠诚的丈夫伸出手摸了上去。之前他从未违背过婚姻的誓言。

他没有移动手掌，也没有弯曲手指。他就那么把手平摊在她美妙的肌肤上，感觉如此温暖，几乎有些灼热。女孩握住艾伦的手，将它们紧按到自己的胸上，轻轻抚摩。这让他平静下来。她的动作很专业，像个按摩师，像是经过训练的艺术家。在过去几年里，艾伦从未像现在这样情欲勃发。他想爬出那扇窄窗，和这个女人融为一体。但隔板开始下降，他的时间用完了。在必须做出决定的那一瞬间，艾伦抽回了手。

艾伦惊恐地靠在墙上，告诉自己，爱抚那个女人和爬上楼来一样，不过是一时的鬼迷心窍。

他只不过想看一场窥视秀。上楼时，他还是一位忠诚的丈夫和情人，是个走在回家路上的普通上班族。现在，只不过是几分钟以后，他就变成了另一个人：女孩、妻子和婚姻誓约的亵渎者。艾伦想离开隔间，但他的双腿虚弱不已。还有他勃起的部位，硬得相当恼人，让人想起色情杂志里各种粗俗的描写。

艾伦感觉自己随时可能高潮，不敢轻举妄动。他希望能在躲开极乐满足的情况下逃出去。他坐在原处一动不动，一只手死死地攥着代币，想象着在车站等他的克莱尔。安全带被她凸起的小腹绷得很紧，便携水杯里冒出菊花茶的热气。但隔板另一侧就是那个女孩。多么美妙。她的双腿，她的肌肤。她触摸的方式和技巧。光是想到她就如此富有诱惑力，简直让他失去理智。艾伦什么也不想了，让羞愧趁虚而入，填补头脑的空白，直到虚弱的双腿都变得充实起来。

他心中立刻打起了算盘，各种谎言已经开始堆积。他的四角内裤怎么办？总不能就穿着弄脏的内裤坐公车去帕西波尼见克莱尔。她可以开车带他去健身房。吃晚饭前先去趟健身房，他计划好了。但他的勃起迟迟不肯退散。艾伦既没老到会很快疲软，也已经不再是能一直持续这种顽强状态的年纪。

但是话说回来，他心想，又为什么要让它消失呢，既然那个天使般的女孩离得如此之近，而他手里还有四枚代币？他已经跨过门槛，走进来了。勃起重新积蓄了力量，艾伦觉得它也许永远都不会消失了。他不能就这么走出去。他在心里承认，就算这意味着他将留在这里、永远不必离开，就算这意味着他将彻底失去外面的世界，只要那妖精能从椅子上站起身来，握住他的手，让他再摸一次她的身体，他宁愿牺牲其他一切。但他不能允许自己就此沉溺。他会投入代币，但他不会再摸。他会低头看着自己的鞋，连同鞋尖上那块害他陷入如此境地的瑕疵。他会用这种方式来捱过下次的观赏时间，不能再有一分一秒的享受。他会用掉付钱买来的代币，但赎罪行为就从现在开始。

艾伦把第二枚代币塞进投币口，闭上眼睛，听着隔板升起，缩进隔间两侧的墙壁。

一片沉默。他等待着，在脑袋里数着数。一元买不了多长的时间，很快窗口就会再度关闭。

“嘿！”

他听见了那个声音：嗓音深厚，有点喘不过气，听起来还带着谴责之意。“嘿，你。费恩伯格。你想摸吗？”艾伦知道那个声音是谁，但他需要时间来消化，需要一段情有可原的缓冲。“摸吗，费恩伯格？你想上手试试感觉吗？”

艾伦抬起目光，全身都冷了下来。第一把椅子里坐的是曼恩拉比，样子和以前没有什么变化，只是老了十五岁。他全身赤裸，袒露着肥胖的身体和多毛的胸膛。曼恩实在太胖了，胸部比之前的女孩还大。

他旁边是艾伦学校里的其他三位拉比。利夫金拉比坐在第二把椅子里，只穿了一条泛白的蓝色四角内裤。再过去是沃尔夫拉比，戴着圆顶小帽，披着流苏披肩，那些原本雪白的流苏在椅背上显得有些发黄。坐在最后一把椅子里的是泽特勒拉比，腿上摊着本书，戴着镜片厚实的黑框眼镜，小眼睛深深陷在眼窝里。泽特勒伸手扶了下眼镜，往鼻梁上架得更高了些。

艾伦惊奇自己居然没有晕倒或当场发疯。他希望自己的心理医生斯普林麦尔也能在场。几位拉比的出现让他猝不及防。他花了很大功夫才脱离他们的世界，至今为止也从未想过要回去。

曼恩拉比抬起脚重重地跺在地上。“说正题吧，费恩伯格。我是不是应该走过去，好让你摸我？你想让我过去吗？”

艾伦抓住窗棂，挠着最上面的凹槽，想把隔板拽下来。“拜托，拉比。请坐。请你快坐下吧。”

“你不想摸我吗？”曼恩模仿着女声说，抬起胳膊摆动手指，尽力摆出优雅的样子。“我比不上那个漂亮的长腿女孩？毛发太多了？太犹太人了，著名律师艾里·艾伦·费恩伯格·费恩先生看不上我？”

“不是这么回事。”艾伦说，“真的不是。我没想再摸她。已经结束了。”

“不对吧，费恩伯格。我明白的。艾里·费恩伯格还没满足呢。他从不满足。”曼恩拉比回头对其他拉比说：“但他会留下来坚持到最后吗？不，他总是转身逃跑。”

好主意，艾伦心想。他转过身冲向门口。

“等等，费恩伯格。转过来。看着我。听我说。”

艾伦垂下双手，转过身，看着他，听着。

“总是这么意气用事。”曼恩拉比说，向前俯过身去，直到睾丸都从椅子上垂了下来。“总是不假思考就行动，随心所欲。”利夫金拉比赞同地点着头。利夫金总是在一边表示赞同。“听着，费恩——看，我甚至都叫了你现在的名字。把你律师的头脑打开，费恩，尽量有逻辑一点。既然我在这里，还把其他拉比也带来了，我们像洗蒸气浴似的坐在这儿，你觉得我们会让你这么容易就溜掉吗？用点脑子”——曼恩拉比拍了拍自己的头——“再来跟我交易！”

又是更高的要求。拉比们总是对费恩提出更高的要求。他不是已经应对得相当不错了吗？他有尖叫着说“这不可能”吗？没有。他正尊敬地听着。说到底，这是对个人隐私的侵犯，是哈拉卡所规定的罪。不管拉比们怎么想，代币、霓虹灯招牌和街上的男人都承诺，这里会有女孩子的现场表演——拉比们可不是女孩子。他们在舞台上坐的每一秒钟都相当于在掠夺他的财产。

拉比们看起来毫不在意。他们坐在那里盯着他，艾伦也回盯着他们。他在等代币用完，等隔板重新降下来。

但隔板始终没有动。艾伦开口问了个问题。他尽量让语气显得处变不惊，但声音听起来完全是个焦虑的小男孩，疑问也变成了恳求。

“为什么，”艾伦说，“为什么隔板不降下来？”

曼恩愤怒起来，和十五年前教他犹太法典时一模一样。“我想说的就是这种愚蠢。你以为，费恩——你以为这扇窗户真的会关上吗？”

“不。”艾伦说，语气相当可怜，“我想它再也不会关上了。”

“真是无药可救！”曼恩吼道，“你知道它不会永远开着，就像你知道它也不会很快就关上。你头脑不错，费恩，告诉我为什么你永远表现得像个蠢货。”

《玻璃厂，北京》
[法] 马克 · 吕布
1965 年

“你想知道我为什么不理你？听听你自己说的话，拉比。你总在不停地攻击人。”

“什么，难道我该把你当成榜样？说费恩选择没有上帝的生活真是太明智了？恭喜你改了名字，这样异族餐厅的侍者接待你时就不会再问第二遍你到底叫什么了？费恩，在没有麻烦也没有犹太人的地方生活，这样他儿子即便是安息日也可以无忧无虑地踢足球了？”

“儿子？”艾伦打断了他，“克莱尔怀的是儿子？”

“我怎么知道！看看你自己吧，总是在微不足道的细节上纠缠不休。你怎么不想想那孩子不是犹太人？”

“我无所谓。”艾伦说。

这时，拉比们背后正对着的窗口开了。艾伦毫不惊讶地看见斯普林麦尔医生站在里面，挠着短短的胡须。他是证人。曼恩叫来了证人。

“先来枚代币。”心理医生对自己的病人说。

“代币？”艾伦说。

“我想你还是帮我付了这场窥视秀的钱比较好。在你的治疗过程中，我们建立起了一种部分基于经济交易的关系。我们可不能让这种关系遭到颠覆，特别是在这样奇特的情况下。”他露出抱歉的微笑。

艾伦为斯普林麦尔投入了一枚代币。曼恩翻了个白眼。

“费恩转变得还顺利吗，医生先生？”

“会顺利的。”斯普林麦尔说，“他已经努力了很久，我相信，他总有一天会习惯他一手创造出的生活——那是种不错的生活。他是个很好的人。”

“我有说过他不好吗？”曼恩拉比挺起身体，在椅子上扭过去面对着医生。“我来这儿正是因为他是个好人。我想知道，是什么让一个好孩子忘掉了上帝。他有不错的工作，有不错的生活，是什么让他从来都不扪心自问，这种舒适的生活到底是怎么来的？这么一个可爱的男孩——家里还有个可爱的妻子在等他——是什么让他爬上楼梯来到了这种地方，来抚摸一个只能靠出售身体谋生的女人？”

艾伦回答了他。“是你。”他伸出一根手指，一直伸出了窗口。

泽特勒从书本上抬起头，心不在焉地说：“摸吗？”

“是你把我变成这样的。”艾伦说，“我会到这儿来完全是你的错。”他突然愤慨地回想起曼恩的教室，想起拉比当年是怎样一拳重重地打到桌上，只为一些下辈子才可能解决的事，一个接一个地咒骂学生。

“真的吗？”曼恩问，脸上挂着灿烂的笑容，“我一直以为是反过来的呢。”

“我还剩下什么选择，拉比？我以前会去本吉·沃尼克家去玩，他是加里兹亚大拉比的孙子。他会把色情杂志藏到父亲书架的空当里，因为他父亲就是这么干的。是希姆查·沃尼克的杂志告诉了我生活的真相，对此我又能怎么办？”

斯普林麦尔医生伸出一根手指。“请允许我插话，手淫是种正常行为。甚至可以说是健康的。成年男人看看色情图片无伤大雅。”

“可他是加里兹亚大拉比的儿子，是个睿智的人，是高中的理科老师。对于一个在黑白分明的世界里长大的男孩，面对这样的矛盾，他该怎么办？”艾伦转回去对着曼恩，“你为我们描绘了最美丽的天堂，拉比，然后就撒手不管，任凭我们发现，自己最后还是会堕入地狱。留点空间——真希望你给我们留下了些怀疑的空间。”

曼恩拉比受够了。他挥舞着拳头，胳膊上松软的肥肉下流地阵阵颤动。“你应该质疑的，费恩。聪明人都会质疑，但不会彻底抛弃信仰，不会摇身变成舍弃上帝的变态。”

“我不是变态！”艾伦喊，“我也没抛弃任何东西！你想要的只有真相和正义，还有一切能归类的事物。可是还有些东西位于中间，拉比，不是对的也不是错的。只是自然的结果。”

“谁说不是了？这世上存在着很多陋习。”曼恩用掌心揉着大腿，“你非得要在这儿看见我，才能承认这一点吗？才能承认你抛弃了上帝，只因为这个世界不是你想象的那样？”

“我不是这个意思。”

曼恩拉比吐出口气。“那你是什么意思？”

“我脱离宗教是因为有你这样的人。”

“我，”曼恩说，提高了声音，“我？”然后他控制住了自己。“如果你愿意这么相信，那我也没什么别的想问了。”

隔板轻松地滑了下来，仿佛刚上过油。艾伦还剩下两枚代币。他抓住门闩正要打开，心里突然明白了：隔板还会再升起两次。既然拉比们在场，就一定有条正确的道路。一个人要么跟着这条路走，要么就陷入黑暗。这就是他们所提供的选择。尽管艾伦心怀怨恨，觉得自己一直被他们所欺骗，他的心里仍然存些希望能再度活在他们的世界里。在那里，一个人要么信神，要么不信，要么是个好丈夫，要么就是个坏人。那里的正义天平总会倾向某一侧。拉比们知道该怎么理解希姆查·沃尼克这样的存在，一个持有邪恶杂志的好人。

艾伦用拇指抚摩着代币的表面，重新闩上了门。他会好好面对老师们，不再逃跑、不再躲藏。逃避无法解开他的心结。他不想再随时随地想起拉比，不管是把车停进车库，还是到地下室去换保险丝的时候。艾伦看了眼表。时间足够他用完所有代币，赶上要赶的公车。再说这次女孩们也许就回来了。也许曼恩会消失。他说过，他已经没什么要问的了。

艾伦在心里做好准备，投入了一枚代币。隔板升了上去，他看见了一条浑圆的腿，属于一位上了岁数的女人。他心中一阵狂喜——结束了，就这么简单。然后艾伦意识到这位女人是自己的母亲，一切还没有结束。克莱尔坐在母亲旁边，只穿了一条短裤，短裤的前面完全被凸起的大肚子遮住看不见了。大部分隔间的窗口都开着，艾伦可以看见里面的那些男人。他们动着胳膊，仿佛被催眠了一样瞪着眼睛。有个男人戴着圆顶小帽。是本吉·沃尼克，加里兹亚大拉比的孙子。

艾伦的母亲穿着长袜和吊袜带。其他女人会在袜子里塞小费，她塞的则是一团面巾纸。

“要纸吗，艾里？你忘带了吗？”她伸手把面巾纸递给他。

“坐下，”他说，“妈，坐下！”

“干嘛，免得你浪费一块上好的手帕。还有那么贵的西装。”

“妈，拜托，你在说什么？”

“我是说，我每天都洗你的内裤，知道那是怎么回事。”艾伦的母亲一向讨厌他的异邦人妻子，自婚礼那天起就宣布不承认他们。现在她居然转身靠近克莱尔，摸了摸她的手。“他问我我在说什么，”母亲说，“他的内裤比上过浆还硬，我都得使劲搓洗。如果你把他的内裤扔到地上，它会碎掉的。跟你说，如果俄国人在我洗衣服的时候扔了颗核弹，他那堆脏内裤会保佑我在地下室里平安无事。”

“你知道？”

“当然了。我是你妈。怎么，你以为你是世上第一个干那种事的人？”

“这是很正常的行为。医生是这么说的。拉比也没反驳——虽然他知道这是罪。”费恩解释着，给自己找着退路。

“谁说这不正常了？”他母亲对着他的妻子说。

克莱尔耸耸肩，敞开大腿，让本吉·沃尼克看得更清楚。

“我想说的只是，”他母亲说，把面巾纸塞回袜子里，“稍微有点常识吧。为什么要毁掉一套上好的西装？为什么要毁掉一桩婚姻……”她停住了。

克莱尔转过头，等待着。艾伦也等待着，虽然他同时还在祈祷让隔板降下来。他们都等着母亲说出后面的半句话：“为什么要毁掉一桩婚姻，虽然是跟她？”但她没说。克莱尔微笑着伸出手搭到婆婆的手上，轻轻一握，说：“就是啊。”

艾伦张口结舌地站在原地。妻子让了步，而母亲出卖了他。她以前可从没承认过自己不想承认的东西。

“拉比说的话就是这个意思吗？”他问她们，“这就是所谓的学会交易？”

她们还没来得及回答，第四枚硬币用完了，隔板降了下来。

艾伦轻轻地握着最后一枚代币。投进去的感觉会是多么美妙啊。他期盼着能看见拉比和斯普林麦尔医生，期盼能向他们证明：面对着这种让人宁愿逃离的情况，他还是甘心留了下来。他想把口袋都翻个干净，把空荡荡的双手摊平给他们看。艾伦把最后一枚代币投了进去。

窗口打开了，他面前是一把空椅。其他三把椅子上坐着艾伦刚到时所看见的那几个女人，只有他的美人不见了。第二个女人用布朗克斯区的浓重口音招呼他。

“该你了。”她说，拍了拍空荡的座位。

艾伦已经开始脱外套和鞋了。他用一只鞋蹬掉了另一只——上次这么做还是小时候，父亲对着他怒吼，叫他别把安息日黑鞋的鞋帮给蹬坏了。

艾伦脱到浑身上下只剩下一块手表。他伸出手，在面前的墙上摸到了一个扶手。他抓住了扶手，仿佛早就知道它在那里，然后打开了属于他的这一小面墙。他猜想把手的铰链大概在墙的另一侧。

艾伦·费恩爬上舞台，坐到了那把空椅里。

他觉得很难为情，特别是因为他的勃起还在继续。他用手遮挡了片刻，然后又垂下了手。

艾伦听见身后的隔墙升了起来。他希望那是克莱尔。他不想被母亲摸，也不想被曼恩拉比摸。他优雅地转过身，看见了那个戴着同样领带的拉丁男人。这他还应付得了。这样的情况，他可以屈服。

“摸吗？”艾伦说。

拉丁男人没有回答。艾伦知道他在期盼什么；他惊讶于自己如此富有感受性，如此善解人意。这简直是种艺术。

艾伦站起身，走向男人。他的动作缓慢，态度漫不经心。在他看来，作为欲望的对象，这种冷淡恰到好处。

（本文选自上海文艺出版社出版的短篇小说集《当我们谈论安妮·弗兰克时我们谈论什么》，由上海九久读书人授权刊登。）

曹寇

作者简介

1977年生，南京人。出版有小说集《越来越》《屋顶长的一棵树》《躺下去会舒服点》《挖下去就是美国》《风波》，长篇小说《萨达姆时期的生活》。

1/5040

曹寇

关于本篇作品的说明

本小说以七个部分组成。它们没有先后关系，也不存在其他逻辑关系，或者说，它们之间可以自由建立你需要的逻辑关系。你所需要做的，就是凭你的兴致（包括闭上眼睛瞎排）对七块文字进行自由排列组合。1到7，7个数字一列，经计算共有5040种排序法（7×6×5×4×3×2×1）。也就是说，我这组文字可以根据你的随机排列组合生成5040篇作品。现在你第一眼看到的，只是1/5040 。下面，游戏开始。

事情比我想象得突然。在我发育多年，眼下苦于单身之际，必须得向单位请假赶赴家乡参加祖父的婚礼。理由？我是说请假理由。各位，我只是希望你们通过其他途径获知我的祖父在鳏寡三十年后，以八十岁高龄娶了位四十多岁的外地女人，而决不是我自己搬弄唇舌主动告知这些。我还不够坦然，还不够通透，这是没有办法的事。事实上这也没什么。据说自从《夕阳红》一曲传遍大江南北之后，不少老年人在垂暮之年都过上了体面的性生活。子孙们与时俱进地放弃了对为老不尊的不齿，纷纷接受了来自西方的所谓的先进的道德观，不仅为自己的长辈在晚年有了枕边人（假设性生活的存在）感到喜悦，还出于孝心愿意掏出钱来为长辈大操大办。人们说，这就是文明社会。

暂且我还不知道父亲的态度。或者说，我已经知道了他的态度，那就是他不知道怎么办。是他打电话来的。他说："他要跟那个女的结婚，要办酒，你快回来。"我的问题是，在我拿出自己态度之前，我没法向任何人说这个事情，比如我该如何向我的领导张主任请假呢？

张主任，作为一个长期苦于痔疮的中年男性，他居然面孔粉嫩、唇红齿白。他的任务除了每天坐在我的对面翻阅无穷无尽的报纸（其实翻阅报纸是早年间的事儿，现在他是在电脑上斗地主，但不知为何，我还是觉得他在翻阅报纸），那只能是坐在我的对面，使我感觉得到他偶尔扭动屁股的痛苦。我的任务也大致相当，但我不爱扭动屁股，我没有痔疮，我想站起来，到外面去转一转。这可能是我免于痔疮的关键所在。我也不去远，就到办公室外面的走廊，然后经过那么几个门窗虚掩的科室去走廊尽头的卫生间滴上几滴尿。我没有像平时那样去会计室和王丽搭几句，我甚至在出卫生间的时候也没有在龙头下洗手。我清晰地感觉到了走廊里的风使我指间残存的尿液迅速蒸发掉的全过程。与此同时，我注意到那些科室的门后，翻阅报纸的声音此起彼伏，或者正是他们的窃窃私语，以及由此引发的嗤嗤之类的笑声。我得承认自己的感觉或愿望：那就是这些虚掩的门后，他们正在通奸。如果办公室内有男有女，正好；如果尽是同性（像我和张主任），那么奸情会更加惊世骇俗。总之，通奸大概是这条走廊左右各房间内人最适合干的事。而门之所以虚掩，完全是供人窥视，是蓄意的，是一个阴谋，是一种引诱，他们希望所有路过并熬不住好奇心会把眼睛凑近门缝，然后一不小心栽了进去，再由被动到主动地加入到他们的通奸行列中去。

我回到自己的办公室，然后在张主任面前坐下来。

我说，张主任，我得请三天假。

哦，他终于把脸抬了起来，正对着我，问，什么事情呢？

家里。

出什么事了？

也没出什么大事，我用嘴角吸了吸几丝空气，用以降低口腔温度，坦言道，我爷爷死了。

读初二那会儿，应该是夏天快到的时候，有一天我肚子疼得厉害，父亲送我到乡医院，被那个姓陈的赤脚医生诊断为急性阑尾炎。没错，事后证明，赤脚医生还是很有经验的，并非人们攻击的那样，诊断正确，确实是阑尾炎。然后就是留下来开刀。刀也是这姓陈的开，他是乡医院第一刀，割过无数盲肠。这些盲肠遍布在他行医的道路上，有的早已腐烂，有的正在路边散发恶臭，还有的正在别人的肚子里发炎肿胀。我就是后者。手术之前，从来刀不离手的陈医生举着家伙面无表情地叫我躺在床上，并示意我脱裤子。我很害怕，但知道医生叫病人干什么总有他的道理。还好，他没有如我所想象的那样将我的阴茎割下来，而只是剃掉了那些刚刚长出不久的阴毛。关于那些逝去的阴毛，它们比现在要柔软，也没现在的黑。就像头茬韭菜一样，很嫩（又硬又黑完全是之后的第二茬第三茬）。这些又软又黄的毛于是就在我父亲的眼里纷纷飘落，搞得满床都是。那时侯，父亲，即便我是他亲生的，也不知道我的裤裆里发生了这一新情况。在他的印象里，我的下体应该一直是最后一次穿开裆裤时的样子，小小的，光光的。但现在眼前的景象如此陌生，这让他感到惊恐和无措。表情真是难以形容。他是一个懦弱可怜的人。对我来说，也很难过，好像我自从改穿严裆裤后就一直背着他偷偷摸摸地干着什么，一直在骗他。我终于明白了一个真理，那就是父子关系原来只是互相欺骗。陈医生终于干完了活，他还用戴着手套的收拨弄了两下我的阴茎，并搓起嘴唇吹了两吹，看看没有遗漏，这才很满意地松了口气走出了病房，留下我和父亲。我不看父亲，也不知道说什么才好，将脸朝向床内。听到响动，我知道他走了过来。我紧张得要命，惟恐他要说话，如果他一说话，而且无论是长篇大论还是只发一个音，我都会觉得难以忍受。好在他什么也没说，只是在我的床上拍拍打打起来，想尽一个父亲的责任帮我把那些落在床单上阴毛给弄掉。拍打引起床铺的震动让人晕眩。我没回头，只是凭感觉用一只手将他往外推。我感觉到他被我推了个趔趄。这可能是我第一次使用力量对抗他，该第一次也让我感到无比痛苦。我希望他生气，但没有，而且他也没再拍打。这更让我痛苦。然后，祖父来了，他拎着一条非常大也非常黑的黑鱼，说是手术后煨汤喝可以养伤补血。我的祖父就是这样，他能吃能喝，脸色红火，肌肉发达，笑起来嘎嘎嘎，有如水面的鸭子。他也希望子孙能做到这一点。可惜，对比之下，我蜷曲在床，瘦弱的父亲则一声不吭。我的祖母死得较早，早到我从小就觉得这个世界上没有奶奶这种人。奶奶死后，祖父就搬出了村子，他承包了育苗场，独自一人住在村子之外鱼塘尽头的两间红砖瓦房里。他不仅自给自足，还年年有余，除了贴补儿孙，偶尔也用于一些来路不明的女人身上。好在育苗场的鱼塘很大，隔着这几十亩水域，他那两间砖房与整个村子遥遥相对，他干什么都不在我们视线之内，我们只能隔着鱼塘远眺某个女人的身影。现在，不知道谁把我阑尾炎的消息传给了他，包括怎么传的。总之，他一点没耽误，来了。他将那条黑鱼交给他的儿子我的父亲，就到了我的床前。他也看到了床单上那些残留的阴毛，然后他捏起一根问父亲，这是怎么回事？父亲指着我，告诉祖父："是，是他的鸡巴毛。"因为长久没说话，父亲的声音非常怪异，气短痰堵，一波三折，有如哭声。祖父显然也对这个新情况没有任何思想准备。不过只一瞬间，祖父就得出了结论：我已经开始步入了给他制造四世同堂这一场景的年龄。

每天下班，如果有座位的话，在公交车上睡一觉已经成了我的习惯。这一觉的睡眠质量极好，没什么梦，也不浅薄，一补所谓干了一天活产生的疲劳。半个小时后准时醒来下车，然后走五分钟的路，爬七层楼，到家。假如没能在车上睡上这半个小时，七层楼爬起来很吃力，晚饭后再也不愿动，即便夜市上小贩之间发生斗殴以至发生凶案，或楼下超市广场上因为搞产品促销表演起了脱衣舞，一概吸引不了我，而只能躺在床上看一集电视剧，然后就保持着看电视的姿态靠在竖起来的枕头上睡着了。电视剧一晚两集，一集40分钟，加上插播的广告，前后计有一个小时，也就是说我因为没睡那半个小时而得提前一个小时睡。如果把看完电视剧再与朱萍做爱时间也算在内的话，也就是不止提前一个小时。由此可见，车上半个小时对我的所谓夜生活影响太大啦。没有这半小时，我的生活就会缺胳膊少腿。不能欣赏精彩的电视节目，也不能和朱萍做爱。基于此，我在等车的时候就很注意，如果看到车来了而上面人太多，坚决不上，而是耐心地等下一辆。上了车，有座位最好，眼一闭，就不会有看到老弱病残孕站在边上可怜巴巴的样子了。如果没有座，也可以通过察言观色快速获取。对于我这样有判断力的人来说，一个坐在那里的人，其话语、神情和动作都能预示他何时下车。寻找即将下车的人，然后站他旁边，并将两腿叉开，尽量多的占据空间，免得此人下车走了，座位倒被我身边抱有同样想法的家伙给抢走了。迄今为止，还没有人在抢座位上能够先我一步。规律还有，比如一个秃头男我几乎每天都能遇见，他每天都能端坐在一把塑料椅子上（他应该是从始发站上车的），而且我上车后只需一站路他就下车了，所以我上车的第一要务是在车上找他。没错，那位就是，有其秃头为证，有其环绕在秃脑门上的那两缕长发为证，有其夹在裤裆里（站起后夹在腋窝下）的黑色皮包为证。我走过去，站在他的身边，然后他到站了，看我一眼，我接住他的目光，他才站起来，我目送他的臀部离开椅子，坐下，先是感受一下他的体温。在闭上眼睛之前，还可以透过车窗看着他从车上跳到马路牙子上（他不喜欢脚踩到马路上再上马路牙子，这一系列动作与他的秃头皮包形象略有出入），跳动使他环绕在秃脑门上的那两缕长发耷拉了下来，他不得不腾出一只手将它们归位。有时我想，如果我没站在他的身边，或者在他即将下车的时候没能接住他的目光，他说不定还不会下车呢。总之，我们早已心照不宣，虽无只字交流，确为多年老友。感谢他赐予我几年看电视和与朱萍过夫妻生活的美好的夜生活。

我承认离婚前后的生活变化巨大。离婚后，我显然不再需要下班公交车上的半个小时睡眠时间。既然我无须睡眠，我就不需要抢座位。我在办公室坐了一整天，早已坐够了。不抢座位，也使我对上面提到的那位秃头大哥逐渐淡忘，乃至于他早已不坐公交车都不知道。直到不久前的一天，我去一家包子铺买包子（离婚后，我已懒得做饭）。这家包子铺还算有名，据说只做本城最好的包子。所以买包子的队伍每天都要排那么一小截。我本来没有注意到秃头大哥排在我前面，他买好包子往外走的时候，我们才做了一次面面相觑。我注意到他也愣了一下，并试图挤出一个久别重逢的笑容，但他还是明智地阻止了自己这么做。径直从我面前走了过去，走向路边一辆私家车。他打开车门的时候，我看到副驾驶上确实坐着一个长相不明的年轻女人。

和朱萍离婚后变化还有很多，比如我不再会靠在枕头上看着电视睡着了，而是会轻易地被电视内容吸引。哪怕那些枯燥乏味的保健品广告，我也看得兴致勃勃。我尤其喜欢那些鹤发童颜、穿着白大褂、戴着老花镜的老专家老中医之类的人物。他们对生命、对长寿、对健康的热情让人觉得他们家里从来就没有死过人。刚开始，他们让我想到自己的祖父。我承认，总是把老头认作自己的爷爷辈，大概是一种成长的惰性和无耻。最近一年，我才将他们和父亲算作一代人。不过，无论他们算我的父辈还是祖辈，我都会针对节目中的景象展开联想。你知道的，在这些节目中总会出现一些烫着蓬松头发、热衷于穿粉色高领毛衣、两坨乳房下垂而又肥大的中老年女人，她们一惊一乍虽然比不了综艺节目中的年轻女人，但对自己以及老伴药到病除的喜悦也是有目共睹的。我想象到的场景是：如果这些姿色残存的老妇女巧遇这些让她们感激不已的老学者老专家，会不会把自身贡献出来？

关于我的家世或家史是这样的。不知道祖先是谁，祖父只记得自己早年逃荒的经历。那时候他还小，按他的话说，只有大人的裤裆高。他的父母和哥哥们当时似乎已是大人，但逃荒这事比较紧迫，都或背或扛着被褥和家具，没人会把他抱在怀里走（这也与他当时有了一定的体积有关，据说八九岁了）。他的家人当然也担心他走丢了，警告他要盯着父母的鞋走。于是他就盯着。那是一种古老的布鞋，在所谓的乡愁表达里被誉为“千层底”，但见一位大娘坐在如豆灯火下左一针右一针，非得缝整整一千层鞋底。就算这样，这种鞋还是不耐穿，经不得风雨，受不了脚臭，烂起来极快。另外，该鞋没有后来神探们能用于破案的独特鞋纹，也没有有别于其他布鞋的任何特征。而且当年的农民可能实在太邋遢，很少有人将脚伸进鞋后有心情把鞋跟也拔上去，他们穿鞋的方式以趿为主，好好的鞋很快就会被穿成拖鞋（配合以脚趾部分往往最容易穿孔破洞）。而且那年头太穷了，没袜子。也就是说，祖父盯着的只是父母的脚后跟而已。这便给他的命运制造了拐点。如你所知，鞋有新旧，脚后跟却都长得差不多。所以当我的祖父气喘吁吁地追随一双脚后跟终于停下来后，他抬起头发现，裤裆以上的那张脸，自己并不认识。这个并不认识的家伙看来是一位好心人，因为他笑容满面地蹲了下来，决定收养我的祖父，并给他起了一个名字，冠以自己的姓氏。可是多年以后，祖父对此不以为然。他认为养父之所以收养他，仅仅是因为后者没有生育能力而已。这倒也是事实，因为没有养母。重点在于，在逃难中，养父还替祖父在路上捡了个奄奄一息的小姑娘。等到这个小姑娘长到十五六岁的时候，祖父有一天发现她胸口隆起了两坨，这让他十分不舒服。为了舒服，那天以后，他没事就把她压在身下抖动抖动。也就是说，这个六十年多前的小姑娘正是我的祖母，我父亲的母亲。

祖父对自己养父的薄情寡义，也在于后者并没有活得太久。他为自己的养子和养子的媳妇安下家后，就很识时务地死了。祖父母和父亲成为一家三口，也算是一件莫名其妙的事。他们开荒种地，搭棚造屋，过起了被前人活过无数次的幸福生活。美中不足在于，可能与早年的奄奄一息有关，生下我父亲后不久，祖母再次奄奄一息起来，这次奄奄一息虽然旷日持久，她没有好转起来，最后死掉了。接下来就是我的父亲，他开始长大，也念了几年书。后来娶了我的母亲，响应只生一个好的政策，把我给生了下来。我嘛，多念了几年书，响应国家政策，被分配到现单位，至今。这中间，我认识朱萍，结婚，却没生子，然后是离婚。很显然，祖父对父亲和我并不满意，他首先认为自己还可以多生几个，如果我那个以奄奄一息形象存世的祖母有那能力的话。其次，就是他认为父亲和我全是窝囊废现世宝。他经常拎着一条鱼来到我们家里，然后将鱼扔给我母亲，责令后者认真烧煮，他要好好喝一杯。在喝酒的过程中，他就开骂。他骂父亲一点出息也没有，到现在还在种他当年逃荒至此开垦的土地。他骂我没本事，居然让老婆给戴了绿帽子，乃至于使自己的老婆变成了别人的老婆。

无论是参加婚礼还是葬礼，现在回乡的话，有公交车直达。时间并不长。但我很少回去。我在城里年头已久，毕业工作，买房安家（即便现在家里就我一个人）。确实犯不着回乡下那个家了。而在所谓的学生时代，进城回乡，还需要坐船。却不知道为什么，我几乎每个周末都会回一趟家。而且我是多么喜欢当年的码头啊。

码头附近布满了各种摊点，诸如卖鞋垫踩脚裤和对对袜的，卖锅碗瓢盆的，卖五香蛋或旺鸡蛋的。据说也有卖屄的，只是我当时没有钱，另外还是个童男子，是一位遗精高手，在屄方面比较钝比较无知，所以不太清楚。我印象最深的是那个卖磁带的中年汉子和打台球的一些小青年。我买过中年汉子几盘磁带，都是一些那个年代最火的流行歌曲的合集。孟庭苇叶倩文四大天王，稍后也有孙悦高林生黄格选之类。中年汉子的全部家当就是一辆自行车，书报架上一块展板似的东西，展览着各种磁带。然后车篓里是一台收录机，一根线接在地上放着的一个跟粪桶差不多大的音箱。上述那些人唱的歌就从这个粪桶里飘了出来，声音很大，盖过了码头上应有的喧哗。不过，台球桌离卖磁带的要远点。所以打台球的人彼此说话的声音还能听见，一竿子清三角进洞中坑底坑日你妈我操之类的很好辨认，那些歌也便成为这些对话的背景音乐。所以我到现在，谁如果跟我说他喜欢“听歌”“听音乐”什么的，我就不由自主地认为他正趴在绿色绒布的台球桌上。如果是女的，我也这么想，而且还无师自通地想到她的乳房碰到了球，很想说一句：“潘晓婷，晓婷，小潘，这局不算。”

上船和下船当然很挤，我也不知道为什么要挤，和现在坐公交一样挤。每个人总能搭上车搭上船，这已经被历史反复证明。但人们似乎不爱朝这个方向想，挤，一定要挤。刚开始，我挺不喜欢挤的。后来有次下船，我还是一不小心被动地让人挤到人堆里。站我前面的正好是一个比我高大，头发很长，屁股特别有肉的女的。她的头是刚洗过的，飘柔洗发水的气味。我不可抑制地勃起了，隔着裤子顶在她的屁股上。我还想到不久前因为阑尾炎手术刚刚被剃了的阴毛。现在它们长出来了，应该不再那么柔嫩，而是不愿卷曲，根根直立。这个女的始终没有回头，等到不挤的时候，她就这么走了。可能我的记忆是蓄意这么安排的，我记得也就是这次，有个家伙被挤掉下了船。他没有掉到趸埠上，而是掉进了江里。有工作人员给他扔了一个彩色的救生圈，彩色的。但他没抓住，然后就在船靠岸时搅起的巨大漩涡中消失了。有人说他被船的螺旋桨打碎了，也有人说他流到大海里去了，反正这个人是没有了。

其实我想说的是另外一件事。就是在这件事发生的很多年前，船上也曾经发生过一起轰动两岸的大事。一对青年男女，他们的家庭不允许他们恋爱结婚，好像跟阶级成分之类的事有关。二人于是决定跳江自杀。为了使这一决心落到实处，他们用绳子将彼此捆在了一起。然后他们来到船舷，口念一二三，跳，咚一声或咚咚两声（取决于先后、跳力，而不是挑战两个铁球同时着地）跳了下去。其他乘客都叫了起来，但照样有冷静的工作人员向江里那两朵可怜的小水花投掷了救生圈，是不是彩色的我不知道。奇迹在于，过了会儿，那个男的从水里冒了出来，并手脚麻利地揽到了一个救生圈。众人将其捞到船上后，也没人瞧见他腰上有绳子。那个女的却始终没有冒出来，但见本归她揽住的救生圈就这么随波逐流漂走了。

所有人都知道，这个当年爬上来的男的就是我的父亲。这也是祖父热衷于骂父亲是个怂货的原因之一，女方的死，倒让祖父肃然起敬了起来。母亲和父亲吵架，也总是杀人犯杀人犯的骂。不过年代可能过于久远，现在已经很少有人提起这茬。我也不便在父母和任何人面前求证这件事。我倒是和朱萍曾经提起过，我是这么说的：如果当年我的父亲也死了，那该多好。

单位里的张主任其实见过我的祖父和父母。那是我跟朱萍结婚的时候。我参加过张主任和其他人的婚礼，还包括他们家死了人、生了人、过寿、乔迁等等，他们当然要以吃喜酒的名义将这些份子钱返还。在和朱萍结婚以前，我一度怀疑自己掏出的份子钱能否收回。结婚才让我相信，付出与回收基本持平。但从另外一个角度来看，仍然是亏。因为这些钱没有落入口袋，而是交付于饭店全部吃掉了（姑且不算浪费掉了）。这样说基于一个假设，假设我们结婚生育死人过生日不请客吃饭，那么这笔钱肯定是可以省下来的。当然，省下来干什么呢？好像也没什么用。所以吃掉或浪费掉似乎更为妥贴。

我和朱萍的婚礼是在村里办的，流水席。张主任以及其他同事对此都表示极大的好奇，吃完那些大鱼大肉后，也抹着嘴表示乡下的鱼肉和空气一样，就是新鲜。对，食材。我们当然懒得告之以实情，那就是我们自己不可能生产所有的所谓食材，一切仍然有赖于农贸市场，而农贸市场依赖的则是我们谁也不知来路的玩意儿。其本质与你在城市街边小馆子里所吃到的质地并无二致。唯一可以称得上新鲜的，大概也就是婚宴上所使用的鱼虾。它们确乎是祖父养殖的。至于它是否比菜市场所买的鱼虾更美味（难道菜市场上的鱼虾是陆地生物？）这我就不知道了。

张主任作为领导，在酒席上还发表了热情洋溢的贺词，祝愿我和朱萍夫唱妇随白头到老什么的。其实贺词这差事本来轮不上他，他只是个中层，而高层懒得参加我这个小角色的婚礼而已。张主任在我的婚礼上意气风发，踌躇满志，以一个中央首长的姿态款款落座，举箸停杯，风度翩翩。他崇高的地位甚至使他可以和祖父在座次上并驾齐驱。二人也大有一见如故的模样，推杯换盏，相谈甚欢。我不知道他和祖父都说了些什么。事后张主任倒是对我谈论过祖父。

“你爷爷身体真好，酒厉害。”他说，“怎么没见你爸？”

“我爸？在啊。可能你没注意。”这很好理解，我强壮的祖父是一个伟大的政权，在他死掉之前，天下不会大乱。

“哦。”

“嗯。”

关于各自的家庭，这都是寒暄之词。如果说我和张主任有什么情义的话，那是我们经常一起参加一些酒局。酒局过后的KTV，乃至于洗澡嫖娼，也时有发生。一起酒后泡澡，我们难以避免地要看到对方的阳具。让我惊叹的是，有一次我发现张主任裆下光洁无比，只有一条老二晃荡其中。阴毛呢？我不便问。倒是他自己说了。他痔疮开刀，所以就刮了。这不免让我将自己阑尾开刀刮阴毛的往事翻出来共享，并由此提出质疑，似乎割痔疮犯不着刮阴毛吧？是也不是，张主任说，其实人的阴毛并非只环绕着老二对不对？对，它可以从裆下延续到肛门附近对不对？对。这就是了，医生把他肛门直到睾丸地带的阴毛认真刮了手术完后，张主任高高兴兴地回到家，想了想又觉得别扭。所以鼓动自己的老婆帮他全部刮掉。他老婆不知轻重，他只好自己刮。

和朱萍离婚，张主任也表示他早就看出来什么苗头，面相不合，诸如此类。“你爷爷也这么说过。”天呐，这倒出乎我的意料。既然事到如今，张主任为我介绍一位合适的妻子，将是他义不容辞的责任。而在那位合适妻子嫁过来之前，他所乐意做的是多次主动表示愿意“陪你去嫖一下”。

姓氏不重要，正宗嫡传还是野种杂种也不重要，知不知道自己爹妈是谁更不重要。假设进化论是真理的话，“我”的存在起码能够证明一点：从单细胞生物开始，“我”之上的所有祖先，从来没有断子绝孙过。我们确实是从娘胎里生出来的，顺生或剖腹产，而绝不是胳肢窝里掉的或石头缝里蹦的。而“我”出现的最重要的动因是：娘胎被我们的亲生父亲勃起的阴茎造访并射出精液。哪怕是试管婴儿，他仍然出自某个男人的精子和某个女人的卵子，仍然需要子宫开展十月怀胎。鉴于克隆技术以及其他未知的繁殖技术，截止于本文发稿时的2016年，以上论述仅针对人类史或生命史的过去和当下，而不指涉未来。假如你不认可上述，坚称女娲和上帝造人，请忽略此文，不用看了。

如果说我的前妻朱萍是我唯一性交过的女人，这显然不是真相。但在所有的性交中，朱萍是我唯一无套内射过的女人，这我可以百分百地肯定。现在，也是听说，朱萍不仅重新嫁人，而且她和现任丈夫的孩子已经一岁多了。那么，我和朱萍在两年的婚史中，后者始终没有怀上孩子这件事是否说明我不具备生育能力？（这不涉及我和朱萍离婚的真实原因）如果它是真的，又是否说明，我这条生物进化线（此线由点构成，每一个点都是一个生命个体）到本人这里就中断了？如果中断了，到底是不是一种进化论上的优胜劣汰？一种宗教层面的罪恶？在朱萍被别的男人搞大肚子之前，我还从来没有考虑过这个问题（也可能是她那条线断了呢）。现在，在我搞大某个女人肚子之前，我不免要这么重新审视自己。具体而言，就是我这条线，由之前无数个不可知的点到祖父、父亲和我这三个点，之后有可能就没有了。

另外，线又必须由每个点命名和决定。比如，我没有生育能力，我这条线将戛然而止不复存在。而我的父亲如果有生育能力，他现在又生出一个后代来，姑且称之为B，那么B就延续出了另一条线，这条线的已知人物便分别是“……—祖父—父亲—B”。在这条线上，我虽为父亲的儿子，但不被记录，可以抹去，我在进化链上没有任何价值。如果我的父亲没有了生育能力，或者他根本就不愿意生，那么除了“……—祖父—父亲—我”这条必然断掉的线之外，只有一个可能，那就是祖父不辞残年，重新授精，让一个女人怀孕，生下C。这样一来，那么又会出现另一条生物进化线“……—祖父—C”。同上，虽然我和父亲都是祖父的后代，但在这条线上，我和父亲不被记录，可以抹去，在进化链上没有任何价值。

好了，现在的问题是，我年已八十的祖父还有没有生育能力和欲望？先说生育欲望，多年以来，祖父对父亲和我不满，对祖母过早死亡的愤恨，以及在村里偷偷摸摸把一些来路不明的妇女带到他鲜有人至的育苗场，现在他要跟一个四十多岁的外地女人结婚，种种迹象表明他不排除这一欲望。生育能力问题？不好说，不过他身体的强壮是有目共睹的。八十岁了，承包鱼塘，生活自理，大吃大喝，声音洪亮。我们只能从理论上对此进行推测。

我们知道，男人的发育始自变声、喉结、长出阴毛等生理变化。尤其是首次遗精，标志着他有了生育能力。当然，前提是他每次射出的精子能够让卵子受精。那么什么时候没有生育能力呢？也就是生育能力的上限是多少岁呢？和女性闭经后不再有生育能力相比，科学家告诉我们，没有上限。下面是我在网上搜到的相关资料：

慕尼黑的马克思·普朗克研究中心曾做过一个实验。他们选出20名从60－89岁的祖父和20名从24－33岁的父亲作比较。将这两组男人的精虫和田鼠卵放在一起，加入一些酵素后，发现两组结合率都达54%，这显示老年人的精虫并不衰老。接着进一步分析两组男人的精液。结果发现，祖父组的精虫密度平均每毫升有1．2亿个精虫，父母组却只有0．78亿个。汉堡的雪灵教授所做的研究也有同样的结果。不过，后者发现老年人精液中的精虫密度虽高，但活动力明显降低。不动的精虫与畸形精虫数都增加了20%，此外精虫代谢所需的果酯浓度亦减低，代谢后的废物增多。从慕尼黑的精神科医师寇克特做过250名60至70岁男人的问卷调查中，发现老年人的性生活状态和婚姻有密切的关系。101名独身老人中只有7%有性生活。149名有伴侣的老人则有54%还维持着每星期1～3次左右的性行为。75岁才慢慢减少。

读过这段数据之后，我当然也感到头晕。不过，我还是很高兴地发现，它们只是统计学下的数据比例，并没有否认特例。所以与以下的新闻并不矛盾：

印度96岁老人拉姆吉特－拉吉哈夫第二次成为世界最老爸爸。拉姆吉特－拉吉哈夫2年前曾荣获这个头衔。当时，94岁高龄的他喜得长子卡拉姆吉特。尽管他发誓一个就够了，但这位领取养老金者和他的54岁妻子莎肯塔拉在9月又迎来第二个儿子兰吉特。

我不能肯定我的祖父能够像拉姆吉特－拉吉哈夫一样，但我在祖父新婚即将到来之日，有必要表个态，如果“……—祖父—C”这条生物进化线能够出现，我绝不反对和恐慌。

刘恪

作者简介

刘恪，湖南岳阳人，河南大学文学院教授、中国国土资源部作家协会副主席、中国作家协会会员。代表作为《红帆船》，著有长篇小说《城与市》《蓝色雨季》、理论专著《词语诗学》《现代小说技巧讲堂》《先锋小说技巧讲堂》《中国现代小说语言史》《现代小说语言美学》等。

我们对真实测量的结果

刘恪

我们都相信我们处在一个真实的现实空间里。自我通过观看与反思被确证。这是建立在反指认同的关系上，意思是一切事物都要通过镜像来映照来确认，映照对象是实体，但映照本身却是一个空白，一个虚无。镜子自身什么也没有，它仅是功能性的，依靠的是他者的关系才建构人的自我（事物自身的）主体性存在。所以现实真实是“让我们相信它是真的。”方法正是通过观看，而观看本身是空白的，虚无的，或者是扭曲、变形；或者是幻觉、想象。纯客观的观看是没有的，因为纯客观的观看靠近了盯视，是一种过量观看，那就产生了事物过量的超真实感，事物在幻觉中的超真实就会变得非真，这就是窥视癖。英格兰德写的艾伦·费恩便是这么一个窥淫癖。看了四个女人。四个女人给予他的状态、心境、性反应、性想象。这里的人物利夫金、沃尔夫、泽特勒、第一个女孩、斯普特麦尔、母亲、克莱尔、拉丁男人。如果我们认知方式保持传统的观淫癖，那就还有一点点色情内容：挑逗、冒犯、倒错、手淫等幻觉性色情暴力。今天内森所写的是一种现代当下的窥淫癖。在仿真社会里“现代的非真实性已经不再属于想象的范畴，它属于更多参照的范畴，属于更多真理和更多精确性的范畴——它旨在将一切都过渡到真实的绝对明朗之中。”[①] 这叫一种超真实主义，它给予你的是超量多的东西。你不可能添加任何多的东西，但是这种东西的压制，改变了你的视觉真实而滑向了非真实。你自己都会不停地反问，“这是真的吗？”这是从事物的怀疑转向了对真实本身的怀疑。于是另外的问题就提出来了。我们在所看到之外找什么？费恩先生便是如此！

---

① 《论诱惑》，（法）让·波德里亚 张新木译，南京大学出版，2011年版，第47-48页。

性显然不是目的，它仅指向一种消费过程。另外指向的是什么呢？对个性与美的欣赏？对一种空间阻隔的经济欺骗的思考？还是高度伦理化的反思？抑或仅仅是心理医生对他性问题的回应？由事物的耗损到心理的耗损，他建立了一种对话与潜对话的关系探讨伦理与欲望满足的问题。更重要的费恩把思考移到了父亲和母亲身上，移到了妻子身上，追问的这种自我，带有虐待性的体验。我们看的终结预设了什么呢？预设了真相与正义。艾伦喊：“我们没抛弃任何东西，你想要的只有真相和正义，还有一切能归类的事物。可能还有些东西位于中间，拉比，不是对的也不是错的。只能是自然的结果。”我们要求一个客观真实的他者，其实现实真实的客体仅仅是一个神话，我“看”仅针对自我满足，是一种客体的反应。没有生活的真相，就像窥视四个女人一样，费恩“看”的过程就是极度地专注自身变化的过程。看不仅仅作为一种认知功能，对知识的审视，而是作为一种视点与距离。“看”作为另一种思维模式，和记忆、想象的能力。“看”是一种生产性的和权力过程交织，在不可逆的流逝中保持一种可逆性回返。费恩的“看”正是这种生产性的，它透射的是一个欲望问题的伦理态度，而这种伦理态度又是解构的，所以费恩的“欲望不是佯装的。这是一个由现实激发的欲望，而不是图像催生的欲望。”[①]故而费恩不断由女人的观看产生语境中的问题，所有人物也是过渡性的，由一事物过渡到另一事物。四个女人每在分隔之后便失去一个，形成空位，但又加速了费恩的观看，极有意思的观看是最后变成喜剧式的，他把结果流向了拉丁男人（同性的观淫）。这一观看的现实转变正是为了表现，“欲望的激情转变为图像画化的冷漠。”所以他说：“作为欲望的对象，这种冷淡恰到好处。”观看的过程随着自己爬上那舞台的空椅子后，变成了被观看。目的便这样被结果颠倒了。看的客观真实性被颠覆后，也就变成了非真化了。

我们说客观现实是恒定的、确实的，是真理化的。既然我们确立了以事实为基础的现实，那么这种现实经验只要被历史化我们就会相信它是真实的，因而一个家族，一个民族，一个国家的历史经验是不能轻易被否认的。如果我们仅作历史研究，现实发生的事实经验应该可以视为真实的表象。可是当代社会发生了性质的变化，第一个发出怀疑指令的是德波，他称当下社会为：景观社会。（1967年）什么是景观社会呢？指当下社会实行市场经济的专横统治，由消费决定生产。生活以无限堆积的景观方式呈现自身，一切直接存在都转化为表象，一切凝视与听觉结合起来成为读图时代并在景观中重构自我，一切感受都来自于景观，把人们从

---

① 《当前时代的色情》，（法）阿兰·巴迪欧，张璐译，河南大学，2015年版，第12页。

真实生活的存在里转移出来获得对这个世界非真实存在的感受。而存在的本质就是鲍德里亚所称的：仿真。现实这样，历史呢？历史被隐匿潜藏起来了，被编码游戏化了。它是一星痕迹，一丛旧梦。“把近期发生的事隐藏起来，或是使所有人都忘记社会生活中所存在的历史痕迹，景观就可以放逐历史。通过此种做法，景观获得的最大益处首先就是能够隐匿自己的历史属性——隐藏它近期征服世界的进程。”[①]大约相隔四十年之后德波更加坚信自己当初对景观社会的判断，新的映证，当代社会景观而已，历史不过是被编码游戏化了的隐匿的现实。曹寇的《1/5040》便提供了这样一个被游戏化了的历史。“关于本篇作品的说明”里便对它的七个片段式写作进行了随机排列组合，使你获得由此组合的5040种历史样片。第一，一个代际关系的通奸，性欲是一个跨时代的请假与复工，张主任行使欲望的权利。第二，童年，自我的成人礼是在代际关系中确认的。第三，自我。性欲是被精确计算过了的微放镜。欲望是代际关系中唯一不变的游戏。第四，家族史是游戏史是可以质疑的。不同的代际转换泯灭在历史的风尘中。第五，地理学中的童年与青年生活的真实仅是记忆定格的细节，但不同代际的身份，关系是质疑的。第六，中国语境中的欲望是被专制权力化的，内化的欲望被权力干预而外化。而权力本身又是被游戏化了的。第七，族性没有真相。真相通过编码，通过逼真变为幻觉成为非真的东西，个性不可能是遗传的，技术决定了人种。表明了景观社会技术元素改变了人性。我们不必要考虑英格兰德与曹寇两个文本中的色情因素：因为淫秽色情燃烧和消耗的是它的客体，是对象化的一切人和事物，所以观看对于我仅是幻觉，仅是现实超量的观看，这时超量存在的事物被重新编码后它不是我们性的幻觉，而是我们关于性的幻觉。这种欲望化的现实，不是指性的幻觉而是真实的幻觉。因此我们不必为所谓的黄色淫秽、性的欲望所困扰。这些过量的性、性器、观淫被超量的真实所阻挡，看女人，看家族都是一种幻觉，伦理与族性的讨论也不过是一种观念的偏移，淫秽欲望不过是一种对当时境遇发生变化的一种讽喻，对一种关涉各种“秀”，关涉历史的符号塑造。曹寇把隐匿了的历史刻意地前置化。产生的是一种修辞化效果，是一种能指表演，是解构编码的历史。因而历史在解释一切时已被幻觉化达到某种戏拟，历史在演绎生活时解释一切，而历史本身并不需要解释，它仅是人类精神世界某个侧面的投影。

我们在比较《窥视秀》和《1/5040》两个文本时，其实表相世界的事物的细节是没什么

①《景观社会评论》，（法）居依·德波，梁虹译，广西师范大学，2007年版，第9页。

《上海》
[法] 马克・吕布
2002 年

可比性的，可以比较的是费恩与“我”这两个形象。他是被“内化了的自我”。这时候的自我有什么特点呢？是巧妙地利用了精神分析的悖论。费恩幻想于对女人的性征迷恋，存在一种恋母情结的东西。曹寇的“我”也是被欲望化改装了的能指表演，性是透过了族性传承而坚定不移的输入潜意识，可是费恩最后却害怕被母亲所“摸”。而“我”的欲望的成长被家族、被历史、被权力改装编码后，使人置于技术背景之中，人是可以制造的，性别可以制造，人性可以被历史制造，人的性呢？通过编码游戏以后的结果呢？性被解构了。没有真相的性也就没有真实的自我的性。需要说明一句，和《1/5040》最好比照的是英格兰德的另一个文本《关于我母亲的家族，我所了解的一切》。因此，第一，两个文本都采用了严格的元叙述的表达方式。第二，这两个文本都采用了法国原样派小说的技术装置。原样派是索莱尔斯在六十年代的法国创造的小团体，重要作家有阿尔托、巴塔耶、蓬热、法耶、鲁博、佩雷克、罗什、包格诺和莫隆也有同样的写法。称为第二代新新小说。萨波塔的《作品一号》非常突出地展示了他们的特点，混杂文体。写出各种没有界限的片断，然后通过洗扑克牌一样的方法，无限组合便会产生各种各样的文本。也就是曹寇在《关于幸福作品的说明》里提出的组合模式的随机抽样。这种本质也是精神分析理论的。我们把一个精神病患者的全部言语和行为都集约成各种各样的碎片，然后把这些碎片制成卡片，采用扑克牌方法抽查、比对，从中找到集体无意识的东西。如果我们获得了这样一整套方法，把握原样小说也就不难了。

元叙述是一套自我指涉的策略。用学术语言说，它是关于叙述的叙述。这里包括两个陈述系统：其一是对象叙述，指客观物的叙述表现；其二，是指揭示前一叙述是什么样的叙述，仅指叙述本身而不关客体。因而它是一个二度叙述，交代叙述的性质是什么。文本在叙述一位祖父以八十岁高龄娶了位四十多岁的外地女人。这可以视为叙述，陈述的基本事实指向“我”、父亲、祖父三代人。这可以视为一个代际关系的家族故事。可是文本说，我关于这个叙述的七个部分不存在逻辑关系而组成自由联结的游戏关系，作者告诉你我的叙述性质是游戏的，当不得真。元叙述在于指出叙述的虚拟性，这样“我”便只是拿家族性的问题说事儿，不是目的，所以作者采用了嬉笑怒骂，嘲讽幽默的方法，这样家族问题的严肃性得以消解，用元叙述的方法抵消现实的真实性，因为便揭示了艺术文本的虚拟功能。这不仅仅指功能作用是非真实化的，他的叙事态度也是对客观真实的反讽，我是拿代际关系、成人礼、性别身份、家族非血缘等一切作为拟讽对象，你可当不得真啰。元叙述在解构对象的同时，还解构其自身。

我们通常习惯于对文本作真实性的考量，这是一套传统的社会学方法，属于现实主义的。

我们今天不仅测量现实客观对象的真实性，我们还要考量我们作为手段方法，视觉距离的叙述或镜像本身，得出的结果刚好是悖论性的。用一句结论性的话来说：我们对现实真实性测量的结果，通过采用凝视、仿象、宿命策略、追踪差异、痕迹、自我内化、集约化、重新编码、元叙述等一系列方法发现，确凿无疑的现实真实性是没有的，我们今天拥有的客体是非真性的，或者说仅仅只有仿真，那种所言的超量真实仅是一个致幻手段。我们已经置身于一个非真的景观时代了。

04 手记

丹增

作者简介

藏族，1947 年生于西藏比如。代表作有《神的恩惠》《江贡》《太平洋风涛》《童年的梦》等，先后获得中国优秀短篇小说奖、2012 年《小说选刊》双年奖、亚州华人文学奖、民族文学 2014 年度奖等奖项。

心灯录

丹增

生活是一种艺术，活着是一门学问。藏族传统文化历史悠久，传承有序，历久弥新，堪称中华传统文化中一朵绚烂的奇葩。它以佛教文化为核心，关照生命，关怀人生，具有重要的历史意义和现实意义。“一灯能除千年暗，一智能灭万年愚。”佛教把文殊菩萨当作智慧的化身，三世一切如来的智慧总集；释迦牟尼被尊称为遍知一切的智者，他的智慧是不管你是否有学问，只要能取舍善恶、利他利众、庄严自在的人，就算有智慧。这种智慧就像磁铁，能把混杂于凡人心灵灰尘中的铁屑吸引出来，能断出一切意识、言论、行为的过患，又如百川归海般将众人的智慧汇集成智慧的宝库。点亮个体人生，照亮人类前程。孔孟、老庄也创造了灿若繁星、学无止境的儒家文化、道家文化，他们在世时，求知者众星捧月般聚集在身边，译疑解惑，悟道修身。在两千多年的历史长河中，他们的智慧就像四季不败的鲜花，装点并温暖着世界，并始终散发着芳香，令求知者似蜂蝶采花，徜徉流连，不辞辛劳，不舍昼夜。

一

从物质角度讲，人的身体肮脏污秽，七窍常流不净，半身子装着屎尿之物，浸透汗臭的皮囊需要随时清洗，还要用造型各异、质地不同的衣裳百般装饰。人的根本价值在智慧，智慧是一切文化的发源，一切财富的源泉，一切幸福的根源。智慧是多数人先天具备的禀赋，但要靠后天开发。开发智慧的途径是学习，学习历史使人明智，学习数学使人周密，学习伦理使人庄重，学习哲学使人思辨，学习科学使人精明，学习诗词使人灵秀，学习佛法使人善良，明知这些道理使人高尚、纯洁。学习的方法有千万种，最有效的有三种，一是要听闻，拜一切智者为师；二是要阅读，把一切典籍作为智库；三是要思辨，把一切时间和事物作为对象。牦牛怎么养也只长肌肉不长智慧，人只要学习，就能打开智慧之门，储存的福慧资粮取之不尽。具有智慧的人，即使死亡明晨将至，也要只争朝夕地精进。学习靠水滴石穿、日积月累、不问生死、如饥似渴的习惯。

二

人一生追求的是快乐，但伴随的是烦恼、痛苦。雨天，空中乌云密布，天将甘露散向大地滋润万物，天地之遥无以计量，天雨普降四隅八方，降雨无有偏袒。世间学问浩如烟海，博大精深，丰富多彩，也像天空中的云雨无有偏袒，任何迈进知识大门的求知者，只要对自己负责，目光长远，稳重善巧，勤学苦练，即使平庸，也会逐渐卓尔不群，平步青云。“书山有路勤为径，学海无涯苦作舟。”求知的道路坎坷荆棘，必须目光高远、胸怀开阔；求知的道路漫长宽广，必须忍受煎熬、耐心勤勉；求知的道路迷雾重重，必须坚定如山、随机应变。求知者如果像墙头草，随风倒，今天学文学，明天学地理，后天学药理，蜻蜓点水，只能获得一些知识，只能像闪耀在虚空的星光，不能像太阳那样驱散黑暗照亮大地。鲜花浪漫的地方，无论多么偏僻都能引来成群结队的辛勤的蜜蜂和艳丽的蝴蝶。因这盛开的鲜花时常散发芳香，同样才华出众的人无论身居何处，登门造访的人迢迢千里、聚集四周。

三

夏季，暴风骤雨之后，有的地方山石倾泻，泥沙飞流，江河浑浊不清，生性高洁的燕子无论怎么渴，绝不会吸吮地上的秽浊之水，它们在降雨之时，张开嘴仰望虚空，直接享用老天赐予的甘美雨露。“菩萨畏因，凡夫畏果。”一个高尚的人，光有学问是不够的，必须一生不损害他人，处处替别人着想。市场经济背后有只看不见的手，人们的福报同样有只看不见的因果之手。人间的一切声名远播，财富充裕，家庭和顺，事业兴旺，都是利益他人的结果；声名狼藉，破财遭灾，短寿多病，事业无成，全是自私自利的报应。不管什么人，只要真诚地发心利他利众，全心全意为人民和社会服务，此人虽然不曾为私利殚精竭虑，但他的一切事业会自然圆满。

四

骏马的优劣，在赛马场上见。赛马场上盛况空前，无论是白马、黑马，都饰以精美的披套、华丽的鞍子，个个显得英武、神俊、强健。只要一声令下，万马齐奔，你争我夺，最后获得桂冠的一定是那快速、稳健、脚力持久的宝马。大象的优劣，在战场上见。古印度常用大象作战，象是强有力的四大军队之一，一头英勇善战的大象，可以打败千人军团。在激烈的战场上，大象个个两只大牙光滑尖锐，卷起的鼻子像高贵的蛇王，喉中不时发出低沉粗犷的吼声。学者的优劣，在辩论场上见。能言善辩的智者聚集在一起，或坐或立，围绕处世的哲学，出世的佛法，展开口若悬河、舌如利刃、妙语连珠、手舞足蹈的激辩。有斧头就能砍倒树，有道理就能说服人，真正有价值的雄辩绝无废言谬语，所说的一切犹如智慧的明灯。看辩才，一要看思想的深度，二要看论辩的圆融。自称大师、智者，摆出傲慢姿态、炫耀学识智慧的，不见得被历史认可。凡懂得利益众生善巧法门的人，百年后仍在世间流芳，凡经百辩而无过错的智者，才能共许为大师、导师、尊者。

五

释迦牟尼是佛教的创始人，被后人称为“佛陀”，佛陀的真正含义是“具有遍知一切智慧的圣尊”。佛陀的根本教义是众生都具佛性，佛与众生只有智慧上的差别，其余始终是平等的，每个人只要奋发学习，都能变成智慧和德性高度圆满的佛。“佛”即是“人”，是人发展的最完美的境界，是人类智慧发展到真善大善的顶峰。佛教不是宗教，是佛陀的教育，反对盲目信仰、神灵崇拜。“佛”是觉悟，觉悟不会凭空而降，学习知识、开发智慧才能消除愚昧。佛陀教言，“诸恶莫作，众善奉行，自净其意，是诸佛教。”善是一切福喜乐的源泉，任何人长期坚守努力便能具足一颗真实的善心，开悟智慧的善心就能离苦得乐。金耳环带在牛身上，牛生不起喜爱之心，它只关注穿在鼻孔中的竹环；绿油油的青草放在狗面前，狗不会稀罕地闻一下，它只会对不净的剩饭产生兴趣。书籍是充满智慧的人类印记宝库，对于不读书的人，那也只是有碍空间的废物。现实是此岸，理想是彼岸，中间隔着湍急的河流，人获得的智慧是架在河流上的桥梁。缺少智慧的人就像插在泥巴中的木橛，站不稳脚跟。日日行，不怕千万里；常常做，不怕千万事。蜜蜂穿梭在繁花丛中的，每次只采一点点花粉，日积月累能酿出甘甜的蜂蜜，所有获取智慧的人，靠的是坚忍不拔的努力。

六

人不怕没有智慧，怕的是不勤学苦练，有思辨的人应该有不食则饥、不学则愚的感悟。“黑发不知勤学早，白首方悔读书迟。”人来到世间，不管走哪条路，必须要有学问作旅伴，人生之旅充满艰辛和曲折，有了学问，许多疑难便能迎刃而解。无知会使智慧因缺乏营养而萎缩，无知会使灵魂因缺乏活力而僵死。晨不早起误一天，幼不勤学误一生，少年学习靠父母督促，青年学习靠导师辅导，中年学习靠自己自学。达尔文曾说：“我所有的具有价值的学问都来自于自学。”自学学到真东西，自学靠的是自觉，跻身于名人之类，成为众人羡慕的功成名就者，大多是靠勤奋自学。十年寒窗无人问，一举成名天下知。纵有千金，不如薄技在手，有学问的人才是真正的富人，有了学问才能有长远的幸福。高贵的种姓、纯洁的血统、端庄的容貌、匀称的身材值得人羡慕，但不是非需要不可，没有学问的躯体，只能算是行尸走肉，漂亮的脸蛋犹如绣花枕头，没有内在的学问，任何外貌的美都是不完备的。如花似玉的青春，只是一个短暂的美梦，当你再醒来时，它早已消失得无影无踪，伴随你终生，甚至流芳百世的，一定是你的智慧、知识、学问。

七

过去，富有指金银满箱、茶粮满仓、牛羊满圈，现在指有资产、有股票、有存款。“荣华花上露，富贵草头霜。”财富往往是一切痛苦的根源，首先有财产积累的痛苦，其次有财产守护的痛苦，再次有财产失散的痛苦。现实几乎人人都在追求财富，日夜为财富忙碌，“彼诸众生皆求乐，若无资具乐非有”。为寻求衣食丰足、资财受用而劳苦奔忙，是再正常不过的人之常情。但人贪欲无度的时候，为了百分之一百的利润，可以六亲不认；为了百分之二百的利润，可以践踏一切法律；为了百分之三百的利润，可以不惜走上断头台，贪者最终一无所得。世上越富裕的人往往祸害也越多，亡命之徒看中的是钱财，富人自然成了猎物，被骗、被盗、被抢，难免担惊受怕、痛苦煎熬。其实，财富无善恶，善恶源人心。如果一个人拥有很多财富，但不懂得支配，他就成了财富的奴隶，与穷人乞丐没有实质区别；如果懂得帮助亲友、布施他人、多做善事，财的行善爱的播种，他就是财富的主人。用一种因明学的方法，一个贫穷的人，坐在未被开采的金矿山顶上，将整座金山观想为自己的财产，自己也可以享受当今世界首富之一的乐趣。以此推理，当我们光顾珠宝商店、百货商场、高楼大厦时，毋庸置疑，这些能见的，一饱眼福的，无须经营劳作，都当作自己的，只须观想就能得到满足。

八

贪欲过度之人好比水中之鱼，渔夫垂钓，尖锐的鱼钩上挂着可口的诱饵，鱼群就会奋不顾身地争夺，一个个被钓上岸来，立即遭到杀害。“世路无如贪欲险，几人到此误平生。”贪心重的人就像沙漠中的不毛之地，吸收一切雨水，却不滋生任何草木；贪欲犹如熊熊燃烧的烈火，柴放得越多，火烧得越旺。人一旦贪得无厌，过分追求个人利益，就等于自己投入火坑。人身上的五欲，就是自己挖的陷井，得寸进尺、得陇望蜀的贪欲梦幻般从这里迸发。眼的贪欲为绚美之色，耳的贪欲为悦心之声，鼻的贪欲为奇妙之香，舌的贪欲为佳肴之味，身的贪欲为柔滑之触，如果纵情五欲，与世间繁琐之事纠缠不清，追逐的利益不能满足，必然在苦海中挣扎一生，等来的是死神的突然降临。“会遇悦意之境时，当视犹如夏时虹，虽现美妙然无实，断除贪欲佛子行。”贫有贫苦，富有富苦，世间诸人皆是苦，只要懂得知足少欲是幸福的密匙，就能得到一半的幸福。现在学佛的人多如牛毛，成佛的人稀如晨星，就其根源，贪欲胜过现实，石刀再磨也难磨出锋刃。藏在岩石中的美玉没有价值，只有通过开采，再经能工巧匠雕琢成器，才能成为无价之宝。人只要开发智慧，明了世间，又能得到一半幸福。水再大也在桥下，山再高也在天下，嘴再大也在鼻下，人再强也由一颗小小的心在支配，必须用钢铁般的意志来调伏放荡不羁的心。

九

有生命就有世界，人世间都羡慕健康，每个人都希望长寿。因为生命与希望并存，生命是唯一的财富。地上的蚂蚁、水中的鱼、天上的鸟类，都怕死，它们见到异常动静，都在提高警觉，都在意长久地存活世间。更何况作为高级动物的人，更愿意长久地活着。小孩一出世，长辈们给他戴上“长命锁”，愿他长寿，戴上“护身符”，防患护命。人在相互见面的时候往往祝福，“愿你健康长寿”，甚至喊出一些不切实际的口号，“寿比南山”“万岁”“万万岁”。古今中外，都有人专门研制长生不老丹，历代君王对长生不老更是孜孜以求。但像释迦摩尼、孔子这样的圣人、伟人，寿命也只有83年左右，追求长生不老本身是一种不切实际的愿望。从今人的平均寿命看，人顶多能活到100岁，百岁以上已经十分罕见。即便活100年，在历史时空中，也不算长，甚至是非常短暂，有点像夏天的小虫一样，朝生暮死，寿命稍长也耐不过秋冬。懂得生命真谛的人，可以使短暂的生命饱满，办法是不求生命的长度，讲究生命的宽度。人随着岁月的流失而衰老是不可避免的，到了一定的岁数，经常对着镜子感叹自己的容颜：头发白了！皱纹又增加了！牙齿掉了！这些烦恼只能带来心情不悦，人应该从自然学、人类学、生理学的角度，真正明白生、老、病、死是正常的自然规律，珍惜生命，存好心，做善事。“扫地恐伤蚂蚁命，爱惜飞蛾纱罩灯”，既尊重自己的生命，也爱惜众生的生命，把活着的每一天都看作生命的最后一天，决不会虚度时光，更能显现生命的价值。

十

人生在世终有一死，死缘、死时很难预测。分分秒秒组成的“岁月时轮”，无始无终地流转不息，它创造了五光十色的天地万物，随即又将其一个个摧毁，甚至不留痕迹。人的生命就在呼吸之间，从生到死气脉运转不息，无形地创造着维生元素，既养育滋生生命，又腐蚀损害躯体，使之逐渐终止。800年前，藏医学的高人认为，人体共有脉72000多条，经脉、血脉、气脉各有24000条。若按人的寿命为100年计算，从生下5个月起，每天坏死两条，百年之后，所有的脉全部坏死，生命也就终结了。当然，人的寿命还要受后天的条件、居住环境、气候条件、饮食卫生、思想情绪等多种内因外缘的影响。“死缘极众多，生缘极稀少，彼亦成死缘。”因缘是肉眼看不见的，但不能否认它的存在，肉眼所见极其有限，且不说前生后世之类，就算明天、后天乃至下一刹那的事都无法看到。人各有不同的业，而互成为父母、夫妻、儿女、好友，自然会生起恩爱，共同劳作，共享天伦，这仅仅是暂时的欢聚，有聚必有散，懂得这个道理，珍惜欢聚时的美好，减轻离别时的痛苦。当你强壮而健康的时候，从来不会想到疾病的降临，但它就像闪电一般会突然来到你身上；当你享受美好生活的时候，从来不会想到死亡降临，但它就像迅雷一般会突然夺走你的生命。

十一

现在所有活着的人，都等于是判了死刑的，只是具体执行的期限有别。“吾生终归尽，死期必降临。”唯独死亡，没有后门，没有关系，没有贿赂，也没有商量的余地，更没有逃脱的地方。死亡是每一个人最后面对的现实，也是一生最后的一次典仪。如果一个人怕死，那一生要死上百次上千次，多么痛苦，如果明白死的道理，不怕死，那一生就只死一次，而且这一次也没有痛苦，明白无误地告诉众人，我先走一步了。人不能忌讳谈死亡，不能掩耳盗铃，自欺欺人。有一些专门论死亡的书，如《度亡经》《生死之书》《中阴论》。假如有死神的话，他可能就是，当你在寻求今生的财富、名誉、地位、幸福、安乐的时候，手持黑绳、铁面无私、獠牙毕露的那个旁观者。当他决定要带你走时，毫不迟疑，不留情面，如山鹰攫兔一般给你套上绳索。死神降临的时候，你有英勇的军队、强大的势力、巨大的财富都派不上用场；你有深邃的思想、卓越的才干、美丽的容颜都无济于事。人决定不了生命的长度，但能拓展生命的宽度，生命的价值。生命里只有人生的价值是由你自己决定。善心、爱心、悲心是人生价值的基础。人并非以金钱为目的而生活，人活着的对象往往是人，人生命的意义在于设身处地替别人着想，忧他人之忧，乐他人之乐，人类共同的价值只认可这一点。

十二

人的身体，最明显的是五官、四肢，最常用的是嘴舌、手脚。嘴的重要作用是说，藏语中有一句精典的俗语：“祸从口出，舌比铁硬。”心有所思，出之于口。口出之言，有好坏之分，有真假之别。“良言一句三冬暖，恶语伤人六月寒。”言论自由是人的追求，但绝不能想什么就说什么，所有的语言，都应该以不伤害他人为前提。恶语不能说，妄语、绮语、粗语、离间语不能说。口若悬河、空话连篇、不着边际的人，很难得到他人的同情；怨天尤人、牢骚满腹、不计后果的人，很难得到他人的尊重；眉飞色舞、口无遮挡、胡说八道的人，很难融入大众之中；颠三倒四、语无伦次、不思取舍的人，别人会当作疯子。只有那些天生即有爱啰嗦的毛病，为了讲清一个简单的意思，非说十句百句，还怕对方不明白的人，尽管不如意，但至少不伤害他人。语言是最伤害人的武器，刀剑之伤一年半载可治愈，语言之伤可能几年甚至几十年难愈。因此古人反复强调“君子慎言，祸从口出”。唇齿之伤，甚于猛兽之害；刀笔之烈，惨于酷吏之刑。话在嘴里属于自己的，话一出口属于大家的，喜时之言易失真，怒时之言易失理，人前莫说人短长，世间有谁无缺点。人一生不知道要讲多少话，真正有学问的人能少说就少说，能不说就不说，心灵尽在不言中。在现实生活中，为了表达情感，掀嘴摇舌；为了工作关系，相互交流；为了知己交心，交头接耳；为了聚众欢乐，七嘴八舌，无论恳谈、密谈、闲谈，还是雅谈、清谈、高谈，都要求真、求善。当今，见解出众，通古晓今，能独揽话题，语惊四座的人并不多见。人要清醒面对那些表面一团和气，实则散布流言蜚语；当面冠冕堂皇，背后专门攻击、陷害、诽谤他人的把戏。要抬起头来做人，直起腰来说话，水清石见底，话透心里明。

十三

最好的朋友关系，是牺牲自己的利益，以宽宏、诚恳为别人着想。朋友再多不嫌多，敌人一个也觉多。求友须在良，得良终相善，求友若非良，非良中道变。人生一件乐事是难得有一个知己，交到一个或几个志同道合的朋友。判断一个人不像判断一幅画那样一目了然，若交友不慎，往往会开始不分你我，亲密无间，无话不说；逐步冷热变化不定，后来发生矛盾，出言不逊，互揭隐私，甚至成为生死对头。凡交友，先观察，那些见风使舵搞投机的人、花言巧语爱谄媚的人、装腔作势太虚伪的人、心狠手辣过于凶猛的人都不可交。还要不能以贿赂交友，以利益交友，以酒肉交友。选择朋友，先作一番相当深入的考察，搞清楚对方是否是一个明辨善恶、信仰坚定、珍惜生命、性格坚强、真诚宽容、平等待人、慷慨大方、乐于助人的人。朋友是一面明镜，交友贤劣能反映一个人的道德品格，人性修养。要记住“顺境交朋友，逆境试真情”，当你飞黄腾达时，肯定高朋满座，当你身处逆境时，多数回避远离，这时还能不离不弃的是真朋友。不眠知夜长，久交知人心。朋友之间，最宝贵的是真诚相待，当自己有过失时，能够好言规劝、甚至严厉批评的人是真朋友。交朋友不能像喝烈酒那样浓烈，朋友之间保持适度的距离，既给自己，也给别人留下回味的余地。圣人交友先挑选好人，然后才同他来往，再建立友谊，这样能够以诚相待，心心相印。有一个博学多才、正直善良的朋友，等于你有一个智库。

十四

以最佳的方法，追求最佳的目的，叫做“智慧”。只有依靠智慧，懂得善巧方便，才能打出江山，才能事业兴盛。智慧在于辨别可能与不可能，用最好的方法谋取最好的结果。马戏团里，各种动物在训兽师的培训下，猴子骑车，狗熊滚球，海豚跳舞，狗钻火圈。部分作为灵长类中最高级动物的人，不但花钱观看，还鼓掌赞美。这马戏团的人懂得，靠力量能举千斤，靠智慧能举万斤。我们仔细回想一下，哪一回做蠢事时，不是自以为很聪明，开发智慧的聪明人，不用他人规劝、催促，都能审时度势，明察秋毫，取舍得当地处理任何事件。从前，有家打鱼的父子，一天父亲准备出去打鱼，先让儿子到河边看风向。儿子跑出去半天，才回来问父亲，怎么看风向。于是父亲手把手地教他辨认风向：抓一把草往空中扔，草往东落刮的是西风，草往西落便是东风。若干天后，父亲再次去打鱼，又先让儿子去河边看风向，当时没有风，所以扔向空中的草落在身上。儿子欢天喜地地跑回家告诉父亲：“父亲，今天刮的是竖风，好日子，不用去打鱼了！”铁不用会生锈，水不流会发臭，人的智慧不用就会枯萎。

十五

蚂蚁是一种身子极其弱小的昆虫，它的复眼不能观看外境，其辨认外境的工具是长在头顶的触角。当它前行时，触角能准确地判断前方有无障碍，能否通行，这细如睫毛的触角，比一些有眼的小昆虫还灵敏。每一个人都有与众不同的智慧潜能，现实生活中，人与人之间生起一些是非争端，有的互不相让，争执争斗，导致大祸临头；有的大事化小，小事化了，化干戈为玉帛。姜黄是一种多年生草本植物，叶大、根圆，色深黄，既可入药，也可染色。硼砂是一种粉末状的非金属白土，无毒元素，呈暗棕色。这两种再普通不过的染料，只有在技师的善加调配下，染出来的色彩美丽非凡，是西藏羊绒极品的必备底色。把不同的酒混合在一起可能是错的，但把不同的智慧结合在一起肯定是对的。人生的价值由自己决定，自信是成功的第一诀窍，自尊是自我解放的第一动力。人自己不躺倒，谁也不会踩倒你。智慧是人类精神潜能的矿藏，若以学问加以开采，恢复本能生机，每一个人各不相同的知识、技能、见识，聚众商议，共谋大计，等于个个如虎添翼，产生殊胜大智，再大的难题也能迎刃而解。

十六

古时候，西藏甘丹寺的一位高僧，带领一批年轻僧人，行至一个山区村庄求布施。一个僧人在路边发现一大块金子，十分高兴地禀报了师父，高僧严肃地告诫众僧："那是毒蛇，不要碰它。"所有行者怒视而走。一位随行的牧人听见毒蛇二字，想前去看个究竟，结果发现了这块金子，他惊喜交加，立即捡起来装进怀里。当晚众僧住在村庄外自己搭的帐篷里，牧人住进客栈，高兴地吃着牛羊肉，喝着青稞酒，不时从怀里掏出金子仔细端详。突然，一个身背长枪、手拿皮绳的彪形大汉来到跟前，夺走了金子，还将他五花大绑拉进黑牢。原来头人家被盗，牧人所捡的金子就是盗贼遗失的，最后这个牧人被打断左膀。在真正的修行者看来，黄金与牛粪等同，虚空和手掌无别。智者渐渐地、一点点地、刹那刹那地清除自己心上的污垢，如同工匠清除金银上的杂质，而愚者随着自己的欲望而去，如蜘蛛投向自己所结的网。

十七

慈善、布施的含义是通过谨慎思索，将自己的财物赠送给贫穷者，这种行为可谓人间最能打动心灵的美，也是人性中不灭的光芒。贫穷不是罪恶，贫穷不是羞耻，贫穷是制度的不公、社会的缺陷。当你看到或听到的人群中，希望救助钱财、物品、精神的时候，内心是否萌发出没有丝毫憎恶、吝啬、恐惧、疑惑的同情与慈悲。同情之心是仁的萌芽，仁的本意是爱人，布施在六度中居首位，是其余五度的基础。你要懂得，贫穷者希望得到一点东西，奢侈者希望得到许多东西，贪婪者希望得到一切东西。慈善行为，使善者减少欲望，断除吝啬，接上缘分，还能增加快乐，生起喜悦，积累福德。经常乐善好施的人，其名声犹如春风送去花香一般，传播四方八隅。同样受到恩泽的人，不仅喜从天降般地高兴，而且心田播下了爱的种子。身处逆境，而蒙他人相助，更是铭记难忘。有的人能够舍身，以牺牲自己的生命解救别人的痛苦，还有什么多余的财富舍不得捐赠他人呢？一个性善的人，永远会愉快地多给别人，少从别人那里得到，这样，燃烧自己即使化为灰烬，人们也会从火光中找到你，因为有了你，别人的生活更加美好。台湾有一个闻名遐迩的慈善组织叫“慈济”，事业遍布全球，济贫救灾，乐善好施，美名传万里，闻名心生敬。巨大的财富其实没有什么真正的用途，它的唯一用途就是施众，其余不过是眼见的幻象罢了。

十八

有些信仰佛教的人要皈依，寻找上师。且不说佛教仪规，寻求上师是佛门的普通规矩。上师选好了就容易功德圆满，学到佛法，上师找错了，肯定走邪入魔，加罪生恶。真正称得上上师的高僧应该是，学识渊博，持戒清静，具足悲心。他们往往要么在寺院深居简出，学经著书；要么隐居山林，闭关修行；要么没于市井，俗如常人。与他们接触，性格谦善，行为端直，没有半点嫉妒心和傲慢心，不说一句别人的坏话。如果真遇上这种高僧，五体投地，虔诚顶礼也不为过，落地黄金，光映上空。如果遇上肥头大耳，绸缎法衣，绒丝袈裟，口若悬河，滔滔不绝，甚至标榜是菩萨化身，法相自在，开了天目，神通无比。还能算命打挂，求财、求官、求子来者不拒，预测未来使人心花怒放，见了功德钱垂涎三尺，布施的财物更是多多益善，那你遇上装扮成牧羊人的狼。谎言嗡嗡如蚊蝇，真实默默如太阳。只要你接受了一句谎言，接下来你就变成落到干涸地上的鱼，烦躁不安，极其烦恼。所谓佛教是佛陀的教育，佛陀释迦牟尼离开富丽堂皇的宫殿，在艰苦的隐林深处修行；放弃荣华富贵的王位，艰难地寻思人类苦难的解脱之道。上师是严于律己，以德服众。佛的本质是善，以慈悲之心，让人感悟善恶因果的哲理、离苦得乐的原理。

十九

羞耻之心是人类道德的基石，如果一个人不顾羞耻，那还算人吗？“无羞耻之心非人也。”人存在于世上，无时无刻不处在人与人之间构成的关系网络中，个人生存方式的特点和生活状态的多变，引申出人的道德责任、人生价值，产生了是非、善恶、荣辱的标准。人必须知道什么是荣耀，什么是羞耻。人不做羞耻之事，是为了维护自己生命的尊严；人缺乏羞耻之心，是传染了恶习的疾病。抽象地抨击恶习，犹如棉包当沙包阻挡敌人，只有勇敢地揭穿羞耻行为，树立羞耻感，社会中的恶习才能改观。藏族人对毫无羞耻的人有一个精妙的比喻：“人若无羞耻，就像是老狗。”老狗没有羞耻之心，吃的是排泄物，不以为耻，津津有味。无论什么身份、什么等级、什么门第，羞耻感是起码的要求。在官场，一人当官，亲朋受禄，吃喝白拿，那官场没有了羞耻感；在商场，一切为钱，不择手段，弄虚作假，那商场没有了羞耻感；在文坛，名利至上，炒作宣泄，丢弃灵魂，那文坛没有了羞耻感；在佛界，不懂装懂，自以为是，装神弄鬼，那佛界没有了羞耻感。人都有短处，都有缺点，都有过失，贵在不隐匿，常反思，感到惭愧，及时改进。对羞耻行为追悔，就是对生命价值的拯救，忏悔者背后，有着灿烂美丽的花环。

二十

黑夜退却，光明洒向人间，感恩太阳；云雾笼罩，雨水滋润大地，感恩苍天；泥土肥沃，田野长出五谷，感恩大地。人是自然环境的产物，自然是人生的本源，人敬重和感恩大自然；一个人有意无意、直接间接得到他人的相助，感激之情油然而生，由此，感恩逐渐成为了一种普遍的社会道德。“有恩不报非礼也”，“有恩不念是劣人”，人要知恩、念恩，有可能还要报恩。藏族传统文化将人分为正人和劣人，正人为良田，劣者为荒野，同样的种子，若播种在肥沃的良田中，则生长旺盛，丰收有成；若播种在贫瘠的荒野中，无论怎样勤劳耕作，也难以萌生苗牙。有一种人，受到恩惠，铭记在心，时常内心感激，言语表达，想着有机会回报。在有德者的高贵胸怀中，报恩的情感有如情欲一样炽烈。有一种人，当受到别人的恩泽，非但不知恩，反以为是自己聪明，捡了别人的便宜，甚至觉得这世界上有这么多的傻子。还有一种劣人中的恶人，不知恩、不报恩，甚至恩将仇报，对恩人加以诽谤、诋毁、诬陷。我们决不能把朋友当作受伤后的拐杖，有用时巧舌如簧，无用时当废物扔去。别人给你的恩惠小如蚂蚁，你要视为大象，养育之恩、育才之恩、育德之恩，都是恩重如山，要当作永恒的内心纪念，无限期的义务回报。

二十一

嫉妒之心，古已有之，当今社会叫“红眼病”。嫉妒是人世间最低级、最恶劣、最可怕的一种情感，它会把正常人变成失常人，把好人变成坏人，把聪明人变成愚昧人，它是一种精神心灵病，它萌发于强烈欲望助推下的极端自私。嫉妒心重患者，哪怕看到别人穿一件合身的衣服，他也会痛苦不已，难怪在佛教中将嫉妒心列为五毒烦恼之一。嫉妒心是低级的，看到别人比自己幸运就发作；是恶劣的，宁可大家都喝粥，不愿看到有人吃肉。嫉妒心使人愚笨到老狗啃骨，老狗十分专注，十分用力地啃着骨头，尖锐的骨刺会把上颚扎破，流出鲜血，自以为是骨头里流出的精髓，还在使劲啃。嫉妒情感不仅会毁人，也会害己。嫉妒情感伴随人类的生命旅途像幽灵一般，在人间游荡，在一定程度上成为每一个人都无法躲避的生命情感。他人的境况变化、个人名利的得失都能诱发嫉妒情感，轻者看见别人好，自己心里不舒服，盼人家有个天灾人祸；再者说三道四，讽刺挖苦；更有甚者，暗地里阴谋诡计，公开造谣诽谤。如果人懂得一切都是身外之物，释、儒、道三家用字最多的是“善”字。善者心胸开阔，真诚待人，不过分看重一已之私利、一时之得失，终身愿人人好。近朱者赤，有许多心胸宽广如大海、平等对待一切众生的榜样，与他们相处亲近，能净化心灵，嫉妒退隐，快乐出现。

于坚

作者简介

著名诗人。著有诗集、文集20余种。曾获台湾《联合报》14届新诗奖、台湾《创世纪》诗杂志四十年诗歌奖、“华语文学传媒大奖”年度诗人奖、鲁迅文学奖、朱自清散文奖、“十月”杂志散文奖。

朝苏记

于坚

在中国历史上，每个世纪都会出现大诗人。《诗经》时代，杰出的诗人多如牛毛，匿名的大诗人可以采诸野。“古有采诗之官，王者所以观风俗，知得失，自考正也。”（《汉书·艺文志》）“孟春之月，群居者将散，行人振木铎徇于路，以采诗，献之大师，比其音律，以闻于天子。”（《汉书·食货志上》）心有灵犀的孔子一选，就得到一部《诗经》。《诗经》是匿名时代的集大成者。人类文明有各种各样的开端，从一部诗写成的经书开始，仅中国独有。“黄帝之史仓颉，见鸟兽蹄迒之迹，知分理之可相别异也，初造书契。”（许慎《说文解字序》）在我看来，文的出现，就是诗的具形，文是先验之诗的升华。如果从言简意赅这种诗最基本的特性出发，那么每个汉字都是一首诗，或者说，汉字的诞生本身就是汉语先民对诗的觉悟。“昔者苍颉作书而天雨粟鬼夜哭”（《淮南子·本经训》）除了汉语，没有哪一种文明有过这样的记载，文的诞生，就像神的诞生一样，一个神秘事件。黑暗时代封闭于各个地方的诗意通过文从此可以流布大地，文明开始了。

文明，以文照亮。通过语言觉悟。这种起源导致伟大的诗人在这个民族中层出不穷，世所罕见。汉是一个高潮，唐是一个高潮，宋是另一个高潮。宋以后的一千年中，这种以文为文明最高标准的趋势逐步式微，到1840年以后，几近消失。压抑了近四千年的商族（黄河流域的古老的部落，首领叫契，契协助大禹治水有功，受封，封地为商。）的文化日益发扬光大，最终席卷中国。但是，诗主导的文明已经不可逆转。历经五千年来最大的变局，文明完成了一个伟大的悖论，商人也不得不通过比商族更古老的文来申明他们的“契”。

今日，现代主义在中国建造一个全新的空间，传统中国的空间世界荡然无存。但是，文继续着，人们依然在用五千年前（在殷墟发掘的甲骨并不能视为文诞生的年代。）甚至更早就出现的文命名现代。依然是先知孔子启示的真理：“不学诗，无以言。”

中国最后一位伟大的文人出现在宋。“阴阳割昏晓”（杜甫），苏轼就像但丁，站在文明史的阴阳线上。不同的是，但丁站在黑暗的中世纪与文艺复兴之间。而苏轼却面对着诗的黄金时代的垂暮，黑暗即将降临。他意识到这一趋势，力挽狂澜，终其一生。

暮色苍茫，一只乌鸦越过灰色的云层朝向就要沉下地平线的落日。

这是 1097 年宋朝的京城开封。那个时代此地还没有摩天大楼，在城市最繁华的地带，也可以看见落日和乌鸦。南宋作家孟元老在（《东京梦华录》）记录过这个城市：“太平日久，人物繁阜。垂髫之童，但习鼓舞，班白之老，不识干戈。时节相次，各有观赏。灯宵月夕，雪际花时，乞巧登高，教池游苑。举目则青楼画阁，绣户珠帘。雕车竞驻于大街，宝马争驰于御路。金翠耀目，罗绮飘香，新声巧笑于柳陌花衢，按管调弦于茶坊酒肆。”“四野如市，往往就芳树之下，或园囿之间，罗列杯盘，相互劝酬，都城之歌儿舞女，遍满园亭，抵暮而归”。（天长日久的太平，人们都聚集到城市里来。扎着小辫的儿童应合着鼓点跳舞；白发苍苍的老人，从来没有见过武器。各种各样的节日，丰富多彩，各不相同。华灯照耀的夜晚、月亮将至的黄昏，下雪的日子，开花的时节，人们或沿着小路登高望远，或流连于公园池边。大街两旁都是青楼画阁、绣着图案的丝绸窗帘、垂着镶珍珠的帘子，雕刻着花鸟走兽的马车在街道中央走着，阳光下的屋顶和树木闪着光，满街行人身上用绫罗绸缎缝制的衣服散发着香味，阵阵笑声从花园里传来，茶馆酒楼则有一支支乐队在演奏。”“郊区也很热闹，往往人们就在芳香的树下，或者园林中，摆开酒杯盘子，饮酒划拳，年轻人唱歌跳舞，直到黄昏才回家去。）

天空、大地、人生，其乐融融。在世，生活，生活是这个世界的唯一目的，人们对生活的热爱和创造已达极至。此后的中国生活，都将以此为榜样了。

“万街千巷，尽皆繁盛浩闹。每一坊巷口……多设小影观棚子，以防本坊游人小儿相失，以引聚之。诸营班院（首都的卫队）于法不得夜游，各以竹竿出灯球于半空，远近高低，若飞星然。阡陌纵横，城砾不禁。另有深坊小巷，绣额珠帘，巧制新妆，竞夸华丽，春情荡飏，酒兴融怡，雅会幽欢，寸阴可惜，景色浩闹，不觉更阑。宝骑骎骎，香轮辘辘，五陵年少，满路行歌，万户千门，笙簧朱彻，市人卖玉梅、夜蛾、蜂儿、雪柳、菩提叶、科头圆子、拍头焦半……卖鹌鹑骨饳儿、圆子、半拍、白肠、水晶鲙、科头细粉、旋炒栗子、银杏、盐豉、汤鸡、段金橘、橄榄、龙眼、荔枝……”（《东京梦华录》）

“季春，万花烂漫，牡丹、芍药、棣棠、木香种种上市。卖花者以马头竹篮铺排，歌叫之声清奇可听。晴帘静院，晓幕高楼，宿酒未醒，好梦初觉，闻之莫不新愁易感，幽恨悬生，最一时之佳况。”（《东京梦华录》）

“自宣德东去东角楼，乃皇城东南角也。十字街南去姜行。高头街北去，从纱行至东华门街、晨晖门、宝箓宫，直至旧酸枣门，最是铺席要闹。宣和间展夹城牙道矣。东去乃潘楼街，街南曰‘鹰店’，只下贩鹰鹘客，馀皆真珠匹帛香药铺席。南通一巷，谓之‘界身’，并是金银彩帛交易之所，屋宇雄壮，门面广阔，望之森然，每一交易，动即千万，骇人闻见。以东街北曰潘楼酒店，其下每日自五更市合，买卖衣物书画珍玩犀玉。至平明，羊头、肚肺、赤白腰子、奶房、肚胘、鹑兔、鸠鸽、野味、螃蟹、蛤蜊之类讫，方有诸手作人上市买卖零碎作料。饭后饮食上市，如酥蜜食、枣、砂团子、香糖果子、蜜煎雕花之类。向晚卖河娄头面、冠梳领抹、珍玩动使之类。东去则徐家瓠羹店。街南桑家瓦子，近北则中瓦，次里瓦。其中大小勾栏五十馀座。内中瓦子、莲花棚、牡丹棚、里瓦子、夜叉棚、象棚最大，可容数千人。自丁先现、王团子、张七圣辈，后来可有人于此作场。瓦中多有货药、卖卦、喝故衣、探搏、饮食、剃剪、纸画、令曲之类。终日居此，不觉抵暮。”（《东京梦华录》）

这城市几乎没有闲人，生活的细节如此丰富，每个细节都是一条谋生之道。

“终日居此，不觉抵暮。”（《东京梦华录》）

生活就是艺术、生活就是文化。人们认为天堂就在当下、此时。生活不是对孤立观念的亦步亦趋，削足适履，而是天人合一，知行合一，形而上就在形而下中，生活世界就是教堂。“人充满劳绩，但还诗意地栖居在大地上。”（荷尔德林）这些西方世界晚近才发现觉悟的真理，在宋代已经成为日常生活的实践。宋代哲人中曾经阐释过在中国文化中形而上与形而下的关系：“推本而言，礼只是一个序，乐只是一个和。只此两字，含蓄多少义理。又问，礼莫是天地之序，乐莫是天地之和？曰：固是。天下无一物无礼乐。且置两只椅子，才不止便是无序。无序便乖，乖便不和。”（程颢、程颐）“其高极乎太极无极之妙，而其实不离乎日用之间；其幽探乎阴阳五行之，而其实不离乎仁义礼智刚柔善恶之际。”（朱熹）钱穆说：中国的艺术文学，在其本质上，就可以替代宗教功用。……宋以后的文学艺术，都已平民化了，每一个平民家庭的厅堂墙壁上，总会挂有几幅字画，上面写着几句诗，或画上几根竹子，几只小鸟之类，幽雅淡泊。当你去沉默欣赏的时候，你心中自然会感觉到轻松愉快。这时候，一切富贵功名，都像化为乌有，也就没有所谓人生苦痛和不得意。甚至家庭日常使用的一只茶杯或一把茶壶，一边总有几笔画，另一边总有几句诗。甚至你晚上卧床的枕头上，也往往会绣有诗画。令人日常接触到的，尽是艺术，尽是文学，而尽已平民化了。单纯、淡泊、和平、安静，让你沉默体味，教你怡然自得。再说到房屋建筑，只要经济上稍稍过得去的家庭，他们在院子里，往往留有一块空地，栽几根竹子，凿一个小池，池里栽几株荷花，或者养几条金鱼。这种设置，看来极平常，但使你身处其间，可以自遣自适。”其实，不仅仅是画画、写诗，天人合一，中国与世界的关系就是文化的，“以言行化物，故曰文明。”（《东坡易传》）这种艺术化将在场的实用和精神的寄托结合得天衣无缝。生活世界就是教堂，生活世界就是一部诗经。

那只乌鸦来自开封的御史台，这个地方是宋代的监察机构，由于御史台里种着许多柏树，乌鸦在树间筑巢，因此叫做乌台。1079年8月18日，苏轼被关进这里的监狱，乌台这个本来就有些不祥的名字第一次与诗联系起来。苏轼的被捕，在中国历史上叫做“乌台诗案”。在一首诗里，苏轼描写了他被关押在乌台的情况，“去年御史府，举动触四壁。幽幽百尺井，仰天无一席。隔墙闻歌呼，自恨计之失。留诗不忍写，苦泪渍纸笔。”乌台之祸，苏轼的文章诗词被大量毁掉。诗人被捕，在中国历史上并不鲜见。秦朝焚书坑儒，许多书就是诗集，许多被捕埋掉的儒生也是诗人。“比事定，重复寻理，十亡其七八矣！”即使从幸存的少数作品看，苏轼也是一位伟大的诗人。1000年后，人们还在阅读苏轼的文章和诗篇。2000年，法国《世界报》举办了一次评选全世界“千年英雄”的活动，在东西方最近1000年产生的伟人中评出了12人，苏轼名列其中。2014年出版的《初中语文》，苏轼的《记承天寺夜游》一文灿然在目：“元丰六年十月十二日夜，解衣欲睡，月色入户，欣然起行。念无与为乐者，遂至承天寺寻张怀民。怀民亦未寝，相与步于中庭。庭下如积水空明，水中藻荇交横，盖竹柏影也。何夜无月？何处无竹柏？但少闲人如吾两人者耳。”那些一放学就从口袋里拔出苹果或三星手机看微信的中学生，穿过被汽车拥堵的大街走回家去，乘电梯登楼，回到他们已经西化的房间里，在电视机、抽水马桶、煤气灶、沙发、铝合金窗子……之间，开始背诵这 85 个汉字。藉此，他们才能找回与那个 1000 年前的中国世界的联系。

1056 年 8 月，21 岁的苏轼在开封府的景德寺参加举人考试，揭榜，苏轼名列第二。当时的皇帝宋仁宗在读到苏轼兄弟的考卷后，说：我为后代得到了两个宰相。苏轼就此开始了颇为辉煌的仕途生涯。在一首诗里，苏轼写道："问汝平生功业，黄州惠州儋州。"他没有提到开封。在他关于开封的极少几首诗里，他提到的是开封城的生活世界："上林珍木暗池台，蜀产吴包万里来。不独盘中见卢橘，时於粽里得杨梅。"（《皇太后阁六首》）

我在他逝世 900 年后来到开封。乌台已经重新沦为尘土，原址无法查证。在博物馆的橱窗里，元祐党人的石碑的遗照赫然在目［元祐党人碑，宋崇宁四年（1105 年），宰相蔡京主张将宋元祐年间反对王安石新法的大臣列为"元祐奸党"，宋徽宗赵佶批准。"皇帝书而刊之，置于文德殿门之东壁，永为万世臣子之戒。"后来又下令将碑文刻石传布全国，"以示后世"。］碑上刻有 309 人的名字，第一名就是苏轼。开封城正在拆迁，一个全新的开封城在施工，新起的大部分是西式的楼房和小区。开封城在历史上曾经多次毁于战乱，但总是被依据经验和记忆重建。依据古代诗词和绘画中的证据推断，至少在宋以降的 900 年间，开封地区的建筑物大同小异，格局、材料、样式、做工、标准一直被传承，一代比一代更精致耐用。在晚清，已经流行某种巴洛克式的风格，繁琐，装饰性，富于隐喻，但依然是苏轼诗歌写到的那种格局"对酒卷帘邀明月，风露透窗纱。恰似姮娥怜双燕，分明照、画梁斜"的世界。在出租车里，经常看见废墟，断墙残壁，如果不明就里，还以为这是战后。一栋栋新楼，与苏轼诗歌中的世界毫不相干，仿佛为外星人所建。大规模的拆迁拆掉的不仅是一群老房子，也拆掉了开封古老的生活氛围。虽然人们也依据古代文献，试图部分重建这个城市，但是材料、空间格局、所有制完全不同。苏轼时代的开封是土木结构的，为手工打造。道法自然、日积月累的结果，建筑有自然形成的部分，也有规划的部分，私房，各家家底参差不齐，显摆露富、独占鳌头为人不齿，出头的檐子先烂。所以城市高低错落，宽窄、建制既要符合礼的秩序，也不一律抹平尊卑贵贱，更随生活之便。水井、寺庙是社区的核心，既要恪守三纲五常，尊卑有序、尊重君臣父子，也要惜老怜幼，为三百六十行、三教九流留出空间。以德为邻，互相照顾，温良恭谦让，亲和无间。"其士农工商诸行百户衣装，各有本色，不敢越外。谓如香铺裹香人，即顶帽披背；质库掌事，即着皂衫角带不顶帽之类。街市行人，便认得是何色目。加之人情高谊，若见外方人为都人凌欺，众必救护之。或见军铺收领到斗争公事，横身劝救，有陪酒食檐官方救之者，亦无惮也。或有从外新来，邻左居住，则相借莉动使，献遣汤茶，指引买卖之类。更有提茶瓶之人，每日邻里互相支茶，相问动静。凡百吉凶之家，人皆盈门。其正酒店户，见脚店三两次打酒，便敢借与三五百两银器。以至贫下人家，就店呼酒，亦用银器供送。有连夜饮者，次日取之……”（《东京梦华录》）

就是皇室，也融入到这个生活世界中：“十六日车驾不出，自进早膳讫，登门乐作，卷帘，御座临轩，宣万姓。先到门下者，犹得瞻见天表，小帽红袍，独卓子。左右近侍，帘外伞扇执事之人。须臾下帘，则乐作，纵万姓游赏。两朵楼相对：左楼相对，郓王以次彩棚幕次；右楼相对，蔡太师以次执政戚里幕次。时复自楼上有金凤飞下诸幕次，宣赐不辍。”（《东京梦华录》）

新城整齐划一，切出来的豆腐块似的，以商业政治为中心，宽阔空荡，适合汽车显要富人。过客、本地居民倒显得只是摆设了。我住的旅馆附近，就是新建的“清明上河园”，模仿着张择端的《清明上河图》，也画栋雕梁。只是失去了原图的随意、自然、彬彬有礼，终是过于坚硬、夸张、冷漠、缺乏人气。这个地方没有炊烟，没有“在灯下纳鞋的娘”，月亮也不会转朱阁，照无眠。旅游点，上班时间，许多旅游团打着旗子在里面走来走去，一下班，职工就锁门走人。只是在老城区的某些地段，残余的部分，还可以感受到昔日的生活氛围。有家包子店里面挤满了人，都在吃套餐，这个套餐包括灌汤包子、鲤鱼焙面、藕片、花生糕和紫菜蛋花羹。我坐定，要了一份，某种记忆袭来，这种味道似乎存在于古老的时光，来自外祖母的锅。虽然是在开封，但仿佛回到童年时期的昆明。我记得有时候父母会带我去武城路的一家天津包子店吃狗不理，那家馆子永远被挤个水泄不通，食客甚至站在包子店外面的人行道上品尝。大家狼吞虎咽，被包子溢出的热汤烫得直是咂舌。开封是古都，在两千七百多年的历史中，它对中国生活的影响已经成为某种口味，民以食为天，在中国，食不仅仅是填饱肚子或者营养学的精确配伍，味道中一直保持着最原始的不确定性、神秘主义。人们即使不爱智，也能从对味道的品味中觉悟道。吃是活着，味道则是生活。开封幸存的也许只剩下味道了，味道比仿古建筑更令人接近古老的开封。建筑可以拆迁，风景可以改造，但是通过一只只灶秘传下来的口味是无法拆迁的。人们也许在最严峻的时代三缄其口，但禁制永远无法管辖到遗传、调味、火候、手艺，无法规范大米、麦面、盐巴、胡椒……

的配方。许多古老的美味传布他乡，已经模糊，改头换面，面目全非，但只要来到开封，立即觉悟，这才是那美味源头。开封的口味不像今日许多名菜那样过度烹调，刁钻古怪地美化，只为着面子的光鲜亮丽，排场的奢豪讲究，也不是野怪黑乱草草了事。开封的口味有一种中正素朴典雅而又平易近人的市井风格。古典时代的意识形态早已烟消云散，只有那些能够生生、止于至善者“随风潜入夜，润物细无声”，成为日常生活世界的庸常风俗。市井一词，在我们时代暗含贬义，生活就是庸俗，甚至罪行。二十世纪，故乡批判盛行，“生活在别处”是二十世纪以来中国思想的主流，在文革达到极端。在中国，否定天必然否定人，观念的革命必然导致生活的颠覆，否定文化必然摧毁生活世界。天人合一就是一，不是天是天，人是人。不像它种文明，形而上、观念与形而下、生活世界是分开的。二十世纪流行的故乡批判的后果我们已经看到，中国有形的故乡已经成为抽象的乡愁。在苏轼时代，市井却是生活的天堂，后世总结的“上有天堂，下有苏杭”的苏杭，就是中国最伟大的市井。孟元老如此描写开封的市井：“集四海之珍奇，皆归市易，会寰区之异味，悉在庖厨。夜市直至三更尽，才五更又复开张。如要闹去处，通晓不绝。”“正月一日年节，开封府放关扑三日。士庶自早互相庆贺，坊巷以食物动使果实柴炭之类，歌叫关扑。如马行、潘楼街，州东宋门外，州西梁门外踊路，州北封丘门外，及州南一带，皆结彩棚，铺陈冠梳、珠翠、头面、衣着、花朵、领抹、靴鞋、玩好之类。间列舞场歌馆，车马交驰。向晚，贵家妇女纵赏关赌，入场观看，入市店馆宴，惯习成风，不相笑励。至寒食冬至三日亦如此。小民虽贫者，亦须新洁衣服，把酒相酬尔。”（《东京梦华录》）

相国寺还在，一位三轮车夫拉着我去。这里依然是一个精神世界的实用去处。香客们不是来旅游，参观文物古迹，只是来上香，有一种古老的气氛。一位和尚在为新殿集资，办法是香客交给寺院一百元，就将他的名字刻在一片瓦上，日后这片瓦就可以安装在大殿的屋顶。有位香客捐了一百元，他一定要刻字的和尚当着他的面马上将名字刻上去，他担心和尚只是收钱，不留名。他相信菩萨，但不相信和尚。在阴沉的天空下，寺院显得肥大空寂，庄严而犹豫，有几个方头大脸的和尚走过。孟元老说，从前“相国寺每月五次开放万姓交易，大三门上皆是飞禽猫犬之类，珍禽奇兽，无所不有。第二、三门皆动用什物，诞中设彩幕露屋义铺，卖铺合、簟席、屏帏、洗漱、鞍辔、弓剑、时果、腊脯之类。近佛殿，孟家道院王道人蜜煎，赵文秀笔，及潘谷墨，占定两廊，皆诸寺师姑卖绣作、领抹、花朵、珠翠头面、生色销金花样幞头帽子、特髻冠子、绦线之类。殿后资圣门前，皆书籍玩好图画及诸路罢任官员土物香药之类。后廊皆日者货术传神之类。寺三门阁上并资圣门，各有金铜铸罗汉五百尊、佛牙等，凡有斋供，皆取旨方开三门。左右有两瓶琉璃塔，寺内有智海、惠林、宝梵、河沙东西塔院，乃出角院舍，各有住持僧官，每遇斋会，凡饮食茶果，动使器皿，虽三五百分，莫不咄嗟而办。大殿两廊，皆国朝名公笔迹，左壁画炽盛光佛降九曜鬼百戏，右壁佛降鬼子母揭盂。殿庭供献乐部马队之类。大殿朵廊，皆壁隐楼殿人物，莫非精妙”。

开封铁塔是幸存不多的宋代遗物，始建于公元1049年。建塔十年后，苏轼从四川眉山来到开封。据日本僧人成寻在《参天台五台山记》记载，塔落成于宋神宗熙宁年间的后期（1073年至1077年之间）。我听说这是一座铁塔，走到跟前，才发现它并非铸铁之塔，乃是砖砌的，外面覆盖着铁色的琉璃雕砖，铸铁般沉稳厚重。这里还看得见落日，正对着铁塔滑落下去。就是在黑暗中，这个塔也很醒目，它比黑暗更深。黑塔上空，星光灿烂。我想象着这个景象，但没看见几颗星子，空气太浓。

洛阳也在拆迁。老街的后面，推土机示威般举着黄色的钢臂。只有文字，依然是苏轼使用过的那种文字，超现实般出现在最新潮的电子广告上。洛阳博物馆正在展出商周青铜器的专题展。难得一见的青铜祭器“何尊”出现在一个玻璃柜里。这是公元前1055——前1021年西周成王时期制作的。考古专家说，这是“中国”这两个字第一次组合出现在古代的铭文中，铭文有“余宅兹中国”，意思大约是，我的家（成周这个地方）就是中国（这里的中国是中心的意思。）。铭文中也有文这个字，出现了两次，都是与王一起使用“克逨文王”（追随文王），“文王受慈命”（文王受天命）。文王是一种什么王？古往今来，世界之王浩荡滚滚，文王仅中国独有。文王，文在前，王在后，这是一个深刻的顺序。王如果意味着权力的话，也是在文的指引、领导下。“观乎人文，以化成天下。”（易经）“《记》曰：‘文王以文理。’则文之用大矣哉！”（白居易）苏轼说：“文起八代之衰，道济天下之溺”。文这个字诞生以来一直在汉语中被频繁地使用。文明，以文照亮。作为名词，文是文教、文章、文明、文化、文人、文豪、文庙、文物、文笔、文雅……作为动词，文可以文身、文体、文人、文无、文物、文艺、文治、文德、文誉、文练、文王、文笔……也可以文过饰非。文质彬彬是文的最高境界。文这个字甚至被用于神名，文昌星、文魁星。

在苏轼故乡眉山县的连鳌山中，有一块棕红色砂岩的巨大石块躺在山岗上，就像苏格兰荒野巨石阵中的一块。石面上写着“连鳌山”三个字，“连”字长3.15米，宽

3.2 米；“鳌”字长 3.5 米，宽 3.2 米；“山”字长 3.2 米，宽 3 米，每个字的深度约 0.1 米。孤零零的三个巨字，没有落名，仿佛陨石自天而降。二个大字为石头文身，令这石头遗世独立，超越于这个地区。不知是谁凿的，字体有苏轼的风格，乡人坚持认为就是苏东坡写的。巨石为大地的花朵所环绕，花朵由松树、橙子、枣树、山芋、柑橘等组成，就像是陵墓。意味深长，只有文字陪伴着大地，其他无影无踪。

“惟文字庶几不与草木同腐，故决意为之。”（苏轼）

19 岁时，我第一次读苏轼的文章《前赤壁赋》。这是中国经典《古文观止》中的一篇。从前，这本书每个知识分子不仅要读，而且要背得滚瓜烂熟。我至今依然记得《前赤壁赋》给我的那种洗礼般的感受。那是 1975 年，文革的末期，我亲眼目睹图书馆在燃烧，我的语文教师被红卫兵带走。那是个喧嚣的时代，大街上到处是高音喇叭。时代号召破旧立新，改天换地，传统中国“道法自然”的思想声名狼藉、沦入黑暗。某一天，一篇古文，越过千年，深入到我的内心，永远地改变了我的世界观。这篇文章如此安静，就像远古的河流，明澈、朴素而深邃，坚定，自信，彰显着那些古老的真理。真是一个荒诞的时刻，我竟然通过秘密的地下渠道，得到苏轼的《赤壁赋》。当我翻开这中国圣经之一的时候，我的窗外的围墙上，贴着“与天斗，其乐无穷；与地斗，其乐无穷；与人斗，其乐无穷！”的标语。“且夫天地之间，物各有主，苟非吾之所有，虽一毫而莫取。惟江上之清风，与山间之明月，耳得之而为声，目遇之而成色，取之无禁，用之不竭，是造物者之无尽藏也，而吾与子之所共适。”我时代的理直气壮、目空一切即刻在这位 1000 年前的作者的汉语面前轰然倒塌。不用知道作者是谁，你立即被这圣经式的不容置疑的朴素语词、行云流水般的语感、大地般的充实自在，被它穿越时空的真理性所感动、慑服。这就是圣经。如果人们迷惘于自己时代的各种异端邪说的话，那么一旦读到这文章，他们就会幡然觉悟。当我读完这篇文章后，我青年时代摇摆不定的世界观清晰了，确定了，永远不可动摇了。

我大略浏览了 1000 年来关于苏轼的文章、传记、轶事等等，历史试图塑造一部苏轼传奇，流放者、直谏之臣、坚贞不二的丈夫、慈祥的兄长……等等，我则对苏轼如何作为中国中世纪的最后一位文人更感兴趣。自从苏轼以后，文人的声誉一落千丈。顾炎武曾经说：“士当以器识为先，一为文人，无足观矣。”到今天，文人已成贬义词。“文，错画也。象交文。今字作纹。”（《说文》）文字，中国独有，它也许来自萨满时代的纹身、占卜、记事符号，“文者物象之本”。文字是音、象、意义三者合一的符号，与拼音完全不同。文不仅是个名词，也是一个动词。“周监于三代，郁郁乎文哉。”（孔子）。与它民族的“神明”不同，中国是文明，文明，就是用文来启蒙、照亮黑暗。身是黑暗的，通过文身，人才进入“仁者人也。”（孔子）人之初先验的仁心，只有在文诞生后才能确立、彰显。文章为天地立心，文是一种立。就像宗教那样，文赋予世界说法、意义、解释、秩序、标记……文为身定位，创造世界，在身和世界之间建构着有无相生、知白守黑、阴阳变化、连物无伤、审美的、超越性的在世、在场的关系，这种关系导致对世界的不同解释、不同价值观、不同图腾、不同立场之间的彼此尊重、和而不同的自由主义秩序。文不是关于世界的观念，文一直保持着文身这个原始姿势，文是明，照明，文明。

在中国，人皆可以为尧舜。作为动词的文，为一切众生敞开了超凡入圣的大道。“子贡问曰：孔文子何以谓之‘文’也？子曰：‘敏而好学，不耻下问，是以谓之文也。’”“文质彬彬，然后君子。”文在中国，是一种宗教式的生活方式，生活尺度。那些不朽的文章就是文教的圣经。通过文，超凡成圣就不是教堂里的有限位子，而是敞开在每个肉体凡胎面前的康庄大道。文人是文身这个动作的实施者，文人在远古时代就是萨满、巫师。“博闻强志，明于治乱，娴于辞令。入则与王图议国事，以出号令。出则接遇宾客，应对诸侯。”（司马迁《屈原列传》）“笔落惊风雨，诗成泣鬼神。”（杜甫）

后代人研究苏轼，常常会发现，他正是一个经典的文人。作家林语堂评论他说：“一个无可救药的乐天派、一个伟大的人道主义者、一个百姓的朋友、一个大文豪、大书法家、创新的画家、造酒试验家、一个工程师、一个憎恨清教徒主义的人、一位瑜伽修行者、佛教徒、巨儒政治家、一个皇帝的秘书、酒仙、厚道的法官、一位在政治上专唱反调的人、一个月夜徘徊者、一个诗人、一个小丑。”生命就是一篇文章。文在苏轼这里，是贯穿其整个生命的动词，以生命为世界文身，无所不文。苏轼的传记不会是《水浒传》那样的传奇，却具有普鲁斯特《追忆逝水年华》式的庸常性，虽然他的一生有过大起大落的遭遇，但这个生命的真正意义却来自那些关于日常生活的尺牍、以文为诗的诗篇、来自这样的世界观：“万物皆有常形，惟水不然……惟无常形，是以连物而无伤。”（万物都有固定的形状，只有水没有……因为没有固定的形状，所以侵入事物却不会伤害它。）苏轼是中国文明的黄金时代产生的最伟大、最经典的文人之一。也是最后的文人。对于他，文不是观念，而是一个动词，一生的行动，事件，文章。宋以降，文人这种源自巫君合一时代的、诗性的“通”的传统开始走向没落。文人不再是为世界文身的通才，文分裂成各种独立的专业，诗人、小说家、书法家、散文家等等，再未出现过可以与苏轼比肩的文人。

千年后，乌台诗案的受难者已经成为一位中国圣人。其实在世的时候，他就已经被视为圣人了。他的朋友黄庭坚在他的一幅作品后面写道：“东坡此诗似李太白，犹恐太白有未到处。此书兼颜鲁公、杨少师、李西台笔意，试使东坡复为之，未必及此。它日东坡或见此书，应笑我于无佛处称尊也。”

有一个伟大的故事：苏轼因乌台诗案被流放到惠州，与在中原的家人音信隔绝。住在苏州的儿子苏迈忧愁焦虑，苏轼的朋友、苏州定慧院学佛者契顺对苏迈说：“子何忧之甚，惠州不在天上，行即到耳，当为子将书问之。”绍圣三年三月二日，契顺步行半年，“涉江度岭，徒行露宿，僵仆瘴雾，黧面茧足以至惠州”。得到苏轼的家信后，就要返回。苏轼要答谢他，契顺说，契顺惟无所求，而后来惠州。若有所求，当走都下（京都）矣。”苏轼再三说要谢他。契顺说：“从前蔡明远只是鄱阳的一个校官，颜真卿被困在江淮，没有粮食吃，蔡明远背着米去周济颜真卿。颜真卿很感激，就写了一幅字给他，“天下至今知有明远也”。“今契顺虽无米与公，然区区万里之勤，倘可以援明远例，得数字乎？”苏轼“欣然许之，独愧名节之重，字画之好，不逮鲁公。故为书渊明《归去来词》以遗之，庶几契顺托此文以不朽也。”契顺，像一位前往拉萨朝圣的苦行僧一步一叩那样，“涉江度岭，徒行露宿，僵仆瘴雾，黧面茧足”，只是为了见到苏轼一面，得到他的几个字。

四十多年来，朝拜苏轼的故乡一直是我的宿愿。我父亲也一再敦促我，回四川老家的时候，要去江油，要去眉山，要去杜甫草堂。他出生在四川省的资阳，是中国浩瀚如繁星的古典诗词爱好者和作者中的一员。是的，有一天得去看看。2014年的秋天，当我前往苏轼家乡眉山的时候，我的心情与一个即将前往拉萨的香客无异。

说到朝圣，人们不由自主会仰望茫茫太空，似乎圣贤们是来自那里，某个不可见、无法企及的高处。人们备感惊讶，朝圣之路，一方面已经高度抽象，成为文明的精神遗产，不朽的经典、在图书馆束之高阁；甚至匿名，成为颠扑不破，放之四海而皆准的真理、箴言、教条、在大教堂的拱顶下被信徒们不明其义地念诵，在寺院、祠堂成为有名无实的牌位，供人们顶礼膜拜的塑像，而另一方面，朝圣的道路总是结结实实地蜿蜒在大地上，无论那是耶路撒冷、麦加、梵蒂冈、瓦拉纳西还是曲阜、秭归、江油……人们必须越过河流、山岗、树木、村庄、果园、集镇、城市，最后抵达某个地址。圣人不是从天而降的超凡绝世的不可见者，只可想象虚构的无形者，大地上总是可以找到一条路，直抵圣人出处。后代人总是要前往那些圣贤的故乡，眺望天空，嗅索土地，望着某棵古树发呆，饮用某口老井中的清水，抚摸某些石头、梁子、什物，甚至品尝某些食物，一探究竟，这些超凡入圣者是怎么达到的，是什么东西孕育了他们。他们固然迷信天启，但也相信出处。天机不可泄露，但出处是可以抵达的。后代总是能根据大地重返某位先贤的源头、故乡、地点。也许那个圣地在无数时间之后，面目全非，原址随风而散，但那块地还在，天空还在，盐巴还在；某种诞生过圣者的气象、氛围、土色、味道、日光、星光……还在，马厩还在，苹果树还在，葡萄园还在；菩提树、大象、沙子、河流还在；“明月夜，短松岗”还在；“春江水暖鸭先知”还在；“缺月挂疏桐”还在，“少焉，月出于东山之上”“木叶尽脱，人影在地”还在……是的，哪怕只是一片废墟，还是可以看见某粒种子即将发芽，一切都结束了，而诞生这件事远未完结。生生之谓易，无论何等地伟大神圣，都来自一粒大地上的种子。地方，令后代永远心存侥幸：既生瑜，必生亮。

在苏轼的家乡，四川省的眉山县，有人指着一条河流边上的浅滩告诉我，这就是岷江。看哪，这就是那位作者从前渡河的岸！我立即卷起裤脚，准备涉水而过。她惊叫道，水深！2014年8月的一天，这条河依然像苏轼时代那样流着，并没有什么异常，还是河流经过坝区丘陵那种平缓迟钝却深蕴玄机的样子。带我来到岷江边的是眉山县旅游局的小徐，她以与苏轼同乡而自豪。她告诉我，她舅舅也热爱苏轼，擅长作曲，已经花了几年的时间将苏轼的全部词都谱成了曲，自己刻制成CD。此时，岷江的浅滩边正停着一艘灰色渡轮，几位坐在船舱里的渡客看见我们过来，以为也要过江，就挪了挪身子，让出一个空位。

秋天，刚刚下过一场雨，万物湿漉漉的，玉米地、南瓜、柑橘、牵牛花、稻田、河滩上的鹅卵石以及这艘铁皮打造的用柴油发动机驱动的渡轮都湿漉漉的。岷江也是湿漉漉的，它自然是水，秋天雨水再次淋湿了它。我没有过江，不用过去，“天寒尚有沙痕在”，世界还是苏轼写过的那种经验：“沙湖道中遇雨。雨具先去，同行皆狼狈，余独不觉，已而遂晴。”“微冷，山头斜照却相迎。回首向来萧瑟处，归去，也无风雨也无晴。”

1037年1月8日，苏轼诞生在眉山的一块地上，“我家江水初发源，宦游直送江入海。

闻道潮头一丈高，天寒尚有沙痕在。”眉山位于四川盆地成都平原西南部，岷江的中游。古称眉州，两宋期间，共有886人考取进士，史称“八百进士”，是中国历史上著名的“进士之乡”。这是一块好地啊！秋天再次登场，地面凉下来，“山川胡望阔，气候带霜清”。如果忽略大地上那些局部的变化的话，眉山的初秋，还是可以感受到苏轼的父亲苏洵诗句中的那种远古的氛围。依然是河流在大地中间，两岸展开着平野、丘陵、树林、乡村，鹭鸶扬腿飞过芦苇。稻草又在田野上堆起来了，农民在乡场上掼谷子，唱歌般高举着稻穗。却也令人惆怅，这秋天已失去从前那个轰轰烈烈、排山倒海、一望无际的黄金大地。大地正在被各式各样的建筑物、圈地运动蚕食着。大地的经济化席卷中国，眉山地面也大面积地种植了能够迅速致富的反季作物。稻田萎缩，看不见一头牛，传统的秋天已经支离破碎，苏轼诗歌中的大地只能在想象中去连缀、修补。

在苏轼的时代，中国是个巨大的乡村，像那个时代的大多数婴儿一样，苏轼生于乡间。他和亲爱的弟弟经常在大地上漫游，苏辙曾回忆道：“昔余少年，从子瞻游，有山可登，有水可浮，子瞻未始不褰裳先之。”“大块假我以文章。”（李白）苏轼第一次读到庄子的书，“喟然叹息曰：‘吾昔有见于中，口未能言。今见《庄子》，得吾心矣！’”他先在大地文章中感悟到庄子的真谛，然后才读到庄子的文章。有一本诗集《庆历圣德诗》流传到他的家乡，苏轼读后，就问老师书里的作者韩愈、杜甫等人的情况。老师很奇怪，苏轼说：我很想认识他们啊！宋史说：苏轼“盖已有颉颃当世贤哲之意”。

2015年的眉山城，苏东坡无所不在，各种各样的东坡酒店、东坡饭店、东坡客栈……招牌上、广告中、墙上、出租汽车上到处可见苏东坡三字。我住的宾馆里，从前为政要手迹所占据的大堂正壁上，迎面扑来的是苏东坡手迹的复制品：《水调歌头：明月几时有》。

苏轼一家后来搬到城里，“公年十一，僦（租赁）居纱縠行宅。读书于南轩”。

纱縠行南街的苏轼故居现在是三苏祠。眉山的三苏祠是中国文明的圣地之一，这个祠堂供奉着苏洵、苏轼、苏辙父子三人，他们都是出生在眉山的伟大作者。在明朝选家茅坤的一个著名选本《古文观止》中，苏轼父子三人的文章都被选入，苏洵两篇，苏轼七篇，苏辙三篇，这个选本至今是中国的经典之一。从前，苏轼家也是寻常百姓，由于这家父子三人文章千古，因此超凡入圣，纱縠行南街的老宅成了圣地，一直被人们顶礼膜拜。史料说，苏宅在元代改为祠堂。此后各代一直在保持、维修、重修。明洪武二十九年重修三苏祠。明嘉靖九年，扩建三苏祠。清康熙五十四年，眉州知州黄元煐重修三苏祠。嘉庆十一年，三苏祠复置三苏父子像龛三座。嘉庆十八年，知州赵来震对三苏祠大修。咸丰三年，增修快雨亭。书法家何绍基任四川学政使，来眉山监考举子，到三苏祠拜谒，遇雨，遂命亭为“快雨亭”，手书匾额。同治九年，增修三苏祠大门、耳房。光绪元年，四川督学使张之洞使建云屿楼、抱月亭、绿洲亭。光绪二十四年，眉山人将披风榭重建于三苏祠。民国八年，眉山驻军旅长陈国栋筹资对三苏祠大修。民国十七年，眉山地方官绅集议拓建三苏祠，增修南大门、百坡亭、式苏轩、半潭秋水一房山、船坞、彩画舫等，并修甬道、小桥；国民政府主席林森为“三苏公园”题匾。民国二十五年六月，四川省善后督办刘为立“保护三苏祠布告碑”；七月，四川省政府主席刘湘立“保护三苏祠布告碑”；八月，国民政府军事委员会委员长蒋中正签署“保护三苏祠布告碑”立于三苏祠。2006年，三苏祠被国务院公布为第六批全国重点保护单位。2014年，眉山市政府拨款八千万，再次重修三苏祠。

三苏父子的灵位前，日日供着高香、红烛、果蔬。维修三苏祠的工人正在回廊下拍打麻筋。混入棉花、麻线、石粉、糯米等等，经过长时间的捶打，成为一种粘合剂，用来粘合砖瓦缝，“为什么不用水泥呢，啊呀，这是苏东坡的祠堂哪，以前都是这么做的”。“比水泥还牢呢”，工人用苏轼的乡音说。历朝历代修复或重建苏祠，人们总是依据原样，以同样的土木结构、砖瓦、麻筋、同样的雕梁画栋，各时代或许风格稍变，但基本的东西从未改变。故国神游，人们很难想象苏东坡的家不是土木结构的，不是画栋雕梁的、不是鸟语花香的，很难想象他家没有中堂、厢房，没有太师椅，没有文房四宝，没有假山奇石，没有茂林修竹、流觞曲水、丝竹管弦……走进苏祠，瞬间就会感到，此地与外面眉州市的水泥建筑群完全不同，世界变了，一种古老的美重新归来。

世界上大多数圣殿都追求某种神圣庄严宏伟的风格，三苏祠不是一座教堂之类的建筑，乡人献给文忠公（宋高宗即位后，追赠苏轼为太师，谥为“文忠公”）的是一座生机勃勃、美丽灵动的花园。春色与秋光同在，青石共紫檀一室。茂林修竹，花繁叶茂，祠堂掩映在绿荫之中，用何子贞写的“快雨亭”三字刻的匾露出一角。池塘里的荷花还在开着，白鹭在洗脚，看见人来，拔腿就跑。人们将眉山地面上最美好的东西都献给苏祠，献上银杏树，献上黄桷树，献上罗汉松，献上海棠，献上桂花，献上荷花，献上紫薇，献上蝴蝶，献上梅花，献上竹林，献上喜鹊，献上昆虫，献上池塘，献上金鱼，献上石头，献上楼台亭阁，献上第一流的书法，献上第一流的对联，献上四季，献上“月白风清，如此良夜何”……人们建造花园而不是神坛感激这位尊者，这个花园也就是苏轼父子作品词汇的集合。“世事万端，皆不足介意。所谓自娱者，亦非世俗之乐，但胸中廓然无一物，即天壤之内，山川草木虫鱼之类，皆是供吾家乐事也。”（苏轼）苏轼是一位大地诗人，读他的诗，就像跟着一位神灵在大地上漫游，良夜、清风、白日、山岗……古老的真理被苏轼再次新鲜生动丰富微妙地说出，他在他自己的时代用一种新的语言复活了真理，人们可以通过自己当下在世生活经验来印证，如果他的文章是一座随处都可以生长的花园，那么他们也为可以自己的人生造一座。苏轼的文章令世人像皈依宗教那样大觉大悟，牢记世界之出处，生命之意义，总是感激、热爱着生活。

这个花园的核心是一口井，一代代邻居都说这是苏洵开掘的，是他们一家从前天天要喝的水。这口井可以信任，最近一千年来，纱縠行南街从未遭遇战乱，人们没有颠沛流离之苦，而这口井的源头在大地深处，各时代斗转星移，乡土还是乡土，井水还是井水。井口被一个覆满苍苔的石龛围着，普遍围着几棵老树。我不禁想起菩提伽耶，佛陀觉悟之地，人们将一棵菩提树视为圣迹。

邻居们并没有因为苏家老宅超凡入圣而退避三舍，与三苏祠一墙之隔，立即可以看见苏家的邻居们躺在藤椅上纳凉，打麻将，喝茶，喝豆花……附近的一家饭馆的招牌菜是东坡肉，走进去，撸撸袖子坐下，要一份来品尝。一个猪肘子，被文火炖得稀烂，大量的蒜子、花椒、酱油，油红肉香，一块下肚，立即与世界和解，还恨谁去哪！在知识分子中，苏轼是一位非凡的诗人，但在民间，许多人也许一生都未读过一首宋词，但他们知道东坡肉。这碗肉的味道好生熟悉，就想起来，这不就是我父亲的那道拿手好菜“蒜烧肘子”么，“……慢着火，少着水，火候足时他自美。”（苏轼《炖肉歌》）我父亲就是这样烧的。我老家在沱江畔的资阳。岷江沱江是一个水系，都是长江的支流。所谓东坡肉，不过是四川地面的家常菜罢了，苏东坡的母亲应该会做。天不变，道亦不变，味道也不会变。道不是抽象的观念，它可以具体到一道菜的烧制。屈原、苏轼这些招魂之徒、语言大师，一方面创造了汉文明最玄奥的形而上世界，另一方面，这种形而上又总是牢牢地植根于日常生活，植根于粽子、菖蒲、赛龙舟、东坡肉……高人百姓，可以从文章诗篇得道，也可以从坛坛罐罐、美味佳肴中味道。堂倌见我们喜欢他们的菜，就赠送一盘，抬来，白生生的一盘莲花白，酸得恰好。他说，这是东坡泡菜。又告诉我，眉山还有泡菜博物馆。恐怕是世界上唯一的一个吧。

岷江的干流玻璃江还在，蟆颐山也在，山上的树木垂垂老迈，但依然活着，沉郁肃穆。建于唐开元年间蟆颐观也还矗立在江边的山崖上。民间传说，当年苏洵到蟆颐观烧香求子，回到家里做了一个梦，有仙人挥袖一弹，将两个弹子弹给他。不久，便得了苏轼苏辙兄弟二人。建筑自然不是苏轼来过的那个建筑了，但是守住了原址、格局、样式。新筑用了水泥钢筋，但依然是飞檐斗拱、曲径通幽。甚至，也还住着道士。一个年轻人，30 多岁的样子。束发，白衣、布鞋，飘然而至。请我们上座，喝茶。说，茶就是求真。他的茶得自老挝。老挝人不太喝茶，茶很少有人采，都是远古的真叶。又将一块普洱放进杯中，先前硬得刀子都撬不动的黑砖即刻散了，逐渐变回本色，将绿未绿。道士说，看嘛，是不是，颜色马上变回去了。百年的茶砖，都会这样，这就是活生生的返璞归真嘛！说得是。老挝茶相当涩，道士问，有没有出汗，确实微微出了点汗。“出汗才好，说明血脉是通的”。见我们一言不发，只是品茶，道士又说，知者不言，言者不知，诸位长者是知啊。临了，送出门，走了几步，拱手，就不见了。路边有个木牌，上面写着“苏辙求子处”。看得出，许多人来这里跪过。在《后赤壁赋》中，苏东坡写道，“梦一道士，羽衣蹁跹，过临皋之下，揖予而言曰：‘赤壁之游乐乎？’问其姓名，俯而不答。‘呜呼！噫嘻！我知之矣。畴昔之夜，飞鸣而过我者，非子也邪？’道士顾笑，予亦惊寤。开户视之，不见其处。”

在苏轼时代，大地上万物有灵，人们战战兢兢，不敢在大地上轻举妄动。苏轼写过许多祭祀山川土地之神的祭文。其中一篇甚至是在梦中为牛神写的。“予在黄州，梦黑肥吏，以一幅纸，请《祭春牛文》。却之（推却）不可。云：‘欲得一佳文。’予笑而从之，云：‘三阳（冬至一阳生，阴历十二月二阳生，立春为三阳生）既至，庶草将兴。爰（于是）出土牛（牛神），以戒（训诫）农事。衣被丹青之好（牛神是彩绘文身的），本出泥涂；成毁须臾之间，谁为愠喜。’傍有一吏云：‘此两句，会有愠者（不高兴）。’其一云：‘不害。’久已忘之。参寥（苏轼的朋友，诗僧）能具道（全部背诵出来），乃复录之，今岁立春，便可用也。”就是今天，在经历过文革那场疯狂的渎神运动之后，眉山民间依然暗暗地敬畏着神灵。三苏乡的千佛寺在三峰山下，历史可以追溯的隋唐时期，《蜀故》说“三峰山有东坡读书处”。1963 年此地修水库，位于山脚的寺院沉入水中。80 年代人们又在山顶重建了寺庙。前往寺院要乘船渡过水库。渡口有一条修水库时留下的公路，停着几辆汽车，车头都向着水库对岸的千佛寺。汽车上挂着红带子，满地的鞭炮屑、还烧了香。一问，才知道当地人买了新车，都要开到这里来驱邪，祈求神灵保佑一路平安。汽车被视为邪物。司机说，做了这个仪式，才不会出车祸。我们到达的时候，已经是下午五点，一潭碧水，远远地浮着一座朱红色的小庙，仿佛正在飘来。寺庙关着门，庙门外停着一艘小船。隔水喊了两声，没有动静。正叹没有缘分，要离开。门忽然开了，一穿着红色袍子的老者走下湖边，解了船。到得近前，才看出是一位尼姑。跟着她上了岸。寺院很简朴，规模不大，长着树，开着花，住着鸟。正殿前面的空处，种着山芋。后面的山坡上排列着千尊水泥塑的佛像，漆光闪闪。神龛上有一个佛像与众不同，黑沉沉的，雕得古朴端庄。老尼说，这是水库水位下降时捡到的。我以为此地相当偏僻，站在高处才发现，绕过水库，掩映着寺院的林子后面，就是新修的高速公路，这个世外桃源已经被包围，其实是一个孤岛。千佛寺原址就在水库下面，岩壁上有上千座摩崖佛像。汶山地震后，水库漏水，抽干水修补，摩崖重现。当地人大惊，“水底还会冒出佛像？”他们完全忘记了祖先们留下的这些摩崖造像。报道说：“8 月初，一位村民致电记者，‘我们这里的水库边上有好多佛像。’‘7 月的一天，我像往常一样外出干活，路过这里的时候突然发现，岩壁上多出了许多佛像，当时把我吓坏了。’”

“故乡飘已远，往意浩无边。”1056 年，苏轼跟着父亲苏洵，带着家眷仆人，离开故乡，一队人马浩浩荡荡，一面赶路，一面写诗。过成都，经阆中，出褒斜谷，过长安、渑池，于 5 月到达京师开封。

自从孔子宣布“周监于三代，郁郁乎文哉，吾从周”之后，以诗为核心的文一直在中国扮演着宗教角色，文像神灵一样领导着中国。宋代推崇的是“文治”。这是文明的黄金时代，陈寅恪先生说“华夏民族之文化，历数千载之演进，造极于赵宋之世”。

苏轼的父亲苏洵少年时“不喜学，年已壮犹不知书”，到了 27 岁，“始大发愤，谢其素所往来少年，闭户读书为文辞。”“士生于世，治气养心，无恶于身。推是以施之人（将自己的美好德行传给他人），不为苟生；不幸不用（不幸没有得到知音），犹当以其所知，著之翰墨（写下诗文），使人有闻焉。（使天下人知道苏洵的立场。）”（苏辙《历代论引》）后来，苏洵参加科举，没有考起。退而叹曰：“此不足为吾学也。”就把他为参加科举而写的文章烧了。“闭户读书，绝笔不为文辞者五六年。乃大究六经、百家之说，以考质（考察质证）古今治乱成败、圣贤穷达出处之际。”过了几年，才说“可以动笔啦！”“下笔顷刻千言。”益州知州张方平镇（主政）蜀时，“访知苏洵”。推荐苏洵任成都学官。雅州知州雷简夫读到苏洵的《洪范论》，相见恨晚。致书张方平，称苏洵“岂惟西南之秀，乃天下之奇才”。张方平、雷简夫又向当时住在开封的文坛领袖欧阳修推荐苏洵的文章。“永叔（欧阳修）一见，大称叹”，“目为孙卿子（荀子），献其书于朝（朝廷）。”“自是名动天下，士争传诵其文。”（张方平《文安先生墓表》）当苏洵终于有能力和机会获取功名进入仕途的时候，却采取一种老庄式的人生态度。做官的朋友雷简夫来信，说朝廷将诏试苏洵舍人院，诏命下来，苏洵拒不赴试，说是：“惟其平生不能区区附和有司（官方）之尺度，是以至此穷困。今乃以五十衰病之身，奔走万里以就试，不亦为山林之士（民间人士）所轻笑哉！”（《答梅圣俞书》）

苏轼的母亲是青神县进士大理寺丞程文应的女儿，她是才女，诗书琴画皆通，18岁嫁给苏洵，她对丈夫说，你要是有志学习上进的话，我一生受累都可以。青神县以崇祀“青衣而教民农桑，民皆神之”的蚕丛氏而得名。苏轼少年时读书的中岩寺还在。寺在岷江边上，沿山而建，有摩崖，草木葱茏，气象非凡。据说苏轼曾在此与妻子王弗订婚。山崖上殿宇森然，大河就在诸天脚下。夏天的洪流使河面再次肥沃，苍天巨涌。一群燕子低回在江面。水流呈现出一种磨盘转动的速度，仿佛青灰色的天空是一匹巨大的驴子。恍惚看见，那位伟大的作者正卷着裤脚，在彼岸的热雾中走着。

中岩寺旁边是汉阳镇。仿佛被洪流卷到岸上的宝石，这个小镇没有跟着时代潮流焕然一新，在一条凸凹不平的乡间公路的尽头守着旧。镇上的打铁铺依然火光熊熊，从渡口入镇的第一间房子就是。铁匠已经不用大锤，脚踩一座被工业革命抛弃了的老式小型汽锤，嘣嘣响着，铁匠满面红光，油汗淋淋。他的女人担任助手，蹲在一旁在砂轮上为打好的农具抛光。农人就围在炉子周围坐着，六块钱可以打把镰刀，立等可取。半小时后，一位农妇拿着刚刚冷却、还在发蓝的镰刀走了。另一位说，帮我打个犁头。小街上的理发室用的是摇摇欲坠，绑着布条的老式理发椅，理发师骄傲地说，电视台都来我这里拍过呢。五元钱剃一个头，他做的发型，时髦的烫发店还做不了。虽然镇上偶尔也有将头发染成黄色的小青年骑着摩托飞驰，但汉阳镇和附近乡村还守着几亩薄田过日子的人们，还要是来这个铺子剃了头才敢出门呢。卖豆花汤圆和米粉的小铺，女儿招待客人，母亲在包馄饨。我们进入光线阴暗的铺子，拣张矮桌坐下，要了几碗凉粉，雪白的粉带上浇了麻油、酱油、洒上花椒……还有一勺子杂酱，美味呀！在街上溜达一圈回来，说是再吃一碗，已经在上着门板了，过了晌午就不卖了。“是的，我家的粉是好卖，可是钱不能一家人都赚了，也要留给别家赚点么”。那妈妈一边将门板往门臼里插一边说。镇上的佛光寺门口贴着一幅对联“天雨虽宽不润无根之草，佛门广大难度不善之人”，万事万物都要“止于至善”，说的还是苏轼时代的基本世界观。里面供着菩萨、弥勒佛、火神……大门外面还有个石头砌的小龛。供着土地公公，就是大地之神。日常生活必须的神灵像柴米油盐那样一应俱全，这可不是摆样子，人们每天都要来上香，没有神灵保佑，他们可不知道日子怎么过。火神很重要，这个小镇全是木板屋，有的人家还有画栋雕梁。今天不是赶集的日子，乡政府的大门关着，街面冷清。但茶馆非常热闹，镇上有四五家，都坐满了正在玩麻将的人。僻静些的小街上，几个老妇人坐在花盆旁边纳鞋底。堂屋中间的太师椅上坐着谁家的爷爷，另一屋里有人在打麻将，开着门。另一家的门后，四个人在下象棋，两个人下，两个人看，并且指手画脚。少年坐在旁边借光读书。大多数时候，镇子安静得谁家的猫哼一声全镇都能听见。千年前苏轼在老家读书的时候，世界大约也就是这般光景吧。“凉簟碧纱厨。一枕清风昼睡馀。睡听晚衙无一事，徐徐。读尽床头几卷书。”“……隔墙见君家纸窗竹屋依然，想见君黄冠草屦，在药墟棋局间……”（苏轼）正走着，一个穿着雨衣扶着单车的汉子一把抓住我，问道，是不是记者？不由分说，就开始讲他的田地如何因修公路被占，打官司没有人理睬的故事。听上去，这个故事已经像祥林嫂讲“我的阿毛”那样说过无数遍了。我举伞听着，雨又下起来了，这汉子的单车的右边栓着一个竹编的箩筐，空着。1092 年（元祐七年），苏轼在扬州发现，仅江都县一个县的百姓就“积欠青苗钱斛两万四千九百二十贯石”，还不起的农户年年要增税，年年加息，越滚越多，欠官府的钱永远还不完。苏轼上书朝廷，为民请命：“臣顷知杭州，又知颍州，今知扬州，亲见两浙、京西、淮南三路之民，皆为积欠所压……”在另一份奏状中，苏轼说“苏、湖、秀三州人死过半……有田无人，有人无粮，有粮无种，有种无牛，饿死之余，人如鬼腊”，而地方官吏，“只为朝廷惜钱，不为君父惜民”。

苏洵 27 岁来到可龙里山的老翁泉边上隐居读书。有时候在明月之夜，会恍惚看见一白发老翁躺在泉边，走近看时，老翁就隐身井里。苏洵觉得这是一个象征，少壮不努力，老大徒伤悲。于是开始发愤读书。这口井如今还在，苏洵家族的墓地也在这里。此地几度没落于荒烟蔓草，又几度被从荒草中找出来重建。最没落的是 1967 年，“被附近农民挖平，种上庄稼。”1986 年才重修。我们来这里，车子经过只容一车通行的乡间公路，玻璃窗经常被树叶乱刮。一路上还可以依稀感受到苏轼诗歌中的世界“簌簌衣巾落枣花，村南村北响缫车，（缫车倒没响了，但鸡鸣狗吠未绝。）牛衣古柳卖黄瓜。酒困路长惟欲睡，日高人渴漫思茶。敲门试问野人家。”老翁井已经被一个水塘包围了，水塘里修了一条水泥埂，通到井旁。我跪下去，捧起井水喝了一口，很涩。下着小雨，通往墓园的小道上覆满落叶、苔藓。新松之间，飘着淡雾。苏洵的墓在中间，两侧是苏轼、苏辙和家人的墓。这个墓园埋葬着的只有苏轼的父母，苏轼兄弟只是立了一个墓碑。苏轼、苏澈都埋葬在河南的郏县。“青山处处埋忠骨，何必马革裹尸体还。”苏轼曾在一封信里说，“葬地……千万莫循俗也。”（《苏轼文集》卷六十）冷清、肃穆、庄重而遥远。一只乌鸦叫唤着，跌向树林。忽然，墓园边上的小屋走出一人，笑吟吟地。他是永光村的农民陶忠勤，乡里每年给他三百元钱，请他在这里守着。60 岁，当过村干部。1977 年参加高考差几分没考起，这件事他说了三遍。穿着洗得发白的蓝制服，泥巴兮兮，像是刚刚从土里钻出来。他家有七八亩地，种着玉米、土豆和东坡脐橙。他孙子也跑过来，我问，苏东坡你晓得么？少年朗声应道，大圣人，老祖宗！老陶说，我是苏东坡的第一粉丝，天天都守着他。他说，春节、清明节附近的村子的人都会来烧香，平常来的人就少。眉山的苏学专家张忠全在一旁听见，说，总有一天会热闹起来的，会的。张忠全毕业于四川大学中文系，一辈子都在研究苏轼，看不出丝毫书生气，倒像一位自家谷仓满满，因此总是笑眯眯的老农，每每说到苏东坡的故事，他的口气就像苏东坡还活着，就在附近午睡呢。他给我一本他编的书，叫做《苏东坡小时候的故事》，我笑道，老张哪，你把苏东坡的故事编得像领袖小时候的故事一样嘛。老张说，他就是领袖噻。他告诉我，墓园里本来没有苏轼的墓，苏轼埋在河南，这个墓是他在政协工作的时候提议立起来的。那墓碑立了二十多年，已经长出苍苔。看见我们在这里东张西望，已经有人去村子里报告，走来几个农民，问道，是不是要开发了？开发成旅游区就好了，我们就有钱赚。一个农民说。

嘉祐二年（1057 年），苏轼在开封参加科举，“试礼部”。那时候，首都地区文风疲软、无病呻吟，矫揉造作、崇尚修辞，逞才使气、耍小聪明，“好为浮夸诡诞、戏弄不庄之语”。来自外省、边疆地区的苏轼朴素、天真、憨厚、野性、激越、敏锐、豁达与首都才子们的气质截然不同。弟弟苏辙评论苏轼：“其于人，见善称之，如恐不及；见不善斥之，如恐不尽；见义勇于敢为，而不顾其害。用此数困于世，然终不以为恨。”（“他对别人，见到他们的好就赞美，还担心赞美不到位。见到他们的不好，也直言批评，还担心批评得不到位。见义勇为，不顾利害。因为这样做经常碰壁，但是他从不后悔。”）苏轼这样的人，就像李白那样属于“世人皆欲杀”者流，必须君子当道的时代才可能出人头地。

他生逢其时。嘉祐二年的科举，出题主考、录取的是当世大文豪欧阳修、梅尧臣等人。他们的科举目标是“招来雄俊魁伟敦厚质朴之士，罢去浮巧轻媚丛错彩绣之文，将以追两汉之余，而渐复三代之故”。参加考试的也是大师，如苏轼、苏辙、曾巩、张载、程颢、程颐……真个是辉煌至极！

苏轼的弟弟苏辙也是天才，一参加科举就“与兄轼同登进士科，又同策制举”。那是一个言论自由的时代。朝廷选报高级人才、鼓励“极言直谏”，苏辙在试卷中批评皇帝，“近岁以来，宫中贵姬至以千数，歌舞饮酒，优笑无度，坐朝不闻咨谟（在朝上班人不质疑），便殿无所顾问（朝廷里面无人过问）。三代之衰，汉、唐之季，女宠之害，陛下亦知之矣。久而不止，百蠹将由之而出……”云云，此策递交后，苏辙以为“必见黜”。但是没有。苏辙这篇策论，司马光“第以三等”，范镇“难之”，“蔡襄曰：“吾三司使（三司使，北宋前期最高财政长官）也，司会（对苏辙的敬称）之言，吾愧之而不敢怨。”“惟考官胡宿以为不逊，请黜之。”仁宗皇帝说：“以直言召人，而以直言弃之，天下其谓我何？”“宰相不得已，置之下等，授商州军事推官”。

苏轼考试时，大诗人欧阳修是主考官，他忽然在大堆的陈词滥调中看到苏轼的试卷《刑赏忠厚论》，好！大诗人梅尧臣也是考官之一，苏轼的文章令他想到孟子的风格。苏轼在《刑赏忠厚之至论》中杜撰了一段古史：“皋陶为士，将杀人。皋陶曰杀之三，尧曰宥（宽容、饶恕）之三。”梅尧臣非常欣赏，却不知这几句是引自何处。就问，苏轼说是他杜撰的。欧阳修叹道，“此人可谓善读书，善用书。”考卷是匿名的，欧阳修判定苏轼的文章该是第一。他猜测这是他的学生曾巩（另一位文章大家，唐宋八大家之一）所作。自己的学生就不能给第一名啦，这位君子给了苏轼第二名。复试，苏轼以《春秋》一文获得第一。后来，欧阳修读到苏轼的更多作品，说“此我辈人，馀子莫群。我老将休，付子斯文。”付子斯文，欧阳修深恶当世的“浮巧轻媚丛错彩绣之文”，他将重建文之大道的希望寄托于苏轼。

春风得意，金榜题名，“出人头地”，成功，走红……并非苏轼参加科举的目的。苏轼时代，知识分子普遍追求的是“达则兼济天下”。

“盖文章，经国之大业，不朽之盛事。”（曹丕）“文之为德也大矣，与天地并生者，何哉？夫玄黄色杂，方圆体分；日月叠璧，以垂丽天之象；山川焕绮，以铺理地之形。此盖道之文也。仰观吐曜，俯察含章，高卑定位，故两仪既生矣。惟人参之，性灵所钟，是谓三才。为五行之秀，实天地之心。心生而言立，言立而文明，自然之道也……故知道沿圣以垂文，圣因文而明道，旁通而无滞，日用而不匮。易曰：‘鼓天下之动者存乎辞’，辞之所以能鼓天下者，乃道之文也。”（陆机《文心雕龙》）“孝、敬、忠、信、仁、义、智、勇、教、惠、让，皆文也。”（顾况《文论》）文并不像今天那样只是作者们独立特行的自我表现的文字事业，一种独立自在的“诗就是诗”的写作艺术，更重视作者自我身份的确立，强调诗是个人之辞与无法言说者的悖论式的沟通方式，个人的风格化的语言游戏。诗在古代中国，不仅仅是现代意义上的作者（著作权之法人）之诗。在苏轼时代，诗像政治、经济、日常生活诸方面一样，都献身于止于至善的文明大道。“通天下之故，以断天下之疑。”“发大义，定大策，开人之所难感，内足以正君，外可以训民，使于四方，邻国寝谋；言于军旅，敌人听命。（张耒《送秦观从苏杭州为学序》）

中举意味着苏轼有机会像屈原那样“美政”，报效国家社会。在故乡成长的年代，苏轼已经被教育成一位博览群书、胸怀大志的文人。他母亲程氏“亲授以书，闻古今成败，辄能语其要”。读到《后汉书》中的范滂传，非常欣佩。范滂是东汉的一位官员，他“按察（查办）郡县不法官吏，见时政腐败，弃官而去。桓帝延熹九年，以党事下狱，释归（出狱）时士大夫往迎者车数千辆。灵帝初，再兴党锢之狱，诏捕滂（下诏逮捕范滂），自投案，死狱中。”苏轼慨然太息，对母亲说：“轼若为滂，母许之否乎？”程氏曰：“汝能为滂，吾顾不能为滂母邪？”

参加科举，苏轼兄弟功成名就。苏轼被授大理评事签书凤翔府判官。1065 年正月苏轼回到开封，任职史馆。百善孝为先，治平二年（1066 年），父亲苏洵病逝，苏轼、苏辙兄弟立即弃官，扶柩还乡，在老家眉山为父亲守孝三年。

就在苏轼埋头读书的年代，有一位住在中原地区的人，已经在设计他的拯救改造中国之图纸，这个人是王安石。王安石是偶尔爆发的大诗人，唐宋八大家之一。他诗不多，但杰作不少。“墙角数枝梅，凌寒独自开。遥知不是雪，为有暗香来”就是他的手笔。苏轼读了王安石的词作《桂枝香·金陵怀古》，叹道“此老乃野狐精也”。王安石忧国忧民，深受当时正在兴起的理学“知先行后”的影响，认为自己身怀大任，已经掌握了绝对真理，“天质自森森，孤高几百寻”，“比你较为神圣”，“天命不足畏，祖宗不足法，人言不足恤”，担负着拯救斯民于水火之中的使命。他“议论高奇，能以辨博济其说，果于自用，慨然有矫世变俗之志”。当时的宰相唐介评论他：

“安石好学而泥古，故论议迂阔，人言安石奸邪，则毁之太过；但不晓事，又执拗耳。”野史说：“王荆公性简率，不事修饰奉养，衣服垢污，饮食粗恶，一无有择，自少时则然。‘囚首丧面而谈诗书，’少喜与吕惠穆、韩献肃兄弟游。为馆职时，玉汝尝率与同浴于僧寺，潜备新衣一袭，易其弊衣，俟其浴出，俾其从者举以衣之，而不以告。荆公服之如固有，初不以为异也。及为执政，或言其喜食獐脯者，其夫人闻而疑之，曰：‘公平日未尝有择于饮食，何忽独嗜此？’因令问左右执事者曰：‘何以知公之嗜獐脯耶？’曰：‘每食不顾他物，而獐脯独尽，是以知之。’复问：‘食时置獐脯何所？’曰：‘在近匕箸处。’夫人曰：‘明日姑易他物近匕箸。’既而果食他物尽，而獐脯固在。而后，人知其特以其近故食之，而初非有所嗜也。”（朱弁《曲洧旧闻》）王安石沉迷于观念，不太顾及身边、在场、当下。他推行的青苗法，本是他在鄞县当知县时，在一个小地方因地制宜取得的成功经验，却要作为规范一刀切，完全不顾现实的复杂性、多样性，“不晓事”，在全国削足适履式地推广。“或曰青苗法善乎？曰未可以为不善也。然则可行乎？曰不必其可行也。善而不可行何哉？曰公青苗法之行，始见于官鄞县时。贷谷出息，俾新陈相易，而其民便之。……然而有必不可行者，以一县小而天下大也。以天下之大行之，则必有抑配之患与积压之患。”（蔡上翔《王荆公年谱考略》）“纯道德，一风俗”，“萃于我”（苏轼语）。王安石颇似现代自由主义思想家以塞亚·柏林说的刺猬：“相信世上存在着一种完美的前景，相信借助某种方法就可达到真理。”“根据普遍的理想，即根据一个人、一个群体或一个社会所追求的整个生活模式来做决定。”“要求最终答案——不惜一切代价追求整齐划一。”王安石的矛盾是：他一方面是功利主义者、实用主义者，“今之失患在不法先王之政者，以谓当法其意而已。夫二帝三王，相去盖千有余载，一治一乱，其盛衰之时具矣。其所遭之变、所遇之势，亦各不同，其施设之方亦皆殊。而其为天下国家之意，本末先后，未尝不同也。臣故曰当法其意而已。法其意，则吾所改易更革，不至乎倾骇天下之耳目，嚣天下之口，而固已合乎先王之政矣。”法先王之政，只是意思一下，做事却要根据现实状况灵活运用。这是实用主义。而在另一方面，在施政上他又搞一刀切的模式化、同质化，他的改革恰恰是“倾骇天下”，最终失败。王安石遗世独立，他要改造生活世界。他的出发点是好的，但观念与实践分裂，知先行后的行，反而“倾骇”生活世界。

苏轼恰恰相反，“天下之理，未尝不一，而一不可执。知其未尝不一，而莫之执，则几矣”。随物赋形，在世，活泼泼地。苏轼在诗歌中描绘他的日常生活，这是他的生活场景之一："睡起画堂，银蒜押帘，珠幕云垂地。初雨歇，洗出碧罗天，正溶溶养花天气。一霎暖风回芳草，荣光浮动，掩皱银塘水。方杏靥匀酥，花鬚吐绣，园林排比红翠。见乳燕捎蝶过繁枝。忽一线炉香逐游丝。昼永人闲，独立斜阳，晚来情味。便乘兴携将佳丽。深入芳菲里。拨胡琴语，轻拢慢捻总伶俐。看紧约罗裙，急趣檀板，霓裳入破惊鸿起。颦月临眉，醉霞横脸，歌声悠扬云际。任满头红雨落花飞。渐鳷鹊楼西玉蟾低。尚徘徊、未尽欢意。君看今古悠悠，浮宦人间世。这些百岁，光阴几日，三万六千而已。醉乡路稳不妨行，但人生、要适情耳。"

可以参照孟元老的记录："大抵都城左近，皆是园圃，百里之内，并无闲地。次第春容满野，暖律暄晴，万花争出，粉墙细柳，斜笼绮陌，香轮暖辗，芳草如茵，骏骑骄嘶，杏花如绣，莺啼芳树，燕舞晴空，红妆按乐于宝榭层楼，白面行歌近画桥流水，举目则秋千巧笑，触处则蹴踘鲤狂，寻芳选胜，花絮时坠，金樽折翠簪红，蜂蝶暗随归骑，于是相继清明节矣。"

这是现实生活中的苏轼：

"近作小词，虽无柳七郎风味，亦自是一家。呵呵。"

"得之（苏轼在黄州的朋友）晚得子，闻之，喜慰可知。不敢以俗物为贺，所用石砚一枚，送上……呵呵。"

"数日前，猎于郊外，所获颇多。作得一阕，令东州壮士抵掌顿足而歌之，吹笛击鼓以为节，颇壮观也。"

"纸轴纳去，余空纸两幅，留与五百年后人跋尾也。呵呵。""一枕无碍睡（一觉睡到天亮），辄（总是）亦得之耳，呵呵。"（一觉睡到天亮，这是经常事。呵呵！）

"某启。比日（连日）蒸热，体中佳否？承惠杨梅，感佩之至。闻山姜花欲出，录梦得诗去，庶致此馈也。呵呵。"

"新刻（新作）特蒙颁惠，不胜珍感。竹萌亦佳贶（赠），取笋簟（竹席）菘心（白菜心）与鳜相对（用竹席将白菜心与鳜鱼包起来），清水煮熟，用姜芦服自然汁及酒三物等，入少盐，渐渐点洒之，过熟可食。不敢独味此，请依法作，与老嫂共之。呵呵。"（谢谢您寄来的新作，非常珍贵，非常感谢！送给我的新笋真是好东西。竹笋，加上白菜心、鳜鱼用竹席包起来，清水煮熟，用姜汁、芦汁和酒洒在上面，稍微放点盐，腌一下就可以吃了。此味我不敢独享呵，请照这个方法做，与老嫂一同享用吧，呵呵！）

"某启。久留钱塘，寝食湖山间，时陪道论（在一起论道），多所开发（启发）。

至于灵山道人，似有前缘。既别经岁，寤寐见之，盖心境已熟，不能遽（仓猝、马上）忘也。”

“灵壁出石……刘氏园中砌台下，有一株独巉，然反覆可观，作麋鹿宛颈状。东坡居士欲得之，乃画临华阁壁，作丑石风竹。主人喜，乃以遗予。居士载归阳羡。”［灵璧出观赏石。……刘家有一块非常峭拔，久看不厌，像麋鹿弯曲着脖子，我很想要这块石头，就在刘家的墙上画了一幅有竹子和怪石的画，主人大喜，就把这块石头送给我。我将它带回了阳羡（今江苏义兴县）。］

“某启。日欲作《塔记》，未尝忘也。而别后纷纷，实无少暇。既请宽限而自违之，惭悚无地。”（给你写《塔记》的事我是记着的，别后太忙，实在没时间，请宽限几日，很惭愧啊！）

画家文同（文与可）是苏轼的好朋友，《东山谈苑》说，“文与可为人画好一幅画，就说，不要说话，等着苏东坡来”。“近屡于相识处见与可（画家文同）近作墨竹，惟劣弟（苏轼自谓）只得一竿，未说《字说》（王安石著作，此处可能是指苏轼曾抄写其中片段）润笔，只到处作记作赞，备员火下，亦合剩得几纸。专令此人去请，幸毋久秘。不尔，不惟到处乱画，题云与可笔，亦当执所惠绝句过状索二百五十匹也。呵呵。”［我最近常在熟人那里看见你（文同）画的墨竹，我却只得到一竿（一幅），他们没告诉我润笔是多少，只是到处看见文同的题字、赞诗，就像是用火烧字（太随便了），想来剩不了几幅了吧。我派人去你那里取，不要藏起来吧。不然，我就到处乱画，而且题上你的大名。我还要拿着你送我的诗来索要250匹绸子。呵呵！］“元丰二年正月二十日，与可没（逝世）于陈州。是岁七月七日，予在湖州曝（晾晒）书画，见此竹废卷（合上画卷）而哭失声。”

苏轼的尺牍经常用“呵呵”一词，呵呵二字，可谓苏轼的人生态度。过了一千年，依然可以从的他的文里面可以看出这个人：这是一个“绿党”，（梭罗的《瓦尔登湖》里面的意思，他在千年前就是绿党。）热爱大地，敬畏自然，喜欢游山玩水、寻访幽境古迹、步行者，侠客，助人为乐也嫉恶如仇，适量地饮酒，玩鹰，养狗，射箭，骑马，写字，弹琴，画画，收藏古董；出入青楼，经常与歌妓来往。《挥麈录》说：“姚舜明庭辉知杭州，有老姥自言故娼也，及事东坡先生，云：公春时每遇暇，必约客湖上，早食于山水佳处。饭毕，每客一舟，令队长一人，各领数妓任其所适。晡后鸣锣以集，复会圣湖楼，或竹阁之类，极欢而罢。至一二鼓夜市犹未散，列烛以归，城中士女云集，夹道以观行骑过，实一时盛事也。”（苏轼在杭州做官，每当春天有空闲的时候，就约客人到西湖最好的山水之间，早餐后，每位客人登上一船，船上有数名歌妓，一位队长驾驶着船。想划去哪里就去哪里。将近黄昏的时候敲锣召集各队。在圣湖楼或者竹阁集合，寻欢作乐至极才罢。回去的时候已经是晚上 9 点、10 点，夜市还没有散场，他们骑着马、举着烛火经过，夜市上的靓女俊男夹道围观。是那时候的盛事。）他的朋友都是诗人、画家（比如文同）、书家（比如米芾）、高僧大德，也有很多普通人（比如学佛者契顺）。他会种地、盖房、养鸡、养鸭，也会号脉看病、开药方。他知道什么是美味，自己也会做会做，经常下厨房。也许还有点偏胖（有一次他摸着肚子对妾说，我这肚子里都是些什么呀？）他自称“鏖糟陂里陶靖节”（鏖糟这个词在汉语里面已经失传，昆明话还在用，意思是洗澡时搓下的污垢）。总之，生活，生活，再生活，生活就是他的文章，文章就是他的生活。他的文章不仅仅是书斋里的文章，而是李白说的那样“大块假我以文章”，生活就是艺术。“我喜欢生活，喜欢呼吸甚于工作。我不认为我的作品将来对社会有任何重要性。所以，我的艺术就是生活艺术，每一秒，每一呼吸都是一件铭刻于无处的作品，既不是视觉的，也不是思考的，那是一种恒久的陶醉。”（马赛尔·杜尚）

热爱生活并不意味着苏轼是一个犬儒主义者。有个故事可以看到苏轼的另一面。元祐七年。宋哲宗乘辇去南郊祭神，苏轼是卤簿使，负责引导皇帝的车辇进入太庙。途中，路旁忽然冲出十几辆打着红色青色伞盖的牛车，与祭神的队伍抢道，看见皇室的仪仗队也不让路。苏轼令御营巡检使去责问，原来这是皇后和大长公主前来迎谒的车队。当时御史中丞李之纯是仪仗队队长，苏轼说：“你应当整肃政纪，立即向皇帝报告。”李之纯不敢。苏轼就去宋哲宗的车辇中奏告。后来哲宗派人将苏轼的奏疏转给了皇太后。并在第二天下令整肃仪仗队，规定以后皇后以下都不得再搞迎谒。

1069 年，为父亲丁忧（守孝）三年之后，苏轼回到开封，在史馆任职。不久，王安石任同中书门下平章事，相当于宰相，开始在全国范围内大规模推行新法。他的新法之一是改革科举制度，废除诗赋词章取士的旧制，恢复以春秋三传明经取士。

以诗赋词章取士始于唐。“郁郁乎文哉”的文明到唐抵达极盛。就像古希腊是智者领导的社会一样，唐朝是文人领导的社会。“文学化社会”（龚鹏程）。“国家以文德应天，以文教牧人，以文行选贤，以文学取士。”（白居易）文的崇拜在唐登峰造极，文人被视为诸神在世的象征。杜甫说：“笔落惊风雨，诗成泣鬼神。”白居易说："天地间有粹灵气焉，万类皆得之，而人居多；就人中，文人得之又居多，美盖是气，凝为性，发为志，散为文。"（《故京兆元少尹文集序》）"文之神妙，莫先于诗。"（白居易《刘白唱和集解》）"整个社会沉浸在文学崇拜的心理状态中，他们相信文字具有"不朽"的魔力，比事实更为真实，他们对文人心怀敬畏，因为那是能写出这种奇妙文字的人。""社会上每一个人似乎都觉得，人就应该是文人，社会生活就应该是文人式的生活，吟一首诗，写一篇文章，其实就是生活，犹如喝水或呼吸那样。"（龚鹏程《唐代思潮史》）

在中国，文从来都扮演着宗教角色。《左传》说，"文物昭德"。德，升也。文物，就是通过文使人超越物宰制，成为"仁者，人也"。"上古之时，民心昧然，不知吉凶之所在，故圣人作《易》，教之卜筮，使吉则行之，凶则避之，此是开物成务之道。故《系辞》云'以通天下之故，以断天下之疑'，正谓此也。"（朱熹）"刚柔交错，天文也；文明以止，人文也。观乎天文，以察时变，观乎人文，以化成天下。"（《易经》）天文有待于人文，人文就是文明，文明照亮黑暗，化成天下。只有语言、文字出现，人的历史才开始，成为"仁者人也"。文起源于巫，古代部落的巫师通过人文（文身、仪式、图腾、舞蹈、音乐、文字……）与天文交感，与神灵对话，文字是人文活动的记录。巫师就是文人，屈原就是"出则与王议事""美政"的巫师。由于控制着文的权力，有时候巫师也就是部落领袖。"巫君合一"。（李泽厚）巫权与君权一体。巫侧重于对不可知（无）的沟通、解释、记录，止于至善，君侧重于对可以把握的现实（有）的运筹、执行、匡正，止于至善。自古以来，文与政的关系若明若暗，有时候是巫君合一，文政合一。有时候巫是巫，政是政。但即使文没有实权，文的地位永远高于政。因为文代表着不可知的天，传达着神秘莫测的天意。文的权力意味着"美政"。"至君尧舜上，再使风俗淳。"（杜甫）政，正也。政是控制、匡正、掌控。美是好，是通。古书说："元以始物，亨以通物，利以宜物，正（贞）以榦物。""至善则至美，至美则通物达明，通物达明则立世。"只有美政，才能政通人和。美政就是文政。

"川郡有忧，能治章上奏，解理结烦。"（王充《论衡·超奇》）孔子说，质胜文则野，文胜质则史。"为文者必当尚质抑淫。""王者删淫辞，削丽藻。"（白居易）文统，必须有一个中庸之度，过度则将文过饰非。"国家化天下以文明，奖多士以文学，二百余载，文章焕焉。然则述作之间，久而生弊，书事者罕闻于直笔，褒美者多睹其虚辞。"（白居易）这一趋势在晚唐越演越烈。五代十国的混乱导致礼崩乐坏，"不学礼，无以立”。对儒家经典进行更实用的解释以重建秩序，立于礼，成为时代的大趋势，理学应运而生。在宋，唐代具有神圣地位的诗摇摇欲坠，被一些士大夫柏拉图式地视为理性社会的障碍。程颐认为：诗，“巧文丽辞为工，荣华其言，鲜有至于道者”。“或问：‘诗可学否？’曰：‘既学诗，须是用功，方合诗人格。既用功，甚妨事。古人诗云：‘吟成五个字，用破一生心。’又谓：‘可惜一生心，用在五个字。’……某素不作诗，亦非是禁止不作，但不欲为此闲言语。且如今言能诗无如杜甫，如云：‘穿花蛱蝶深深见，点水蜻蜓款款飞’，如此闲言语，道出做甚？”（《二程遗书》卷一八）司马光主张“取士之道当先德行后文学。就文学言之，经术又当先于词采”。王安石理解的文是“治教政令，圣人之所谓文也”（《与祖择之书》）。熙宁元年（公元1068年）新即位的宋神宗问王安石：“当今治国之道，当以何为先？”王安石答：“以择术为始。”王安石希望的新人是实用主义的经济之人：“惟其遇事而事治，画策而利害得，治国而国安利，此其所以异于人。”

昔日，当圣人孔子高举“郁郁乎文哉，吾从周”的大旗的时候，他所谓的文，乃是人与世界关系的象征性尺度，趋向野蛮还是文明，这个度只有文可以把握、调整。文的核心是诗。“诗三百，一言以蔽之，思无邪。”“思无邪者，诚也。”（程颐）“诗，善为可法，恶为可戒。故使人思无邪也。若以为作使者思无邪，则《桑中》《溱诸》之诗，果无邪也？”（朱熹）“不学诗，无以言。”“不学礼，无以立。”文意味着命名的到位、说法的解放，阐释的敞开、意义的彰显、层次与位置的分明、秩序的建构……文，起源于人在世界中觉醒的表现，仁者人也，人因文而脱离黑暗，文明。“天地位焉，万物育焉。”文不是僵死孤立的观念，文是一个语言的场，它总是依附着身，在世，活泼泼的，阴阳变化、知白守黑，有无相生。“国风好色而不淫，小雅怨诽而不乱。”（司马迁）中庸，乃是文之度，这个度，只在于生生之谓易，止于至善。道在屎溺，道不是屎溺，如果止于至善，生生，在屎溺可得，那么道可以在屎溺。“文胜质则史，质胜文则野”，这个度要根据身之适，不断地把握调整，“修辞立其诚”。“尧舜之所不能加，桀纣之所不能亡，是谓诚，凡可以闲而去者，无非邪也，邪者尽去，则其不可去者自存矣，是谓闲邪存其诚。”（苏轼）苏轼所谓的诚，并非伦理道德范畴上的诚，这个诚，颇近于海德格尔的“去存在”。诚不是名词，而是动词。诚，信。存其诚，就是去信，齐物，不二，“不可去者”。这个动词，意味着诚总是在“之间”，而不是一个概念性的规定。苏轼这一思想显然与宋代理学家试图定位的思路不同。

以文载道，道往往容易被固化为某僵死的观念，苏轼的思路是以文立其诚。“吾文如万斛泉源，不择地而出，在平地滔滔汩汩，虽一日千里无难。及其与山石曲折，随物赋形，而不可知也。所可知者，常行于所当行，常止于不可不止，如是而已矣。”（我的文章就像蕴藏着无数杯酒的泉源，随时随地都可以涌出来，在平坦的大地上滔滔汩汩，一日千里也不难。如果在山石凸凹不平的地方，我的文章就像水那样随着万物的形状而创造形式，会创造出什么的形式这是不知道的。可以知道的只是，文章应该在可以写的地方写，在不可以写的地方不写，就是这样。）

文统必须在一个相对封闭、文化上有着共识的社会中才有效。化外之地崇尚一神教、武力、实用的民族并不知道文，而人的兽性本能也一再地要摆脱雅驯，“晋、魏之士，变而为旷荡，尚浮虚而亡礼法，礼法既亡，与夷狄同。”（苏轼）“……夷狄之人，与中国言语不通，衣服殊制；口不言先王之法言，身不服先王之法服；不知君臣之义，父子之情……”（韩愈）但雅驯过度又会导致文的虚饰，“小人之过也必文。”（《论语》）“辩足以饰非。”（《庄子》）丧失为现实提供形而上资源以有无相生的力量。苏轼时代，文已经偏离中庸之道，名不副实的虚文泛滥。《续资治通鉴》说“范仲淹等意欲复古劝学，数言兴学校，本行实，诏近臣议。于是宋祁、王拱辰、张方平、欧阳修等八人合奏曰：“教不本于学校，士不察于乡里，则不能核名实，有司束以声病，学者专于记诵，则不足尽人材，谨参考众说，择其便于今者，莫若使士皆土著而教之于学校，然后州县察其履行，学者自皆修饬矣。”（如果教育不以学校为基础，不在乡里进行考察读书人，就不能核实读书人是否名副其实。政府如一味以诗文声律是否规范进行考核，学生只是专心于记诵声律词汇，就无法选拔出真正的人才。参考了各种说法，适用现在情况的，让读书人都来自乡村并在本乡本土的学校学习是最好的办法，然后由再由州县对他们的成绩进行考察，学生就能名副其实地学习了。）这个建议可以看出，那时代文人对文的虚浮的担忧。苏轼的弟弟苏辙总结过文的历史：“昔孔子生于衰周而识文武之道，其称曰：‘文王既没，文不在兹乎？’……孔子既没，诸弟子如子贡、子夏，皆以文名于世。数传之后，子思、孟子、孙卿，并为诸侯师，秦人以涂炭遇之，不能废也。及汉祖以干戈定乱，纷纭未已，而叔孙通、陆贾之徒，以《诗》《书》《礼》《乐》弥缝其阙矣。其后贾宜、董仲舒相继而起，则西汉之文，后世莫能仿佛。盖孔氏之遗烈，其所及者如此。自汉以来，更魏、晋，历南北，文弊极矣。虽唐贞观、开元之盛，而文气衰弱，燕、许之流，倔强其间，卒不能振。惟韩退之一变复古，阙其颓波，东注之海，遂复西汉之旧。自退之以来，五代相承，天下不知所以为文。……及公（欧阳修）之文行天下，乃复无愧于古。”苏辙认为，韩愈、欧阳修们的复古，都是要回到文的黄金时代。

文的虚浮之风使文的实用性开始被强调，诗意被视为文的实用性的障碍，甚至怪罪于诗本身。宋代的改革是，将科举由隋唐以降的专考诗赋，改为兼试策论，甚至主考经义，应试者要对国家政治和社会重大实际问题提出解决方案。理学兴起，“文胜质则史”，士大夫开始崇拜观念、模式、规划、主张知先行后。文化的实用主义、本本主义兴起，诗性开始式微。“昔祖宗朝崇尚词律，则诗赋之士曲尽其巧；自嘉祐以来，以古文为贵，则策论盛行于世，而诗赋几至乎熄。何者？利之所在，人无不化。”“自唐至今，以诗赋为名臣者，不可胜数，何负于天下，而必欲废之！近世士人纂类经史，缀缉时务，谓之策括。待问条目，搜抉略尽，临时剽窃，窜易首尾，以眩有司，有司莫能辨也。且其为文也，无规矩准绳，故学之易成；无声病对偶，故考之难精。以易学之士，付难考之吏，其弊有甚于诗赋者矣。”（苏轼）苏轼理解的文是“《诗》者，天下之人，匹夫匹妇羁臣贱隶悲忧愉佚之所为作也。夫天下之人，自伤其贫贱困苦之忧，而自述其丰美盛大之乐，上及于君臣、父子、天下兴亡、治乱之迹，而下及于饮食、床笫、昆虫、草木之类，盖其中无所不具，而尚何以绳墨法度区区而求诸其间哉！”苏轼认为，只有诗性的文可以保证生命的“丰美盛大之乐”，“人充满劳绩，但还诗意地栖居在大地上。”（荷尔德林）

苏轼意识到文的危机，他要力挽狂澜，他要捍卫文的传统，他要“再使风俗淳”（杜甫）。“11世纪时，‘文人’依然能将自己定位于思想文化的中心。苏轼当然也视自己为这些思想承载者中的一员。”（包弼德《苏轼与文》）

在给张文潜的信里，苏轼说：“先帝晚年甚患文字之陋，欲稍变取士法，特未暇耳。议者欲稍复诗赋，立《春秋》学官，甚美。仆老矣，使后生犹得见古人之大全者，正赖黄鲁直、秦少游、晁无咎、陈履常与君等数人耳。”（《答张文潜县丞书》）这是一篇伟大的宣言。“甚美”。“尽美尽善”，这是中国文明的终极标准。宋的潮流是，尽善而未必尽美。苏轼力挽狂澜，试图以“甚美”来挽回文偏向实用主义的趋向。乌台诗案，表面看是党争、政见不同，而在1000年后，人们或许可以看出，这其实是“甚美”的世界观与实用主义的世界观的争论。

苏轼逝世时苏辙说：“斯文坠矣！后生安所复仰！”

宋是一个鼓励直言不讳的时代。苏轼持不同政见，他要行的是古人之政，他直言不讳，反对王安石的新法。苏轼认为："圣人必能正，不能使天下必从"，"天下之理未尝不一，而一不可执（固执），知其未尝不一而莫之执，则几矣。（天下的至理未尝不一，但一不可以固执，知道一而不固执，才近于一。）"苏轼尊重历史、经验、"道法自然"热爱生活，必然尊重多样多元。"从我者纳之，不从者付之其所欲从，此大人也。（同意我的我接纳，不同意我的让他坚持自己的意见，这才是高人。）"他骨子颇近现代的自由主义者。"多元的价值，它们同等真实、同等终极，尤其是同等客观；因此，它们不可能被安排在一种永恒不变的等级秩序之下，或者是用某种绝对的标准来评判。"（以赛亚·伯林）苏轼立即看出王安石变法的危险。在《答张文潜县丞书》一文中，他批评王安石："文字之衰，未有如今日者也。其源实出于王氏。王氏之文，未必不善也，而患在于好使人同己。自孔子不能使人同，颜渊之仁，子路之勇，不能以相移。而王氏欲以其学同天下！地之美者，同于生物，不同于所生。惟荒瘠斥卤之地，弥望皆黄茅白苇，此则王氏之同也。"（文的衰落，没有比今天更严重的了。其源头出于王安石。王安石的文章未必不好，但是他的祸害在于要让别人与他一致。孔子都不能一致，颜渊仁慈，子路好勇，孔子都无法叫他们改变。大地之美，在于它诞生了万物，万物都有生命，但每个生命形态色彩是不一样的。在荒凉贫瘠的盐碱地上，一眼望去只有黄色的草白色的苇。这就是王安石的同。）

在一次考试中，苏轼出了一道题，其中有"晋武平吴，独断而克；苻坚伐晋，独断而亡；齐桓（齐恒公）专任管仲而霸，燕哙（燕王）专任子之而败；事同功异。"王安石"滋怒"，认为这是在影射他。

1070年二月，苏轼又向宋神宗进《拟进士对御试策》说："今青苗有二分之息，而不谓之放债取利可乎？凡人为善，不自誉而人誉之；为恶不自毁而人毁之。如使为善者。必须自言而后信，则尧舜周孔亦劳矣。今天下以为利，陛下以为义；天下以为贪，陛下以为廉。"（现在依照青苗法，贷款给农民，农民要还二分利息，这不是在放债取利吗？人做了善事，不自夸别人也会夸奖。做了坏事，不自我贬损名誉，别人也会损他。要做好事，必须自夸自信，那么就是做了许多好事的尧舜周公孔子也太累了。现在天下以为是争利的，陛下以为义。天下认为是贪婪的，陛下以为是清廉。）真是大胆！"刘向曰：'众贤和于朝，则万物和于野。'今朝廷可谓不和矣。其咎安在？陛下不返求其本，而欲以力胜之。力之不能胜众也久矣。"（刘向说，朝中的贤臣都团结的话，天下就太平和谐。现在朝廷可以说是不团结（分为新党旧党），谁要负责呢？陛下做事不从事物的根本出法，而企图以暴力取胜，而暴力自古以来都无法战胜人民的。）越说越放肆了。“其施设之方，各随其时而不可知。其所可知者必畏天，必从众，必法祖宗……未尝言天命不足畏，众言不足从，祖宗之法不足用也。”（做事的方法，是因时制宜而变化无法固定的。我们可以确定的只是必须敬畏神灵，顺应人民，效法祖先的经验。）

如此大逆不道、攻击质疑皇权的言论，宋神宗只是送给王安石去看。王安石说：“轼才亦高，但所学不正，今又以不得逞之故，其言遂跌荡至此，请黜之。”司空曾公亮说：“轼但有异论耳，无可罪者。”后来，王安石又对宋神宗说：“陛下何以不黜苏？岂为其才可惜乎！譬如调恶马，须减刍秣，加棰扑，使其贴服乃可用。如轼者，不困之使自悔而绌其不逞之心，安肯为陛下用！且如轼辈者，其才为世用甚少，为世患甚大，陛下不可不察也。”（陛下为什么不罢黜苏轼呢，难道是珍惜他的才华？驯服顽劣的马，必须减少它的粮草，加重的它的劳役，驯顺之后才可用。像苏轼这样的人，盖世才华为世所用甚少，威胁却很大，陛下不可不察。）

“吾上可陪玉皇大帝，下可陪屠夫乞儿，眼前见天下无一个不是好人！”1074年，苏轼自请离京，他先是被派往杭州任通判，后又被派往密州（山东诸城）徐州、湖州任知州。

“出都，今已达泗上，淮山照眼，渐闻吴歌楚语。”

四十年前，我躺在一个云南高原一处松树林里背诵了《赤壁赋》《临江仙》《大江东去》《明月几时有》“明月夜，短松冈……”之后，一阵冲动，就约上几位志同道合的好友坐火车出云南到重庆顺江东下了。我相信苏轼写下的一切都在原址上等着我，“渔樵于江渚之上，侣鱼虾而友麋鹿，驾一叶之扁舟，举匏樽以相属，哀吾生之须臾，羡长江之无穷，挟飞仙以遨游，抱明月而长终。”我确信我依然能够像苏轼那样在大地上觉悟。当火车穿过杭嘉湖平原，在杏花春雨的江南驶过之际，我心中即刻涌起王安石的“春风又绿江南岸，明月何时照我还”。青少年时代诵读大量苏东坡们的作品，现在来到这些作品产生的原址，就像是回到故乡，回到那些颠扑不破的真理。四十年后，我再次乘火车穿越杭嘉湖平原，此前激动我的旧世界已经焕然一新了。江南被雾霾笼罩着，烟囱、水泥罐、货场、仓库、车站、楼盘、高压电塔、开发区一群群奔过。我知道现代化，也预见到它的样子，但万万想不到是这样的凶猛、庞大，滚滚不绝，势不可挡。就是固若金汤，往昔曾经征服了无数胡人，令他们甘愿被教化的江南也抵挡不住。已经很难看见江南了，一些水田的碎片，看上去就像美国或者澳洲的郊区。

从我住的宾馆的18层楼看下去，下面的杭州是灰色的，水泥物导致的灰几乎与梅雨时节的天空之灰色一致，过去叫做水天一色，现在或许可以称为楼天一色吧。下着细雨，一些潮湿的绿茵从一些更深的缝隙里溢出来，下面是街道，偶尔，可以看见汽车像鱼一样缓缓地游过去。打伞的人在其间走着。杭州的顶上空无一人，像一个个篮球场。但没有那么空荡，有些通向屋顶的小屋、梯子、太阳能热水器什么的。偶尔也有一个两老人，站在屋顶甩动着双手。从前苏东坡指挥修建的苏堤几乎要被游客踩塌了，铺成了水泥路面，两旁依然是“连天乔木无穷碧，映日荷花别样红”。花上十元钱可以登上电动游览车，从摩肩接踵的游客之间穿过。坐在我旁边的一对情侣在低吟“若把西湖比西子，淡妆浓抹总相宜”。旅游团如鱼群般这一波过去那一波涌来，热闹得就像赶庙会，或者藏传佛教的信众围着喇嘛寺转经，人们并非仅仅是来欣赏风光，如此地成群结队、摩肩接踵，前呼后拥，左顾右盼，拉拉扯扯、大呼小叫、扶老携幼、掎裳连袂……恐怕没法欣赏。人们更像是来朝圣，来到杭州，每个人都要去苏堤上走一趟。“南北径三十里，为长堤以通行者。吴人种菱，春辄芟除，不遣寸草。且募人种菱湖中，葑不复生。收其利以备修湖，取救荒余钱万缗、粮万石，及请得百僧度牒以募役者。堤成，植芙蓉、杨柳其上，望之如画图，杭人名为‘苏公堤’。”“轼二十年间再莅杭，有德于民，家有画像，饮食必祝。又作生祠以报。”（宋史《苏轼传》）924年后，苏堤依然领导着杭州，一个永不结束的苏节。西湖周边的房地产价值连城，已经差不多3万元人民币一平米了。黄昏过后，湖畔的荷盖一齐朝着黑暗垂下，露出荷叶下面的茎杆，像是被累得要断的脖子。苏轼如果故国神游，一定不认识这个地方，今天的杭州完全在他的经验之外，就是做梦也不会梦到。“推枕惘然不见，但空江，明月千里。”只有一样东西，苏轼会认识，一钵钵东坡肉依然在那些高楼中某家厨房的煤气灶上庄严地炖着，热气蒸腾，仿佛是灶王爷。这碗据说是他创始的美食还在民间流传，现在已经成了杭州城里家家户户的日常口味。杭州的东坡肉与眉山不同，失去了放荡不羁的山野气。在眉州，东坡肉自然而然，炖得稀烂，也看得出是肘子。杭州的东坡肉，看起来就像一个坛，切得方方正正，令人想到孔子要求的“割不正，不食”。苏轼的诗人同行也还在，虽然诗人不像苏轼时代那样风光了，太守必须会写诗这个传统已经彻底中断，但诗人一族并未消亡。对诗的癖好已经渗入民族血液，像DNA一样无法清除。诗人与政治的关系已经相当疏远。诗就是诗，获得了一种独立的地位。与苏轼当年的风光比起来，此时代的诗人更像是一群地下工作者。在杭州，我与诗人们不期而遇。我知道，在杭州，必遇见诗人。在杭州的人可画廊，我遇见诗人伤水、黄纪云、王自亮等人。素昧平生但一见如故。黄纪云是一个公司的董事长，伤水开着一家公司，王自亮担任过政府官员……他们都以写诗为荣。他们的诗当然不再是苏轼那样的写法了，但还是长短句，长短句现在成为新诗的基本样式，以俗为雅这一点也没变。我们一行诗人，跟着伤水穿过西湖，去看黄宾虹的画展，看吴昌硕的印，又在一家书店里选了几本书，然后去吃片儿川。这是一种汤面，这种做法的面出现才一百多年，苏轼没有吃过。到了湖边一家馆子，伤水一阵吆喝，即刻摆满一桌，每人一大碗片儿川，还点了西湖醋鱼。这家没有东坡肉。我知道哪家最好，下次去，伤水说。在西湖边逛了一晌，过午方散。“承录示元之诗，旧虽曾见之，今得公亲书，甚喜。令跋尾。诗词如此，岂敢挂名其间。呵呵。惠示江瑶，极鲜，庶得大嚼，甚快。”［承您（钱穆父，苏轼朋友）送来您的这首诗，以前我就读过，现在得到您的亲笔诗笺，太高兴了。您让我在后面写个跋，诗已经写的这么好了，我怎么敢再挂名！呵呵！您送我的江贝很新鲜，大吃一顿，太痛快了。］今日诗人之间的交往，差不多还是这样。写诗，那就是朋友，即刻肝胆相照。我们每每谈及苏轼，大家语气之间似乎都有一个动作，就像基督徒提到圣父圣子之名那样要合个十字，只是没做出来而已。寓居杭州的诗人方闲海也打的穿过杭州城来看我，他在一个学校教美术，自费办着一个诗歌出版社，叫做黑哨。他收入菲薄，就像苏轼的朋友张先那样“坐此而穷，盐米不继。啸歌自得，有酒辄诣。”我们在酒吧里长谈，没有提到苏轼。临走他送我一个16开的大笔记本，深绿色的布面封皮，用宋代发明的那种蝴蝶钉装订的，有一块砖那么厚，够写很久，呵呵。

在密州。苏轼写下了他的杰作：《江城子·乙卯正月二十日夜记梦》：“十年生死两茫茫，不思量，自难忘。千里孤坟，无处话凄凉。纵使相逢应不识，尘满面，鬓如霜。夜来幽梦忽还乡，小轩窗，正梳妆。相顾无言，惟有泪千行。料得年年肠断处，明月夜，短松冈。”这首诗怀念的是他的亡妻王弗。伟大情人的千古名句，令后代的爱人们一读再读，凄然神伤。

在古代中国，写作是自我超凡入圣的道路之一。“智者创物，能者述焉，非一人而成也。”“惟文字庶几不与草木同腐，故决意为之。”（苏轼）尊卑有序，修敬无阶，每个人每种追求都可以成为圣人，写作只是“生生之谓易”的生生之一。写作与世界人生是浑然一体的，一切都要止于至善。文人的文章，或者庶民的无文之文，都是一条道，生生，止于至善。

一为文人，以诗言志，文以载道，就像僧侣进入寺院，必须吾丧我，为道的彰显而隐匿自我，文不是自我的表现，而是“吾丧我”，“齐物”，“修辞立其诚”，就是自我在大道中匿名。汉语不是工具性的，而是存在性的，“语言是存在之家”（海德格尔）。有点像罗兰·巴特所谓的“作者之死”，“不再是为了直接对现实发生作用，而是为了一些无对象的目的，也就是说，最终除了象征活动的练习本身，而不具任何功用……失去其起因，作者就会步入他自己的死亡，写作也就开始了。”这种“象征活动”，有一个整体的宰制：“尽善尽美”，随心所欲而不逾矩。作者之死，乃是作品抵达了至诚。

诗人就是文人，一切都是诗、一切都是文。“物一理也，通其意，则无适而不可。分科而医，医之衰也，占色而画，画之陋也。和、缓之医，不别老少，曹、吴之画，不择人物。”（苏轼）文人就是为世界纹身者，写一切，文教，止于至善，甚美。苏轼的写作五花八门，生活就是艺术，就是写作。“能文而不求举，善画而不求售，文以达吾意而已，以其不求售也，故得之自然。”他是第一流的画家（开创了中国的“文人画”），第一流的书法家，他什么都写，诗、赋、札记、诏书、口宣、奏议、表疏……诗书琴画，什么能够生生，至善，他写什么。虽被后世尊为诗人，但在文体上，苏轼并没有厚诗薄文，“为文至多，而未尝敢有作文之意。”苏辙说：“至其遇事所为诗骚铭记书檄论撰率皆过人。”“公之于文，得之于天”。《四库提要·东坡全集》有一百一十五卷，还不包括乌台诗案时被毁掉的那部分，它们都是用毛笔一个字一个字写下的。

“有敕。卿等通两国之欢，不远千里。驱一乘之传，来庆三朝。”“有敕。卿拔自循良，老于文学。禁林之命，儒者所荣。往祇厥司，以究所蕴。宣诏许内翰入院口宣。”“朕即位二年，水旱继作。致灾之故，实惟冲人。既延及于无辜，复贻忧于文母。是以坐不安席，食不甘味。”“礼之至者无文，哀之深者无节。故禫而不乐，古人非以求名；琴不成声，君子以为知礼。朕以宗庙之重，勉蹈先帝之余。履其位惕然而自惊，用其物潸焉而出涕。”“夫以才御物，才有尽而物无穷；以道应物，道无穷而物有尽，……赐宰相吕公着乞罢相位除一外任不许批答。”……都是苏轼写的，就是为朝廷起草的文件，也有许多是苏轼自己的观点。他为朋友写墓志铭，为乳母写墓志铭，“赵郡苏轼子瞻之乳母任氏，名采莲，眉之眉山人。父遂，母李氏。事先夫人三十有五年，工巧勤俭，至老不衰。乳亡姊八娘与轼，养视轼之子迈、迨、过，皆有恩劳。从轼官于杭、密、徐、湖，谪于黄。元丰三年八月壬寅，卒于黄之临皋亭，享年七十有二。十月壬午，葬于黄之东阜黄冈县之北。铭曰：生有以养之，不必其子也。死有以葬之，不必其里也。我祭其从与享之，其魂气无不之也。"他写胡麻赋、蜜酒歌、猪肉颂、老饕赋、菜羹赋……

元丰二年（1079年），苏轼四十三岁，被派去湖州任知州，他向皇帝呈递了《湖州谢表》。那时候官员每被派到一个地方任职，都要写这样的表，谢表也要在朝廷定期出版的公报上发表。在这个谢表里，苏东坡说，"陛下知其愚不适时，难以追陪新进；察其老不生事，或能牧养小民。""新进""生事"之类的隐喻激怒那些支持王安石的官员，就要寻机灭掉苏轼。这些官员在苏轼做的事上找不出罪证，就转向他的诗歌、文章。苏轼时代，一个大臣持不同政见很正常，朝廷经常有大臣因政见不同而辞职（比如司马光、王安石）。小人们为苏轼罗列的罪名不是因为他的不同政见，而是他的诗歌暗示出"不臣之心"。

1079年7月28日，苏轼在湖州任上因写诗"谤讪朝廷"被监察御史李定告发，逮捕，押往御史台关押。苏轼尚未定罪，"诟辱通宵"，关在监狱里等着宣判。皇室崇拜苏轼文才的人不少，包括皇帝的母亲。告发者担心他会被释放，于是更积极地在他的作品翻找"微言大义"、隐喻、象征。这些告密者自己也是写诗写文章的人，自然娴熟于含沙射影、言此意彼、断章取义这一套。御史台里行（里行，资历较浅的官员）舒亶用了四个月的时间研读苏轼的诗，此时他可不是一个诗歌批评家，苏轼的诗集在他看来，只是一堆案卷、罪证，不是美而是政。他终于找到一些片段上奏朝廷，说苏轼的诗"包藏祸心，怨望其上（埋怨皇帝），讪渎谩骂（亵渎谩骂）。""触物即事，应口所言，无一不以讥谤为主。""无复人臣之节者（不守大臣的规矩），未有如轼也。盖陛下发钱以本业贫民（指青苗贷款，帮助贫困的农民。），则曰'赢得儿童语音好，一年强半在城中'；陛下明法以课试郡吏（颁布法令考核官员的政绩），则曰'读书万卷不读律，致君尧舜知无术'；陛下兴水利，则曰'东海若知明主意，应教斥卤（盐碱地）变桑田'；陛下谨盐禁（宋代曾实行盐由国家专卖），则曰'岂是闻韶解忘味，尔来三月食无盐'。"舒亶奏请将苏轼处死。身为宰相的王珪也甘当小人。这首诗被王珪从苏轼诗集里面挑出来："凛然相对敢相欺，直干凌云未要奇。根到九泉无曲处，世间惟有蛰龙知。"《王复秀才所居双桧》王珪对宋神宗说，"根到九泉无曲外，岁寒惟有蛰龙知"是对"陛下有不臣意"。"陛下飞龙在天，轼以为不知己，而求知地下之蛰龙，非不臣而何？”苏轼麻烦大了。“利用小说反党”。这首诗本来是苏轼写给钱塘的中医王复的，王复家种着两棵桧树。苏轼借着赞美这两棵古树来暗示他对王复人品的仰慕。

诗只是诗，虽然一再被各时代的诗人申明，但读者一到关键时刻，就将诗理解为事实本身，美降格为事实，成为可以呈堂取证的证据。尽善尽美，善成为现世在场的道德、政治尺度，超越性的尽美被忽略不计。“甚美”常常被好事者交给有司去定夺，而有司也认为自己有资格和权力定夺。美政，无事的时候是诗，一旦有事，美政分裂，那就是政。“政塞道丧，若违忤要势，即恐祸不旋踵，虽以清白自守，犹不能免请谒之累。”（《北齐书·袁聿修传》）［政治封闭大道沦丧，写作就是不合时宜的异端，时常害怕着祸从天降。虽然只是纯粹地（无关政治）写也难免常常要战战兢兢自我辩护。］在中国这种文化传统中，写作是刺激的，令人兴奋的，也是危险、令人恐惧的。文教充满魅力，“一封朝奏九重天，夕贬朝阳路八千”，极端的时候，甚至导致杀身之祸，诗歌天才被嫉妒、陷害的事情在中国历史上并不少见。杜甫写到李白的时候，曾说“世人皆欲杀，吾意独怜才”。野史记载，唐代诗人刘希夷曾经写下“年年岁岁花相似，岁岁年年人不同”的诗句，他舅舅宋之问为这两句诗迷狂，要求刘把这两句诗让给他，刘希夷不干，宋之问就杀害了刘希夷。

文政合一，并不意味二者没有分别。诗蛊惑人心，崇尚语言的自由无为，“澹无为而自得”（屈原），“笔落惊风雨，诗成泣鬼神”（杜甫）在文政合一的开明的时代，文化导致政通人和。在另一方面，由于文追求自由表达的本性而异常危险，头上总是悬着达摩克利斯之剑。文的悖论，它一方面是“位焉”，另一方面，它“师法造化”，试图代神立言，“圣人之学也，以其所见者推其所不见者。”（苏轼《东坡易传》）说不可说之说，道非常道之道。文对迹象进行的解释，通常是不确定的、模棱两可的、感觉性的、表现性的、启示性的，信不信由你。怎么解释都行，解释越不确定的越被视为好诗。

法国哲学家朱利安在《间距与之间——论中国与欧洲思想之间的哲学策略》一文讨论文的不确定。“对柏拉图而言，之间的想法找不到实际可以立足之处，它只能来自混合与‘驳杂’，来自必须解开的错乱之混淆的认同。希腊人对“极端”深深着迷，因为只有极端会凸显出来，具有可分辨的特征而且可让人辨识它们之间的差异。但是希腊人可能忽略了流动的‘两者之间’与过渡时的‘模棱两可’。它们都不具有特定属性，它们是老子所谓的道。其后果是，柏拉图无法给这个生命之间任何实质，因此把生命一分为二……排除了生成与暧昧，但是生活的思想却因此被遗弃了。”“中文词既没有词尾变化，也没有性、数、格变化，所以它几乎不建构，而是使用相关性发挥作用，强调肇因之中（非常有名的阴阳）两极的互动关系。同样地，中文也没有动词变化，因此——犹如欧洲语言的动词不定式——很自在地让人听见，事物沉默地进行着不确定之过程，那就是‘道’。”

苏轼在（《东坡易传》）中解释过道：“道者，器之上达者；器者，道之下见者。其本一也。”“物生而阴阳隐，凡可见者皆物也，非阴阳也。”“世之所谓变化者，未尝不出于一而两于所在也。”“两于所在”就是朱利安所谓“‘两者之间’与过渡时的‘模棱两可’。”“圣人无能，因天下之已能而遂成之。”“上而为阳，其渐必虚。下而为阴，其渐必实。至虚极於无，至实极於有，无为大始，有为成物。夫大始岂复有作哉？（卷七）有作，就是有心。就是朱利安所谓的“只有极端会凸显出来，具有可分辨的特征而且可让人辨识它们。”有心，就是不信，不信，不服，所以要极端、凸出。“天非求同于物，非求不同于物也，立乎上而天下之能同者自至焉，其不能者不至也，至者非我援之，不至者非我拒之，不拒不援，是以得其诚。”道是先验的。“我有是道，物各得之，如是而已。”道必须信任，“凡有心者，虽欲一不可得也。不一则无信矣，夫无信者岂不难知难从哉。乾坤唯无心故一，一故有信，信故物知之者易，而从之者也不难。”“我与物为二，君子之欲交于物也，非信而自入矣，譬如车，轮舆既具，牛马既设，而判然二物也，夫将何以行之？惟为之輗軏以（车辕与衡轭联结处插上的销子。）交之，而后轮舆得藉于牛马也。輗軏，辕端持轭者（驾车时搁在牛马颈上的木架）也。故曰：“人而无信，不知其可也。大车无輗，械无軏，其何以行之哉？”车与马得輗軏而交，我与物得信而交。金石之坚，天地之远，苟有诚信，无所不通。吾然后知信之物軏也。”（《东坡易传》）

文的最高境界是几近于道。几是距离、层次。怎样的文几近于道？孔子认为诗可“群”，孔子暗示，诗导致的群、团结、共享的层次几近于道。“诗三百”何以能够流传至今，因为群。但是，文的“几近于道”，也可以通过权力来定夺。这是文的“以其所见者推其所不见者”的一个天然悖论。道在屎溺，但道不是屎溺，但有时候，道就是屎溺。苏轼时代，朝廷中几乎人人写诗，写得好的不在少数。懂得诗之奥妙的也不在少数。美政，美的事，可以交给美去定夺，也可以交给行政、有司去定夺。诗并非事实本身。天人合一，但是天也是天，人还是人，无论如何天人合一，开端处的分是无法弥合的。哲人孟子早就预见到文与政最终无法合一，他提出“穷则独善其身，达则兼善天下”。这意思也是，政见不和就独立写作，政见合的时候就美政。天是天，人是人，文政合一只有通过中庸之度来调整，完全的一仅是暂时的，分久必合，合久必分，这也是一阴一阳谓之道。古代文统的软肋在于，中庸之道仅依赖权力者个人的修养，慎独（阴），而缺乏制度（阳的）的保证。文人苏轼运气好，生逢其时。文化在宋已经具有宗教的地位。“郁郁乎文哉。”（深邃沉默的文啊！）文具有最高的、神性的制约力量，一切世俗行为的最高核准权，某种程度上甚至制约着权力。诗是文统的核心，诗人就像神职人员。宋神宗就是真的忌惮苏轼，他也必须收敛。宋神宗看了被王珪告发的苏轼的诗后，说：“诗人之词，安可如此论？”真是千古至言。这位“有司”不但有权力，而且有较高的修养，是明白“诗就是诗”的。他说：“彼自咏桧，何预朕事？”“龙者非独人君，人臣也可以言龙也。”他还指出：“自古称龙者多也，如荀氏八龙（东汉荀淑八子皆贤，时谓荀氏八龙），孔明卧龙，岂人君耶？”王珪顿时“语塞”。王安石也施援手，他虽然在变法上专断独行，但并非为了一己之私，而是忠诚于他的政治主张。苏轼的门人黄庭坚说，“余尝熟观其（王安石）风度，真视富贵如浮云，不溺于财利酒色，一世之伟人也”。王安石不喜欢苏轼的政见，“轼与臣所学及议论皆异”，但并不因此否定苏轼作为诗人、朋友的存在。这时，他已经被贬官，不在朝中，他听到苏轼命在旦夕，就写信派人连夜飞马进京递给宋神宗。信中说：“岂有圣世而杀才士乎？”“王者虽以武功克定，终须用文德致治。”宋太祖曾经立碑“不杀士大夫和上书言事者”。

苏轼没有被处死，1080年被流放到黄州。

黄州，在苏轼时代，是一个穷山恶水的流放地，古有“陋邦”之称。长江流到这里，在一片滑腻的红色砂岩（丹霞地貌）上迅速滚下，什么也留不住。但是在苏轼眼里，世界无处不可在，无不可诗。“某凡百粗遣，厄困既久，遂能安之。”“余尝寓居惠州嘉佑寺，纵步松风亭下。足力疲乏，思欲就亭止息。望亭宇尚在木末，意谓是如何得到？良久，忽曰：‘此间有甚么歇不得处？’由是如挂钩之鱼，忽得解脱。”（我曾经住在惠州嘉佑寺，有一次小跑到松风亭下，跑不动了，想着就在这里休息歇脚吧，但是看看嘉佑寺还在森林那边，什么时候走得到啊。想了一阵，忽然说，为什么不能就睡在这里呢？于是就像逃脱了钓钩的鱼一样解脱了。）“罪大责轻，得此甚幸，未尝戚戚。”“此间有甚么歇不得处？”在《自题金山画像》这首诗中，苏轼写道“问汝平生功业，黄州、惠州、儋州。”这三个地方都是苏轼的流放地。苏轼不认为开封是他功业发达的地方，他的功业开始于他落难的时候，开始于流放地。

苏轼的流放其实只不过是下野，归隐。没有人要改造他的世界观和政见，虽然失意于政治，但人们继续承认他作为诗人的神职地位，在苏轼整个流放生涯中，一直被他的读者顶礼膜拜。黄州太守陈君式非常尊重他，为他的生活提供许多便利。在《初到黄州》这首诗中，苏轼写道：“自笑平生为口忙，老来事业转荒唐。长江绕郭知鱼美，好竹连山觉笋香。逐客不妨员外置，诗人例作水曹郎。只惭无补丝毫事，尚费官家压酒囊。”完全是闲云野鹤。这种优哉游哉的流放，只出现在文教的中国。在苏轼的笔下，黄州被写成了一个天堂。“临皋亭下八十数步便是大江，其半是峨眉雪水，吾饮食沐浴皆取焉，何必归乡哉！江山风月，本无常主，闲者便是主人。东坡居士酒醉饭饱，倚于几上。白云左缭，清江右洄，重门洞开，林峦坌入。当是时，若有思而无所思，以受万物之备。惭愧！惭愧！”（临皋亭向下走八十几步就是长江，江水一半来自峨嵋的雪，我吃饭洗澡都用这水。何必回家乡嘛。江山风月，本来就没有主人，谁有闲心谁就是主人。我酒醉饭饱，靠着小桌。白云在左边缭绕，清澈的江水在右边徘徊，高山像门一样一座座打开，其间是一片片雾一样的森林。这个时候，若有思而无思，全身心都投入造物主为我备下的万物。不好意思！不好意思！）苏轼不是本质主义者，他更像一位存在主义者，随物赋形，“受万物之备”。“造物者之无尽藏也，而吾与子之所共适。”

黄州如今已不叫黄州，数年前被当地政府改名为黄冈。黄冈著名的不是苏东坡，而是黄冈中学。这个中学不会教学生写策论，以培养准确无误地答对标准答案的考试状元而著名。一位出租车司机告诉我，我们黄州的名人多得很，他提了几位将军和官员的名字，没有提到苏轼。在《念奴娇·赤壁怀》里提到的赤壁之上，根本看不见“乱石穿空，惊涛裂岸”，惊涛早已被堤坝挡在数千米之外，赤壁之上只有一个公园。“陈旧的景区规划都已经跟不上游客的需要，急需进行改造升级。通过两年的申报、审批手续，我市东坡赤壁基础设施项目于今年（2013 年）正式动工实施，目前，改造工程正在紧锣密鼓地进行中。整个项目的工程是 1082 万。还将申创国家 4A 级风景名胜区。”“所有的路面硬化，铺装。然后所有的草皮，苗圃，树木的改良，让（游客）

一年四季都有花可看。还对公园的水体也进行了改造，现在的生活污水都是直接排进来的，外面建了两个化粪池，进行了两级的进化处理，争取还一个碧水蓝天。”（摘自黄冈新视窗网消息，黄冈电视台记者余敏汪莉吴雷陈霄报道，2013-10-15）

在黄冈城边上，修建了风景区来纪念苏轼，叫做遗爱湖风景区。“遗爱”一词来自苏轼，苏轼在黄州时，黄州的另一位太守徐君猷也热爱他的文章，两人常在“竹间亭”喝酒写诗，交情甚笃，徐君猷离任后，苏轼将竹间亭改为遗爱亭。这个徐君猷“无赫赫名”，离开后却令人思念。苏轼说，所以亭子改名为“遗爱”。徐君猷在黄州时，“未尝怒也，而民不犯；未尝察也，而吏不欺；终日无事，啸咏而已。每岁之春，与眉阳子瞻游于安国寺，饮酒于竹间亭，撷亭下之茶，烹而饮之。”徐君猷死后，苏轼黯然写道：“雪后独来栽柳处，竹间行复采茶时。山城散尽樽前客，旧恨新愁只自知。”这个遗爱亭公园占地5400余亩，宽阔坦荡的广场。摆着许多石头，上面刻着苏轼的诗词，还有一个纪念馆。必须乘着电动游览车才能游览，在里面参观了一上午，因为太空旷，脸膛被冷风吹得发紫。解说员说，还没有走完一半呢。

黄冈的苏学专家王琳祥告诉我，以前，前往东坡赤壁的山道两侧，一路都是牌坊，碑刻。人们三步一叩、五步一香地前去朝拜。二赋堂还在。王琳祥说，清康熙初年，有“天下第一廉吏”之称的黄州知府于成龙重修了赤壁景区。为了纪念苏东坡，他将修复的楼台亭阁名之为“二赋堂”。堂顶的中梁下面立着一块黑漆木屏风，屏风的前面是程之桢用楷书写的《前赤壁赋》，后面是李开书以魏书写的《后赤壁赋》，二赋堂的匾是李鸿章写的，堂前对联为黄兴所撰，这些字都极为虔诚恭敬，不敢逞才使气。将一位诗人的文章神位一样地供着，就像汉莫拉比法典上的碑文。王琳祥说，经常有游客站在这里高声朗诵。二赋堂旁边还有苏祠，苏轼的塑像前支着香炉，下面是蒲团，跪拜的人很多，已经压扁磨破了。苏门四学士黄庭坚、秦观、晁补之、张耒供立两侧。王琳祥正在为我们一一讲解，忽然，一个穿着白衬衣，脚上套着一双解放牌球鞋的年轻人从廊柱间闪出，一把揪住老王，自称他是黄庭坚的四十几代孙。“我向你请教一个问题”，连珠炮般地一口气提了十多个为什么。又与王老讨论真正的赤壁到底在哪里，因为湖北省还有一个赤壁市，以前那个地方属于咸宁，1998年6月更名为赤壁市。许多游客以为那里就是苏东坡写《赤壁怀古》的赤壁。王琳祥说：“‘赤壁’，必是赤色的崖壁或是光秃秃的山壁。蒲圻赤壁山色不赤且不光秃，为什么称其为‘赤壁’？”滔滔不绝地考证起来，他真是博览群书。刚刚要走，又过来四位游客，王老又被叫住了，要请王老师讲讲苏东坡的“赤壁之游”在什么位置，“东坡游的不是急流滚滚的赤壁摩崖上游，而是长江的洄水湾矶窝湖。”老王说。老王62岁，自号赤壁山人。他喜欢吹箫，有时候一个人站在赤壁后面的树林里吹。“苏东坡听得见的。”他曾经将自己结婚日定在农历“七月之望”。旁人大惊。他著有《苏东坡谪居黄州》等书，对苏东坡在黄州的遗迹了如指掌。他领我们走进黄冈中学，指着篮球场旁边的一块空地，说那就是定慧院。又走去一个街口，在西瓜摊、西药店、烤鸡铺子、杂货铺、报刊亭之间，老王说这就是承天寺，我有些迷糊，面前车水马龙，一个交通警察在指挥车辆，老太太惊魂未定地站在路中间，没有一辆车停下来让她过路。我们又穿过小巷，一路经过下水道、垃圾箱、饭馆漆黑的抽油烟机、写着买卖非法物品的电话号码的肮脏墙壁、挂着红色门帘的可疑理发室……这一路要遇见“长江绕郭知鱼美，好竹连山觉笋香。”“不问人家与僧舍，拄杖敲门看修竹。”“林深雾暗春光迟，日暖风轻春睡足”……必须有神仙的想象力。他完全忽视眼前的一切，不停地为我指出这是雪堂，这是东坡，那是南堂……最后带我们来到位于一座小山顶的五层居民楼，每家的窗子都安着爪子般的钢筋焊接的防盗笼，黑压压地抓着这栋楼。楼道的墙壁上贴满小广告，楼梯边堆积着住户的家什，上到楼顶，他说这就是栖霞楼所在。“余谪居黄州，三见重九，每岁与太守徐君猷会于栖霞楼。”我小心着不被楼顶上的电线、建筑垃圾绊倒，望出去，看不见长江。那河流感觉是在远方天底下，黄蒙蒙地一条。楼前是各种建筑物的水泥顶，吊车的顶、高压电塔、私装的锅盖式天线、太阳能热水器的长桶……穿着已经大众化的高尔夫球衫、留着分头的老王站在楼边，闭着眼睛，奋身朗诵“乱石穿空，惊涛拍岸，卷起千堆雪。……”起风，狂灰卷过城市的天空，新的混沌之间，依然感觉得到那种苍茫廖郭，似乎听得见浩浩荡荡的激流。

“郡中无一人旧识者。时时策杖在江上，望云涛渺然……”在黄州，苏轼没有房子，他自己盖：“苏子得废园于东坡之胁，筑而垣之，作堂焉，号其正曰‘雪堂’。堂以大雪中为，因绘雪于四壁之间，无容隙也。起居偃仰，环顾睥睨，无非雪者，苏子居之，真得其所居者也。”（苏轼得到一个废弃的园子，在东坡的一个侧面，将它磊筑平坦，盖了房子。取名雪堂。因为盖房子的时候在下大雪，所以在四壁上画满了雪。起居睡觉，看见的都是雪。真是我想住的房子呵。）没有粮食，他自己种，“近于侧左得荒地数十亩，买牛一具，躬耕其中。今岁旱，米贵甚。近日方得雨，日夜垦辟，欲种麦，虽劳苦却亦有味。”就苏轼自己的生活纪录来看，被流放到黄州，并非今人所理解的逆境，倒是摆脱了案牍劳形的一种自由、解放。“邻曲相逢欣欣，欲自号鏖糟陂里陶靖节，如何？”（邻居相见都很高兴，我想取个别号叫做漂着污垢的澡堂里的陶渊明，怎么样啊？）

“寓一僧舍，随僧蔬食，甚自幸也。感恩念咎之外，灰心杜口，不曾看谒人。所云出入，盖往村寺沐浴，及寻溪傍谷钓鱼采药，聊以自娱耳。”

“信笔乱书，无复伦次，不觉累幅。书到此，恰二鼓，室前霜月满空。”

“闲废无所用心，专治经书。一二年间，欲了却《论语》《书》《易》……”

“布衣芒峤，出入阡陌，多挟弹击水，与客为娱乐。每数日必一泛江上，随其所往；乘兴或入旁郡界，经宿不返，为守者极病之。”

“顷在黄州，春夜行蕲水中，过酒家饮，酒醉，乘月至一溪桥上，解鞍，曲肱醉卧少休。及觉已晓，乱山攒拥，流水锵然，疑非尘世也。书此语桥柱上。‘照野弥弥浅浪，横空隐隐层霄。障泥未解玉骢骄，我欲醉眠芳草。可惜一溪风月，莫教踏碎琼瑶。解鞍欹枕绿杨桥，杜宇一声春晓。’”（有一次在黄州的时候，骑着马走在春天之夜的蕲水畔，经过酒馆就进去喝几杯，喝醉了，乘着月光来到一溪桥上，解鞍下马，醉醺醺地躺下，把胳膊当做枕头。睡醒时天已经亮了。猛然看见乱山簇拥在周围，流水响亮，怀疑是在天堂里。就填词一首，题在桥上：照野弥弥浅浪，横空隐隐层霄。障泥未解玉骢骄，我欲醉眠芳草。可惜一溪风月，莫教踏碎琼瑶。解鞍欹枕绿杨桥，杜宇一声春晓。”）

“昨夜偶与客饮酒数杯，灯下作李端叔书，又作太虚书，便睡。”

“余既治东坡，筑雪堂于上。人俱笑其陋，独鄱阳董毅夫钺过而悦之，有卜邻之意。乃取归去来词，稍加隐括，使就声律，以遗毅夫。使家童歌之，时相从于东坡，释耒而和之，扣牛角而为之节，不亦乐乎？”（我整理好东坡，盖了雪堂，人们都嘲笑太简陋了。只有鄱阳来的朋友董毅夫（董钺）很喜欢，有意与我做邻居。就把陶渊明的《归去来兮辞》稍微修改以合词可以歌唱的韵律，书写送给毅夫。如果叫家童歌咏这个词，在东坡耕地的人们听见歌声都放下犁把，扣着牛角打着拍子，不是很快乐吗？）

“君数书，笔法渐逼晋人，吾笔法亦少进耶？画不能皆好，醉后画得一二十纸中，时有一纸可观，然多为人持去，于君岂复有爱，但卒急画不成也。”

“苏东坡与客论食次，取纸一幅以示客云：烂蒸同州羊羔，灌以杏酪香梗，荐以蒸子鹅，吴兴庖人斫松江鲙；既饱，以庐山玉帘泉，烹曾坑斗品茶。少焉解衣仰卧，使人诵东坡先生《赤壁前后赋》，亦足以一笑也。”（苏东坡与客人谈论美食后，取来一幅字画给大家看，说：吃蒸烂的、杏子香梗勾芡的同州产羊羔肉，再加上蒸子鹅和吴兴厨师烹制的松江鲙鱼，饱了，用庐山玉帘泉的水，泡曾坑斗品茶。喝上几杯，然后借开衣扣躺着，使人朗诵我的《赤壁前后赋》，也可以一笑的。）呵呵。

律诗在晚唐已经走向模式化，束缚着诗人的创造力。一种新的写法自民间悄然开始，长短句——词出现了。词起源自胡夷、里巷之曲，就像现在的自由诗一样，它最初受到外来文化的影响。许多正统诗人看不上这种写作，他们打击这种写法不是纯正的诗，是“小道”“诗余”，诗的副产品。诗人李商隐认为，词：“虽协音律，而语词尘下”。有位叫钱惟演的诗人“平生唯好读书，坐则读经史，卧则读小说，上厕则阅小词”。律诗仅七言、五言两种格式。词将近似口语的长短句配以较为宽容的平仄节奏形成词牌，每个词牌由固定字数、韵律的长短句组成，词牌多达两千多种，这为诗开拓了更广阔的空间。最早将词当作诗来写的是诗人柳永，柳永的词，形式是新的，意境依然是晚唐流行的浅酌低唱、风花雪月的“柳七郎风味”。直到苏轼，词才被庄重严肃地对待，不再是“小道”“为诗之苗裔”“萧然有远古风味”。“苏东坡词，人谓多不谐音律。然居士词横放杰出，自是曲子中缚不住者。”（晁无咎）“东坡先生非心醉于音律者，偶尔作歌，指出向上一路，新天下耳目，弄笔者始知自振。”（王灼《碧鸡漫志》卷二）诗人陆游在《老学庵笔记》中说：“世言东坡不能歌，故所作乐诗，多不协律。晁以道云：‘绍圣初与东坡别於汴上，东坡酒酣，自歌《古阳关》，则公非不能歌，但豪放不喜裁剪以就声律耳。”“近却颇作小词，虽无柳七郎风味，亦自是一家。”“东坡在玉堂，有幕士喜讴，因问：我词比柳词何如？对曰：柳郎中词，只好十七八女孩儿，执红牙拍板，唱杨柳岸，晓风残月；学士词须关西大汉，执铁板，唱大江东去。”苏轼一方面将词从音乐的附庸地位里解放出来，词不再只是歌词，而是一种可以脱离音乐独立的新诗体。另一方面，他引领着诗摆脱形式主义的语词游戏，重返活泼的生活世界，走向雄浑开阔深邃的意境。

在黄州，苏轼写下了他那些最杰出的作品。“东坡词颇似老杜诗，以其无意不可入，无事不可言也。若其豪放之致，则时与太白为近。太白《忆秦娥》，声情悲壮。晚唐、五代，惟趋婉丽。至东坡始能复古。”（刘熙载）

“夜饮东坡醒复醉，归来仿佛三更。家童鼻息已雷鸣。敲门都不应，倚杖听江声。长恨此身非我有，何时忘却营营？夜阑风静縠纹平。小舟从此逝，江海寄馀生。”（《临江仙》）电影镜头般的叙事、抒情、思浑然一体，在中国古典诗歌里独树一帜。中国诗歌的传统是大地赞美，苏东坡的大地赞美走得更远，深入到思的层次，以文为诗，他开始思之诗，诗像文一样展开，深入到世界人生的幽微之处。

“为米折腰，因酒弃家，口体交相累。归去来，谁不遣君归？觉从前皆非今是。露未晞，征夫指予归路，门前笑语喧童稚。嗟旧菊都荒，新松暗老，吾年今已如此！但小窗容膝闭柴扉，策杖看孤云暮鸿飞，云出无心，鸟倦知返，本非有意。噫！归去来兮，我今忘我兼忘世。亲戚无浪语，琴书中有真味。步翠麓崎岖，泛溪窈窕，涓涓暗谷流春水。观草木欣荣，幽人自感，吾生行且休矣！念寓形宇内复几时？不自觉皇皇欲何之？委吾心、去留谁计？神仙知在何处？富贵非吾志。但知临水登山啸咏，自引壶觞自醉。此生天命更何疑？且乘流、遇坎还止。”（苏轼《哨遍》）好一个“且乘流、遇坎还止”！过去的诗歌要么意气飞扬，要么婉转低沉，并且有着相对固定的诗歌专业辞典。苏轼的诗外枯中膏、客观冷静、不事张扬，大巧若拙，寓深刻于平淡，“以俗为雅”，“常言”，“街谈市语，皆可入诗，但要人镕化耳”。（周紫芝《竹坡诗话》）“东坡词颇似老杜诗，以其无意不可入，无事不可言也。若其豪放之致，则时与太白为近。”（刘熙载《艺概》）“冲口出常言，法度去前轨。”“大略如行云流水，初无定质，但常行于所当行，常止于所不可不止，文理自然，姿态横生。”（苏轼）叙事、写景、议论、抒情，颇近散文，但被诗性的语感收摄，语气平和而意蕴幽微深邃，貌似冷静客观其实暗藏玄思，颇近现代的奥登。

有个故事说，年轻时章惇（苏轼的同乡，官至宰相）与苏轼同游南山，到了仙游潭，潭在万仞绝壁之下，下去的小路非常狭窄。章惇请苏轼到潭边的岩壁上去题字，苏轼不敢。章惇冒着危险走下去，沾着墨漆笔在石壁上大书六个字：“章惇苏轼来游。”后来苏轼拍着章惇的背说：“你以后当了官，一定敢杀人。”章惇问：“为啥？”苏轼说：“自己的命都不要的人当然敢杀人。”章惇大笑。苏轼与章惇不同，章惇不顾生命危险，将名字“漆墨濡笔大书石壁”，名重于生命。苏轼“不敢”，他不“拼命”，他重视身体，热爱生命。“君子黄中通理，正位居体。美在其中，而畅于四支，发于事业，美之至也。‘黄’，中之色也；‘通’是‘理’，然后有是色也。君子之得位，如人之有四体为己用也。有手而不能执，有足而不能驰，神不宅其体也。”（《东坡易传》）［意译：君子黄色居中而兼有四方之色，有健康居正的身体真理才能施行通达。美在其中，还要身体四肢通畅才能体现出来，才能发达事业。这才是美（否则美只是概念、观念。）黄，就是身体中看不见的居中之色（精神之色），通达、呈现就是理，理通才成为色（可见的表象）。君子能够守住上天赐予他的本位，就像人有着只属于他自己的五官四肢，如果有手而不能用，有脚而不走，神就不在他的身体里面了。]

苏轼时代的理学家是这个样子："屏居南山下，终日危坐一室，左右简编，俯而读，仰而思，有得则识，或中夜起坐，取烛以书。"（《横渠先生行状》）在司马光的葬礼上，理学家程颐拘泥于教条，不顾人情。苏东坡带领百官供奉先帝灵牌后，赶到司马光府上。程颐不准进去，说："这不合乎孔子立下的规矩，《论语》云：'子于是日哭，则不歌'。"意思是，你们供奉先帝灵牌时已听了乐曲，同一天怎么能来哀悼逝者呢？你没读过《论语》吗？苏轼说：《论语》中也未'子于是日歌，则不哭。'嘛！"意思是《论语》中也没说听了歌曲当天就不能哭嘛！苏东坡就带百官径直入府，又发现司马光的儿子、亲属没有出来接待前来吊唁来宾，因为程颐不准，说是司马光的儿子若真正孝顺，应去悲痛，不能在外待客才合古训。苏东坡当众骂程颐道："你真是个鏊糟死脑筋呵。""苏轼不悦于颐，颐门人贾易、朱光平不能平，合攻苏轼。"朱熹也不喜欢苏轼，认为苏轼文辞伟丽，近世无匹，但"其词意矜豪谲诡"，不是那些知道"道"是什么的君子"所欲闻"。朱熹说，"圣人千言万语只是教人存天理，灭人欲"，他的本意是人不应当被欲望遮蔽了生命的本真。但是，"天理"、观念、主义被理解为与身体、生命对立的思潮也开始出现。道法自然走向模式化、观念化，那时代许多士大夫离大地越来越远，失去了行动能力，与生活世界的场域越来越远。道法自然，他们可以将"自然"制作成自己家内的园林、盆景，关起门来自我陶醉。柳永的诗之所以气象纤弱，也与柳永的歌廊酒肆、楼台亭阁、假山画船、"关河冷落，残照当楼""飒飒霜飘鸳瓦，翠幕轻寒微透，长门深锁悄悄，满庭秋色将晚""凤额绣帘高卷，兽环朱户频摇"的生活世界有关。

苏轼不执于观念，"此心寂然，此身兀然，与虚空等……诸障渐灭，自然明悟：譬如盲人，忽然有眼，此时何用求人指路。"他后现代式地阐释"思无邪"："《易》曰：'无思无为，寂然不动，感而遂通天下之故。'《诗》曰：'思无邪。'孔子取之，二者非异也。惟无思，然后思无邪；有思，则邪矣。火必有光，心必有思。圣人无思，非无思也。外无物，内无我，物我既尽，心全而不乱。物至而知可否，可者作，不可者止，因其自然，而吾未尝思。未尝为此，所谓无思无为，而思之正也。若夫以物役思，皆其邪矣。如使寂然不动，与木石为偶，而以为无思无为，则亦何以通天下之故也哉？故曰'思无邪。思马斯徂。'苟思马而马应，则凡思之所及无不应也。此所以为感而遂通天下之故也。"（苏轼《论语拾遗》）"酒醉饭饱，倚于几上，白云左绕，清江右廻，重门洞开，林峦岔入；当是时若有所思而无所思，以受万物之备。”“物固有是理，患不知，知之，患不能达之于口与手。”（事物固然都有自己的道理，患不知，知之，又患不能说出来或者动手去做。）20世纪，梅洛·庞蒂提出：“挺身于世界。”“我们以我们的身体实现过渡，这就是我能。每一知觉都是我的身体的肉体统一的一个环节。……自我与身体的关系不是纯粹主我与一个客体的关系。我的身体不是一个客体，而是一种手段、一种知觉。我在知觉中用我的身体来组织与世界打交道。由于我的身体并通过我的身体，我寓居于世界。身体是知觉定位在其中的场。”几近于轼乎？

苏轼热爱生活，安土忘怀，遵儒而不执于儒（杨子怡语）。相信只有知行合一的行动、动手才能生生，当时代日益从大地、手边退出的时候，他保持着与大地、手边的直接联系，他的诗依然是大地之诗。“大块假我以文章。”中国文明，一开始就是为大地文身。“古来文章，以雕缛成体，岂取骀奭之群言雕龙也？夫宇宙绵邈，黎献纷杂，拔萃出类，智术而已。岁月飘忽，性灵不居，腾声飞实，制作而已。夫人肖貌天地，禀性五才，拟耳目于日月，方声气乎风雷，其超出万物，亦已灵矣。形同草木之脆，名逾金石之坚，是以君子处世，树德建言，岂好辩哉？不得已也！”（刘勰）天地有大美而不言，文道法自然，师从造化，苏轼是伟大实践者。

《赤壁赋》是苏轼最伟大的作品之一。思之诗的典范。中国文明一再召唤的不朽诗意再次获得广阔雄浑深邃美妙的命名。抒情、写境、思自然涌出，似乎语词在被从黑暗的大地上召唤而来的宁静喜悦中聚集，就像某种古琴在天地神人四位一体的宇宙中弹奏出来的乐章。此文成为中国文明的一个尺度，对它的理解、感悟可以衡量一个知识分子的品质、悟性、道行、精神境界的高低深浅，像《圣经》一样，可以测量人与神的距离。

作为思想家，苏轼是一位先知。苏轼“凡有思皆邪也，而无思则土木也。孰能使有思而非邪，无思而非土木乎？盖必有无思之思焉。夫无思之思，端正庄栗，如临君师，未尝一念放逸，然卒无所思”。“天地之间，或贵或贱，未有位之者也；卑高陈而贵贱自位矣。或刚或柔，未有断之者也；动静常而刚柔自断矣。或吉凶，未有生之者也；类聚群分而吉凶自生矣。或燕或化，未有见之者也；形象成而变化自见矣。故刚柔相摩，八卦相荡，雷霆风雨，日月寒暑，更用迭作。于其间杂然施之，而未尝有择也；忽然成之，而未尝有意也。”类似的思想，近世有德国的海德格尔，“沉思之思必须保持在非效用性中……一切的发生都是那样了无痕迹。”（海德格尔《作坊杂记》）“不可记者，

是不可言不可作也。”（《东坡志林》）“凡是可以说的都可以说清楚，对于不可以说的就必须保持沉默！”（维特根斯坦）

苏轼的思想影响到王阳明。董其昌说：“王学非出于苏而血脉则苏也。”

在黄州，苏轼经常乘一叶孤舟去黄州对岸鄂州的西山游览。“每风止日出，江水伏息，子瞻杖策载酒，乘渔舟，乱流而南。山中有二三子，好客而喜游。闻子瞻至，幅巾迎笑，相携徜徉而上。穷山之深，力极而息，扫叶席草，酌酒相劳。意适忘反，往往留宿于山上。以此居齐安三年，不知其久也。”那时候的江水是蓝色的，清澈见底，如今，大江上已经无渔舟，江流还在淌着。苏轼的笔下，这河流是大地文章，灵感之源，是目击道存，而不是航道。“天地之间，物各有主，苟非吾之所有，虽一毫而莫取。惟江上之清风，与山间之明月，耳得之而为声，目遇之而成色，取之无禁，用之不竭，是造物者之无尽藏也，而吾与子之所共适。”“哀吾生之须臾，羡长江之无穷。”这种伟大的世界观已经被人类“蒙者，有蔽于物而已”的拜物教全面颠覆了。经历了无数世代的折磨、使用，大江的水势不再那么嚣张，水色混浊了一些，流速减慢，似乎有些疲惫。渡轮票是 3 元钱，渡客不多。江上修了许多大桥，有汽车的人都不坐渡轮过江了，这是无产阶级的渡轮。有人骑着摩托，腿盘在龙头上，都懒得下来，渡轮一靠岸就要冲上去。哪有“哀吾生之须臾，羡长江之无穷”的兴致。大家站在钢板和铁栅栏之间发着呆，马达震耳欲聋地轰响着，十多分钟后，到了对岸。鄂州是一座水泥和玻璃的组合起来的新城，看不出它的历史，许多地方还在大兴土木。陈列在江岸的西山依然草木葱茏。据说三国时候吴王孙权曾在这里读书，建造了避暑的行宫。“山顶即位坛，九曲亭，皆孙氏遗址。”（苏轼）大地就是这样吝啬，一江之隔，江北，山穷水恶，一到江南，即刻草木葱茏，云蒸雾绕、鸟音婉转。“游者至此必息，倚怪石，荫茂木，俯视大江，仰瞻陵阜。”（苏轼）现在依然，来鄂州的人都奔西山去。西山的制高点是武昌楼，气喘吁吁到了那里，门锁着。几个民工正在脚手架下搬运水泥袋，说是楼正在维修。问谁有钥匙，如果开门的话，可以给点费用。就有一老者走来，给了他五十元，就开门让我们进去。爬到楼顶，极目四望，高天大河，云烟苍茫，几个燕子在翻飞。地面看起来真是惊心动魄，挖出了许多大窟窿，吊塔林立，推土机像是一窝窝黄色的鼹鼠。虽然大地已经被动过，但那工程还是可以忽略不计。“方其破荆州，下江陵，顺流而东也，舳舻千里，旌旗蔽空，酾酒临江，横槊赋诗，固一世之雄也，而今安在哉？”长江自西转来，依然是一派混沌初开的样子。大气滚滚。落日在云层后面若隐若现，还是那一句："浪淘尽，千古风流人物。"没什么可说的。

1085年，宋哲宗即位，曾经与苏轼一道反对王安石新政的司马光再任宰相，王安石为首的新党彻底失势。苏轼以礼部郎中被召还朝。半个月后，又升为起居舍人，三个月后，升为中书舍人，不久又升为翰林学士知制诰，知礼部贡举。

苏轼再次发表不同政见，认为王安石的"新法""不可尽改"。"法相因则事易成，事有渐则民不惊"。司马光要"尽废新法"，苏轼认为"民未必乐"，批评司马光"专欲变熙宁之法，不复校量利害，参用所长……所以一一缕陈者，非独以自明，诚见士大夫好同恶异，泯然成俗，深恐陛下深居法宫之中，不得尽闻天下利害之实也。"他不肯"唯温（司马光封温国公）是随""昔之君子，唯荆（王安石）是师。近之君子，唯温是随。所随不同，其为随一也。老弟与温相知至深，始终无间，然多不随耳。"他的"不执"，再次与政治的"固执""我执"发生冲突。

殿中侍御史来之邵向有司报告："轼臣先朝，久以罪废。至元佑擢为中书舍人、翰林学士。轼凡所作文字，讥斥先朝，援古况今，多引衰世之事，以快忿怨之私。行吕惠卿制词，则曰：'首建青苗，次行助役、均输之政，自同商贾；手实之祸，下及鸡豚；苟有蠹国而害民，率皆攘臂而称首。'行吕大防制诏，则曰：'民亦劳止，愿闻休息之期。'撰司马光《神道碑》，则曰：'其退如洛如屈之陂泽。'凡此之类，播在人口者非一，当原其所犯，明正典刑。"

"林希子中，在元祐作从官，与东坡为侪辈。在杭则为交承。东坡入翰苑，林以启贺曰：'父子以文章名世，盖渊云司马之才；兄弟以方正决科，迈晁董公孙之学。'后东坡谪惠州，林草制词，极其诋訾，云：'轼罪恶甚，论法当死……虽轼辩足以饰非，言足以惑众，自绝君亲，又将奚憝？'"御史虞策报告："苏轼作诰诏，语涉讥讪，望核实施行。"刘拯报告："苏轼敢以私忿行于诏诰中，厚诬丑诋；轼于先帝，不臣甚矣。"朝廷在《苏轼散官惠州安置制》中，指责苏轼"诋诬圣考，乖父子之恩，害君臣之义"。"市井不为，缙绅共耻。""可责授宁远军节度副使，惠州安置。"

1097年，苏轼再次被流放，发配到惠州。流放对他是无所谓的，"盖天下之乐无穷，而以适意为悦。……夫孰知得失之所在？惟其无愧于中，无责于外，而姑寓焉。此子瞻之所以有乐于是也。"

"鹅城清风，鹤岭明月……""荔枝正出林下，恣食亦一快也。""家有婢，能造酒，极佳，全似王晋卿家碧香，但乏可与饮者尔。"

“早来宿酒殊昏倦，得佳篇一洗，幸甚。昨日醉中口占，忘之矣。写一首为笑。”“撰月塔铭，使澄心堂纸，鼠须笔，李廷珪墨，皆一代之选也。”

“昨夜苦热减衣，晨起得头痛病，故不出见客，然疾亦不甚也。方令小儿研墨为君写数大字。旋得来教及纸，因尽付去。恐墓表小字中亦有题目，则额上恐不当复云墓表，故别写四大字，以备或用也。舍弟所作词，当续写去。人还，匆匆。”

“诗文二卷并纳上，后诗已别写在卷。后检得旧本，改定数字。”“儿子比抄得《唐书》一部，又借得《前汉》欲抄。若了此二书，便是穷儿暴富也。呵呵。”

但是，他也怕了，“多难畏人，此诗慎勿示人也。”“见戒勿轻与人诗文，谨佩至言。如见报出都日所闻，虚实不可不知，勿以告人也。”

苏轼时代的惠州，“合江楼下，秋碧浮空，光摇几席之上，而有茅店庐屋七八间。横斜砌下。”如今惠州已是四百七十多万人的巨城大邦。东江从城中间穿过，江边大厦林立，使得这条江看上去就像一个水库。几条老街还在，建筑是上世纪受法国十九世纪建筑影响的灰黄色骑楼。小巷的名字古色古香，六角巷、尔雅巷、叮咚巷、朱紫巷……小巷里有几家古董店，路旁坐着些老人，他们就藉这个住了一辈子，满街都是熟人、亲戚、朋友、街坊领居的地方养老，许多石头被日复一日的端坐、闲坐磨得非常光滑。小巷上空飘扬着各家晾的衣服，安静朴素，与世无争，充满生活的古老气息。但一切都在等着拆迁，拆迁像阴影一样笼罩着生活，使这里的一切看上去都无精打采。白鹤峰上建了许多房子，苏轼故居也在重建。遗址在一个中学里，只剩下一口井，用铁丝封住。雇来的本地民工裸着上身，正在烈日下挑土，脊背被太阳晒得油光光。这是亚热带，年平均气温22度。最热的时候在35度以上。恍惚间，以为是苏轼领着工人在盖房子。“新居在一峰上，父老云，古白鹤观基也。下临大江……”惠州老城中间有个湖，叫做西湖，这个名字是苏轼命名的，他是惠州的命名者，“一自坡公谪南海，天下不敢小惠州”。湖中的岛上有苏轼之妾王朝云的墓。王朝云是钱塘人，《燕石斋补》说：“朝云乃名妓，苏轼爱幸之，纳为常侍。”毛晋在《东坡笔记》记载：有一天东坡退朝，食罢，摸着自己的大肚腩慢慢走，对跟着他的侍从说：你们说说我肚子里有什么东西？一婢说：“都是文章。”东坡不以为然。又一人说：满肚子都是聪明智慧。”东坡觉得也不恰当。回到家又问朝云，朝云说：“学士一肚皮不合入时宜。”东坡捧腹大笑，说：“知我者，唯有朝云也。”王朝云跟着苏轼23年，在惠州病故。苏轼在墓志铭中写道：朝云，“敏而好义，忠敬若一”。

在惠州，苏轼看到居民饮水困难，就教他们修建水槽，将山上的水引到城里。看到穿过惠州城的大江，江是好的，但没有桥，就教他们修建浮桥。东新桥在绍圣三年（1096年）六月建成。“父老有不识，喜笑争攀跻。”看到守军没有军营，散居在百姓的家里面，经常扰民，就请建军营。看到农夫插秧很辛苦，脚杆泡在烂泥里沤得发白，宜至炎症，就教他们制作秧马，骑在秧马上插秧，脚就不会总是泡在泥巴里了。他看到惠州流行瘴疫，就教他们防治：“治瘴止用姜葱豉三物，浓煮热呷，无不效者。”他看到当地缺医少药，就开辟了药圃，种植人参、枸杞、甘菊、薏苡、地黄……他看到他们不会酿酒，就教给他们。“今岭南，法不禁酒，予既得自酿，月用米一斛，得酒六斗。”“故所至，常蓄善药，有求者则与之，而尤喜酿酒以饮客。或曰：‘子无病而多蓄药，不饮而多酿酒，劳己以为人，何也？予笑曰：’病者得药，吾为之体轻，饮者困于酒，吾为之酣适，盖专以自为也。’”他俨然是一位创世者。

“罗浮山下四时春，卢橘杨梅次第新。日啖荔枝三百颗，不辞长作岭南人。”这是苏轼另一首脍炙人口的诗篇。罗浮山离惠州不远，苏轼经常到山里去，看望隐居在深山中的高人隐士。“罗浮山有野人，相传葛稚川之隶也。邓道士守安，山中有道者也，尝于庵前见其足迹长二尺许。”1095 年，苏轼读到唐朝诗人韦应物（韦苏州）公元 783 年写的诗《寄全椒山中道士》：“今朝郡斋冷，忽念山中客。涧底束荆薪，归来煮白石。遥持一樽酒，远慰风雨夕。落叶满空山，何处寻行迹。”“乃以酒一壶，仍依苏州韵作诗寄之云。一杯罗浮春，远饷采薇客。遥知独酌罢，醉卧松下石。幽人不可见，清啸闻月夕，聊戏庵中人，空飞本无迹。”两诗之间，相隔 300 年之久，可以看出，苏轼的松下石还是韦应物的白石，韦应物的“山中客”也还是苏轼的“采薇客”。世界依旧“美如斯”。我来的时候，罗浮山是“国家重点风景名胜区”，山前是办公楼、停车场、售票处。修了水泥大道，盖了宾馆。二十世纪六十年代，罗浮山一度被封闭，只有少数人可以进入。近年才重新开放，以前有卫兵守卫的禁区“将军楼”也开放了，对外营业。因为一度封闭，所以山上的植被保护得很好，古木参天，幽人不可见，松下石还在，草木茂盛，蝴蝶滚滚，溪流瀺灂。山腰以上，尽是秃石。秃石之间，有小卖部，出售一种极白的豆花和矿泉水。

“白头萧散满霜风，小阁藤床寄病容。报道先生春睡美，道人轻打五更钟。”苏轼在惠州写的这首诗传到朝廷中，令迫害者非常嫉妒痛恨，他的流放生涯居然不是痛不欲生，反而是“春睡美”，不知罪，有含沙射影之嫌。绍圣四年（1097 年），62 岁的苏轼又被流放海南岛的儋州。儋州与大陆隔着大海。方志说“其地有黎母山，诸蛮环居其下。黎分生、熟，生黎居深山，性犷悍，不服王化”，“熟黎，性也犷横，不问亲疏，一语不合，即持刀弓相向。”在宋朝，放逐海南只是比满门抄斩罪轻一等。“岭南天气卑湿，地气蒸溽，而海南为甚。夏秋之交，物无不腐坏者。人非金石，其何能久？”“此间食无肉，病无药，居无室，出无友，冬无碳，夏无寒泉，然亦未易悉数，大率皆无尔。”“沧海何曾断地脉……粗识轩辕奏乐声。九死南荒吾不恨，兹游奇绝冠平生。”

苏轼自有解脱之道：“吾始至南海，环视水天无际，凄然伤之曰：‘何时得出此岛耶？’已而思之，天地在积水中，九州在大瀛海中，中国在少海中，有生谁不在岛中者？覆盆于地，芥浮于水，蚁附于芥，茫焉不知所济。少焉水涸，蚁即径去，见其类出涕曰：‘几不复与子相见！’岂知俯仰之间，有方轨八达之路乎？念此可以一笑。”

在儋州的亚热带丛林里，苏轼完成了他45岁时在黄州开始的沉思录(《东坡易传》)，“到黄州，无所用心，辄复覃思于《易》《论语》，端居深念，若有所得，遂因先子之学，作《易传》九卷。”以《易经》为路，“千载之微言，焕然可知”。苏轼展开了他的中国文化之思。这是一部伟大的思想录。“古之君子，患性之难见也，故以可见者言性。夫以可见者言性，皆性之似也。君子日修其善以消其不善；不善者日消，有不可得而消者焉。小人日修其不善以消其善；善者日消，亦有不可得而消者焉。夫不可得而消者，尧舜不能加焉，桀纣不能亡焉，是岂非性也哉！”“首出庶物，万国咸宁。至于此，则无为而物自安矣”。理学家朱熹攻击此书“故每为不可言、不可见之说，以先后之务，为闪倏滉漾不可捕捉之形，使读者茫然，虽欲攻之而无所措其辨。殊不知性命之理甚明，而其为说至简。”（《杂学辨》）我以为这正是此书的非同凡响之处。“说不可说之神秘”（海德格尔），正须“闪倏滉漾不可捕捉”。

与宋代热衷于谈经论道、执着于“观念的冒险”的士大夫不同，苏轼一方面博览群书、著作等身。另一方面，他也是一个热爱动手做事的人。不毛之地儋州，苏东坡一来，就不是不毛之地了。“凡物皆有可观。苟有可观，皆有可乐，非必怪奇伟丽者也。哺糟啜漓，皆可以醉，果蔬草木皆可以饱。推此类也，吾安往而不乐。”“风土极善，人情不恶。”“试问岭南应不好？却道，此心安处是吾乡。”

他在棕榈树林里自己盖了房子，命名为“桄榔庵”。“两颊红潮增妩媚，谁知侬是醉槟榔？”“半醒半醉问诸黎，竹刺藤梢步步迷。但寻牛矢觅归路，家在牛栏西复西。”“朝阳入北户，竹树散疏影。短篱寻丈间，寄我无穷境。”“利尔耕耘，好尔邻偶。

斩艾蓬藋，南东其亩，父史扶梃，以扶游手。”

“此中枯寂，殆非人世；然居之甚安。况诸史满前，甚可与语者也。”

“过子忽出新意，以山芋作玉糁羹，色香味皆奇绝。天上酥酡则不可知，人间决无此味也——香似龙涎仍酽白，味如牛乳更全清。莫将南海金虀脍，轻比东坡玉糁羹。总角黎家三四童，口吹葱叶迎送翁。莫作天涯万里意，溪边自有舞雩风。”

“己卯上元，余在儋耳。有老书生数人来过，曰：‘良月佳夜，先生能一出乎？’予欣然从之。步城西，入僧舍，历小巷，民夷杂揉，屠酤纷然，归舍已三鼓矣。舍中掩关熟寝，已再鼾矣。”他继续写作著书，没有墨，他自己制墨。当地人不说汉语，更没有人参加科举考试，“宋苏文公之谪居儋耳，讲学明道，教化日兴，琼州人文之盛，实自公启之。”从儋州地方流传至今名称也可以看出他的影响——东坡村、东坡井、东坡田、东坡路、东坡桥、东坡帽……

1101年，朝云暮雨的政局再次发生变化，朝廷大赦天下，苏轼复任朝奉郎，只有舍弃他在儋州的桄榔庵北上，还没有回到帝都，就于1101年8月24日逝世于常州。宋高宗即位后，追赠苏轼为太师，谥为“文忠公”。

“经纶不究于生前，议论常公于身后。”（宋孝宗）1000年后，研究苏轼成为一门学问。1980年9月12日，中国苏轼研究学会成立。如今在世界各地，都有“苏学”研究者。在黄州，我曾访问“东坡文化研究会”，这个研究会有会员近百人，在一个简陋朴实的小会议室里，与会的几位老先生谈起苏轼，慷慨激昂，他们一再提及苏轼的“现实意义”。美国华盛顿州立大学东亚文化研究中心主任唐凯琳教授认为：在21世纪，苏轼的作品在西方将更加流行。苏轼依然褒贬不一，有的研究者考证他是“颛顼帝之苗裔”，有的批评家批判他的“犬儒主义”。苏轼不像李白杜甫那样有一个定论，这正是苏轼的非凡之处。苏轼有点像恩格斯揶揄过的歌德：“他心里经常发生天才诗人与法兰克福前参议员的谨慎的儿子或魏马的枢密顾问官之间的斗争，前者对于环绕在他四周的俗气抱着嫌恶的心情，后者使自己必须和它妥协，适应于它。因此，歌德有时候是非常伟大的，有时候是渺小的；他有时候是反抗的、嘲笑的、蔑视世界的天才，有时候是谨小慎微的、事事知足、胸襟狭隘的小市民。”“要是歌德能把自己的小市民习气改一改，他就更伟大了，就更像奥林匹亚山上的宙斯了。”苏轼在中国，早已进入奥林匹斯山，但是人们对他的认识依然非常矛盾，一方面他们崇拜他，为“明月几时有”“大江东去”的深邃恢弘、雄浑高迈意境和沉思的深邃折服；而另一方面，“君子远庖厨”，当他们想到教堂里那些正襟危坐的圣像时，又对这位总是与一碗油红皮光的红烧肉或者挤满红男绿女的长堤联系在一起的先贤满怀狐疑。

苏轼被埋葬在河南省平顶山市郏县城西27公里处的小峨嵋山，背嵩阳，面汝水。我在一个阴雨绵绵的春天前往。苏墓旁边寺庙的暖阁里供奉着三苏父子的塑像，这是元代的塑像，看上去苏轼稍胖，结实而沉稳，中间是他父亲苏洵，左边是他弟弟苏辙。这组塑像藏到今天是一个奇迹，文革中，有人将暖阁用泥巴封起来，外面覆盖了毛泽东的像，才保存下来。与南方故乡花园祠堂不同，苏轼的墓更像一个陵墓，通往墓冢的道路两侧排列着着石马、石羊、石虎、石狗、石人，墓园的大门两侧蹲一对石雕狮子。墓冢倒很朴素，就是一土包，前面的石案上有一个缺口的石香炉。清冷、萧疏，陵园内有五百多株古柏，起风时，往往传来啸傲之声，“明月夜，短松岗”。

“有一个撒种的出去撒种。撒的时候，有落在路旁的，飞鸟来吃尽了；有落在土浅石头地上的，土既不深，发苗最快，日头出来一晒，因为没有根，就枯干了；有落在荆棘里的，荆棘长起来，把它挤住了；又有落在好土里的，就结实，有一百倍的，有六十倍的，有三十倍的。”（《马太福音：第13章》）

暮色苍茫，天空依旧寥廓，将暮色再次送回世界。看不见乌鸦，不知道它们现在何处。此刻，飞越世界天空的只有一架架飞机。千年之后，人们已经很难在空间中发现苏轼这个人曾经存在过的痕迹，甚至，他歌咏过的大地都面目全非了。但是，并不影响人们继续阅读苏轼，翻开新版的《古文观止》，立即可以看见苏轼那些一千年前写下的文字：“壬戌之秋，七月既望，苏子与客泛舟游于赤壁之下……”令人激动，忍不住要去投靠这叶扁舟，“小舟从此逝，江海度余生”。人们已经厌倦这个世界反生活的“天变不足畏，祖宗不足法”的“观念冒险”、“固一世之雄也”的功利主义、“哪管身后洪水滔天”的拜物教，人们已经厌倦了那种不美的进步……人们渴望生活，“羡长江之无穷”，渴望生活世界的“可持续”，渴望“甚美”。苏轼文章中的世界是无法重返的，就止于至善这一大道来说，文明的趋势也不可能回到过去。但是，苏轼文章所暗示的世界观——尽善，也要甚美，“充满劳绩，但还诗意地栖居在大地上”。在我们时代，依然深得人心。“恐天下沿其末而不知反其宗……恐天下相追于无穷而不已。”（苏轼）藉着这些不朽的文字，我们仿佛还可以遇见苏轼本人，我们依然可以再次觉悟何谓生活；再次思考，我们是谁，来自何处，要到哪里去。

05 诗歌

吉狄马加

作者简介

生于1961年，当代中国具有国际影响力的诗人，其作品已被翻译成近20种语言，在30余个国家出版发行。曾获中国第三届诗歌奖、郭沫若文学奖荣誉奖、庄重文文学奖、肖洛霍夫文学纪念奖、柔刚诗歌成就奖、国际华人诗人笔会“中国诗魂奖”、南非姆基瓦人道主义奖、2016欧洲诗歌与艺术荷马奖。

吉狄马加的诗

吉狄马加

谁也不能高过你的头颅

——献给屈原①

诗人！光明的祭司，黑暗的对手
没有生，也没有死，只有太阳的
光束，在时间反面的背后
把你的额头，染成河流之上
沉默的金黄。你的车轮旋转
如岩石上的风暴，你孑然而立
望着星河深处虚无的岸边
谁也不能高过你的头颅
你饮木兰上的露水，不会饥饿
每一次自我的放逐，词语的
骨笛，都会被火焰吹响
谁也不能高过你的头颅

---

① 屈原（公元前 340 年 - 公元前 278 年），是中国历史上第一位伟大的爱国诗人，中国浪漫主义文学的奠基人，被誉为“中华诗祖”。

因为在群山的顶部，你的吟游
如同光明的馈赠，这个世界
不会再有别人——不会！
能像真正的纯粹的诗人一样
像一个勇士，独自佩戴着蕙草
去完成一个人与众神的合唱
谁也不能高过你的头颅
只有太阳神，那公正无私的双手
能为你戴上自由的——冠冕！
诗人！只有你的命令能抵达
并阻止死神的来临，那高脚杯
盛满了菊花酿造的美酒
那是宴客的时辰，被唤醒的神灵
都会集合在你的身后，仰望
天河通向未知的渡口，你手中的
火把，再一次照亮了黑暗的穹顶
它的颜色超过了所有我们见过的白昼
只有你的云车不用铁的铠甲
和平养育的使者，人群中的另类
只有你能说出属于自己的语言
无论是在人的面前，还是在神的殿堂
你都紧握着真理和道德的权杖
谁也不能高过你的头颅
当你呼唤日月、星辰与河流
它们的应答之声，就会飘浮在
肃穆寂寥的天庭——并成为绝响！
我不知道，难道还有别的声音
能具有这般非凡的超自然的力量
说你没有生，也没有死
那是因为你永远行走在轮回的路上
就是你那所谓最后的消遁
也仅仅是一种被死亡命名的形式
诗人！如果有生的权利，当然
你也会有死的权利，但是——
唯有你，在死亡降临的瞬间
就已经用另一种方式完成了复活
由此，我们曾愚钝地寻找过你
其实你就是这片母语的土地
和神圣的天空，我们的每一次呼吸
都能感受到你的存在，你是
流动的空气，一只飞翔的鸟
没有名字的一株幽兰，树叶上的昆虫
一块谁也无法撼动的巨石，或许
就是一粒沙漏中落下的宇宙
谁也不能高过你的头颅
在一个种族集体的记忆里
作为诗人，是你第一个，没有并列
用自己的名字，开启了一条诗歌的航道
你不会死去，因为你的不朽和牢不可破
诗歌纵然已经伤痕累累，但直到今天——
它也从未放弃过对生命的歌唱！

2016.5.28

流亡者

——写给诗人阿多尼斯和他流离失所的人民

那是一间老屋，与别人无关
只要流亡者活着——
它就活着，如果流亡者有一天
死了，它也许才会在亡者的记忆中被埋葬
假如亡灵永存，还会归来
它会迎接他，用谁也看不见的方式
虽然屋顶的一半，已经被炮弹损毁
墙壁上布满了无声的弹孔
流亡者的照片，还挂在墙上
一双双宁静的眼睛，沉浸在幽暗的
光线里，经过硝烟发酵的空气
仍然有烤羊肉和腌橄榄的味道
流亡者的记忆，会长时间停留在院落
那水池里的水曾被妈妈用作浇灌花草
娇艳硕大的玫瑰，令每一位
来访者动容，从茶壶中倒出的阿拉伯咖啡
和浓香的红茶，不知让多少异乡人体会过
款待他人的美德，虽然已经不能完全记住
是重逢还是告别？但那亲密地拥抱
以及嘴里发出的咂咂声响
却在回忆和泪眼里闪动着隐秘的事物
流亡者，并不是一个今天才有的称谓
你们的祖先目睹过两河流域落日的金黄
无数的征服者都觊觎你麦香的乳房
当饥饿干渴的老人，在灼热的沙漠深处
迷失
儿童和妇女在大海上，就只能选择
比生更容易的死的结局和未知
今天的流亡——并不是一次合谋的暴力
而是不同利益集团加害给无辜者的器皿
杯中盛满的只有绝望、痛哭、眼泪和鲜血
有公开的杀人狂，当然也有隐形的赌徒
被牺牲者——不是别人！
在叙利亚，指的就是没有被抽象过的
——活生生的千百万普通的人民
你看他们的眼神，那是怎样的一种眼神！
毫无疑问，它们是对这个世纪人类的控诉
被道义和良心指控的，当然不是三分之一
它包括指手画脚的极少数，沉默无语的
大多数
就是那些无关痛痒的旁观者
我告诉你们，只要我们与受害者
生活在同一个时空——作为人！
我们就必须承担这份罪孽的某一个部分
那是一间老屋，与别人无关
然而，是的，的确，它的全身都布满了
弹孔
就如同夜幕上死寂的星星……

2016.7.3

黑色

——写给马列维奇[1]和我们自己

影子在更暗处，在潜意识的生铁里
它天空穹顶的幕布被道具遮蔽
唯一的出口，被形式吹灭的绝对
一粒宇宙的纤维，隐没在针孔的巨石
没有前行，更不会后退，无法预言风的方向
时间坠入无穷，只有一道消遁的零的空门
不朝向生，不朝向死，只朝向未知的等边
没有眼睛的面具，睡眠的灵床，看不见的梯子
被织入送魂的归途，至上的原始，肃穆高贵的维度
找不到开始，也没有结束，比永恒更悠久
光制造的重量，虚无深不可测，只抵达谜语的核心！

2016.7.5

① 卡西米尔·塞·马列维奇（1878-1935），俄罗斯前卫艺术最重要的倡导者，20世纪具有世界影响的美术大师，其代表作《黑色正方形》已成为一种象征和标志。

金骏马

在草原的深处
它的呼吸如初
紫色的雾渐渐褪色
身体的曲线
融入无边的黑暗
反光的瞳仁摇曳
那是幽微的存在
没有星辰的翅膀
此时，停止了——
飞的欲望，四蹄脱落
避开引力的负担
重新返回了摇篮
无法擦去痕迹
皮毛被晶液浸透
那是天空和宇宙——
不可被分割的部分
唯有一声响鼻传来
超然于外，燧石的语言
不会被遗忘的记忆
脊骨的弧线弯曲
等待成为闪电的一刻
只有当黎明的曙光
再次来临的时候
它的踢踏声，才会
敲响这大地的鼓面
那幻象的影子，黄金一般
在地平线上忽隐忽现……

2016.7. 5

刺穿的心脏

——写给吉茨安・尤斯金诺维奇・塔比泽[①]

你已经交出了被刺穿的心脏
没有给别人，而是你的格鲁吉亚
当我想象穆赫兰山[②]顶雪的反光
你的面庞就会在这大地上掠过

不知道你的尸骨埋在何处
那里的白天和黑夜是否都在守护
在你僵硬地倒毙在山岗之前
其实你的诗已经越过了死亡地带

对于你而言，我是一位不速之客
然而我等待你却已经很久很久
为了与你相遇，我不认为这是上苍的安排
更不会去相信，这是他人祈祷的结果

那是你的诗和黑暗中的眼泪
它们并没有死，那悲伤的力量
从另一个只有同病相怜者的通道
送到了我一直孤单无依的心灵

即使你已经离世很久，但你的诗
却依然被复活的角笛再次吹响
相信我——我们是这个世界的同类
否则就不会在幽暗的深处把我惊醒

我们都是群山和传统的守卫者
为了你的穆哈姆巴吉[①]和我祖先的克哲[②]
勇敢的死亡以及活下去所要承受的痛苦
无非都是生活和命运对我们的奖赏……

2016.7.5

① 吉茨安・尤斯金诺维奇・塔比泽（1895-1937），20世纪格鲁吉亚和前苏联著名诗人，象征主义诗歌流派的领袖人物。1937年去世，是前苏联大清洗牺牲者之一，死后平反恢复名誉。
② 穆赫兰山，格鲁吉亚境内一座著名的山脉。

① 穆哈姆巴吉，格鲁吉亚一种古老的诗歌形式。
② 克哲，彝族一种古老的诗歌对唱形式。

诗人的结局

我不知道，
是1643年的冬天，
还是1810年彝族过年的日子。

总之，实际上，
老人们都这样说。

在吉勒布特，
那是一场罕见的大雪，
整整下了一天一夜。
住在这里的一家人，

有十三个身强力壮的儿子，
他们骄傲的父母，
都用老虎和豹子，
来为他们的后代命名。

鹰的影子穿过了，
谚语谜一般的峡谷。

大雪还在下，
直到傍晚的时候，
妈妈在嘴里喃喃地、
数着一个个归来的儿子。

“一个、两个、三个……”。

她站在院落外，
看着自己的儿子们，
披着厚实的羊毛皮毡，
全身冒着热气。
透过晶莹的雪花，
她的眼睛闪动着光亮。

这一切都发生在这里。

一块破碎的锅庄石，
被坚硬的犁头惊醒，
时间已经是 2011 年春季，
他们用手指向那里：
“你的祖先就居住在此地！”

燃烧的牛皮在空中弯曲成文字。

一个词语的根。
一个谱系的火焰。
被捍卫的荣誉。
黑色的石骨。
从鹰爪未来的杯底，
传来群山向内的齐唱。
太阳的钟点，
从未停止过旋转。

我回到了这里。
戏剧刚演到第三场。

因为父子连名的传统，
那结局我已知晓。
从此死亡对于我而言，
再不是一个最后的秘密。
这不是一场游戏，
作为主角，不要耻笑我，
我是另一个负重的虚无，
戏的第七场已经开始……

2016.7.7

致叶夫图申科[①]

对于我们这样的诗人：
忠诚于自己的祖国，
也热爱各自的民族。
然而我们的爱，却从未
被锁在狭隘的铁笼，
这就如同空气和阳光，
在这个地球的任何一个地方，
都能感受到它的存在。
我们或许都有过这样的经历，
都曾为另一个国度发生的事情流泪，
就是他们的喜悦和悲伤，
虽然相隔遥远，也会直抵我们的心房，
尽管此前我们是如此的陌生。
如果说我们的诞生，是偶然加上的必然，
那我们的死亡，难道不就是必然减去的
偶然吗？
朋友，对于此我们从未有过怀疑！

2016.7.7

① 叶·亚·叶夫图申科（1933- ）苏联俄罗斯诗人。

没有告诉我

比阿什拉则[①]，
没有告诉我，
在灵魂被送走的路上，
是否还有被款待的机会。
有人说无论结果怎样，
你都要带上自己的木勺。
我有两把木勺，
一把是最长的，还有一把是最短的，
但这样的聚会却经常是
不长不短的木勺，
才能让赴宴者舀到食物，
但是我没有，这是一个问题。

2016.7.8

① 比阿什拉则，彝族历史上最著名的祭司和文学传承掌握者，以超度和送魂闻名。

吉狄马加与叶夫图申科访谈录

（2015 年 11 月 9 日，北京）

现场翻译：陈方、刘文飞
录音整理：李元、郑晓婷、孙明卉
访谈稿校阅：刘文飞

吉狄马加（以下简称马）：很高兴在北京见到您！因您在北京大学受奖那天时间很短暂，我们没有深聊的机会，因此今天特意找这个时间深入地谈一谈。不管您是作为苏联诗人，还是作为俄罗斯诗人，您都是我的前辈。我从上世纪 70 年代末开始写诗，那时我就已经读到您很多诗歌，是翻译成中文的诗歌。我们这一代中国诗人，尤其是我们这一批当时的年轻诗人，当年的苏联诗歌对我们的影响是很大的。

叶夫图申科（以下简称叶）：您感到最亲近的俄罗斯诗人是哪一位呢？

马：当然是普希金，我读到的第一个俄罗斯诗人就是普希金，他也是我读到的第一个外国诗人，我读到的译本是中国非常有名的俄国文学翻译家戈宝权先生翻译的。

叶：译文大概是什么年代的？

马：上世纪 50 年代的。后来我们读到了苏联诗人的作品，读到了您的诗，还有沃兹涅先斯基和罗日杰斯特文斯基。再往后，白银时代的作品被大量翻译成中文，包括阿赫玛托娃、茨维塔耶娃，还有帕斯捷尔那克。当然我读得最多的还是马雅可夫斯基的诗。我这次正好想请教您一个问题。我最近正在写一首长诗，是献给马雅可夫斯基的，差不多写完了。我认为，在 20 世纪的俄罗斯诗人里边，他是一个不能被遮蔽的人，他对语言的贡献，包括对诗歌形式的贡献，都十分巨大，我认为他是一位巨人。

叶：您最喜欢马雅可夫斯基的哪些作品呢？

马：他早期的作品，包括他作为未来主义诗人的一部分作品，也包括《战争与世界》《穿裤子的云》等等。

叶：看来您是喜欢他早期的诗。

马：对，但是他后来有一些诗，哪怕后来有一些人从意识形态角度对它进行评价，我还是认为，就它的气势和诗歌的真诚度，也是现在很多诗人所没有的。

叶：说到马雅可夫斯基，在我看来，他本来是想成为一个伟大的政治诗人。后来呢，他实际上成了一位伟大的爱情诗人，他的爱情有两个对象，一个是女人，一个是革命。对于他来说，“女人”“革命”“爱情”“列宁”，这些都是同义词，这对其他人来说是从来没有过的。在法西斯攻入苏联以后，有一些概念就不是那么统一了，“爱情”“祖国”这些东西就分裂了。到了战后，这些概念就完全独立了，比如说，国家开始害怕那些为国家战斗过的人们，也就是那些战士。他们怕国家，国家怕他们。斯大林知道这一点。斯大林一生中只有一次真正忏悔过，在战后不久他在一次公开场合说过：我们太对不起我们的人民了。这个国家的人民惨到这种地步，在我们这个国家，几乎没有一个家庭，他们家没有人在卫国战争中牺牲，几乎没有一个家庭，他们亲戚中间没有人被斯大林逮捕。有人建议过，斯大林晚年也想把集中营里关的人都放出来，但是后来当他知道里边关了多少人之后，他不敢放了。如果让人民知道这个真相的话，那他就要被打倒了。现在我要说一个事实：斯大林谁都不相信，只相信一个人，也就是希特勒。在战争爆发那天，朱可夫汇报说德军已经攻过来了，朱可夫重复了三次，斯大林都不相信。朱可夫准备让飞机去攻打德国飞机，斯大林不让飞机起飞，1200 架苏军战机就在地面被炸毁了，苏军的战争贮备也都落到德军手中。是人民自己开始了抵抗。

马：像斯大林这样很谨慎、很智慧的人，战争打成这样，他为什么就不相信呢？

叶：因为他跟希特勒有密约。

马：是希特勒之前承诺过他，但最终把斯大林给骗了？！

叶：是的，当时斯大林只相信希特勒，后来等他醒悟过来，才开始领导苏联人民和军队进行了反抗。我们还是回到文学和诗歌吧。您知道斯大林写过诗吗？

马：我知道。

叶：您读过他的诗吗？

马：没有读过。

叶：不久前我本人找到了斯大林最早的诗，那首诗写得不错，是他 15 岁时写的。我把它从格鲁吉亚语翻译成了俄语。实际上，后来斯大林之所以变成那样，是因为他没有变成一位诗人。我拍了一部电影，名叫《斯大林的葬礼》，是我导演的，我强烈建议您有时间看看这部电影。拍完这部电影我才知道，斯大林到底是什么人，斯大林为什么变成后来那个样子。他的第一首诗是个什么概念呢？这是一首强烈的反专制的诗，呼吁不惜一切代价为自由而战。以我现在的视角看来，这首诗写得相当不错。他是一个很有才华的人，14 岁就加入布尔什维克党。他实际上是很真诚的，但他的家庭情况非常艰难，他父亲脾气不好，老是揍他，这对斯大林的性格产生了影响。斯大林上的学校非常好，一个鞋匠的儿子是绝对没有机会去那个学校的，实际上是他亲生父亲暗中支持。为什么斯大林 14 岁就加入布尔什维克呢？因为布尔什维克招募未成年孩子去抢银行，因为这些孩子不会承担刑事责任。好了，不再谈论斯大林了。

马：我想问一问这个问题：过了这么多年，白银时代这些诗人，包括上个世纪初的一批诗人，现在我们回过头去看，我们中国诗人，以及我个人都认为，对于马雅可夫斯基的成就，可能由于政治方面的原因，由于后来有些人对于苏联、祖国、列宁等等的不同看法，马雅可夫斯基的创作成就从某种意义上来说是被削弱了，被低估了，不知道现在在俄罗斯对他的评价是怎样的。

叶：我想说，我是喜欢马雅可夫斯基的，一直到现在我还是喜欢他的。在我看来，马雅可夫斯基最好的东西是他革命前的作品和他去世前夕不长一段时间里写的诗，它们都是天才之作，其中就包括那首没有完成的长诗。

马：那首长诗叫什么名字？

叶：《放声歌唱》。这是一首伟大的长诗，是天才的结局。有两个诗人都存在着巨大悖论，一个是马雅可夫斯基，一个是阿赫玛托娃。阿赫玛托娃在革命前只是一个室内诗人，她只写抒情诗，革命之后她遇到很多事情，包括她的丈夫、伟大的诗人古米廖夫被枪毙，她的儿子被关押。儿子被关押之后，她就经常去排队探监，站在监狱管理处的小窗子前面。我也去过那种地方，我 4 岁的时候妈妈就被关进了监狱，探监时面对的小窗口，几乎就是我记忆的开始。当时实际上完全是有意不抓她的，而抓她的儿子，把儿子抓走对母亲意味着什么，这谁都知道。她在排队的时候，有人问她能不能把人民的忧伤写出来，她回答说“能”，后来她就写出了《安魂曲》。《安魂曲》绝对不是她个人的忧伤，而是人民的忧伤。当时写这样的诗是很危险的，要写在纸上就更危险。

马：于是她就找人把它背下来。

叶：是这样的。而在《安魂曲》之前，阿赫玛托娃从未写过这样的长诗。我们现在来谈谈马雅可夫斯基。有一位诗人叫米哈伊尔·斯维特洛夫，他写过一首诗叫《格林纳达》，是一个非常有名的诗人，而且很年轻，他是我的导师。在30年代，他经常跟马雅可夫斯基一同逛街，他说马雅可夫斯基抽烟抽得特别厉害，神经质似地抽，卷烟在嘴里叼着，不停地抽。

马：我想插问一下，马雅可夫斯基有没有牙齿？

叶：不知道有没有牙齿，但我知道他牙不好。当时已经开始逮捕作家了，有一天走在街上的时候，马雅可夫斯基把斯维特洛夫的肩膀一拍，问道："米沙，他们会抓我吗？"斯维特洛夫说："你在说什么啊，弗拉基米尔·弗拉基米罗维奇？！抓谁也不会抓你啊，你可是首席革命诗人啊！"马雅可夫斯基回答说："这也是很可怕的。"还有一件事，马雅可夫斯基出国的时候，在欧洲爱上一个白俄女人，他想和她结婚并把她带回俄国。

马：我听说过此事。

叶：马雅科夫斯基有一首诗非常著名，叫《苏联护照》，可当时没有地方发表，因为他爱上了一个白俄女人，他写了《苏联护照》，可他喜欢的女人却得不到一本苏联护照，这就是悖论。两天之后，已经去了列宁格勒的斯维特洛夫，听到了马雅可夫斯基在莫斯科自杀的消息。几十万人为马雅可夫斯基送葬，这是很少有的场景。顺便说一句，茨维塔耶娃爱过马雅科夫斯基。帕斯捷尔纳克在马雅可夫斯基死后写了一首伟大的诗作，诗里边有一句很经典的话，马雅可夫斯基开枪自杀的子弹，对于胆小鬼和懦夫来说就像火山的爆发。马雅可夫斯基对后来所有诗人都产生过影响，包括后来的布罗茨基，也就是说也影响到了反苏的诗人。虽然布罗茨基是一个比较傲慢的人，但是后来他也多次承认他在马雅可夫斯基那里学到很多东西。马雅可夫斯基影响到了所有诗人，他实际上改造了俄语的作诗法。但是，马雅可夫斯基写过很多不好的诗，但是只有一位诗人，他的不好的诗比马雅可夫斯基写得还要多，这个诗人就是我。

马：伟大的诗人都是这样的！

叶：我出了一本很厚的诗集，可实际上那里只收了我30%的诗作。我开始写诗的时候太年轻，而且是在斯大林时期。我对自己的诗是很严谨的，我的夫人玛莎在这方面也给了我很多帮助。马雅可夫斯基写有很多不好的诗，勃洛克也写有很多不好的诗。

马：是这样的，很多伟大诗人的诗往往是需要一个基座的，但总有一些诗作处于金字塔尖上。

叶：普希金也有弱的诗，他还是小孩子的时候就开始写诗，那些诗当然不会太好。

马：我之所以看重马雅可夫斯基，是因为在上个世纪初，他除了改变俄语的许多诗人传统的写诗法之外，最重要的是，马雅可夫斯基的气势，对宏观诗歌的驾驭，是后来的诗人无法企及的。前不久，叙利亚大诗人阿多尼斯来北京，我们在叙利亚使馆有一个会见，在谈到俄罗斯诗歌的时候我就问他：您认为20世纪最重要的俄语诗人是谁？他回答说：是马雅可夫斯基。

叶：哦，阿多尼斯，他是我的朋友，他有一些诗是在马雅可夫斯基的影响下写成的。后来为什么帕斯捷尔纳克和马雅可夫斯基分道扬镳，因为帕斯捷尔纳克有一段时间很欣赏马雅可夫斯基的诗，后来他觉得后者的影响实在太大了，他在有意逃避。

马：我想问一下您现在对曼德施塔姆的整体评价是怎样的？

叶：他是一个最无助的诗人。您知道吗，他起初是一个社会唯物主义者，曼德施塔姆有一次在共产国际开会的时候，采访过一个用假名在莫斯科活动的越南人，采访结束后，曼德施塔姆就下了一个预言，说这个人将来要成为亚洲的领袖，这个人就是胡志明。曼德施塔姆从来都不是一个反社会主义的人。曼德施塔姆写过讽刺斯大林的诗，而且也公开朗诵过，虽然帕斯捷尔纳克也警告过他不要去到处朗诵。

马：后来他被流放之前，斯大林还给帕斯捷尔纳克打了电话。曼德施塔姆翻译成中文的作品我都看了，我最喜欢的还是他临死前几年写的东西。

叶：曼德施塔姆就像个孩子一样，有人建议他别去朗诵关于斯大林的诗歌，但他还是去朗诵，他觉得无所谓。沃罗涅日现在有一座曼德施塔姆的纪念碑，一座很好的纪念碑。我写过5首献给曼德施塔姆的诗。您知道有一天曼德施塔姆去找过捷尔任斯基吗？

马：不知道。

叶：有一个内务部的工作人员叫勃留姆金，这人很喜欢去“流浪狗”咖啡馆，这里常有诗人作家聚集，勃留姆金这天到咖啡馆去，手里拿着一张要逮捕的人的名单，开始向人炫耀，我想让谁死就死，我想逮捕谁就逮捕谁。曼德施塔姆把名单抢了下来，然后就跑到外面，找捷尔任斯基去了。曼德施塔姆对捷尔任斯基抱怨说：“您的工作人员就这么无理吗？！”捷尔任斯基就说：“我来解决一下。”然后拿起电话跟工作人员说：“你们把勃留姆金抓起来！”可曼德施塔姆马上把电话挂掉了，说道：“您这是在干什么？！我可没想让您逮捕他。”捷尔任斯基很惊讶，他不知道自己该怎么办，不知道曼德施塔姆跑到他这里来干什么。曼德施塔姆就像个孩子一样，他就是这样的人。

马：这件事我在他夫人的回忆录里读到过。

叶：在意大利托斯卡纳我得过一个诗歌奖，我在受奖的时候写了两句诗：从沃罗涅日的山丘到全世界，曼德施塔姆的诗四处传播。当时我感觉很不安，因为站在那个位置上的应该是曼德施塔姆，而不是我。

马：你们在不同的历史阶段都为诗歌做出过贡献。

叶：当然很遗憾，他死了，我还活着，有时候我还是感到很不安，许多诗人在生前都没有得到应有的奖励，我却得到了其他许多诗人没有得到的东西。我现在正在编一套《俄国诗选》，向过往的俄国诗人致敬，做出某种弥补，为他们正名，尽管我自己在这方面并没有什么过错。现在我已经编出 3 卷，共有 5 卷。我编的第 1 卷收的是斯大林时期被枪决的诗人以及侨民诗人的诗，这些诗没有发表过。我把这些诗收集到一起，一共有 75 位诗人。我现在做的诗选从《伊戈尔远征记》之前的口头文学一直到 21 世纪，一共有 5 卷，3 卷已经出版。第 1 卷我送给了北京大学，每一卷都有 1.5 公斤重。这 45 年来，我一直在做这项工作。我认为，中国是唯一能把这套诗集翻译过去的国家。

马：好啊，我们来预祝这件事情的成功！

叶：我曾对我夫人玛莎说过这样的话，只有中国才能做成这件事情，美国人翻不出来，他们只翻译了第 1 卷，剩下的就没有翻译，因为他们没有对诗歌的感觉，现在美国的好诗人很少。

马：那您如何评价您同时代的诗人沃兹涅先斯基呢？

叶：他写过 15 首很好的诗，这已经足够了，已经很多了。

马：我发现苏联时期的格鲁吉亚有很多好诗人，是不是格鲁吉亚诗歌在当时的苏联水平还是比较高的？

叶：格鲁吉亚诗歌和俄国诗歌的关系非常奇特，好像在别的地方都从来没有过，是一种兄弟诗歌关系。我写过四行诗谈的就是这个关系，格鲁吉亚人都知道这首诗。一些优秀的俄国诗人都翻译过格鲁吉亚的诗，也写过有关格鲁吉亚的诗，现在我想给您读一下格鲁吉亚人都知道的这四行诗：“啊格鲁吉亚，你是俄国缪斯的第二摇篮，你擦干了我们的眼泪。一旦不小心忘记格鲁吉亚，在俄国便无法继续做诗人。”（О Грузия – нам слезы вытирая ты – русской музы колыбель вторая. О Грузии забыв неосторожно, в России быть поэтом невозможно.）

马：我发现帕斯捷尔纳克等很多诗人大量翻译格鲁吉亚的诗，他们之间有很深的诗歌关系，这些格鲁吉亚诗人一到莫斯科就与俄罗斯诗人聚会。

叶：俄文版的格鲁吉亚诗集有很厚的一大册。很遗憾，现在的格鲁吉亚人，尤其是年轻人，已经不太懂俄语了。你们知道吗，美国人很少翻译诗歌，他们没有这种翻译意识，他们缺乏诗歌翻译艺术。苏联这个国家可能有这样那样的缺点，但是它有一片属于文学的巨大天地，在这片土地上可以翻译任何东西。苏联解体之后，拉脱维亚、格鲁吉亚等成为独立的小国，可是美国人却认为没有必要翻译这些国家的诗歌，有谁会对一部《格鲁吉亚诗选》感兴趣呢？比如加姆扎托夫，一位苏联时期很好的少数民族诗人，他的诗被翻译成各种语言，出版成千上万册，可遗憾的是，我和他现在几乎失去了联系。在他们那里，只有一些老年人会说俄语，年轻人几乎不说，他们也没学会说英语。

马：有一个苏联时期的少数民族诗人，叫艾基，刚过世不久，您怎样看待他的诗歌呢？

叶：是我发现的他，他的诗要出版的时候，没人愿意给他写序，是我写的序。我很早就认识他，他去过我家。我想跟您说，艾基早期的诗有点模仿马雅可夫斯基，但他是当时最有才华的诗人。他起初没有什么文化，后来上了文学院后他天天看书，泡图书馆，最后自己学会了外语，法语学得特别好，所以他的诗很像西方诗。我们两人的关系非常好，直到他去世。他的诗读起来就像手上的霜花，过一会儿就不存在了。总之，他是一个很好的诗人，但我没有把他的诗收进我编的诗选，因为他写的是楚瓦什的诗，完全就是外国诗。

马：中国有一些诗人翻译过他的诗。

叶：我想出版他早期的诗，但是他夫人想让我收录他后期的诗，我最烦别人教我说哪首诗应该收入，哪首诗不该收入。我认为他早期的诗最好，所以我干脆没收他的诗，否则我怎么跟他夫人交代呢？

马：他夫人是不是很年轻？现在她住在哪里？

叶：我们是同龄人，但我也不知道她在哪里生活，打电话也从来都找不着她。

马：在中国有几个诗人翻译过他的诗，但数量不多，在《世界文学》和其他一些杂志上介绍过。您说得对，我看他的诗不像是俄罗斯人的诗，他的诗更像法国诗人和意大利诗人写的。另外他后期的诗我们看到的还是很有限的，他的诗都很短。

叶：他的诗像霜花一样又优雅，又轻薄。

马：您写了很多关于俄罗斯诗人的文章，这些文章被翻译过来，在中国也发表了，我都看过。我想问您的是，您在写到叶赛宁的时候，说他的诗非常不好翻译，但是我感觉叶赛宁的诗是好翻译的，可能因为我不懂俄语。您认为它不好翻译，是不是因为他用了大量的俄罗斯乡土语言和乡村语言呢？

叶：如果您觉得叶赛宁好读，并不难懂，可能因为中文的翻译比较好，叶赛宁的诗中有很多关于俄罗斯乡村事物的描写，叶赛宁的诗像歌一样，有丰富的韵律，在中国诗里的韵脚也许并不像俄语中的那么多，俄语诗中的韵脚很多是从古代口头文学里来的，普希金也用了这些口头韵脚，这些韵脚其实是很难翻译的。

马：您如何看待特瓦尔多夫斯基的作品呢？

叶：《瓦西里·焦尔金》是特瓦尔多夫斯基最伟大的人民作品，这位伟大的诗人从未写过一首爱情诗。

马：他的爱情都变成了实际行动。

叶：您知道吗，他甚至不喜欢别人写的爱情诗。他是一个好编辑，和农村有关的东西他都要特别地捍卫，他出版过索尔仁尼琴的作品，这是他最伟大的功勋。他特别爱护农村。特瓦尔多夫斯基差点被捕，马尔夏克曾向他发出警告，后来当局把这事给忘了，谁也不记得了，他就平安无事地躲了过来。

马：我读过很多相关的文章，说爱伦堡当时也比较危险，如果斯大林再活一两年的话，可能爱伦堡也会进去。

叶：当然了，可能所有的人都会进去的。

马：有一个人一直很危险，但是一直没有被逮捕，那就是肖斯塔科维奇。

叶：从来没有人想逮捕肖斯塔科维奇，在斯大林时期有人强迫他去美国，但他不想去，家都在俄罗斯嘛，他去美国的时候，有人问他：您怎么看待苏共和斯大林对您作品的评价？他马上就回答：我完全同意他们的看法！他没有别的想法，因为他的家人都在俄罗斯。美国的一些报纸就愚蠢地写了一些对肖斯坦科维奇比较负面的报道，但是这个事可以理解，因为他的家在俄罗斯。而美国人，他们往往就像孩子一样残忍，什么都不明白。

马：我看过一个音乐家写的一篇文章，专门谈到肖斯塔科维奇，如果我没记错的话，他写道，肖斯塔科维奇根据您的诗写了一首曲子，有一次在美国演出，在开场的时候，肖斯坦科维奇和您都出席了那场音乐会，是不是这样的呢？

叶：他用我的5首诗写了一部交响曲，也就是著名的《第十三交响曲》，在中国也演出过。我在美国没有和肖斯塔科维奇在一起过，您看到的可能是我和肖斯塔科维奇的儿子马克西姆·肖斯塔科维奇在一起，有一次在纽约，他儿子也是一位音乐家。

马：我看到的是一位音乐家写的文章。根据您的诗谱成的《第十三交响曲》的演奏长度有多久？

叶：50多分钟。他的《斯捷潘·拉辛》要稍短一些，45分钟。他还根据我的诗写出了《娘子谷》。您知道我今年从圣彼得堡到远东有过一次诗歌旅行吗？

今年俄罗斯有两个盛大节日，一个是文学年，一个是卫国战争胜利70周年纪念。我们很多人横跨俄罗斯大陆，当时在乌苏里斯克也来了很多中国人，我和其他演员坐船走了40天，作了28场诗歌朗诵会，当时来了很多会说俄语的中国人和其他人。那里是边境地区，不需要签证。

马：我注意到前段时间的一个报道，可能就是你们组织的一个活动，在马雅可夫斯基广场上有一个很大的活动，是不是就是你们文学年的一个活动？

叶：可能不是在马雅可夫斯基广场，而是在卢日尼基体育场。我的诗歌晚会有7千人参加，持续了5个小时。电视台第一频道作了转播。

马：如果从俄罗斯诗歌的传统来看，当然普希金是一个主流，但在我看来，您和马雅可夫斯基，你们应该属于莫斯科诗派。

叶：其实是同一个传统，不应该有莫斯科传统和彼得堡传统的划分。

马：当然普希金是一个主要的、大的传统，但是他之后的诗人，好像一部分在彼得堡，一部分在莫斯科。因为我看到，很多在圣彼得堡生活过的诗人，他们非常强调他们在彼得堡的生长环境，强调他们的诗歌传统，强调他们的彼得堡诗人身份，最明显的例子就是布罗茨基。

叶：布罗茨基是个特殊的人，可是我的夫人严禁我谈起他。

马：诗人是可以自由地交流的嘛。

叶：我夫人做得对。您知道吗，1972年，我在纽约麦迪逊广场开诗歌朗诵会，在俄罗斯诗人中我是头一个。那时候我还不会讲英语，现在会了，我现在能用4种语言朗诵诗歌，除俄语外还有意大利语、西班牙语和英语。

马：这里有我的一首长诗，是一个多语种版本，有汉语、英语、德语、法语和西班牙语等不同版本。

叶：有西班牙语的吗？

马：有。

叶：那我现在就给您朗读一下西班牙语译文。

马：这是一本手工制作的诗集。您的西班牙语是什么时候学的？

叶：从来没学过，自然就会了。我喜欢跟人聊天。您要是给我出版一本多语诗集，我就可以在任何地方用任何语言给任何人读诗。

马：这不简单。

（叶夫图申科用西班牙语朗诵了吉狄马加长诗《雪豹》的一个片段。）

叶：翻译得很好。我写过一首献给切·格瓦拉的诗，美洲人都知道这首诗，智利总统阿连德很喜欢。您这首诗的西班牙版本是谁翻译的？

马：是西班牙一个女诗人翻译的，她也是一位汉学家。

叶：翻译得很好，您也写得很好，比如这一句："我的诞生是一个奇迹。"这一句非常棒，非常好，很有点叶夫图申科风格啊！（众人大笑。）这句诗非常好。我也写过一句诗："我想生在所有的国家。"跟您这句诗很相像。这首诗的翻译非常好。"我要唤醒自己的良心。"您这里也有马雅可夫斯基的味道，遥远的一个回声，有马雅可夫斯基的味道，非常好！

马：这里还有德文版，英语版，您认为英语版怎么样呢？

叶：（朗诵一段英语译文。）英语版译文缺乏音乐，西班牙语则充满音乐。西班牙语译文还是更好一些，英译里有形象，但西班牙语译本里既有形象也有音乐。

马：后面还有法文版。

叶：我懂法语，但不是很好。这里的"部落"指的是什么？

马：实际上写的是一群雪豹，写这个雪豹的秘密，实际上也是写人的。

叶：（继续朗读。）这首诗很棒。读了这些诗一下子就能感觉到您不只是一个中国人，而且也是一位整个地球的人。

马：您愿意听一听我献给阿赫玛托娃的那首诗吗？

叶：好啊！（叶夫图申科朗读了俄罗斯莫斯科联合人文出版社 2015 年出版的吉狄马加俄文版诗集《黑色奏鸣曲》中的《献给阿赫玛托娃》一诗，李英男译。）译文中虽然有一些词还值得再做推敲，但整体翻译还是很好的。一首好诗，翻译得也好。您在写这首诗时的情感，您的体验，使我觉得您几乎就是一个俄国诗人。（叶夫图申科又朗读了《献给茨维塔耶娃》一诗。）这部诗集很漂亮，这上面的画是您画的吗？太漂亮了！您像普希金一样，能写诗，也能画画。您能不能送一幅画给我呢？我在莫斯科有个博物馆，里面收藏有很多画作，其中就有毕加索的画，是他亲自送给我的。

马：当然可以，没有问题。

叶：您读过陀思妥耶夫斯基的诗吗？

马：没有，我只看过他的小说。

叶：我是第一个把陀思妥耶夫斯基的诗收入诗选的人，在我的5卷本诗选中收录了他的诗。（朗诵陀思妥耶夫斯基的诗作“世上有过一只蟑螂”。）这首诗很像哈尔姆斯的诗，哈尔姆斯读过陀思妥耶夫斯基的诗，他有可能是从陀思妥耶夫斯基那里学来的。陀思妥耶夫斯基的这首诗出自小说《群魔》，小说中的一个人物列比亚特金大尉也写诗。您这部诗集是什么时候在俄罗斯出版的？

马：去年。

叶：非常漂亮的一本书。您写到了翁加雷蒂，您知道吗，我与他很熟，我翻译过他的诗。

马：在那一批意大利诗人里面，我最喜欢的就是翁加雷蒂。

叶：一位好诗人，隐逸派诗人。

马：您认识帕索里尼吗？

叶：帕索里尼？！帕索里尼邀请我去他的电影里扮演基督这个角色，可赫鲁晓夫不让我去，他感觉这是个恶毒的玩笑。您看过那部电影吗，帕索里尼的《马太福音》？他妈妈自己扮演的圣母。

马：对，对，看过。

叶：有很多意大利电影导演，比如费里尼、安东尼奥尼等，都给赫鲁晓夫写信，让他允许我去意大利拍片，还说影片一定会从马克思主义的角度来拍摄基督，可是没起到作用。

马：帕索里尼是同性恋，也是一个共产党员，但是在意大利引起的争议很大。

叶：帕索里尼是我的朋友。

马：他是20世纪的一个伟大天才。

叶：但他曾经是一个非常好的诗人。

马：他的诗粗砺，刚一看很粗糙，但是很有力量，他故意写得很粗砺。

叶：您看过拉法埃尔·阿尔贝蒂的画吗？

马：看过。您知道吗，阿尔贝蒂的女婿现在是古巴作协的主席，今年8月我还邀请他来过。

叶：您去过古巴？

马：去过。

叶：喜欢古巴吗？

马：很喜欢。

叶：阿尔贝蒂翻译过我的诗。

马：请问，您作为一位诗人，对于这几位西班牙语诗人怎么看？比如聂鲁达、洛尔迦、巴耶霍、马查多和尼古拉斯·纪廉等等。

叶：他们都是很好的诗人。

马：您更喜欢谁？

叶：都喜欢。我写过一首诗给聂鲁达，我们在一次朗诵会上一同朗诵，当时有8千人，我们几个人一起给他们朗诵，阿连德总统也到场，他和大学生们一起坐在地板上听我们朗诵，因为座无虚席。

马：您见过聂鲁达？！

叶：他是我的好朋友，我们当然见过，我到智利去过好几次。

马：我也去过，聂鲁达的两个故居我都去过。另外我还去了秘鲁，去了巴列霍的家乡，在安第斯山脉的深山里，坐十几个小时的飞机到秘鲁，然后再坐6个小时的汽车进去。

叶：这太好了，我发现您是一个世界公民，见多识广，现在这样的诗人几乎很少了，他们看到的都是眼皮底下的小事，就像小猫。

马：不是狮子。

叶：（再度朗诵吉狄马加诗的俄文译作。）诗写得的确好！

马：如果您觉得这首诗还不错，那就说明翻译得还不错？

叶：译得很好。

（首师大研究生李元用俄语为叶夫图申科夫妇朗诵了吉狄马加的《太阳》一诗。）

叶：谢谢，太好啦！

马：今天和您的会见是我今年最高兴的一件事！

叶：谢谢！

马：我读了中国翻译的您的很多诗，包括您的长诗《妈妈和中子弹》我也读过。

叶：重要的是，您是那种很少见的可以把地球当做自己的家的人，地球就像一个人的身体，心灵就是由世界各国人民的诗组成的。有很多人，包括美国人，都只关心本国的文化，有时候连本国的文化也不是很了解。您呢，把所有国家的文化都放在自己心中。沃尔特・惠特曼给俄国人写过一封信，但是没有一个人读过这封信，如果有人读了，现在的俄美关系可能就不是这样的。有一次我去乌拉圭，看到一个场景，星期天，在一个小村庄的广场上坐着200多人，所有人都是基督徒，戴着草帽，光线比较暗，有一个男孩在读书，那个小男孩正在读马尔克斯的《百年孤独》。这个男孩是村子里唯一有文化的人，12岁，他就给村子里的其他人读马尔克斯的书。然后，我也要了杯咖啡，坐下来听。这些人流着眼泪听。我之后就走到小男孩面前，看看这本书，然后自己也去买了一本《百年孤独》，我知道这是一本伟大的书。我问那个男孩，马孔多小镇在哪里，男孩说没有这个镇子，但是这个镇子无处不在。杜撰出来的，但是无处不在，这就是世界文学。我再讲一个故事。有一段时间，我跟苏联政府的关系不太好，因为我为很多画家说话，就在赫鲁晓夫时期。不管怎么样，我还是能够原谅赫鲁晓夫的，他允许索尔仁尼琴的《古拉格群岛》发表。我的《斯大林的继承者》一诗写成后，他专门派一架军用飞机把我的诗送到《真理报》编辑部发表。之前没有人发表我的这首诗，他们都是斯大林的拥护者。赫鲁晓夫其实不懂画，他没什么文化，很多人挑唆赫鲁晓夫，想让他对画家做一些不好的事。《真理报》上发表了我的诗后，很多人给赫鲁晓夫写信，说报上发表了一首反苏的诗，但是他们并不知道这首诗是赫鲁晓夫自己派军用飞机送到编辑部的。赫鲁晓夫跟当时主管意识形态的部长说，我让《伊凡・杰尼索维奇的一天》发表，有人不高兴，我让叶夫图申科的诗发表，有人又不满意了，难道我这个人也是反苏的吗？赫鲁晓夫还说要颁布一道法令，把书刊审查制度彻底取缔。在马涅什广场每年都会举行一次画展，苏联时期从未展出过抽象派画作，伊利切夫，当时的相当于宣传部长的官员，给所有人打电话说，现在书刊审查制度要取消了，你们赶紧把你们的抽象派画作拿出来展览吧。赫鲁晓夫看画展时一切都很正常，然后一群人打开一个小房间，这个房间的画作没给其他人看过。赫鲁晓夫就是一个普通人，也没有受过高等教育，他就觉得这个画好像没有画完，就很奇怪，这些人都没有脸。有人告诉他，这些画已经画完了，他就问为什么这些人没有脸。然后有人告诉他，因为这些画家憎恨苏维埃的面孔，这些画家看不起我们的农民、工人兄弟。赫鲁晓夫说太过分了，怎么能不喜欢我们国家的人民呢？于是就对画家进行了批判。那个时候，我刚从古巴回来，这件事闹得沸沸扬扬的，我当时就反对赫鲁晓夫的做法，虽说我对赫鲁晓夫很尊重。

马：您第一次去古巴是什么时候？

叶：60 年代。

马：您去古巴的时候见到了尼古拉斯·纪廉吗？您喜欢他的诗吗？

叶：他是个好诗人，但革命以后有了好房子，和一些权贵住到一起后，他就变了。有一次他邀请我去他家做客，我以为他要跟我讨论诗，结果他让我看他家的卫生间。他反对过聂鲁达。

马：聂鲁达在纽约朗诵诗，他们古巴作家，包括尼古拉斯·纪廉，就发表声明谴责聂鲁达。

叶：在纽约读诗有什么不好的呢？

马：而且他朗诵的还主要是反美的诗。

叶：这与在前线读诗也没什么区别。一个伟大的诗人可以反对任何人，但是不可以反对自己的人民。

马：对对，当然是这样。

叶：我到过 97 个国家，在俄罗斯诗人中间我可能是唯一一个到过 97 个国家的人，我从未见过任何一个国家有不好的人民。

马：我现在与您还差得远，我只去了几十个国家。您肯定见过土耳其诗人希克梅特吧？

叶：他是我的朋友，也是我的兄弟。

马：您对他的诗怎么评价？

叶：他有天才的诗作。“如果我不燃烧，你不燃烧，他们也不燃烧，到底谁来燃烧呢？”这是世界上唯一一个诗人，在苏联时期曾经给我打过电话，说：“任尼亚，我得一个大奖，有很多钱，你现在缺不缺钱啊？”您知道吗，他本来要被判死刑的，贝利亚要枪毙他，当时我 18 岁。

马：他是在土耳其蹲过两次监狱，最长的一次差不多蹲了 9 年。

叶：我在 52 年第一次参加国宴，就是因为他读了我的诗，想见我，所以就把我请去了。他20年代在苏联，他见过马雅可夫斯基，俄语说得很好，他在监狱里面也没忘。莫斯科所有知识分子都知道他。

马：有个导演叫梅耶荷德，他在梅耶荷德手下工作过。

叶：是的，他是梅耶荷德的助手。有一次，他在舞台上对知识分子观众们说：我在莫斯科跑了三天，从来没有看到过像梅耶荷德这样的剧院，你们弄得都是资产阶级的戏剧。他说，过段时间斯大林要接见我，我一定要像一个共产党员对共产党员那么说，说在大街上到处都是您的画像和雕塑，可这些作品做得都品位不高，很糟糕。下面一片寂静，谁都不敢说话。扎瓦斯基是那台演出的导演，他和乌兰诺娃有爱情关系，这个导演说：您的这番话斯大林一定会乐意听，因为他作为一个有品位的人，一定很讨厌这些模型。您知道吗，做画像的人也不是那么有文化的，斯大林也不太方便直接跟他们说出自己的想法。希克梅特和斯大林没有见过面。斯大林死后，我常去希克梅特家做客，当时贝利亚已经被枪毙了。希克梅特是一个伟大的诗人，我们俩关系非常好，如果所有的共产党员都像他一样，我可能也会入党。

马：他的爱情诗写得非常好。

叶：是的，是的。我们在聚会的时候，来了一个人，正好是冬天，那个人穿得严严实实的，突然跪在希克梅特面前，流着眼泪说："请您原谅我吧。"希克梅特认识他，就对他说："万尼亚，你起来吧，不要跪着了。"这个人是他以前的司机。他对司机说："你忘了这事吧。我知道你要说什么。"

马：这个人是密探，是监控他的？

叶：这个人是国家派给他的职业司机。诗人跟他的司机关系很好，甚至还去过他家里，后来贝利亚就把这个司机叫去了，对司机说：你知道你每天拉的这个人是谁吗？这是一个戴着面具的敌人，他想谋害斯大林同志。司机说我不相信，这是不可能的。贝利亚说，我们派你制造一起车祸，下一次见面就告诉你该怎么做。司机说我不参与，我也不相信您说的。我在《斯大林的葬礼》中提起这件事。贝利亚于是招呼一群囚犯进来，指着他们对司机说：这些人很久没碰女人了，难道你想让他们出去后第一个碰的女人就是你妻子吗？司机被迫同意合作，因为他的妻子是两个孩子的母亲。

马：但这件事情最终没有发生。

叶：因为贝利亚很快被抓起来了，被枪毙了。

马：贝利亚当时为什么要害希克梅特呢？

叶：就因为他在剧院讲的话，说斯大林的雕塑和画像太糟糕了。

马：我今年2月去过土耳其，在土耳其见过一些诗人，他们对希克梅特评价很高。

叶：他们只是现在才评价很高，当年可没把他当回事。

马：他现在的坟墓在莫斯科，他们想把他的遗体迁回伊斯坦布尔。

叶：他的第一部诗集在土耳其很长时间都没有出版社愿意出版，60年代的时候我去土耳其，发现没人知道他，只是在我的文章发表以后他们才开始重视他，中小学生都知道他，他现在已经是个经典作家了。

马：您也是一位经典作家。

叶：那是现在这么认为，之前对我的评价可不是这样的，是人民在支持我。

马：在这样一个复杂的历史社会环境下，一个大诗人是不可能不引起争论的，最重要的是您的作品今后能留下来。

叶：永远留下来这很难说，谁也不知道。我们那一代人的准则实际上是我们自己制定出来的，沃兹涅先夫斯基就有一句诗表达过这种观点。在帕斯捷尔纳克的事件发生后，许多人攻击他，也有人来要我出面发表意见，我拒绝了，有人问我为什么不反帕斯捷尔纳克，我回答说：我不想让自己的儿子或孙子往我的坟墓上吐唾沫。我问那些反对帕斯捷尔纳克的人："你们读过帕斯捷尔纳克的小说吗？"很少有人读过。赫鲁晓夫在这件事上其实也被骗了，因为有些作家把帕斯捷尔纳克的小说《日瓦戈医生》由700多页缩减成300多页的摘抄本。帕斯捷尔纳克其实是一个非常纯真的人，他对社会主义没有那么大的反感，那些栽赃他、迫害他的人往往都是因为嫉妒他。

马：我读过一些回忆录，发现经常找他谈话的人有费定。

叶：噢，费定是个坏蛋，他干了很多坏事。

马：那么法捷耶夫呢？

叶：法捷耶夫用一颗子弹把自己给了结了，他是一个好人，只是所处的时代不好。我不喜欢他这个人，但是喜欢他的《毁灭》。

马：刚才有个问题没来得及问，马雅可夫斯基的死是由于他和那个时代错位了，才导致的自杀吧，不是因为个人感情，我看主要是他和他那个时代已经错位了。

叶：他就是害怕被捕，对于那个时代来说他太大了，他已经大到什么话都可以说的地步，政府肯定是不喜欢这样的人，但是人可以有另外一些出路，可以忏悔。

马：他的自杀就是一种忏悔！

叶：法捷耶夫死前写了一封绝命信，这就很好，就是忏悔。

马：那么叶赛宁最后选择自杀，主要原因是什么呢？

叶：说他是他杀纯属谣言，是胡说八道。叶赛宁喝酒喝得太多了，非常好的诗人，但是酒喝得太多。但是人民喜欢他，普通老百姓喜欢他。去他墓地拜谒的人有很多，有诗人，也有出租车司机和农民。他的诗流传广泛，就像维索茨基的诗歌。

马：弹唱诗人维索茨基？

叶：他也是我的朋友，遗憾的是，他也喝酒。

马：上一次我们去俄罗斯，接待我们的是米哈尔科夫。

叶：哪一个米哈尔科夫？

马：谢尔盖·米哈尔科夫。

叶：他对您说了什么？我第一次来中国就是和谢尔盖·米哈尔科夫一起来的。

马：他说，在斯大林欢迎毛泽东的宴会上，他跟毛泽东交谈过。我们去访问的时候，当时的独联体国家作家协会的工作比较混乱，所以请他出来主持工作。

叶：您知道吗，米哈尔科夫写过几首好诗，儿童诗，他很有才华，但他是一个胆小怕事的人。

马：胆小怕事？但是他显得胆子很大啊。

叶：他看起来胆子很大？

马：我们那次去访问见面时，他喝了两大杯白酒。

叶：这个很少见。

马：他两次成为苏联国歌的作者，普京总统时期的新国歌也是他写的。

叶：他自己是国歌征集委员会的主席，他就把机会给了自己，谁能有什么话好说呢。但他的儿童诗很好，我们所有人都读他的儿童诗。

马：现在您太太不在这里了，您说一说布罗茨基的情况吧。

叶：我不说。这没什么意思。布罗茨基如今是一个各种诗选都会选其诗作的诗人，对作为诗人的他，我没什么好说的，可对他这个人我却有些看法。实际上，您知道吗，是我让他获释的，他后来出国我也帮过忙。我有一个朋友是意大利和苏联友好协会的负责人，也是意大利共产党员。当时对布罗茨基的审判很可怕，他是一个很有才华的诗人，应该救他，我和那个意大利朋友一起写了一封信，以意大利共产党的名义，当时意共很强大，我们一起去见意大利大使，让他把这封信送到苏共中央政治局，大使本来可以不管这件事，但是他也认为这样做是对的，也在信上签了名。我们在信中说，对布罗茨基的审判只会让所有苏联的敌人感到高兴。考虑到苏共和意共当时的关系，这封信肯定起到了作用，这封信被直接送到政治局，一个星期以后这个问题就解决了。布罗茨基实际上没有坐过牢，只是被流放到乡村。可是后来他自己想出了一个很奇怪的想法，无端指责我。在美国有一次，当着一个美国出版社社长的面，当着很多美国朋友的面，他向我道了歉，但是道完歉之后呢，他还是继续说我的坏话，他从来不说谁是真正让他获释的人。

马：我看过布罗茨基写过一篇文章，推介西班牙语的最重要诗人，从古典诗人到20世纪的西班牙语诗人，可是他不知为何唯独没有提到聂鲁达。他为什么不提聂鲁达呢？

叶：他有他的趣味，比方说，他甚至不认为俄语诗人中最伟大的是普希金，他认为是巴拉丁斯基，这是一回事，而布罗茨基的诬陷又是另外一回事。布罗茨基从来不把这些诬陷的话说给美国出版家听，只说给俄国侨民。在美国有这样的法律，俄侨之间的问题在美国的司法部门不会被受理，在俄侨杂志上可以随便说话，却不会承担法律责任，因此，任何一份俄侨杂志都是妖魔鬼怪、毒蛇居住的地方。玛莎不让我说这些，这个问题是我心中最大的伤口之一。肯尼迪是我的朋友，他遇刺之后我写了一首诗，在全世界都很罕见的是，它同一天被发表在《纽约时报》和《真理报》上。其中有一句话说："林肯在大理石座椅上痛苦喘息。/ 他们再次向他开枪！野兽般的屠杀。/ 美利坚，你旗帜上的星星就像一个个弹孔！"（Линкольн хрипит в гранитном кресле ранено./В него стреляют вновь! Зверье – зверьем./И звезды, словно пуль прострелы рваные,/Америка, на знамени твоем!）谁是这首诗的第一位听众呢？是布罗茨基，他在我家里听到了这首诗，当时还没发表，他当时刚刚获释被放出来，去了我家。他还建议我们一同去莫斯科的美国使馆，把这首诗写在悼念簿上。此事20年过后，我和妻子玛莎一起去美国工作，情况却发生了变化，俄国流亡者到我家里，对我说布罗茨基写文章诬陷我。我当时收到美国一个高校的任职邀请，布罗茨基写了一封信给校长，说我写过侮辱美国国旗的诗，他指的就是我当年在肯尼迪遇刺后写的那首诗，当年布罗茨基曾说我的诗写得好，现在又用它来攻击我。但是您要知道，布罗茨基在美国密歇根找到工作，就是我写的推荐信。收到布罗茨基诬告信的那个校长告诉我，在任何情况下都不会把布罗茨基写的那封信给我看。谢天谢地！布罗茨基还写信到美国科学院，说不能接受我做院士，这个时候他也不敢说他在侨民报纸上说的那些话，只是说“他不够格”。美国科学院方面说：“我们不管这个，他是位诗人，他的诗全世界都知道。”在华盛顿大屠杀纪念馆的石碑上就刻着我的《娘子谷》里的诗句。这个故事真让人忧伤。为什么会这样，为什么他要这么做，我也不知道。可能是性格原因。

马：布罗茨基在生活中是一个什么样的人？

叶：很孤傲，美国性格。布罗茨基的童年很痛苦，但是我们这一代人的童年都很艰苦。

马：但是您的心理很健康。

叶：这都是几十年锻炼出来的，我已经很老的。这大约就是我要说的了。

马：以前读了您的很多诗，这次见面加深了我对您的心灵和思想的深层次了解。

叶：您有没有读过我的小说《不要在死期之前死去》？现在我在写第三部小说。

马：没读过，回去一定拜读。

叶：我今天有幸见到一位诗人，您不仅是中国的诗人，而且是世界的诗人，扎根在中国大地上的诗人，但枝叶却是世界的。整个俄罗斯的历史都是在西方派和斯拉夫派的斗争中发展的，普希金就很好地解决了这个问题，他融合了西方派和斯拉夫派的气质，他既是西方派又是斯拉夫派。在您身上，我也看到了这种交融。普希金也是第一个提出女性不是男性附庸的诗人，普希金认为，男人应该能在被女性抛弃的时候仍然去祝福她。我也有过这样的体验，玛莎给了我很大的帮助。当时我的妻子，两个孩子的母亲离开了我，也许她是对的，她做出了这样的选择。后来我遇到了现在的妻子，我先是爱上了她的手，像大理石一样的手，看到她的脸，我觉得更漂亮，当时玛莎很年轻，还是一个女大学生。我们在一起生活很久了，她是唯一一个和我共同生活了 30 年的人。当时，玛莎见到我时对我说：“您不是我崇拜的诗人，我喜欢的是奥库扎瓦，我是在帮妈妈索要您的签名。”我对她说：“可是我想写上您的名字。”玛莎留了一个电话，是当时她在旅行社工作的公共电话。第二天，我打电话到旅行社找玛莎，旅行社工作人员接了电话，并问我是谁。我说：“我是叶夫图申科，我找玛莎。”工作人员一听我是诗人叶夫图申科，就惊住了，他问：“您找哪一个玛莎，我们这里有 4 个叫玛莎的。”于是，就让 3 个玛莎一个个来听电话，她们都不是我要找的玛莎。工作人员把玛莎家的电话给我，是玛莎的奶奶接的电话，她奶奶问我：“您真的是叶夫图申科吗？为什么现在广播里有您在讲话，您怎么又能同时在电话里讲话呢？”当时，玛莎在巴甫洛夫斯克医学院学习。我已经完全离婚了，准备把自己交给她。后来我给玛莎打电话，告诉她我将一个人孤零零地去西班牙。玛莎给了我很智慧的建议，她劝我应该挽救这个家庭，不然我会一直认为是前妻破坏了这个家庭，因此留下对家庭的阴影，以后也不可能真正地爱上另外一个女人。玛莎还做了另外一件事，就是让我以前的妻子和孩子们相互联系。我结了4次婚，现在的妻子是最后的妻子，我有5个儿子，大儿子是养子，他以前是一个画家，已经去世了。他出生在一个很贫困的家庭里，是我把他领养了，但是他患有遗传性的疾病。

马：您有女儿吗？

叶：玛莎对我来说是母亲，也是女儿。

马：让我们为玛莎举杯！

叶：玛莎不让我参与政治。

马：你们现在常住在美国吗？

叶：我在美国、莫斯科都有家，经常往返两地。我在格鲁吉亚本来也是有房子的，但是被烧毁了。

马：为什么会烧毁呢？

叶：战争中被烧毁了，本来都好好的。

马：在格鲁吉亚现在有没有很好的诗人？

叶：在这个问题很难回答。格鲁吉亚的电影比较好，有一部电影叫做《忏悔》，在苏联解体之后这部电影被重新拿出来放映。

马：很多俄罗斯作家、诗人都很喜欢格鲁吉亚吧？

叶：苏联时期我曾经是格鲁吉亚文化委员会主席，是谢瓦尔德纳泽任命的。最后一位大使是一个很有名的诗人阿巴希泽的儿子，我们关系很好，他是格鲁吉亚驻莫斯科的大使，他给了我一个有效期50年的签证，别人谁都没有，那是唯一一份签证。

马：现在坐飞机从莫斯科到格鲁吉亚要多长时间？

叶：一个半小时。我等着您的画，我在莫斯科的博物馆等着您的画。

马：好的！今天特别高兴！最近几天我就找出您的小说读一读，再过两个月，我估计我就会说俄语了。

叶：好的。但愿现在不会堵车了。马加，告别之前，我想对您说一句很重要的话：我们这个人类社会、这个世界长时间处在由政治控制文化的环境之下，现在，我觉得应该反过来，要让文化来决定政治和社会。

马：这句话很重要，实际上在人类社会，一旦到了文化控制世界的时候，这个世界就会更加人文，也可能更有秩序。

叶：对，是这样的，俄罗斯和中国都应该这样做。

马：夜已经很深了，今天就谈到这里。祝您晚安！也祝您明天旅途愉快！

叶：谢谢，再见！

叶夫图申科

苏联俄罗斯诗人，是苏联二十世纪五十年代末、六十年代初“大声疾呼”派诗人的代表人物，也是二十世纪最具影响力的诗人之一。他的诗题材广泛，以政论性和抒情性著称，既写国内现实生活，也干预国际政治，以“大胆”触及“尖锐”的社会问题而闻名。

欧阳江河

作者简介

1956 年生于四川省泸洲市。诗人，诗学、音乐及文化批评家，书法家。在中国大陆出版有《如此博学的饥饿》等 8 部个人诗集及文论集，在香港出版诗集《凤凰》，在台湾出版诗集《手艺和注目礼》。其诗作及文论被译成十多种语言，在世界多种文学刊物上发表。

欧阳江河的诗

欧阳江河

老相册

黑鸦没有右手，却有两只左手
手与手隔世相握，桃花换了人面

换谁都是两手空空
天人对坐，催促灰心

影子从屋顶明月缓缓降下
这埋入土地的天空呵

一大片黑影子扑腾着白雪的翅膀
一枚分币敲打安息日的心

在底片上，黑鸦像个职业摄影师
对着一场大雪，按下阳光的快门

谁将这无人的椅子坐在花里
谁命令我坐下，命令一百年的雪坐下

夏天过去了。乌鸦和雪还坐在那里
而我坐过的椅子上坐着一个无人

2015.9.7

在雅典

窗外是忧郁的江油县。
七十年代的县政府大楼后面，
是2000年前的古希腊天空。
太阳升起来，带着昨夜的倦怠，
本地人的醉意在空气中弥散开来。
天神将手里那只空酒杯
倒扣过来：一种半透明的东西，
刚从大地的泥土烧制成陶器，
　　在柜台后面
以好客和宰客两种目光盯着你。
游客从出租车，从钱包和坟墓
钻了出来，把一个空意义塞得满满的。
意义之外，三十万叙利亚难民
漂浮在蓝色的爱琴海上。

而十四年前，一个清癯的中国和尚
自窦湍山铁索坠下。

2015.9.29

开耳

钥匙从天上掉到地上的声音
捡起来一听
里面有个上了锁的歌喉

甚至从未打开过自己的囚徒
也在转动这片钥匙
试图打开被锁死的上帝

甚至闪闪烁烁的萤火虫
也从耳朵监狱的内部
点亮了一个天听透雕

有人在途穷处偷听这个天听
有人将手的日子往耳朵里塞
有人捂住转世的耳朵

天上的钢琴掉落下来
砸到童子功头上落花纷纷
十万个琴师的头上只有这一个灵童呵

每个天才的身边都坐着一个账房先生

我看到物质之美的孤立
我听到采采卷耳在发愣
迷魂被销魂一弹，顿时断魂

你得弯曲直觉才有听觉
你得走出听觉才能听到黑暗
你得待在黑暗中才能开耳

因为众人身上的耳朵皆是聋子
一种静极的发自子宫的声音
如同被哑巴所唱出

2015.12.21

字非心象

天下读书人中有一个不识字的
但他会写，把书里的字写在木简上
把废字和哑字写入鸟嘴
把缺腿的字写成鸟爪
又从鸟浮提炼出字的菩提

他提着众花的头颅去见世面
开败了字的花儿妙笔

他看不见自己身上的高山流水
因为所有的清水浊水
都与雾豹和经卷混在一起

人的一生中写了多少错字呵

星际之旅的念头挥之不去
一亿光年的直觉竟弯曲下来
一轮秦时月又别扭又顺从
古文课，以盲文去念皆是天文
而一个战国人牛逼就牛逼在
能以《易经》的字去说大白话
能把甲骨文写得如一只螃蟹
能把螃蟹爪子掰下来当钳子使

石碑里的鸟兽之身已非今世
多少个青蛙王子隐身于蝌蚪文
童心和童子手端坐在莲花上
邪恶也坐得端端正正

善，竟如佛骨一样盘卷坐起
又随日常万念化为无形
气息相吹，舞之蹈之
心之所是成为了它所不是的
但那并非心象，而只是个执迷

2016.1.12

洛尔迦

作者简介

费德里科·加西亚·洛尔迦（Federico Garcia Lorca,1898-1936）20 世纪最伟大的西班牙诗人、“二七一代”的代表人物。诗集主要有《诗集》(1921)、《深歌集》（1921）、《最初的歌集》(1922)、《歌集》(1921-1924)、《吉普赛人谣曲集》(1924-1927)、《诗人在纽约》(1929-1930)、《献给伊格纳乔·桑切斯·梅希亚斯的哀歌》(1935)、《塔马里特波斯诗集》（1936）、《十四行诗》（1936）等多卷。

洛尔迦诗选：死于黎明

费德里戈·加西亚·洛尔迦　王家新 译

译者前记：费德里戈·加西亚·洛尔迦（Federico Garcia Lorca ，1898—1936），西班牙著名诗人，生于西班牙南部安达卢西亚自治区格拉纳达附近的乡村，成长于格拉纳达，后在马德里学习。早年创作有《诗集》《深歌集》《组曲》《歌集》《吉卜赛谣曲集》等，把安达卢西亚民间抒情谣曲的韵律、现代诗歌的技艺和超现实主义的想象力完美地结合起来，显示出光彩夺目的创造活力，被视为“二七年一代”诗人的杰出代表。1929 年 6 月至 1930 年 3 月，诗人完成诗集《诗人在纽约》，不仅表现了他在纽约期间所经历的剧烈冲撞，在诗的形式和风格上也做了大胆、惊人的尝试。回国后至西班牙内战爆发，洛尔迦投身于戏剧活动，创作了《血婚》等多部重要剧作，在西班牙产生了广泛影响。

在洛尔迦生命的最后几年，还留下《塔马里特波斯诗集》《黑暗爱情的十四行诗》等重要诗作，创作了一批更强烈、也更新奇的抒情诗。1934 年 10 月，洛尔迦为悼念一位斗牛士英雄完成了长篇挽歌《伊·桑·梅希亚斯挽歌》，被公认为世界现代诗歌中最伟大的挽歌之一，该诗的最后以“我用呜咽的声音歌唱他的优雅，并记住穿过橄榄林的那一阵悲风”悲怆结束，它成为了诗人自己的墓志铭。

1936 年 7 月，西班牙内战爆发。洛尔迦虽然不属于任何政党，但他天然地反对法西斯右翼势力。同年 8 月中旬，洛尔迦在格拉纳达被抓捕，经佛朗哥的一位将军下令，于 8 月 19 日凌晨被处决。诗人最终被死亡和暴力击中，化为橄榄林里的一阵悲风……

今年是诗人蒙难八十年周年纪念，为纪念这位天才的、深受世界上无数人喜爱的诗人，特选出这一组译诗。

弓箭手

黑暗的弓箭手
逼近塞维利亚。[1]

瓜达尔基维尔河遥遥在望。

宽宽的灰帽子，
长长的黑斗篷。

啊呀，瓜达尔基维尔河！

他们从遥远的
悲苦的山川而来。

瓜达尔基维尔河遥遥在望。

而他们步入了迷宫。
爱，水晶和石岩。

啊呀，瓜达尔基维尔河！

队列[2]

沿着街巷他们来了，
奇异的独角兽。
他们从怎样的田野
怎样的神话密林中来？
近在身边却类似
天外的宇航员，
这些绝妙的灰背隼
和头戴荆冠者。[3]
着魔的杜兰达特，
狂热的奥兰多。

科尔多巴邻区
（夜曲主题）

在房间里他们有一个
星辰避难所。

① 塞维利亚，安达卢西亚自治区首府。瓜达尔基维尔河，安达卢西亚境内的第一长河。

② 据信这是洛尔迦在阅读意大利诗人阿里奥斯托（1474-1533）的《杜兰达特在蒙特西诺斯山洞中施魔法》《疯狂的奥兰多》等长篇传奇诗之后写下的一首诗。

③“头戴荆冠者”：该句在原诗中为拉丁语“Ecce Homo”，本为罗马帝国执政官本丢·彼拉多向众人展示头戴荆冠的耶稣时所说的一句话“瞧这个人”（带有极度轻蔑的意味）。

黑夜崩溃，就在
一个死去女孩的身上，
她的头发里藏有
一朵红玫瑰。
六只夜莺在铁栏中
为她哭泣。

人们一直在叹息
伴着裂开的吉他。

——（以上三首译自《深歌集》，1921）

猎手

高高的松林！
四只鸽子在空中来往。

四只鸽子
飞出去又飞回来。
落下四个影子，
全都受了伤。

低低的松林！
四只鸽子摔在地上。

蜥蜴在哭叫……

公蜥蜴在哭叫。
母蜥蜴在哭叫。

公蜥蜴和母蜥蜴
系着白色小围裙。

不小心丢失了
他们的订婚戒指。

哦，他们小小的铅灰戒指，
哦，他们的铅做的戒指！

无人的高高天空
气球里满载着飞鸟。

太阳，矮胖的船长，
穿着绸缎背心。
看看他们是多么老！
那些蜥蜴是多么老！

啊，他们哭叫他们哭叫，
啊，他们怎么一直在哭叫！

死于黎明

夜有四个月亮

而只有一棵树，
一道影子
和一只孤鸟。

我透过我的身体
追寻你的唇痕。
喷泉吻着风
而无需触着它。

我忍受着你给出的不
在我的手掌里。
像一个蜡柠檬
几乎是白色的。

夜有四个月亮
而只有一棵树。
我的爱纺着
绕着这一根轴。

告别

如果我死了，
请为我打开阳台。
那个小男孩在吃橘子。
（从我的阳台可以看见他。）
收获者正在割小麦。
（从我的阳台可以听见他。）

如果我死了，
请为我打开阳台！

——（以上四首译自《歌集》，1921-1924）

纠纷[①]

在陡峭的半山腰上
阿尔巴塞特的刀锋闪烁，
它以仇人的血拭亮，
像闪光的鱼群
映衬苦涩的青草。
一张硬纸牌的微光
追踪着几匹烈马
和骑手们的剪影。
那里一棵橄榄树屈身，
两个老妇人哭啼。
好斗的公牛
已蹿跳着越过围墙，

① 该诗最初在杂志发表时题为“吉卜赛人打斗”，洛尔迦称此诗表现的是“沉默，遍及安达卢西亚和西班牙的潜伏的搏斗。”诗中的“阿尔巴塞特”为西班牙城市，名刀产地。

黑色的天使带来
方巾和雪水。
天使们扑闪着
阿尔巴塞特的巨翅。
蒙蒂拉的胡安·安东尼奥
翻滚下斜坡，死去。
百合花掩住他的躯体，
血石榴爆裂在头上。
现在他乘着火焰的十字架，
一路奔向他的死亡。

穿过橄榄园，法官来了，
还有几个宪警。
泼出的血在呻吟，
蟒蛇唱着嘶哑的歌。
“宪警们，先生们，
这只是一桩寻常的事：
四个罗马人死了，
还有五个迦太基人。”

下午，着火的流言
和无花果都变得疯狂，
它们昏厥并落在
骑手受伤的大腿上。
黑色的天使
已乘着西风飞走。
天使们有着长长的发辫
和充满安抚油的心房。

唐·佩德罗骑士的滑稽剧
（带停顿的谣曲）

顺着一条小径
走下唐·佩德罗，
这个绅士是怎样在哭泣！
他的马倒是很快活，
缓缓而行无需缰绳；
骑士来寻找面包，
骑士来寻找亲吻；
因为他那
含混不清的抱怨，
家家的窗户都打开了
都在询问着风。

第一停顿

词语停在
河水的下面；
河水的上面，
月亮在沐浴；
而在高高的空中
是另一轮妒羡；
一个孩子来到岸边
看见了这两个月亮，说：
“夜呀，擦响你的铙钹！”

重续

唐·佩德罗前往
一座远方的城镇。
一座远方的城镇，
掩映在雪松深处；
伯利恒？空气中有着
圣人和芸香的味道；
当屋顶和云彩闪光
他策马走过
一道破裂的拱门。
两个上年纪的妇人
和一个老头
出来迎接骑士，
提着一盏油灯。
不行！白杨树说，
而夜莺也跟着附和，
我们要看看他为何人。

第二停顿

词语停在
河水的下面；
越过河流的脊背
鸟群飞成火焰一团；
河边的芦苇中
还残留着部分见证，
无头绪的梦让人很累
是关于吉他黑木。

重续

越过平坦的大路
两个妇人和一个老头
一起去墓地
提着他们的油灯。
在藏红花中他们发现
唐·佩德罗的坐骑
已经死去。
下午神秘的声音
呜呜地向天空哀诉；
缺勤的独角兽
打碎了角尖的水晶。
当远方的城镇燃起大火，
这个男人开始哭泣。
他眺望北方，寻找一颗星，
眺望南方，寻找一道帆影。

最后的停顿

词语停在
河水的下面；
在淤泥和沼泽中，
声音失去。
越过花朵
枝头上绽开霜寒，
唐·佩德罗，已被遗忘，
独自与青蛙游戏！

——（以上两首译自《吉卜赛谣曲集》，1924-1927）

小男孩斯坦顿[①]

你喜欢我吗？
是的，你呢？
是的，是的。

当我孤身一人
你的十岁便和我在一起
三匹瞎马
你的十五张脸和那张石头击打出的脸
以及被小小热烧所霜冻的玉米叶
斯坦顿。我的孩子，斯坦顿，
在午夜巨蟹座从过道上滑落
与档案的空壳蜗牛交谈，
它活跃至极，满载云朵和体温表
带着夜莺啄食苹果般的纯粹激情
在那没有巨蟹的房子里，
白色墙壁在星光谵妄的注视下破裂
而在最小的马厩，在森林的交叉路口
一年来有光焰屡屡凋落。
我的悲伤在下午汩汩流淌
当你的眼睛成为两堵空茫的墙
你的眼睛成为两个国度
而我的身体是青草的呢喃
我的苦痛在寻找它的外套，
它布满尘灰，被狗撕咬。
是你在关照它，毫不畏惧
直到黑暗河水的桥门。
啊斯坦顿，小动物中公正的傻瓜
你的母亲被村里的铁匠所伤，
一个哥哥被压在拱门下
另一个被蚁群所蚕食，
而未察觉的巨蟹潜伏在房子中！
那些乳母给孩子们喂的
是青苔的河流，直立的烦恼
黑女人则爬上楼梯给大老鼠们分放春药
这些都是真的，人们
要把鸽子往阴沟里扔
而我当然也知道那些在大街上
突然拍肩膀的人怀着什么目的。

啊斯坦顿，你的天真，是一座狮子小山。
那一天巨蟹猛然将你击打，
并在住所里唾你，就在那里
客人们纷纷死于流行病
那一天巨蟹张开它谄媚的双爪
带着干燥玻璃和破碎的玫瑰

---

① 该诗为“在农场的小屋（靠近纽堡的乡村）”组诗中的一首，似写给一个因癌症而死的十岁男孩。因癌症（cancer）与巨蟹座在西班牙语（及英语中）都为同一词语，诗人在该诗中运用了巨蟹座、巨蟹这一意象和隐喻。

将泥浆溅上远航者的眼睛
而你寻找我的苦痛，在草丛中
我的苦痛伴着恐怖的花朵
当刺人的哑默巨蟹想上床和你躺在一起
沿着苦愁的床单将红色风景碾成齑粉
并将一棵冻僵的硼酸小树
放在棺木上方。
斯坦顿，带上你的犹太人竖琴
到树林里学习天国的语言吧
它们沉睡在树干、云朵和乌龟身上
沉睡在入睡的狗、铅弹和微风
以及警醒的百合、从不仿造的水那里
去学吧，我的孩子，学那些
你的人民已忘记的东西。

而当战争的感光度达至极点
我将在房间里为你的狗留下些奶酪，
你的十岁将成为树叶
飞翔在死者的外套上空
十朵柔弱的硫磺玫瑰
绽开在我的黎明的肩上
啊斯坦顿，在孤独和遗忘中
我的嘴上会带着你枯萎的面容
刺入那些绿色疟疾的雕像
到时我将这样前行。
（译自《诗人在纽约》，1929—1930）

意外的爱

无人理解你的黑暗腹部
玉兰的深郁香气。
无人知道你在唇齿间
是怎样折磨爱的蜂鸟。

一千匹波斯小马安睡在
你额头的月光广场里，
当我穿过四个夜晚拥抱住
你的腰身，雪的敌人。

而你的一瞥，在灰泥和茉莉间，
是种子的苍白的枝杈。
我从我心里翻找着，为了给你
总是说着总是的象牙字词。
总是，总是：我的苦痛的花园，
你的总是逃避的身体，
我的口腔里满是你静脉的血，
你的嘴失去光泽，因我的死。

被水所伤的男孩

我想走下深井，
我要爬上格拉纳达的城墙，
去看那被水之暗器
刺穿的心脏。

受伤的男孩在呻吟

在他结晶的桂冠下。
池塘，水槽，喷泉
向狂风举起了利剑。
是怎样的爱之狂怒，卷刃刀锋，
夜之怨声，白色的死亡！
如此的光之沙漠弄碎了
黎明的砂石！
那男孩孤零一人，
城镇沉睡在他的喉咙中。
泉水涌自他的梦
抵挡住饥饿的水藻。
男孩与他的苦痛对视
两场纠缠在一起的绿雨。
他如此躺在地面上
剧痛使他弓起身。

我要走下深井，
我想要我自己的死，满嘴都是
我要把青苔填进心脏，
来看那被水所伤的男孩。

黑暗的死亡

我愿睡在一个苹果的梦里，
远远离开墓地的喧闹。
我愿睡在一个孩子的梦中
他想从高海上砍下他的心。

我不想再听到死者鲜血流尽，
腐烂的嘴唇是怎样乞求净水。
我不想知道草丛间的折磨，蟒蛇
怎样在黎明前把月亮吞咽进嘴里。

我只想睡一会儿，
一会儿，一分钟，一个世纪；
但是必须让人知道我并没有死；
我的双唇间有一座黄金马厩，
我是西风的小助手，
我是泪水的浩瀚影子。

请在天亮时为我掩上帽子，
因为黎明将向我投来一捧蚂蚁，
请用坚硬的水泼湿我的鞋子
为了让毒蝎的双钳滑落。

因为我愿睡在苹果的梦中，
以一声长叹，除净身上的泥土；
因为我愿与那黑暗的孩子一起生活
他想从高海上砍下他的心。

飞翔

我曾一次次迷失在大海之上
耳中充满了新摘下的花朵，
满舌头尽是爱与苦痛。
我曾一次次迷失在大海之上，
就像迷失在某个孩子的心里。

没有人在亲吻之后

不会感到那无面孔者的笑容，
没有人在触摸到新生的婴儿后
会忘记一匹马发呆的头颅。

因为玫瑰在我的额头上找寻
找寻骨头的陡峭风景，
而男人的双手没有其他动机
除了模仿泥土之下的根。

就像迷失在某个孩子的心里，
我一次次迷失在大海之上。
哪怕波浪滔天，我去寻找
那耗尽我的充满光芒的死亡。

一只鹰是另一只鹰，
但她什么都不是。
小小的鹰，我问它们，
哪里是我的坟墓？
在我的尾巴上，太阳说。
在我的喉咙里，月亮说。
透过月桂树的枝叶
我看见两只赤裸的鸽子。
一只曾是另一只，
两个什么都不是。

——（以上五首译自《塔马里特波斯诗集》，1931-1934）

黑鸽子之歌

透过月桂树的枝叶
我看见两只黑鸽子。
一个是太阳，
另一个是月亮。
小小的邻居，我问它们，
我的坟墓在哪里？
在我的尾巴上，太阳说。
在我的喉咙里，月亮说。
而我这个把大地栓在
腰带上的漫游人
看见两只大理石鹰
和一个赤裸的女孩。

王家新

王家新，中国当代诗人，1957年生于湖北丹江口。著有诗集《纪念》《游动悬崖》《王家新的诗》《未完成的诗》《塔可夫斯基的树》，诗论随笔集《人与世界的相遇》《夜莺在它自己的时代》《没有英雄的诗》《为凤凰找寻栖所》《雪的款待》《在你的晚脸前》《黄昏或黎明的诗人》，翻译集《保罗·策兰诗文选》等。曾获多种国内外文学奖，近年获首届“袁可嘉诗歌奖·诗学奖”、韩国昌原第四届KC国际诗文学奖、首届“中国屈原诗歌奖·金奖”。

06 批评

耿占春

作者简介

耿占春，文学批评家。80年代以来主要从事诗学研究和文学批评，主要著作有《隐喻》《观察者的幻象》《叙事虚构》《失去象征的世界》《沙上的卜辞》等。另有思想随笔和诗歌写作。现为大理大学教授，河南大学特聘教授。

失落的天堂——陈鹏小说的人类学视野

耿占春

为什么还要阅读小说？对拥有复杂性知识或了解海量信息的人们而言，对私人生活与社会生活拥有基本常识、经验和判断的人们而言，小说形式提供了怎样的不可替代的认知方式？毫无疑问，当流行的信息媒介取代了小说之后，小说文体在当代作家手中已逐渐提升为一种更富有自我意识的艺术，这自然会成为渴望获得艺术感受的人们阅读小说的一个理由。然而阅读陈鹏令人惊讶的首先不是叙事技艺——他化驳杂为纯净的语感、叙述的节奏与速度的控制、结构的隐秘和暗置的隐喻，都显示出一个成熟作家的举重若轻之感——而是他的小说通过这些叙事技艺所展开的世界，一个围绕在我们身边却又显得无比遥远的生活世界。那个世界总是与各种犯罪行径、与贫困、暴力、谋杀、卖淫、毒品、伤害、疾病、死亡等等纠缠在一起，出现在每天的信息媒介中。但通常人们只是抽象地浏览着这一切。陈鹏小说将这些与我们共在却又处于偏远的社会角落里的人群的生存状态呈现出来，给予他们-她们自己的声音，给予他们-她们自身的形象：心灰意冷的小报记者，失意的足球运动员，小生意人，下岗工人，城市里的无业游民，小公司员工，居无定所的打工者，事故伤残者，智障者，杀人犯，离异家庭的孩子，郊区乡镇的年轻人和偏僻山村的村民……当人们纷纷关闭了这一现实视野之后，陈鹏转身打开了身后的这扇门，他在最大视野内最大限度地从中汲取多重文学要素，这是一个广阔繁复得令人惊讶的民众世界，这是一些流动、无序而混乱的“底层社会”的人群，陈鹏却能够给他们以可感知的形象，赋予他们生命的内在性，展现出他们微不足道却难以实现的生活期待、尊严与爱，他们无力承担的痛苦、折磨与恐惧，以及那些左右着他们并在他们身上显示出暴力特征的不可抗拒的结构性力量。

但是显然，陈鹏的写作并不归属于旨在塑造人物或人物性格的传统现实主义范畴。

在这些人与事情节各异的小说中，明显存在着一种人物的谱系，存在着事件的系列性。陈鹏小说中的每个或每种类型的人物都能够进行社会学的解读，或人类学的解读，却难以用个性或性格神话去解读。表面上看陈鹏的写作与所谓现实主义或写实主义小说没有什么差别，然而细心阅读就能够发现，当代小说在这里已经发生了微妙的改变。陈鹏小说中事件的系列性和人物之间的重叠感，透露出一种人物的无差异性和故事的同质性，这是一种不同于“性格”与“典型”的社会属性，它几乎就是当代新闻叙事的特质。然而陈鹏小说则将一种对新闻调查的模拟或对新闻报导的戏仿发展成一种人类学调查式的叙事，并将新闻调查与人类学叙述融进一种侦探式的叙事悬念，揭示出不同人群的社会生态、言行特性、犯罪习俗及其人类意识活动的各种封闭性，陈鹏小说将不动声色的社会学批判隐含于人类学的观察之中，描绘出一幅文学人类学式的社会景观。

1

通常而言，“调查”是陈鹏小说的展开方式也是叙事悬念之所在。事实上，无论司法与新闻的状况如何，司法调查与新闻调查已经是最为触动这个时代敏感神经的话语，“调查”是这个社会观念中最具有悬念的核心词汇。标识为“记者手记”的几篇作品，是新闻调查及其随之展开的故事与叙述话语。仅就其化用新闻调查形式而言，不能不说陈鹏在叙述话语及其悬念设置上的时代敏感性。除了“记者手记”之外，在《第56个》《车位》等作品中，则是小说中的当事人充当了自身遭遇的调查者及叙述者。曾经身为新华社记者的陈鹏在小说中绝不是对新闻调查的一种简单模仿，而是对新闻调查的戏拟与反讽。现场调查、分析、推论、探询疑窦丛生的事件，在他的小说里总是遭遇到一种经验性的嘲讽。调查是对调查者的讽刺，事实是对事实感的嘲弄，推论是对推论逻辑的颠覆。《车位》中的李果对他的“停车权”及其车子屡遭毁坏事件的个人调查毫无结果，为着能够让他的遭遇有足够的新闻性被电视台即被“社会”所关注，他自己制造了一次车子擦划事件，而这次自黑被抓却让整个事件变成了无稽之谈，成为物业管理者证明他患有精神病的证据；结婚七年没有生子的妻子刘盐，她对卖水果小摊贩夫妇的小儿麻痹症孩子“失踪”事实的观察或“被杀”的分析，被人们视为疯子，最终导致这对夫妇被人们送进精神病院。当他们没有遵从社会习俗或藏起对世界的冷漠，并企图运用自己的理性能力时，这在周遭人们眼里就是一种发疯。

这是一个一旦人想使用自己的理性就陷入荒诞不经的世界。调查意味着对理性、经验与验证的信赖，然而在陈鹏小说中，这些都遭遇到支配性体系不透明性的笼罩。这是一个反调查的世界。《车位》显示出，当生活世界被非理性的组织化力量所控制，非组织化的个人企图运用理性原则就会掉进一个无底的陷阱，一个人一旦想独立使用自身的理性就会临近疯癫的状态。这是一个反启蒙的世界，一个尚未启蒙的世界？《车位》里的小区及其业主与物业管理者之间的关系是一个人类学的讽喻。《第56个》则将这种陷阱式的讽喻发展至令人绝望的地步，小说中的夫妻关系如此扑朔迷离，所发生的一切令当事人自身真伪难辨，李果无法从妻子的出走中获得任何真实可信的信息，比他调查的命案更无从判断。

李果无法打通电话，估计对方屏蔽了他。正如我们的生活陷阱遍布，他开始琢磨是否掉入了什么知情者（了解自己也了解刘盐的某个家伙）精心布置的陷阱。但由于众所周知的逻辑，妻子刘盐极有可能是幕后主使，正如一些悬疑电影的离奇转折。否则她干嘛不接电话？不对，如果是幕后的黑手就没必要不接电话，那可太弱智啦，不是刘盐风格；好吧，这个跟自己结婚一年七个月的女人究竟哪一种风格？他搞不明白。

自称出差的妻子失踪了，是私奔、被绑架还是其他原因，李果无从判断，似乎每一种猜测都有一些证据，但每一种猜测都证据不足。读者与小说中的当事人一样处在极其有限的认知状态。而最后与李果在一起的小陈是否就是勒索或参与勒索了李果的钱的人？他看见或目睹了一些蛛丝马迹，然而又无法最终断定。小陈是不是另一个刘盐？每个人物都变得多疑而且毫无结果。所有符合认知特征与理性逻辑的判断都没有结果，并且遭受来自生活暗处的嘲弄。所有的人物都在极度缺乏认知条件并且缺乏合法的认知手段的时刻，陷入一种焦虑、猜忌和莫名的精神分裂状态。

理性、敏感，还是神经质？无论是暧昧的情感还是犯罪故事，小说都没有给予明确的叙述。人们所见的证据与所说的并不一致，甚至所见与所知之间也无法吻合。《车位》里的刘盐“看见”了被扔掉的孩子的衣物而且确实不见了孩子；《第56个》中李果“看见”了小陈和勒索者的车辆；《礼物》中的父亲“看见”了“长发花白胡子”的男人跟女儿说话，以及看见黑色吉普的跟踪；然而“所见”并不等于“所知”，却使所知变得如同梦幻。《第56个》中的何家营到底失踪了多少20来岁的男性年轻人？派出所的警察说登记在案的是5个，村民何茂说是12个，最后杀人嫌犯老费招供说是56个，而且最后一个即第56个，是不是就是李果失踪的妻子刘盐？当这些所见与所说错位之时，当所见与所知抵牾时，哪些所见是假象？哪些所知是幻觉？

陈鹏小说中总是有着超额的经验、悬惑与线索，超量的意识提醒与无意识暗示，过多的情节与细节的枝蔓，如同生活自身一样充斥着超额的迷惑，也如同生活中的人一样，并非每样事态都能够被他搞清楚，并非每种印象、记忆、猜疑都能够被追究，被证实或被证伪。陈鹏并不剪除这些没有发生在故事主干上的枝枝蔓蔓，并不企图简化这些超额的视觉、知觉、想象与怀疑，他让人物保持着这些迷惑不解，他也不给读者一个清晰地肯定或否定的结论。当李果寻求却无法得知车位事件的真相时，自称唯一知情者吴月则给李果讲述了一个与此无关的故事。

吴月的故事十分诡异，男主角A为一家小公司做假账发家，后来进入某物业公司漂白，又注册了一家物流公司。他的合伙人，姑且叫他B，靠拆迁起家，在昆明造城运动中富得流油，是物流公司的大股东。三年后两人闹掰了——为了一个女人。A相中了合伙人的女人，为她抛妻弃子。B渐渐察觉，找人暗中黑了A，差不多拆了他三根肋骨。……

“后来B在家摆了一桌，邀请A赴宴。为表示无辜，A登门了。B在饭桌上说，要我老婆，可以，但给我一千万。A说我哪来的一千万。B说那你留一只手吧。A说，你的意思是，要我一只手，嫂夫人从此跟我？B说君子一言。A说，好。他抓起桌上的刀，噗通就把手扎了。女人吓傻啦，抱着A大哭。B瞪着桌上的血说算了，算了，带着她，滚。”……

“关键在于——你说得对，在于这个女人。后来的故事将超出你的想象。”吴月盯着我。“她明明爱的是A，对吧？”“可出于道义、责任之类，她继续和B生活在一起。”“她每天都活在地狱里。你能理解？”“直到有一天，她忽然觉得，时机成熟了。记得吗，潘金莲和西门庆联手干掉武大郎。”“可这位潘金莲不想连累西门庆，于是，她独自设计和实施了整个计划——她在他昆明的一座别墅地下酒窖里干掉了他。”

……她笑了。“千万别当真。这就是个故事。有空再来，我随时恭候。”

老李莫名其妙喜欢的吴月就是吴月故事中的杀人犯？老崔就是她故事中的A？她就是《车位》中最终才露面的老崔的情人？她所讲述的真的是一个不用当真的故事？还是她抑制不住地吐露内心秘密的冲动？她对李果讲述这个故事是暗示好感还是威慑？她的谋杀故事与车位事件有关还是无关？

传统小说的人物总是由于知情权的有限性而做出错误的抉择，但整个故事冲突却会散发出耀眼的人性光芒。前现代社会人们的行为与古典小说一样，巨大的冲突常常建立在信息不足或信息不对称上，建立在极其有限的信息资源和无比强大的对决意志上。而陈鹏小说中十分诡异的处境是超量的信息同样导致了认知的盲目，身为记者的李果所进行的新闻调查多半被悬置于认知的缺失状态。更为糟糕的状况是，“记者手记”系列的《乌蒙》《后所》中的记者李果被当事人要求按照与他的调查完全不同甚至相反的状况进行“报导”，而且唯有如此才符合人之常情或社会的实际状况。一方面人们面临着实际认知能力的缺失，一方面又是为着某个功利目的颠倒认知能力。与过多确定性的现实主义小说相反，陈鹏小说中有着过多的非确定性，有着枝繁叶茂的超量细节。陈鹏小说充斥着如同生活世界一样杂芜的细节，作家的创造力犹如冥冥之中支配着生活世界的自然力的一种延伸。就像纪录见闻的人类学方法，现实的残片碎屑都被自然而然地吸附进叙述话语，但却因为细节的超额、角度的多变而无从判断其事物的真伪。关于现实的超量经验导致了悬念的丛生和悬念的悬置，也导致了认知的空白。认知的有限性或认识论的困惑就是陈鹏小说留给读者的悬疑。

2

在陈鹏小说里，人物、事件、环境或社会场所的描述依然存在，但三者之间的配置被悄然改变了。环境或社会场所的呈现变得比人物与事件更具重要性。以至于可以将这些小说视为一种对社会场所的社会学描述或人类学的描述。在“记者手记之”《灞美》中，记者李果对杀人嫌犯的犯罪动机所进行的调查，新闻之眼不知不觉变成了一双人类学之眼，使我们得以观看到西南少数民族地区一个偏远山村的内部景观。

……迎面撞见一个扛锄头的老女人，瘦得像烟囱，满嘴黑黑的牙。

韦朝亮叫住她。女人只说壮话，叽叽哇哇情绪激动，韦朝亮告诉我，她的意思是，张兵死有余辜，这个贼见什么偷什么，她的稻米、钱、鸭子都被张兵偷过。她告诉张家，张兵妈把他锁猪圈里，不给吃喝，让他吃猪食。六七天才放出来，出来他就跑到灞美，一个多月不见人影。回来的时候穿着新衣服新裤子，像个小皇帝一样，还给他妈500块钱，被他妈扔在脸上……狗改不了吃屎。他再也改不过来啦。他妈哭得死去活来……韦士友太可惜了，才14，个子还没长开，不明不白就被张兵杀了。女人的表情既痛心又愤怒。

在《灞美》中，诸如此类涉及村民的面貌、情状、表达风格，她们生活劳作居住的环境以及她们所呼出的呛人的酸臭气息，都被极具体地呈现出来。与记者手记相关的几篇小说，分享着相似的事件与结构，在一个记者介入一个命案的新闻调查过程中，呈现着人物、情境与社会场所，读者或许同小说中的记者一样，当他把聚焦点放在人物与事件进行质询、观察时，他得到的是一种社会空间的映像，他眼前呈现出最确定无疑的是一个犯罪场所，或具有犯罪意味的社会场所，一方面是根本得不到犯罪动机的任何可靠陈述，一方面却是无处不在的犯罪痕迹，犯罪的环境压力或犯罪情势驱动。

张兵还剩一个大哥，三十大几了，一年多没有回来，天晓得在哪里做工挣钱。我问韦朝亮，张兵父亲什么时候死的？早啦，张兵三岁，他爹开山炸石崩到天上，一片指甲都没找着。张兵妈把他带大，还要照顾张兵奶。说真的，他妈不容易。韦朝亮叹口气。他背影结实，在我身前稳稳移动。但是，出了这种事情，这么大的事情，你让我们……他说不下去了。

这是受害者父亲的陈述，他沉溺于自身的痛苦，也明白施害者的悲惨境遇。陈鹏小说以新闻纪实风格保留着人物、事件、社会场所的描述，但却不难发现，人物与事件、事件与动机之间的游离性，包括犯罪在内的事件并不必然无疑地属于人物性格或人物内在心理属性的一部分。如果死亡、贫贱、伤害、家败人亡已经是一种乡村常态，偷窃、暴力、谋财害命、伤害无辜或报复性施害等犯罪也就是一种社会习俗。在读者将破译悬惑的注意力集中于犯罪嫌疑人时，将关注焦点集中于犯罪的线索时，人们会渐渐地发现社会场景已成为陈鹏小说描写的核心。各色人物都在这一社会场所中登场。并且，正是这一社会场所自身具有了犯罪的特征。

在这个故事的最后，一个信仰基督教因为儿子杀人被村民信众拒之教堂门外遭到唾弃的农妇，即杀人嫌犯张兵的母亲，她拒绝了记者的调查询问，却在夜间跑到记者的住地将一枚十字架托他带给她知道必死无疑的儿子。早上，人们发现这位母亲已经自杀身亡。

小小的十字架躺在桌上，被阳光照着，像一截小小的白骨。当——当——当——，我又听见钟声了，这声音越来越大，过河入林，渐渐响彻灞美。我闭上眼睛，再睁开。它就在那里。我不知道，我该拿它怎么办。

这是西南边陲一个叫做灞美的山村，信教的老一代村民，十字架、教堂和钟声，这是十九世纪传教士们的遗产，然而除了自杀的母亲，如今这些信念与符号的意义已经丧失殆尽。丧失殆尽的还有人性，在年轻一代人的命运中演变出无数的杀人案，剩余的人性变成了自杀或自残，或残留在调查者身上的那种无助、轻微或深深的内疚。

我在空荡荡的车厢内呆坐，张兵案就像窗外幽暗的田野、山峰、河流一样扑朔迷离。如此简单，又如此复杂。显然，我无法找到动机。不是每一样事情都有动机。包括杀人。真的吗？连杀人也不需要动机？我想不明白。夜色吞噬万物，连一丝影子都不剩下。

调查者的认知需要陷入了黑暗之中。张兵的母亲无法回答记者关于儿子犯罪动机的询问。事实上这位母亲的自杀意味着，认知是有限的其意义也是有限的。她怎么回答外出打工丈夫的死亡？怎么回答天晓得在哪里打工的长子？她怎么回答他们的贫贱处境和信徒们的唾弃？她没有认知能力。无限的是母亲身上极其隐忍的爱。她选择自杀是替儿子赎罪也是一种沉默的回答。对这一切，一种新闻调查转向了人类学描述。

在陈鹏小说中，所有的杀人嫌犯、所有的暴力人物身上都有某种相像；或者说个性差异变得不重要了。而这种彼此投映的相似性源于环境压力或生活情势驱动。当记者李果对每个犯罪动机进行新闻调查时，通过他的眼睛，通过他所看见与听见的，甚至人们呼出的气息，读者感受到的已是无处不在的犯罪动机，即感受到一种犯罪情势的驱动；至于犯罪嫌疑人作案时的具体、临时动机，调查者则始终无法获悉，事实上，犯罪动机被置于偶然性的范畴。小说已为人们提供了一种并非纯属个人心理学的、并非性格学说、甚至亦非精神分析的犯罪动机描述，小说为人们提供了一种非个人化的社会学或人类学类型的分析。

新闻事件是从复杂的私人生活和社会生活中产生的简化报道，小说则是将貌似突兀的事件、新闻报道孤立起来的事件与更为晦暗的事实、苦涩的生活世界及其谜语般的社会语境联系起来的一种叙述。事实上，陈鹏的“记者手记”系列更接近一种“人类学手记”，在这些手记中，新闻事件的焦点慢慢模糊了，逐渐清晰起来的是对社会场域的人类学式的观察，它们似乎经历了宗教、“革命”、经济，又被这一切所抛弃，历史的巨大错位和文化上的不能自洽带来了社会生态的紊乱，使之成为一个具有犯罪情势的社会场所。我没有过多引述小说中对肮脏、混乱、贫困村落的描述，还有偶尔提及的世外桃源般的优美山野，这是一个布满犯罪痕迹的社会场所，其中暗含着的，或许就是一个人所作所为的生活逻辑。因此，陈鹏小说也就从新闻调查进入了对社会场所的人类学观察。《第56个》里面对调查者，村民们关于杀人嫌犯老费的叙述与灞美的村民对张兵的讲述如此相似。

1978年，或者1977年？他杀过人，后来死缓，前几年才放出来。什么也不干，什么也干不了，没有一个亲戚。就给人打短工，挣几袋米，几斤肉。

都看不起他？

谁看得起？走路都贴着墙根。没有一个人不嫌弃他，浑身上下臭得像条蛆。

为什么杀人？

杀了个仇人。有人说，那人文革时候当造反派打断他爹三根肋骨。他拎斧子就把人砍了，扔鱼塘里喂鱼。还有人说，是他儿子——狗日的，这种人还有儿子——被扔井里……

扔井里？

跟棠店村他嫂子的野种。他堂嫂……哪都有烂货啊……野种被扔井里，他堂哥差点要他的命。他杀了人。堂嫂喝敌敌畏死了。再后来，他被判刑劳改……还有人说没这回事。他杀的不是打断他爹肋骨的仇人，也不是杀他儿子的造反派，都不是。他杀的是他赌友——他喜欢打牌赌钱，人家欠钱不还，他趁人睡了，拎斧子就把人剁了。狗日的。还有个赌客活活被他脖子上劈一刀，差点送命……

这些新闻调查显现的是负面历史遗产中被极度贬低了的臭得像蛆虫的小人物的命

运，至于他或她原本的生命冲动是生死爱欲还压根就是烂货、野种、赌徒，似乎已无法分辨了，对具体事件的调查也显得似是而非，结论与证言混乱而不一致，但在小说提供的现实感性中，不是排除各种不实之词或去伪存真才能得到罪的真相，而是所有这些陈述重叠在一起才接近一种悖谬性的现实，即接近一种法外之地的社会场域。贫贱、无助、偏见、暴力、凶杀，就是在这样的法外之地发生的。无论是小说中的何家营还是后所、灞美、乌蒙，暴力、死亡、罪的痕迹无处不在，但却没有罪责的承担者。张兵、老费等杀人嫌犯只是将报复发泄到不幸者头上，将社会场域中必然性的痛苦与惩罚丧心病狂地抛给偶然性来承担。他们的存在就是非理性社会或无庇护社会的一个直接延伸。

《低地》中的暴力事件和苟且的生存也发生在相似的社会场所，虽然是城市，但却是城市的底层空间。

……酒醒了一半。他们下楼分头找。红莲街灯影密集，烧烤摊烟雾弥漫，三五个妓女戳在音像店、一元店的喇叭声中张罗生意。街角，店铺，垃圾堆，烂尾楼，哪儿都没有。那么大个红莲街，那么大个昆明，那么多的流浪狗，上哪儿找？

“你没想过它又跑了？跟别的人跑了？”桂子说。

“我和郑晶就这么想的：狗和人一样，随便找个主子，随便找个新家，照样巴适。”

足球运动员和他的伙伴之间的这些对话或许是最悲伤的交流。他和他的女友，和那条狗一样，贫贱、无助，却又随遇而安。对社会场所的描述直观地呈现出生活的破碎感，呈现出身处其中的人所感受的无归属感和不安全感。陈鹏小说里的人物则脱离了个性的模式，分享或被配置了一种强制性的社会场所的逻辑，这是陈鹏小说中最引人瞩目的人类学特征。

从新闻调查式的叙事转向充满细节的人类学描述，将叙述的焦点由新闻事件与人物转向社会场所。但即使在“手记”系列里，陈鹏也会在观察与纪录风格中穿插进一个时空错位的故事，如《入伙》和《乌蒙》中的水浒故事，《后所》中出入阴阳两界的死者或鬼的故事等等。在某种意义上，鬼是民间故事的主角，继续充当惩罚者或实施复仇的鬼一直是道德能量的一个超越生死的符号；而水浒人物及命运，则是草莽世界对自身的最高合法性想象，一个个囚徒或罪犯变成了世界的审判者。陈鹏在这些新闻调查或人类学观察的作品中穿插着纯属虚构的故事，不仅意味着对变动很小的社会心理结构的讽喻，提示着社会场所的同质性、事件与历史的相似性和人物的无差异性，也意味着小说家企图从晦暗的日常生活背后，从传统形象系统来阐释当下现实的一种文学构想。而这些艺术虚构与民俗世界的想象之间一直存在着割不断的有机关联，民俗性的幻想与艺术虚构没有改变陈鹏小说人类学描述的属性，而是进一步丰富了其内涵。

3

在这些新闻调查或人类学观察，犯罪的主观动机几乎无从发现，但一个充满犯罪痕迹或犯罪情势的社会场域被逐步呈现出来：人与社会联系的解体，人与社会的分离。一方面是社会联系被彻底松开的个人，人们之间不再有任何社会性与公共性，谋生与经营一种私人空间与私人生活，个人无所依附，无所凭靠。一切联系被解体，被解开，在一个本来就没有建构起真实的公共空间的脆弱社会里，当个人的、家庭的联系被解体时，每个人都陷入了一种内心的不安与恐慌，每个人的生活都更加碎片化了。这就是《礼物》所描述的生活世界。当足球运动员给十六岁的女儿的生日礼物 iPhone6 被后者拆散并随之而去时，他明白了这是一种破碎生活的回赠。

这是一个无从了解犯罪动机却又充斥着犯罪情势的世界，这是一个相互回赠伤害、暴力与死亡的世界。这是一个既解体、无序又相互至死纠缠在一起的世界。就像在手记系列的《后所》中，对村民来说似乎他生存于其中的社会场所或组织是存在的，他的房屋因为他人采矿致其倒塌之后，他可以向村长、向县信访办等机构求助，但这些组织与机构及其代理人的功能倒置了过来，人必须听命并服从它的意志。这是一种关闭了公共空间的特殊机制，一种非社会化的机构，它只向权力及其依附者敞开。就像在前现代社会的民间故事中一样，当人们陷入无助时，鬼魂就作为死不瞑目的“正义”诉求出现了。

潘家稳前脚刚走，老三噌就坐起来了，打个哈欠说，李记者，你一定要为我伸冤。我说你没死？他说死是死了，但我们昭通人命硬，魂魄要游荡七七四十九天。这期间我能吃能睡，能跑能飞，唯一不能干的事情是和亲人说话。半个字都不能说。我说我一定为你伸冤，放心吧。他说这个我相信，我担心的是，等你的报道弄死那批狗日的坏人，我叔就危险了，他们会想尽办法整他。老潘家已经死了我，我叔要再有个三长两短……他哭了。小小的屋子容纳不了他的哭声，好在阳间的潘家稳根本听不见。

冤死的鬼魂对新闻调查的论述充满悖谬，但又透彻世故。在公权私用或权力私有制而非财产私有制的社会里，在民众眼里，新闻报道或许是他们救命的一根稻草，新闻调查与报道所产生的公共舆论是孤独的个体唯一能够指靠的社会联系。权力私有制制造了民众与社会之间一种无关系的关系。新闻报道成为想象中的人与社会之间的媒介。自由传播的新闻是对专断和错误使用权力的监督，但在“记者手记”系列中，以及在《车位》中，人们心目中的新闻是在一个人类社会关系解体之后，唤起一种临时关注的方式。

但是鬼魂也清楚地知道，在这个诡异的财产公有制与权力私有制的微妙配置里，新闻报道或许能够为其伸冤，但无疑也能招致权力的报复。而且似乎鬼魂也知道，事件的调查与陈述被并非新闻从业者所控制，它的背后是这样一部机器，虽然并不在新闻中直接露面，却控制着哪些事件属于新闻，哪些事件不是；它还为新闻确立了舆论导向，这意味着它直接操控群体反应的方式。这部机器将新闻调查、新闻叙事与论据割裂开，将论据与论断分离，将经验世界与它的新闻镜像进行了切割。小说中已经成为“鬼”的老三比记者李果更早发现，这部机器的功能只能以完全相反的方式求助，不是通过客观报道，不是通过真实反映，不是通过申诉与批评，这样做的后果往往适得其反；鬼知道，必须通过相反的方式方能奏效，必须通过献媚，鬼魂告诫记者，必须将他叔叔的不幸遭遇写成一篇表扬稿。

只有这样写，上面才高兴，他们一高兴，才会帮我叔修房子。他又凑近我，两眼血红。鬼的眼睛啊，和人的一模一样。李记者，如果你写我叔的房子塌了，顶多把村主任撤了，再换一个，还是不给他修房子。

鬼魂眼中的逻辑是清楚的，为着目的可以颠倒是非，可以牺牲真相，这是对新闻调查的嘲弄，然而又不能不说鬼魂透彻地了解一种权力逻辑，也比记者更了解新闻报道的意识形态逻辑，这个秘密其实是公开性的：在鬼魂眼里，新闻报道不过是“宣传”。对于权力而言，对于渴望从权力那里得到一些利益或好处的人们而言，献媚比批评更有效。不惟《后所》中的鬼魂如此，《乌蒙》中的小店主对待记者的态度也是实用的，为了索回乡政府拖欠他的钱，他把记者的报道当作随意打发的工具而非求助于建立在真实性基础上的调查结果。这是无权者的世故与狡诈，无权者的聪明才智，无关系的人们之间的关系游戏。当人与社会的合理性关系解体或从未建构之时，人与社会的关系以荒诞的方式暗中被建构起来，当规范被颠覆潜规则就成为支配性的力量。而且没有人能够与之较量。同《后所》里的村民与村主任的关系一样，《车位》里的业主与物业管理处的关系也同样变成了一种微型权力的场所，业主必须遵从“服务者”的游戏，就像鬼魂深谙村主任的游戏规则。

真正的新闻或新闻调查，让每个社会成员共同经历着一种公共事件，分享一种共通体情感，而宣传则力图避免人们从内心中经历新闻—事件，力图粉碎那些困扰公众情感认知的事件，避免任何新闻事件转化为一种具有社会学想象力的公共议题。它不惜降低社会认知的能力，不惜以隐秘的方式羞辱被事件激发的社会情感，以便让事件的修辞与传播控制在宣传体制的平庸程序之中。老三的鬼魂对记者李果所要求的伸冤变成了让他参与一场与权力的交易。当然村民也会给他“回报”，拿出他自家所有的一切：土鸡、酒和女儿。

新闻—事件是社会的镜像，再现了每一群体或个体与社会的关系，人们会在这些事件中或事件的处置中投射出个人的位置及其命运，自然也激发起不同的情感与认知。这就是新闻调查及其叙事所应该表现出的内涵。但这是新闻—宣传竭力避免的后果。新闻—宣传深知这一奥秘，所以宣传必须塑造出另一种不同的群体情感反应，并且从悲惨事件中塑造出权力私有制的优越性论述。虽然老三的鬼魂没有和他的叔叔潘家稳交流想法，但就像他希望通过李果违背调查原则写一篇莫须有的表扬稿贿赂村主任一样，他暗示让自己的女儿留下回报或贿赂这位记者。

小兰放下酒瓶，自己踩着梯子上去了。编织袋发出哗哗响声。我知道我不会上去的。绝不上去。我想哭一场。这么黑，这么安静，我仿佛被这荒唐的世界遗弃了，被扔在昆明以北300公里外的荒野。我一次次劝告自己别再当记者的决心一次次被莫名击退，就像一次次准备畅游大海的孩子被大浪一次次吓傻。我永远长不大。再也长不大啦。我都35了。

他拒绝接受这种令人羞耻的贿赂，他拒绝为了受害村民的眼前利益违反事实贿赂权力，但他再也帮不了他们。因为公共性的缺乏，人们更愿意与权力私了。新闻调查乃至司法调查中的求真意志并非他们所愿。这就是鬼也知道的东西，是新闻必须变成宣传的秘密。企图以新闻调查对抗宣传的记者，则陷入与受害村民相似的孤立与无助，“仿佛被这荒唐的世界遗弃了”。

4

在陈鹏的小说中，底层社会的人们或穷人恢复了个体生存的经验具体性，但却并不是对个性的塑造。对个体生存来说，社会联系的解体而非个性问题构成了个人生存的巨大困境。毫无疑问，如果在今天的社会生活中个性没有那么重要，它在小说中也不会重要；如果社会场所及其势能变得更具重要性，这些问题也将在敏感的小说家笔下日益重要起来。

事实上，人与社会之间的合法联系解体之际，保持个性痕迹或心理差异的人物往往更加不幸，《灞美》中自杀的母亲的道德困境，她笃信基督教却因儿子是杀人犯被赶出教堂，基督教社群是她唯一的归属感，也是她仅有的社会联系，但其他信徒们却没有把这个丈夫连一片指甲也没有留下的妇女的处境体察为一种道德困境，她的自杀正是对难以承受的社会遗弃的抗议，也是这个无情世界里残余的人性。《低地》中想从社会暴力关系中退场的武钢，最终他被对手也被足球队同伴和他的女友要求成为一个“男人”，即一个能够忍受和接受暴力的人，人们会允许他曾经是暴力的，但不允许他背叛暴力逻辑，即背叛“男人”气概；所谓的男子气不过是一种适应残酷社会场所并变得与这个环境一样残酷而已。一个依附于他的女子所期待的男子气，也是向她所依附的人索要安全的一种脆弱的愿望，因而武钢的柔情显得多么不合时宜。

他抚摸郑晶软绵绵的小腹，眼前出现奶浆色的低地。从草芽山上鸟瞰，比马拉多纳撒野的阿兹台克球场大多了。……

“你睁着眼睛瞅什么？”

“重庆，沙坪坝，低地球场。”

“说说看，你说说看。”

“雪白雪白的，沙子软软的，像普吉岛的沙滩。”

“又哄我，哪有雪白的足球场哟。”

他不说话了。风掠过低地，夏天的积水发出沙沙声。

或许因为武钢找到了自己想过的生活，他希望摆脱暴力和过去，但生活没有放过他。甚至他的女友也期待着他显得更男子气，而非期待他如此柔情。在与他的仇人面对面时，他的队友都觉得“他应该像个爷们一样让人扎个窟窿，再像个英雄一样重返沙坪坝的。可他光知道对着一条臭水河长跪不起。孬种。”显然，他们赞同复仇的正义与暴力逻辑，即使面对的是他们自己的朋友，即使是他的女友也这么期待着，她能够接受男友男子汉气概地挨一刀而不是让人捅死她的宠物狗。因为唯有这样才能适应充满暴力的社会法则。但已化名武钢的吴向荣想逃脱这个逻辑，他宁可在足球场上使用某种不免有些“象征性”的暴力。

他不止一次想象自己返回低地球场。撒丫子跑啊，让细软的雪末似的白沙黏住脚踝，让整个人微微下陷，像被无数的小嘴巴吸吮着。抬脚射门，球网颤动。就连这点要求也越来越远了，远得让他想不明白为何如此遥远。

武钢萦怀于心的是他的足球队，它构成了一个小型社会场所，事实上这是一个小型社团的隐喻，人多么需要一种庇护性的共同体，哪怕十分微型的共同体。人们需要一种社会化的联系，或可以共享相互关切的社会场所。但就像乡村教会无法给予陷入绝境的农妇以庇护，足球队是一个更加脆弱的团体，它单一的竞技性质并不赞同武钢退却性的“善”或软弱的选择。在陈鹏小说中，在个人与社会联系的解体这一语境中，在每个孤独的人心底，时常闪烁着对小型社群或小型社团的渴望，它所投射的社会理想是人与人、人与小型社会处在一种值得信赖的伙伴关系中。但这是一种非常脆弱的渴望，《半生》中的面临下岗处境的工人之间的社会性联系或共同体意识瞬间就会解体。

……去你妈的！有人骂他，还有人嘶吼潘良你给老子滚下来。场面顿时大乱，直到厂办主任和副厂长赶到才劝住激愤的工人。人群终于散去。我瞅见潘良仍站在高高的花台上，撩起衬衫下摆擦他的眼泪，像一条孤零零的野狗。我和段红卫各回住处取了单簧管和长笛，将整个下午泡在工会。我们一首一首吹下去，从《朋友》到《一声珍重》，从《新白娘子传奇》到《回家》，配合相当默契。段红卫吹得棒极了，我不得不打起十二分精神跟上他。后来我们都累了，坐在暗淡的角落里，望着外面。

他哭了。段红卫说。他居然哭了。

在转型期间的工厂这个社会场所里，面临重新选择或无可选择的未来生活，人们要么成为瞬间的乌合之众，要么各自盘算出路，使尽贿赂、威胁、暴力伤害各种招数，更多的是绝望，并没有出现自觉的社群意识及其互助形式。小说中多次出现的“工会”或“工会礼堂”，只不过是类似段红卫他们业余文艺活动的场所。共同生活的历史仅在个别工友之间暂时维系着一种伙伴意识，《半生》所表现的，更多的是个人之间的兄弟情谊，在这些年轻的或不再年轻的工人身上，由共同劳动、互助和共同的艺术兴趣所产生的私人交情而非“工会”所塑造的社群性质的关系。一个七级老工人段哥为了把名额让给家境困厄的小朱，主动要求下岗，在缺乏社群感或社团给予援手的窘困状态，正是这一私人情谊维系着人们之间“社会”联系。

就像陈鹏从不简化任何一种社会场所的复杂性，他也从不省略故事焦点之外的细枝末节，在涉及底层社会人们的生存状态时，他总是能够让我们注意到，仅仅活得像条狗还不够，还要有人性的剩余物，还要有人性的残余部分，甚至是艺术天分的残余部分，活着的羞耻才是刻骨的羞耻，人的屈辱才是人性的屈辱。正像《半生》中所描写的，面临下岗的工人们的业余时间是文艺的，他们的个人之间的联系是文艺性的，文艺或艺术属于他们的品性，他们的教养，他们的个性特征或精神生活。但一种职业、一种脆弱的社会关系在行将解体之际，这些品性或个性已经不再能够成为爱人或被爱的能力的体现，不再能够吸引他人。艺术不再成为自我表现的方式。在社会场所的转型中，艺术的象征功能、艺术的象征价值的转变也是一个值得关注的主题。一个悖谬的社会场所渐渐出现了，一个非社会化的社会场所。事实上在《半生》中，除了下岗面临着个体谋生的恐慌之外，是人们失去社群感的内心恐慌。

就像陈鹏的其他作品一样，《半生》以社会学报告或人类学调查的细节描绘告诉我们，一个被抽象的世界、一个被忽略的世界，即所谓穷人、下岗和失业者，并非是经济社会发展博弈中的失败者，他们同时更是社会冲突、制度设计首当其冲的面临着困难的道德抉择的生命体，是有着内心世界的个体。

当制度改革停滞后单一的经济变化所带来的城市与乡村距离加大之际，当城市以空间功能的分割即以居住、入学、消费等将贫富分割开来，人们大大就减少了与全然不同的社会阶层的他人的相遇，除了亲戚之外更谈不上熟知，贫贱者逐渐不再具有个体上的现实性，只是抽象化的底层社会的一部分。陈鹏小说将他们恢复为一种社会化的生活形象，这也是一种人类学意义上的包含着社会场所的群体形象，虽然就像在陈鹏的小说中一样，他们难免与失业下岗、暴力犯罪、毒品卖淫、无家可归之类的流动性生活脱不了干系，然而他们不再是媒体中令人恐惧、厌恶、躲避的对象，他们被小说赋予了个人情感，被赋予了生活感受，尽管他们中的一些人苦不堪言，穷困、疾病、没有尊严，但他们身上依然残余着爱、行善和关心他人的能力。这也是迈克尔·伍德《沉默之子：论当代小说》对为什么要读小说的回答——

……小说是失去的天堂，最终与其说是一种文类，不如说是一个道德理想，一个人类仁慈的模范。这并不是说小说一定要描写这些东西；小说只是将之付诸实行，而仁慈是文字和读者之间关系的一种特别的反映或调和。当然，不是所有的小说都能达到这种效果。但非小说是绝对做不到这些的。

我们得感谢陈鹏这样的作家，把观察的焦点给予那些偏远地域或底层的社会场所，将可见性赋予那些没有身份的人们。小说并非无端由地被视为“人类仁慈的典范”：对他人的内心生活缺乏体察、对他们实际生活的无知与偏见降低了人们对他人处境的同情。小说仍然是恢复我们对他人经验的感同身受的一种无可替代的形式，是我们进入他人内心生活的一种途径。

在我断续地写出这些之后，依然感觉陈鹏小说世界的主题繁复得令人迷惑：他是在一个充斥暴力的凶险世界里探索剩余的人性？生活的安全感却指靠不上这些剩余物；他是在描述一个被谎言支配的世界？没有任何东西人们能够信任，但也包括我们自身的认知能力；他是在讲述一个没有理性的社会里一个人企图运用理性的荒诞？一个布满陷阱、暴力、冷漠的迷宫，而每个陷进去的人似乎都参与了迷宫的布局；他在呈现人与人没有关系的社会状况？一切良好的人际关系、个人与社会的真实联系都被看不见的手解除了，但每个人都难逃干系，一切都玩着在场的不在场，玩着关系的缺席游戏；他在描述一个溃败的现代社会？人们从未抵达他们的个体化目标，置身于无所不在的控制体系却又缺乏真实的社群感……或许正是因为生活世界的无限复杂性，人们才需要一种文学人类学式的小说，需要重返这一“失落的天堂”。

马兵

作者简介

山东邹城人。山东省作协签约评论家，中国现代文学馆第四批客座研究员。现任教于山东大学新闻传播学院，主要从事20世纪中国文学史观和新世纪文学热点研究。

为赋“历史”强说愁：《茧》与被构造的历史焦虑症

马兵

据说，《茧》的写作历时有七年之久。从2009年至今，除了发表《动物形状的烟火》等几个零星的短篇，张悦然确实中断了此前强旺的创作势头，显然为这部要“深入地”描写“80后”成长的长篇小说做了充分的蓄势。对她本人而言，这是一部疗救之书；对“80后”整体而言，它也隐含着张悦然期许的某种正名意味。但读完这个小说之后，一种更深的困惑却向我袭来：向时间脉络里探寻以确证来处并建立“80后”写作的历史感，这样一种破茧成蝶的强烈意图，为何却不免成为作茧自缚？

一

在接受《北京青年报》的“北青艺评”栏目采访时，张悦然明确表达了《茧》就是要重建“80后”与他们试图逃逸的大历史之间的关联，以回应批评界对“80后”“脱历史化”写作的指责。在小说中，这种“重建”具体是通过对父辈之罪的解密与救赎展开的。小说的两个叙事者李佳栖和程恭无意中了解到他们的爷爷在“文革”中的遭际，李佳栖的爷爷李冀生与他人一起在昏倒的程恭爷爷脑中钉入一枚铁钉，导致后者后来成为一具植物人，而施害者与受害者的家庭都因此饱受折磨，一直延续到第三代李佳栖和程恭身上，让他们混合着朦胧爱意的友情因之蒙尘，并在种种误会迁延之下，成为他们成长之路上必须拔除的一枚钉子。

据张悦然说，小说中施害的暴行来自于从父辈那里听到的“文革”故事，我不知道这个故事是否就是酝酿小说的起点，但这是值得读者注意的一点。虽然，她不是特别的大张旗鼓，但在小说中“文革”确实成了具有象征意义的一种情节装置，并始终为李佳栖和程恭偏执的思想与行动提供一种可获同情理解的理由。因此，尽管小说语言有着张悦然一贯的繁复唯美，细节也堪称丰盈动人，但在最根本的叙事动力和情节模式上，《茧》仿佛回到了新时期初的伤痕文学老路，孜孜不倦地向读者展示的是上辈人不堪回首的“文革”经历如何发酵成后辈心灵中的一道内伤。

小说中的李佳栖是一个固执的寻父者。她的父亲李牧原因为洞察了自己父亲“文革”中的罪过而一意成为家庭的叛逆。在大学担任教师的他，辞职做了一名国际倒爷，终日奔波在去俄罗斯的国际列车上，但最终生活潦倒，在一次酗酒后车祸身亡。通过对父亲旧日同事和学生的走访，李佳栖一点点拼凑出一个上世纪50年代出生的知识分子在1990年代迅即到来的商品大潮中进退失据的样貌，并通过他折射出那段急遽转折时期动荡变换的时代主题如何塑造个体的意义又如何消解这种意义，而这也成为小说中铭记历史的又一个关节点。

从小说的叙事推断，李佳栖应该出生在1980年代初，是作者的同龄人，没有直接的“文革”经验，对于八十年代末发生的事情也只有非常淡漠的记忆，但这都不妨碍她对家族过往历史的痴迷。小说中李佳栖的男友唐晖不满女友这种对父辈往事的嗜痂之癖，给她讲了这样一段话：“你非要挤进一段不属于你的历史里去这只是为了逃避，为了掩饰你面对现实生活的怯懦和无能为力。你找不到自己存在的价值，就躲进你爸爸的时代，寄生在他们那代人溃烂的疮疤上，像啄食腐肉的秃鹫。”唐晖并不懂得，李佳栖如此苦心地将自己楔入父辈的历史不仅仅是逃避，更隐含着对历史阐释权的争夺，按照霍尔的理论，“过去不仅是我们发言的位置，也是我们赖以说话的不可缺失的凭籍”，因此“建构历史的第一步就是取得发言的位置，取得历史的阐释权”。为了让父辈隐秘的历史拼图完整，李佳栖先后找到过父亲当年的同事殷正和学生许亚琛，在处理这两个板块的追忆材料时，张悦然像王安忆当年在《叔叔的故事》里做过的那样，让这两个男人一面在现实中虚构自我的高大与成功，一面又在与李佳栖的对谈中被她探寻历史的凛冽欲望压榨出灵魂之下的虚伪来——你看，情形已经相当清晰，既然爷爷李冀生对历史讳莫如深，父亲李牧原背负继承的原罪草草死去，父亲的同事和弟子对当年的闪烁其词或羞愧难当说明他们也不是合适的往事记录者，那么作为第三代的李佳栖自然就有义务为家族的声誉做一个了断，证明小说里发生的这场“话语高地”的争夺战，从“20后”到“70后”都不是理想的人选，只有她才是从“文革”到1990年代初那段历史合格的解释者。

然而吊诡之处也正在这里，一个缺席者居然比亲历者有了更多直面历史真相的动力和权力，而她追寻真相的过程又依赖对亲历者的观察和记录！还有，不要忘记我们前面的提醒，作为小说关键事件的铁钉伤人案是张悦然从父辈那里听来的，而且，小说对“文革”中所有场景和情境的描写，毫无新意，可谓前人之述备矣。这样的后果便是，在创作层面，小说以父辈的二手“文革”经验作为故事之核，也作为其“文革”想象最根本的构件；在文本层面，小说又告诉读者父辈的“文革”历史充满了隐瞒和敷衍，这事实上消解了李佳栖探寻真相的努力，也构成让作者本人很难转圜的悖论关系，她自己其实并没有寻找到那根“迎击、对抗历史阴影的”绳子。在这一点上，张悦然强调的所谓历史感倒真有点像小说中的唐晖说的那样，不过是“啄食腐肉的秃鹫”。

二

《茧》的写作并非个案，最近两年出版的“70后”和“80后”作家的长篇小说还有不少有着类似的症候，即一面试图赋予小说历史的深度和厚度，以向外界证明他们不是先天的历史虚无症患者；另一面，这种历史的深度和厚度又面目可疑，小说中展现的历史之伤更像是对前辈写作者人生经验的某种寄生。

比如，我在阅读《茧》时，时常会想起“70后”代表作家徐则臣的《耶路撒冷》。两部小说在叙述结构和逻辑上有不少相像的地方，比如二者都用“赎罪”作为发动小说的最基本的叙事动力，也都采用了多线叙事，在现实和过去的来回穿插中串起一系列重大的时间节点，以达到把历史感郑重地嵌入到文本之中的效果。还有，和《茧》类似，《耶路撒冷》里京漂青年的“时间简史”深植于父辈的往事之中，小说中的假证贩子易长安说过这样一段话：“我的脸上有个父亲，心里一定也有，身上一定也有。我们身体里都装着一个父亲，走到哪儿带到哪儿，直到有一天他跳出来；然后我们可能会发现，我们最后也是那个父亲。”这里的“父亲”，与《茧》里的李佳栖要拼凑出的“父亲”一样，也可以被解读成一个膨胀的历史隐喻，暗示读者：1970年代以后出生的人，其历史观念和理解是被父辈所预制的。《耶路撒冷》同样也写到了“文革”，初平阳的导师顾念章，其父母在“文革”初被迫害致死，而花街上秦奶奶、初平阳的爷爷等普通百姓也遭遇了屈辱的受难。但是在我个人看来，“文革”往事和塞缪尔教授追忆父母作为犹太人在“二战”中的海外漂泊经历是整个小说中最生硬的部分，这两部分有意为之且用力过猛，更像是为了加重小说的历史感而下的注脚，游离在文本的整体之外，无法与小说中那些鲜活的“70后”一代人的成长记录形成实质的关联和呼应。作为一个与作家基本同龄的读者，我在阅读初平阳、易长安、杨杰、秦福小等人的故事时感同身受，尤其是初平阳撰写的“我们这一代”的专栏，激起我内心强烈的共鸣，但在读到“文革”和“二战”的两段时，代入感被一种显得煽情的视觉感替代。显然，对于“连‘文革’的边儿都没沾上”的作家来说，如何回返这两段大历史确实是件尴尬而又艰难的事情，而小说采用的是情节剧式的处理，无论是顾念章的父母还是塞缪尔教授的父母，他们的故事固然惨痛，但也顺畅得近乎熟练，和我们阅读过的、观看过的很多作品都差不多，甚至不如它们曲折。

当然，与《茧》煞有介事地展开与“文革”旧事的对话不同，《耶路撒冷》里关于“文革”等历史事件的提及只占很小的篇幅，但我们想追问的是，如果说，作为“新时期”这一概念生成的背景，“文革”俨然已成为当代文学大历史叙事的最后一道界碑，那么其生也晚的“70后”和“80后”作家一定要于“大历史终结”的时刻在这道界碑上镌刻下属于他们代际的印痕才能刷出自己的历史存在感吗？写作具有历史刻度的重要事件是否是纾解他们历史焦虑感的唯一路径？或者说，借助对于“文革”等重大历史事件的一种修辞化的想象，他们的历史感就一定能够丰沛起来吗？还有就是，他们是否真的如前辈们批评或自我感知到的那么匮乏历史呢？当“70后”和“80后”不约而同地为赋“历史”强说愁时，他们说的到底是什么？

有必要从头说起。稍微熟悉当代文学史的读者都不会忘记“去历史化”的文学理路曾是包括先锋文学在内的1980年代的文学要素之一，也是1990年代文学思潮重要的组成部分，虽然不无谤议，但批评界主体对这一思潮还是持谨慎的乐见其成的态度。诸如“新历史主义”等概念固然有其弊病，但因其拆解了宏大叙事的神圣性，使得文学从形而上的、被严重意识形态化的历史观下逃逸出来，重启日常叙事的另类历史，并恢复了“私人生活”的合法性，就像海登怀特在《历史主义，历史与修辞想象》中阐释过的那样，历史并非是一种实际的物质客体，而是一种基于文本建构的精神现实，指涉历史的不同的表达方式都会令叙述对象产生变形，从而赋予人们不同的历史理解。这种“去历史化”思潮的高潮发生在1998年，先是《作家》杂志推出了“70年代出生作家专号”，使得““70后””作为文学概念正式浮出水面，面对卫慧、棉棉等提供的刺激又香艳的都市消费景观，批评家陈晓明在《“历史终结”之后：90年代文学虚构的危机》一文中将她们命名为“历史失忆的文学精灵”，并宣称她们只有当下的生活，“没有坚固的历史纽带”。然后便是韩东和朱文发起的“断裂问卷调查”，韩东在《备忘：有关‘断裂’行为的问题回答》中，鲜明地表明了与正典化的文学史和文学秩序“不共戴天”的态度，主动割断了与历史的纽带，鼓噪着对宏大历史的“弑父”快感。其实，“‘70后’作家”和“断裂问卷”都是被1990年代的政治文化语境孵化的产物，也是新时期来历史化叙事不断缩减的一个必然逻辑，但是它们带有冒犯感的冲力使得运载它们的轨道开始变轨，“去历史化”的合法性转而被质疑历史感匮乏的批评声音取代。站在今天来看，新时期文学对大历史的反叛和质疑就像是一场叶公好龙的话剧，当卸脱了历史重担的个体轻盈地舞蹈时，他们并未听到预期的掌声，取而代之的是指指点点甚或是严厉的斥责。

有两个值得玩味的现象，或能帮助我们更好地理解这一点：其一，批评界对被命名为“新生代”的一批具有异质风格的“60后”作家、“70后”最早的一批作家还有“80后”作家用了很多类似的批评语言，而“历史感缺失”或“与历史脱节”则是对他们的共同判语。比如，陈晓明在前述同一篇文章中评价韩东等作家时，说他们“天然与历史隔绝，他们的个人记忆中不再存有经典历史”，与批评卫慧、棉棉等的用语高度同一。但颇为反讽的是，韩东后来写了《扎根》《小城好汉之英特迈往》《知情变形记》等系列作品，回顾父辈和自己的“文革”经历，显示了他处理“经典历史”素材的能力，也显现出他与他的代际之间不可割裂的精神联系。同样的例子我们还可以举出“50后”作家徐星，徐星在1980年代的写作充满了异质性和反叛精神，但近来他致力于历史题材尤其是“文革”纪录片的拍摄，这说明他与1950年代出生的同辈作家依然是一个命运的共同体，共享历史经验和人生记忆，如果说他当年的《无主题变奏》是以“变奏”的方式暗含对历史的回应，近来的工作则是对“经典历史”的正面强攻。在韩东和徐星身上，我们可以清晰看到，他们并非“天然与历史隔绝”，他们亲身参与的往事和记忆已经内化为一种历史无意识，即便其本身并无写史的自觉和担当意识，以今天批评界的眼光判断，不可否认他们的写作依然有着鲜明的历史维度。

其二，如果将不同代际作家之间的彼此评价做一个比较，我们会非常戏剧性地发现，历史感有时会轻易地转换为一种可被时间量化的象征资本，老同志因为出生较早就幸运地携带了更多的历史资源。北岛有篇写给自己女儿田田的散文，题目就叫《女儿》，其中有几句写到：“田田胸无大志。问她今后想干什么？她懒洋洋地说，找份轻松的工作就行。这好，我们那代人就被伟大的志向弄疯了，扭曲变态，无平常心，有暴力倾向，别说救国救民，自救都谈不上。人总是自以为经历的风暴是唯一的，且自诩为风暴，想把下一代也吹得东摇西晃。这成了我们的文化传统，比如忆苦思甜，这自幼让我们痛恨的故事，现在又轮到我们讲了。”某种程度上，当下文学界的话语秩序是被“50后”和“60后”为中坚力量的作家掌控的，他们对于“70后”和“80后”作家缺乏历史感的批评隐含着对历史的某种悬置理解，“70后”和“80后”成长的时代无法吸纳沉淀到文学的历史话语之中，就像北岛说的，前辈总是以为自己经历的历史才是唯一有意义、值得阐释书写的历史。在这种批评秩序下，虽然他们在奖掖后进时声称“一时代有一时代之文学”，但又把“历史感缺失”的观念灌注进后辈头脑中，并被后者内在化地接受。

还是以张悦然为例。《茧》的写作其实有迹可循，2008年11月，张悦然在自己的博客中贴出一篇题为《我已不能让青春连着陆地》的博文，其中说到：“‘80后’的最初的文学创作中，充斥着各种外国品牌、乐队和导演的名字。他们还从中得到一种情绪，垮掉的、孤独、颓废并且厌倦的情绪。这种情绪没有成为我们的精神力量，倒是成为不求上进的借口。……整个青春期，鉴赏力代替了创造力，制造出繁盛的幻觉”。又说，“我总有一种担心，若干年后回顾过去的时候，这些青春的记忆会否让我们觉得羞愧。因为所有的热爱，都没有根基，也没有给过精神力量。它们像某个名牌的十年二十年回顾画册，展现着一年又一年的流行风尚。而偶尔有过的激情，也显得如此莽撞和苍白，像一些被线绳支配的小丑。”从某种意义上讲，这可以算是张悦然作为一个样板作家对“80后”写作种种恶趣味的反思，清晰地表明了她对过去那种无论是“玉女忧伤”还是“生冷怪酷”写作风格的不满，虽然没有明言，但是一种面对历史的虚无感弥漫在字里行间。在文章里，她还表示了对“70后”的某种羡慕以至嫉妒。张悦然在文中反复渲染着她父亲所在大学里那些“70后”的大学生和1990年代初的大学校园生活，在强烈的代际落差中感慨着时代嬗变中“80后”孤独的出场境遇。在她看来，“70后”一代人有着强烈的集体归属感和对“未来”“远方”“梦想”等词汇单纯的确信，对比之下，就更显现出“80后”耗尽青春经验后的“虚妄和空泛”。仅仅“70后”就让她如此感慨，那么面对“60后”，面对她父亲一辈的“50后”，结果就更可想而知。可见，张悦然这种沉重的历史匮乏感是在代际比较中不断增生，焦虑也不断放大。

三

在关于《茧》的创作谈《生命的魔法，时间的意志》中，张悦然自己指出这部小说可以被解读为一部“成长小说”，而她本人也在和小说一起成长着。与经典的成长小说叙事模式不同，《茧》虽然结尾落脚在未来，但其成熟意识的获得是靠递进的回忆完成的，整体上是一次漫长的回溯。在程恭和李佳栖的倾诉中，一些他们这个年纪的人经历的重大社会事件也一点点浮现，世纪之交、SARS、济南标志性的水灾等等，并且小说有意将人物个体性的遭际挂靠在这些事件之上，比如程恭与陈莎莎充满了绝望和虐恋色彩的爱情就发生在SARS期间的封闭病室里。不知道张悦然自己是否意识到，这些情节和记忆未尝不构成一种微观历史，而且正是这种记忆构造了“80后”的代际意识和身份认同。

就此，我们也可以说，《茧》里面的历史包括“在场的历史”和“不在场的历史”。当写作到“在场的历史”部分时，张悦然其实又回到了自己谙熟的老路上，童年的疼痛，青春残酷物语，情感的炽热与阴翳，偏执到变态的人性，以及很有辨识度的恋物叙事，所有这些张悦然前期小说标配的元素，《茧》中无一缺漏，而且显得更为矫情和煽情。最显见的一点是，小说的两个叙事声部——程恭和李佳栖——没有任何差异，讲述的节奏、口吻、情调一模一样，都是张悦然最擅长也运用最多的一种叙事语态，连起码的性别差异，她都懒得做出一点区分。这还不是问题的关键，关键在于这样的处理又把小说导入到一个很大的悖论之中，张悦然一再强调小说是写“80后”对“历史阴影”的角力，在这个过程中，李佳栖和程恭，“一个被掏空，一个被腐蚀”，也就是说，二者在成长之路上的种种偏执与迷惘有一个可以解释的“历史之因”，“不在场的历史”决定了“在场的历史”。倘若此说成立，那么张悦然此前作品塑造的人物那种种迷离乖张的表现是否也有着同样的“历史之因”呢？如果是，那张悦然此前的写作就不是没有历史感的；如果不是，那《茧》里李佳栖们的故事了无新意，其追寻真相的动机晦暗不明。

因此我以为，“80后”写作若真正弥补历史的匮乏感，并不一定要向“不在场的历史”索取。这当然不意味着“80后”就不能写作他们未曾经验的时代，而是说如何更好地去处理历史与现实的关系。法国著名的记忆史研究的专家皮埃尔·诺拉认为“记忆的责任让每个人都变成了其自身的历史学家”，他在《记忆场》里指出，记忆的历

《反越战示威游行》
［法］马克・吕布
1967 年

《雍和宫外面，北京》
［法］马克·吕布
1957 年

史“并不是要研究原因，而是要考察其结果；它并不是要研究记忆或纪念的活动，而是要考察这些记忆行为和纪念活动留下的痕迹；它并不是要研究事件，而是要考察它们的历史建构，研究其意义的消亡与重现；它并不是要研究实际发生的过去，而是要考察人们对过去的不断利用；它并不是要研究传统，而是要考察传统得以构建和传播的方式”。《茧》的问题在于倒果为因，对于程恭和李佳栖成长之困做出了过于删繁就简式的解释，他们背负的历史之爱与罪与罚与其说是对宏大历史事件的微观回应，毋宁说是对前辈经验的投机，或者说是前辈仪式化的“诱因记忆”对她们的询唤，于是，钉在程恭爷爷脑子里的那枚钉子成了“80后”作家向“60后”和“50后”作家入伙的投名状——看，我终于也写到了血淋淋的“文革”！简言之，因为被构造的历史焦虑症，《茧》其实是以一种沦陷的方式来展开的想象自救。

有没有真正的自救方式？在博文《我已不能让青春连着陆地》的结尾，张悦然说自己意识到自己是一个“被拣选的见证者”。对于“80后”一代而言，在意识形态化的大历史已经解纽的时代，作为一名资质卓然的作家，她确实是一个“见证者”，所以，她应该做的是挣脱强加给自己的大历史之“茧”，留下她们这一代人不可被剥夺、不可被强制阐释的记录，这是属于她的历史。

07 另类

严前海

作者简介

电影学教授。学术著作《影视见证:意欲与肉身》《欧美百年文学杰作的电影经验》等多部,创作作品《伤》《愤怒的爱情》《绝美时代》等多部。

精神异度和电影那了不起的均衡感

严前海

一

“在所有艺术中，电影最能唤起我们对另一种经验的感同身受，而好的电影让我们成为更好的人。”这是罗杰·伊伯特在他的《伟大的电影》一书中的导言中所说。他接着说，好电影越来越少，全球的电影界被好莱坞的机制所统治，所生产的影片专以糊弄低端口味的观众为目标。

那么，当我们先不要去争论何为低端口味，而专注于好电影、了不起的电影时，我们要问，了不起的电影意味着什么？它的品质到底是怎么回事？一部电影如何成为好电影？了不起的电影为什么了不起？我并不认为每一个导演都会关注这个问题，并非都能回答得到位。同样，在罗杰这本以伟大电影为题的书中，他也没有回答这个问题。

你会说，电影的主题，电影的场景，电影情节的连贯性，电影氛围的绝无仅有，声音与摄影的绝妙结合，打动人的瞬间……它们是了不起的电影不可或缺的元素、组件。《乱世佳人》《教父》《阿拉伯的劳伦斯》和《奇遇》《去年在马里昂巴》《偷自行车的人》在资本运作、场面设计、技术投入与演员任用上有天壤之别，不可同日而语，但它们为什么都会是了不起的电影？

精神异度与均衡感。精神异度，就是一部电影在意识形态或者意志状态或者意义实质上与以前电影的显著差异为我们开创了另类非传统非习惯性的艺术体验。它为我们提供新的自由空间。1830 年，法国作家维克托尔到美国考察，他问美国妇女，一个妻子要如何度过一生？美国妇人回答说，在对丈夫的赞美中。那时的美国，妇女如果未得到丈夫的许可，连食物都不得购入，那些她可能喜欢的帽子、衣饰更只能望洋兴叹。就在这样的社会环境中，霍桑写出《红字》。海斯特不仅自己上街付账买东西，还与

《百鸟朝凤》的电影类型，导演吴天明似乎并不明确，这再奇怪不过。电影的声像特性，决定它是一部音乐性电影。

牧师相爱，生下私生女。她为此付出沉重代价。但这个代价是控诉社会而不是海斯特，赞美则留给了她。这就是《红字》在那个时代构建的精神异度。

一部了不起的电影就是具备精神异度的作品，同时它必须有艺术表达上的均衡感。而这与它的制作费用、与它的明星参与程度并没有简单的对等关系。是的，一部平庸的电影也可能在电影重要元素的诸多方面十分均衡。《泰冏》相较于《港冏》就是一部内容、场景、情节、拍摄、表演都很均衡的平庸高票房电影，而后者的无聊与做作甚至连平庸的均衡都达不到。但是《泰冏》再有均衡感，它依然是平庸的电影，因为它的情节设置、内容、拍摄、表演均没有超越同类电影的水平，也没有构建新的情感体验方式，更谈不上精神异度。

我们不妨稍稍回顾简・坎平恩导演于 1993 年的电影《钢琴课》是如何达到那个了不起的均衡的。一个哑女人与可以倾诉的钢琴；为一个女人展开暗中争夺的两个男人；严酷的环境与哑女女儿的喜剧性；琴声的抒情与女主人公外衣暗色调的对位；蛮荒环境与人物内心的丰富；伦理森严与肉体绽放；弹出美妙声音的手指（影片开始）与它遭受砍断的噩运（影片高潮）；女性命运（视角）与男权威严（氛围）；艺术（精美）与生活（粗糙）；阴暗的自然环境（客观）与光亮柔和的床笫之欢（心理）。影片结构完整，情节进展既不拖沓也不急促，但同时一步一步迈向令人紧张的高潮，一个既含悲剧性又振奋人性的结局，一个复调的故事，一个人性苏醒与灾难并行的寓言，一个看似偷情实则关乎女性自觉与本能解放的叙事。作品的音乐与画面、眼睛与内心、身体与交流都恰当好处，绝不滥用（你可以想想《港冏》的音乐泛滥是多大的一场视听灾难）。

让我们更切近地看它的均衡如何达到的：这是一部强烈的女性女权意识的电影（一个女人的精神世界远比男人们丰富与完整），我们知道这样的电影拍起来容易让一部分人反感或者容易剑走偏锋，可是它在这个最具挑战性的意识形态里，构造出与之相称且天衣无缝的影像、声音、情节与既封闭性又开放的故事。或者这样说吧，看你的影片有足够的精神惊异度时，你的表现元素是否跟得上。《X 战警：天启》（2016）开头所确立的精神高度是了不起的（“变种人，他们生来就天赋异禀，可他们依然稚嫩，在黑暗中摸索，寻找方向，而天赋也会成为一种诅咒。一个人拥有了翅膀，他会想飞得离太阳更近；有了预知未来的能力，他就会生活在对未来的恐惧当中。若给予一个人所有的天赋，超乎想象的巨大力量，他们就会试图统治整个世界。”），但是它的情节老套与人物关系的僵化，很快就消蚀掉这个高度，整部电影甚至变得可笑或变成一部闹剧。而我们所以说《泰冏》是平庸的电影，是因为它不会有那个精神惊异度，因此，它就满足于在低精神度上进行各类电影元素的巧妙组合，这个它倒是做到了。

据说，2016年有望票房超越美国，三五年过后年度票房将突破千亿，如果中国产业利用好电影的衍生品和主题公园市场，那么电影和相关产业链将突破万亿（一个产业达到万亿规模，那么它就会成为国家的支柱产业）。在这个辽阔图景下，2015年喧然而至的电影，《滚蛋吧，肿瘤君》《老炮儿》《十二公民》《一个勺子》《山河故人》《解救吾先生》《一代宗师》《夏洛特烦恼》《烈日灼心》《我是路人甲》《刺客聂隐娘》《寻龙诀》《家在水草丰茂的地方》《师父》《闯入者》《听说》《我的少女时代》《唐人街探案》《狼图腾》，也是可圈可点，只是，有哪一部可以为我们建立起共同的记忆与长久共享的快乐，成为不再以票房说话的作品，成为热爱电影的人必须时时回头尊仰的杰作？票房是电影工业的首要诉求，如同经济指标是国家的首要诉求一样，但它远不是全部，它还是软实力，是国家形象，是民族艺术水平的一个最显性的象征。中国电影的叙事也如它的票房一样强劲吗？

我不敢肯定。也许因为时间太近切，而经典诞生尚需假以时日。我感受太过强烈的是中国电影的艺术叙事一直有它艰难的暗角和难愈的硬伤，这就是它一直缺少精神异度与表达均衡。缺乏优越的均衡感，或优秀或卓越或伟大的电影就难以横空出世。中国当然有过品质优秀、均衡感很好的电影，《小城之春》《立春》《霸王别姬》即是，但数量上少之又少，再说它们美学上的中规中矩，也很难引领或者给后来电影创作带来深刻的影响。

二

电影与时代的关系不仅指作品与当下的关系，它更指电影与所有时代的关系建构。电影是当代的产物，于是，谁都清楚，电影既可以用唐朝人的眼光与内心去拍摄唐朝人的事件，也可能用21世纪的观念去展现它（如果用22世纪的观念来展现唐代，那会是怎样的梦幻），但关键是这样的建构能否在当代观众这里得到有力的回应或者具有丰沛的正喜悲效果。再个人化或者生活化的作品，其中人物与人物关系的处理，自然难以离开这个时代的道德或者精神规定性——从理论上说，这个规定性是如此之广阔，以至于可以对同一个事件采取截然相反的态度，不过电影并非为争论而存在，它为共同性而存在。有趣的是，这个共同性都将可能是某一部分人的共同性，远非真有那么一个“共同性”。就如同面对越战，美国就有《越战忠魂》这样歌颂美军为国献身的电影，也有《现代启示录》为代表的一系列对抗政府政策的反战电影。所以，当我说某些作品是“时代迷乱”时，在其他人那里，却可能是“正确”和“必要”的。

管虎的《老炮儿》故意模糊我们的时代，这既可以认为是另有深义而不便于解说的隐晦策略，也可以认为本就是一种肤浅的社会与人生见解，只不过在影像光色的催眠之下看上去煞有介事罢了。在一个仁义不显的社会，六爷想用“义”来扳回在他心目中社会运行最为重要的“规矩”，要不就是社会令人哭笑不得，要不就是电影对时代与人的情感的叙事关系令人哭笑不得。六爷是北京胡同里的那种典型会要脾气和有些小见识的顽主，影片让这样的人牵着走，其实也就失去大见识与真修养。将痞气、戾气、脾气、义气来对抗这个的腐气、刁气、恶气的时代，并为它们奉送上称颂般的凯歌，这是在时代的迷乱中迷乱地抓住的一把救命稻草。这里的精神建构回到了《水浒传》时的水平。而且，它让六爷也好三爷也好恶少也好，动不动就眼圈发红、泪水下滴、感动弥深，更让观众深陷迷乱：事后想来，在这个争夺晓波的过程中，谁是正义？

看过《夺宝奇兵》《木乃伊》，我们不会对盗墓类型的《寻龙诀》有更高的期待，更不要说它像是在时代中梦游。它大量地运用文革语言，虽然不乏解构味道，但是通篇这样用起来，到底是为了迎合审片的口味，还是为了娱乐历史，我们无法辨认。当电影通篇以这样的语言并以京流子般的速度喷射，当它们以结构般的形式通贯于影片主骨时，我想说的是这些语言唤醒的是语言暴政印象。在我看来，这些语言指向已经没有了弹性，是那种已经松懈的橡皮筋，是干枯的尸骨，哪有现实的质感？那些表达爱情的语言显得可怜与可憎般的虚假。在这样的虚假无聊的词语中娱乐，会有多少人为自己依然生活在这样毫无创意的言语环境中羞愧？为自己没有能力逃离这样的贫乏而僵死的语境而羞愧？它为我们提供的异度精神是可悲年代的可悲语法。我们知道了，艺术如同权力一样，掌握在谁的手中，它就会是不同的风景，或者是动人启思的环境与精神景观，或者是人群鱼贯而出却烂臭熏鼻的渔肆。

《百鸟朝凤》的电影类型导演吴天明似乎并不明确，这再奇怪不过。电影的声像特性，决定它是一部音乐性电影。电影的主体是老新两代唢呐艺人，电影还有一个主体，那就是唢呐。换句话说，离开唢呐电影的情节无法推进时，这个乐器自然就是另一个主角。于是，而当一部电影以人与乐器间的关系展开冲突和情感，音乐自身的表现力就成为电影成败或者艺术高低的一个基本标准。一部平庸的电影，当然可以用替演的方式来让艺人展示他和乐器之间的关系，但是只要是优秀与卓越的电影，他们之间的关系一定是天衣无缝，至少在剪接上一定要令人无从指摘。莫扎特、肖邦、李斯特、帕格尼尼、斯特拉文斯基、加白列等人的传记电影且不用说了，就是如《战地钢琴家》《钢琴课》《闪亮的风采》《红色小提琴》《屋顶上的提琴手》《春之颂》《琴恋克拉拉》《爱的渴望》《春光奏鸣曲》还有近几年的音乐家电影《灵魂歌王》《爆裂鼓手》，我们可以直接感受到主人公与乐器之间是如何的水乳交融。电影表现出对成功或失败音乐家故事的兴趣，他们的音乐表现，天然就是电影吸引人的动因。我们在《百鸟朝凤》里看到这些艺人与音乐与乐器是怎样的疏离！他们吹唢呐的样子就是在表演而没有人会怀疑他们本就不是好的唢呐手，更令人难堪的是，唢呐乐曲吹奏起来后入音效果的处理，在当代观众看来和听来是极为生硬的拼接，观众无法从演奏者那里直接感受到唢呐的力量，音乐是从背景中出来，甚至与人物的吹奏动作衔接不上。这样的表现力在30年前中国观众无缘大量接触优秀音乐电影还可以唬弄过去，今天就显得非常勉强了，这样的电影就不再是艺术电影而是组装电影了。两个小孩子在夜晚的画面，观众直接就说是P上去的，因为它的技术含量实在是太低了——为什么就不能朴素到底呢？

《百鸟朝凤》在主题上乏善可陈甚至自我露穷。它不知道如何处理唢呐和时代的关系。它不知道唢呐值得依恋的是什么。它不知道唢呐走向衰败的原因是什么。而对这些，它不知道应当持一种什么态度才是适当的——我不是说焦三爷或者游天鸣的态度，我指的是这部电影整体上对这个事件的态度。我这样说也许过于冷酷。唢呐的演奏必须给人强烈的美感，而不是诉诸于道德立场，唢呐的衰亡才是值得留恋和令人伤感，但是电影却将重点转向了后者，转向了《百鸟朝凤》的道德性。中国的道德立场甚至在吴天明在拍摄这部电影的时候甚至更早就发生了转变，通过电影，道德绑架了艺术，它偏偏想在这个上面打动观众，观众哪怕被打动了，回过头回味其实是一种廉价和表层的感动。中国古代编钟曾是人类音乐的高成就，但在今天，不是现代人造不出来，而是存在已经没有必要，因为更为丰富的音乐器材已经在那里。我不知道唢呐是否已经走到了它的生命尽头，我从这部电影里得到的感受是它除了热热闹闹，它除了最简单的喜怒上有音符跳跃，而更为细腻与丰富的情感，更加模糊的精神地带，它无能为力。我意思是说，如果唢呐有足够的美感，那么吴天明可以用悲剧的结构去表现它，如果唢呐没有足够的美感，那么他可以用喜剧的结构去表现它。恰恰是它现在的正剧风格，让它显得可笑和无聊。

当然有人坚定地认为它是艺术电影（艺术的歧义支持了这样的观点），但我认为它不是。正如唢呐手只是匠人而已，这部电影也只能算作是匠心之作。它没有先锋性，没有必要的歧义，没有强烈的风格，精神空间长出一片霉斑。

《刺客聂隐娘》如一只岿然不动的神龟，舒缓、平静、自得，有一股淡远的疏离气势。

三

电影一直有两种视角成为摄影和叙述的基础：客观视角和主观视角。虽然小说中也有第一人称与第三人称之分（也有第二人称的，如高行健的《灵山》，但少），但就影像构成上说，电影的呈现天然就是一种客观视角，因为是“那个人”在走动、哭闹和激动，而不是“我”。当然，电影也有直接用第一人称进行画外音叙述，这样观众直接就认定屏幕上的那个“他”就是声音中的那个“我”。但哪怕是非第一人称声音在旁白，因为影像叙述的代入性很强，镜头的景别随着人物的眼神而移动，几分钟下来，观众就会跟着与那个镜头中的主要人物融为一体。客观性视角则是镜头一直冷静地将主人公置于群像之中，镜头景别的变化并非仅主人公一人之视角，比如《烈日灼心》，时而是警察的视角，时而是犯罪嫌疑人的视角，于是电影中的那个“我”是建构不起来的，相反，《布鲁克林》一直围绕着从爱尔兰到纽约的那个女孩转，哪怕拍摄的视角再客观，“我”却慢慢地溢出。另一方面，作为一种情感叙述，电影则可以超越视角，可以比任何一种叙事艺术带有强烈的自恋性和自我臆想症。第一，它视觉中心总是集中在“这个人”那里；第二，电影中的音乐、情绪总是在表现“这个人”而不是其他人（《布鲁克林》也偶尔表现其他人物的情绪，因此会打断“我”的幻觉）；第三，加强或者过度诠释。姜文的《太阳照样升起》无论是姜文打猎还是周韵在火车上的喊叫段落，就是属于缺乏节制而滥用声像的例子；第四，自我幻觉或者自我欺骗与麻醉——这是电影自我臆想症的典型表现。

《夏洛特烦恼》是一部自我臆想症严重的电影。严肃地说，它是一部关于情感回归的作品：男人对身边最珍贵的女人视而不见，却移情他恋，爱上对自己并无感觉的漂亮女人，在臆想中或者虚构中，他和那个漂亮女人结婚了，却发现了她的虚荣与虚伪，于是终于认识到妻子的价值，重归家庭。喜剧一种是人类的自我臆造，一种是回望后的解嘲。《夏洛特烦恼》属前者。须知，夏洛最后回归是因为妻子的好品格，而品格这东西在情欲的世界中从来就没有它的位置，因为情欲不是哲学讨论也不是理性显现，而是一种原始动能，正因为它的盲目与不计后果，人类才有激情与艺术，当然也才有可悲和摧残。妻子冬梅几乎是个完美的人（电影中的外貌事实上并不差于秋雅），于是就等于虚无。试想，回归完美的喜剧还是喜剧吗？再说，美貌如秋雅这样的人一定会是道德有大问题吗？如果她的道德没有问题呢，那么夏洛是不是可以一直梦下去？与其说电影这样叙事是为了抚慰不能外遇的屌丝们，不如说这只是一次下层民众在欲望无从满足下，自我强迫、屈从于现实的结果，当然也未尝不可理解为下层民众有了一番婚外惊心动魄的经历后蹑手蹑脚地回到家庭的理想臆造。它的高票房一可以理解为绝大部分民众满足于糟糠之家的自慰，也可以理解为民众对无力改变现状的电影手淫。相反，我们却可以在杨德昌的《一一》中，体会到婚外情与前情人交炽的真实又动人的悲喜剧，但面对喜欢简单又可以自我尖叫进行手淫的大陆观众，杨德昌的杰作反而瘾劲不足，很不讨喜。虽然《一一》并未为我们建立异度精神空间，但它展示了现实中的这个异度空间，展示了它的残酷性，而这个残酷，却是普众极力想回避的，尽管他们其实身陷其中。

《烈日灼心》也是这样。基于我们对人性的自我理解和自我阐释以及自我臆想，我们将罪犯设想为最后总有悔改的意念，他们甚至会因为负罪感而自杀。自杀可以因为厌倦人生，当然也可以因为负罪感。“烈日灼心”的意图也在于此：犯过罪的人受负罪感的折磨，日子并不好过。于是，警察的追捕就成为一次展现罪犯自我赎罪的过程。事实上，电影的叙事并非如此。它前面集中在警察与罪犯的斗智上，后半段集中到这个赎罪的细节上，而影片的最后，甚至揭示出“罪犯”（非真正的罪犯）他们已经或被处决或投海自杀。这种混乱当然是叙事上自我臆造的结果，而真正的结果是，若无真罪，何来“烈日”又何能“灼心”？《解救吾先生》（此片据吴若甫遭绑架的真实事件改编，吴本人也参与了演出）的大明星吾先生（刘德华饰演），在电影结尾莫名其妙地唱起了歌，不是滚动制作人员的字幕时唱，而是硬生生地让刘德华在那里深情演唱，电影至此成为明星的自我表演，臆想观众翘首以待，而全然不顾电影自身的叙事逻辑（尽管电影不停地用闪回展示冷血罪犯张华的作案过程，实际上电影总体上并没有什么真正的起伏，更没有精彩的大反转，而缉凶片的功力就在这上面）。

在电影表现上，姜文有可能是中国最自恋的导演。这既给他带来荣耀，也带来叙事上的致命伤。《太阳照样升起》开始了姜文的组合式叙事方式，这既可以理解为在结构上的探索也可以理解为故事核心要素的弱化结果所必备的技巧性。《太阳》同样来源于小说，当然电影的超现实风格大大加强。这是姜文在叙事上的一次尝试。他在媒体上回应那些说看不懂这部电影的资本家们“无耻”，似乎表明他对自己的电影艺术非常自信。这部电影四个故事，在我看来也就摸屁股耍流氓那一套比较特别（而在表达情趣上有些庸俗），还有婚礼与生育一场戏，其他都是靠拍摄在硬撑，哪怕是影像叙事本身也是经不起推敲，更不要说姜文下放到山村打猎那段，除了最后和队长对峙一节，其他都是炫耀式的堆砌，浅薄而无聊。所以，对姜文来自这部电影的那种自信是看要用哪一个标准来衡量。放在中国导演群里，他独一无二，放在世界电影导演群里，他自己应当找得着方向。不过《一步之遥》确实是非凡之作。话说回来，它既是非凡之作，也在自恋中对电影的完整性实施自残。

它的前段啰嗦，没有重点，做作，姜文那是在演戏吗？当然是在演戏，他没有入戏，他对着镜头的眼神或者对着对手的眼神没有方向。它的结尾虚飘，一个意味深长的故事意味尽失，在风车脚手架上的表白动作单调，没有变化，这样的肢体语言很文艺青年气。姜文舍不得割掉自己的前后冗长的戏份（特别是开头，无谓场面与对话），他们自以为那样的对话有趣，其实因为没有动作性情节的加入，十分无聊，是这部戏的硬伤。那些舞蹈那些选秀以及群众性场景，有点虎皮膏药的味道，大而无当的摆设，一种为眼热而眼热的技法；爵士舞的拍摄只是中等水平而已，镜头不厌其烦地重复，剪辑生硬，以为快速转接就可以弥补劣势。

这部电影够得上大师级部分的就是舒琪死后（或者说从她即将死去的求婚场面开始）到周韵带马走日逃跑前这一段，逃跑中的母女喇叭对话也算精彩。还有音乐。音乐不是原创，仍旧可以接受，比如Summer Time，用慢与快、单纯与豪华两种唱法来演绎，以及其他音乐，包括歌剧、京剧等，让这部电影令人兴奋且过瘾。

而那中间部分，精彩。——它的精彩是形式的活泼与表现主义（风格化风格化再风格化）技法的令人眩目；它的精彩是各种关系的荒诞，与对中国近代史现代史甚至当下社会那些个社会事变甚至重大政治权力斗争的嘻笑、捉弄、反讽与自嘲；它的精彩是艺术家对艺术的自恋性呓语——而这点最为难得，因为现当代中国的艺术家还没有敢于那么自恋的，这部电影做到了，而且风格豪放；它的精彩是真实与虚构的互相出入，就像是一个人在和自己影子拼命搏斗、费尽心思地讨好，好像卡夫卡的《审判》《城堡》的戏剧化与浓彩化；它的精彩是油画般色彩与诡辩式语言的狂欢，而这使得北京话那油滑的腔调突然找到了落脚点，找到了真正的靠山；它的精彩是舞台的假定性与事件的极端性的推波助澜，借助于当代的电影特效，使一则一点也不浪漫的爱情超凡脱俗，借助于3D技术的强化，真真切切与虚虚假假被拍摄成打不散的患难恩爱。周韵的性感在她唱歌剧时用喝奶的力气爆发出来。脸因为用气胀得不成样子，嘴巴因为要用意大利语而夸张地变形。但正是这种使尽了力气的表情，使得她性感十足。这是姜文走向试图建设内涵，试图用影像架构时间与时代的里程碑式的作品。他把“玩”与“味”摄得生龙活虎。

是的，如果可以舍弃开头的无力和做作以及结尾的肤浅和动作的单一，那么，它就是大师级的作品。嗯，想想费里尼的《8部半》，前面也是冗长的，但你无从发现硬伤无从发现无聊，你只是无法进入而已，而一旦你看到费里尼的自恋那么迷人那么智慧，你进入之后，再回过头来看前面，你会发现，那里也是智慧的，换句话，那更是值得称赞和值得进入的。姜文还不具备那种大师的自信，选一个比他强得多的演员来

《一步之遥》确实是非凡之作。话说回来，它既是非凡之作，也在自恋中对电影的完整性实施自残。

表演故事（他认为正是演员加导演的奥逊·威尔斯、卓别林、伍迪·艾伦等改变了电影的方向）。他以为自己是最好的人选，但这个自恋，接近电影自虐。《一步之遥》，它依旧是鸡头蛇尾，纵然它依旧是虎身纠纠。的确，不需要所谓的爱上这部电影，但是这部电影的确将中国电影带上一个高度：它狂欢式的叙事就是对荒诞不过的历史与现实的绝尘撒野。

四

长镜和电影的质朴性一直是相关的。质朴，换句话说就是投资少，不用大牌演员，不用复杂的设备，意大利新现实主义、法国新浪潮都是质朴性长镜的代表，2015 年的《心迷宫》《家在水草丰茂的地方》也是。当然，长镜也可以往豪华方面走，《荒野猎人》至少在外景制作和演员方面的费用是不菲的，中国的《刺客聂隐娘》也进入中国式的长镜豪华之列。相较《荒野猎人》《刺客聂隐娘》，《山河故人》当属质朴之列，虽然制作方面看上去远较《心迷宫》《家在水草丰茂的地方》要“豪华”，或者说讲究得多。

贾樟柯的《山河故人》除了女主演还是他的妻子外，电影的主题和题材已经没有了贾樟柯所以为贾樟柯的特质，那就是他的电影，就是问题电影。这一次，他仍旧用长镜头，但表现的一个女人的感情经历，起起伏伏、平平凡凡，仿佛人物一下子跳出了社会，人与社会的关系成为人与人的关系，而且仅仅是感情上的关系。贾的转型是否成功，须日后看。如果仅是叙事题材上的变化或者尝试，当然是艺术创作过程中的正常现象，但如果是贾功成名就后突然失去了爆发力，那将非常可惜，也是贾氏电影衰落的证据，意味着贾被收编了。先是一个三角恋（1990 年代，过去），然后必须有个了断，了断之后结局并不圆满，离的离，死的死（2014 年，现在），之后镜头突然一转转到了澳大利亚，讲起了 2025（未来）年的一段逆龄之恋，只是这段恋情的主人公是曾经三角恋人的后代。第一，我看不出这个故事的内涵对于中国电影的题材有多少突破；第二，2025 年的恋情在故事线索上完全是节外生枝，它并不比前面的三角恋情及其令人悲哀的结局有更深刻的力量，这样的结构方式，哪个出名的导演会这样违反常识？而违反常识，有两种可能，一是令人脑洞大开，二是一地鸡毛。

方励制作的《家在水草丰茂的地方》，与他同期制作的另一部电影《万物生长》在电影的气质上截然相反（《家在水草丰茂的地方》的导演是李睿珺，《万物生长》的导演是李玉）。《万物生长》的故事和拍摄极力地迎合观众，连演员的组合也是如此。《万物生长》是一个缺乏真诚的故事，人物对爱恋的表达方式充分地世俗化（而范冰冰除了镜头给她的大眼睛，看不出她在这里有过人之处的表演），并没有带来叙事表达上的更新，至多是医学的背景，包括实验室里给打破大玻璃瓶里的假婴儿标本的慢放带来视觉上效果，其他还有什么值得称颂之处？而《家在水草丰茂的地方》则很真诚——视觉效果如果能达到《哭泣的骆驼》（2004，导演巴亚巴苏伦·戴娃）那样当然就会变成了不起了，真诚到这近乎就像是一部纪录片，与《哭泣的骆驼》一样。《家在水草丰茂的地方》是两个孩子巴特尔和阿迪克尔拉着骆驼寻父的故事，同时将环境问题、家庭矛盾、情感纠葛、个性差异等融汇在一起，叙事简单，节奏缓慢，却令人动容。它与《山河故人》一样，试图建立起一个有关回鹘族人（现在叫“固裕”，仅存一万多人）的历史、现在与未来的图景。这是一幅令人悲伤的图景。他们的过去剥落了，现在则漫无固所地逐水放牧而水则越来越少，为了寻水放牧，他们越走越远，远离家园，最终失去家园。未来？他们几乎没有未来。未来是摧毁环境的淘金热，是冒着浓烟的化工厂，而他们生就没有这样的适应本领。甚至可以这样说，这是一部抒情的关于一个民族毁灭的电影。有人说《山河故人》是关于山西煤矿主的“史诗”，那么《家在水草丰茂的地方》就是关于回鹘民族的“史诗”。实际上，它们都无法挑战“史诗”的特有气质，因为它们内容单薄、格局狭小，当然，它们本来就不是用“史诗”气度来拍摄，这是前提，不能强加给它们什么番号。《家在水草丰茂的地方》的精神空间与技巧的均衡感都让人觉得这是一部真诚的电影，一部还过得去的电影。

有一部电影就不一样了。没有人敢挑战这个喧嚣的世界、骚动的大众、少女的尖叫、男人们酷毙或者认屌。《刺客聂隐娘》出来了。《刺客聂隐娘》如一只岿然不动的神龟，舒缓、平静、自得，有一股淡远的疏离气势。

这是静态电影。它逼迫你安静下来。它对你对速度与转切加速度的惯性膜拜、过分追求多巴胺的快感不屑一顾。话说回来，长镜头的动感不仅在于镜头的运动也在于被拍摄对象的运动。《四百击》最后的奔跑，《鸟人》场景变幻照样可以叫你晕眩。《刺客聂隐娘》就是要你静，要你听到你的呼吸，当你听到你的呼吸，你就可以看到你平常看不到的东西，你会凝视，你会遐想，你会反问，你会质疑，你会怀疑，你会不再是你自己，因为你融入到了画面中，就像你融入到了一个只有你的自然中。很少有电影敢这样，这是由于我们会忘记，语气有时比思想比内容更重要，前提是：你要懂得使用好语气。

静态电影和静态戏剧一样，它一般会遭受市场滑铁卢，就像当年梅特林克和贝克特的戏剧。但是他们的戏剧成为戏剧史上不可复制的杰作，因为它们挑战了民众，挑战了习以为常的口味。民众不知道，他们已经遭受腐蚀，他们的视野已经被人遮蔽，他们的艺术自觉已经惨受阉割——他们乐呵呵，捧着爆米花和可口可乐。这些静态电影或者静态戏剧，极具颠覆性。它表面的静态，让早已经被洗过千万次脑的观众只看到静，却看不到它的漩涡或者并不愿意正视必须正视的启示。

梅特林克的《青鸟》就是想逃脱这个混乱的世界，贝克特的《等待戈多》就是揭示我们生活的不可救药，而《刺客聂隐娘》一次又一次地暗示你，你该长大了，你为什么不让你自己长大，你为什么总是让自己弱智呢，或者，你为什么总是装傻呢？《刺客聂隐娘》，它挑战庸俗，挑战陈词滥调，电影与戏剧不讲戏剧性，确实难以吸引观众。《天堂的日子》（1978，导演泰伦斯·马力克）虽然也以景为真正的主角，但是故事依旧剧力充足。《生命之树》（2011，导演泰伦斯·马力克）景也多，但它通过运动性镜头以营造戏剧性。侯孝贤以巨大的勇气来反戏剧性（影片中当然有冲突，但是故意淡化），孤独求败、精意求胜。

《刺客聂隐娘》主题就是背叛（用“叛逆”更讨喜）。一个懂得背叛的民族是伟大的民族。一个懂得背叛的个体是伟大的人。背叛，不是出卖良知，恰恰是听从良知的呼唤，不是远离理性，是听从理性的呼唤，不是压制自我需求，而是只听从直觉的呼唤，不是拱手让给官方历史强加给我们的无知，而是理清历史的大势与轨迹。美利坚需要背叛英国，市场对计划的背叛，开放对封闭的背叛，毕加索对画界的背叛，牛顿金本位对货币的背叛，自由汇率对黄金的背叛，聂隐娘需要背叛她的师傅她的雇主。她已经成熟，强大，可以背叛。她具备对事物对人情的判断能力，而且她认为她的判断符合事理。她必须为此付出代价。她可以付出，她可以负伤，她可以不再依附，成为浪人，不知所终，可能一次暗箭，就辞别世道。背叛，不是背离，而是进入，最好的进入，最好的重建，最好的新生，以一种新的口味新的激动融入，如同13世纪《自由大宪章》对王权的限制进入人类生活，如同《独立宣言》进入新纪元。

背叛或叛逆，就是侯在这个故事找到了中国故事中所没有的东西。想想两千年文化，凝聚的就是“忠”。侯在拆解它。聂的原故事我没有详读，我不知道是不是复述一个忠与不忠的内涵。我在银幕上看到了不忠的表述。故事让聂隐娘看到人的善恶的相对性，看到她自身面对的巨大伦理墙。但是一个女人，她竟然越过去了。这是个奇迹。回想《英雄》，复述的是忠，可以想及这两部电影的巨大理念鸿沟。由此，哪怕侯的叛逆不再新颖，可这样的倔强几人能及？

何止叛逆。侯是很有隐喻的。道姑派隐娘前往刺杀田季安，因他想脱离朝廷，自立门户。聂隐娘既看到朝廷本身的不是，也看到田季安的不是，而且电影展现的是魏博即田季安这方的是是非非，而实际上这些是是非非也并非那么残酷至极，所以隐娘采取的立场是远离。既远离了魏博也远离了朝廷之邦，要到一个新罗国去。只要想想大陆与台湾的关系，就可以明白一些。这些也是侯孝贤在一直思考的东西：他对“王国”敬而远之，对“魏博”又心存悯怀，不忍其无主而混乱伤及无辜。聂隐娘的立场可以理解为侯孝贤的立场，他（她）用人的基本伦理来对抗或者避开所谓的国家强权或者国家意志。侯孝贤对此欲言又止。如果他言说出来了，这第一部在大陆上映的电影都将不可能上映。

聂隐娘。隐，原本是指杀人时隐身的功夫，可是在侯的电影中，隐，特别是最后的人物的隐，逃离倾轧与是非横生的地带，有了另层大隐之意……纵观中国这几年的电影，《刺客聂隐娘》很有可能是在精神异度和表达之间取得最好均衡感的电影。

五

往乐观里说，中国电影处在一个摸索与缓慢的上升过程。中国确实需要既有狂欢式的如《一步之遥》也需要理性式如《刺客聂隐娘》那样风格不同的优质电影，虽然到目前为止，电影中那个了不起的均衡一直在困扰着这些商业的、艺术的、大众的、作者的电影。电影生态的恶劣直接影响了艺术电影的大量产生，没有层出不穷的艺术电影，事实上给商业电影或介于商业与艺术之间的电影带来的借鉴与滋养就相当不足。

如前所述，近年来，姜文的电影要么主题避重就轻（《阳光灿烂的日子》），要么只有虎身（《一步之遥》），要么叙事上过于想当然（《太阳照常升起》），侯孝贤的《刺客聂隐娘》虽然深意绵远，但依然无法在相当一部观众那里获得观看过程的心悦诚服，即摄影机与演员和场景之间的高超安排，如演员走位镜头独特所带来的令观众折服的场面调度艺术，《百鸟朝凤》用一种旧日情怀与类型不定当然无法达到艺术电影所需要的陌生性。应当看到，异度精神与均衡感比比皆是于世界优秀的艺术电影中，大卫·里恩的《相见恨晚》《桂河大桥》《阿拉伯的劳伦斯》《日瓦戈医生》，基耶斯洛夫斯基的《维若尼卡的双重生活》《红》《蓝》《白》，费里尼的《大路》《甜蜜的生活》《八又二分之一》《阿玛珂德》《卡比里亚之夜》，安东尼奥尼的《奇遇》《放大》《夜》《红色沙漠》，特吕弗《最后一班地铁》《四百击》《朱尔与吉姆》……我们确实难以从这些影片中找到明显的败笔——这些电影大师当然有失败之作，我指的是在他们最有代表性的作品中，这种均衡感的强大与不可或缺。那些了不起的大片，《阿凡达》《泰坦尼克》《星球大战》《拯救大兵瑞恩》《教父》《异形》《指环王》《头脑特工队》也是优质均衡感的杰作。这种均衡感就是故事结构、情节叙事、影像语言（包括基调、色彩、风格、节奏等的把控）、情绪控制、声音再造等的恰到好处、几乎无懈可击，回应于它呈现出来的非以前电影所拥有的精神异度。

我们以《阿拉伯的劳伦斯》为例。将它排到影史第一位，我不持异议。首先是它的精神异度。这是一部有关疯狂的电影。一个性格古怪乖僻的英国下层军官，只身来到阿拉伯沙漠，联合几个相互仇恨的酋长部落，和土耳其国家军队作战。这个神话般的传奇竟然完成了。影片场景拍摄与音乐配合，其恢弘胜过所有对荷马《伊利亚特》改编的电影，而只要想想它的主人公竟然是一个在军中人人认为可笑不可仰仗的普通军官，一个妄想狂，并为其妄想不惜一切代价的同性恋者（当时不敢在电影中明确这点），一个很可能弄虚作假的带有自杀倾向的伟大的人。历史似乎为他而来，影片中沙漠的开阔、沙漠部族的混乱、峡谷的壮美、战斗场面的热度、人物腔调的古怪、首领反复无常的阴险、同性恋话题的隐喻、沙漠环境的神秘等等令普通人崩溃的经历，奇妙地迎合了出身于平民的劳伦斯反抗英国社会固化与等级分明传统的精神气质，他在野蛮与荒凉的世界中找到人生高潮的非凡业绩。导演大卫·里恩与摄影师弗雷迪·杨一道，以70毫米胶片，克服炎热高温、摄影机灌沙等重重困难，拍摄出这部几乎达到极限的伟大电影。它淡化情节，反英雄，反英，反殖民，反主流（这里的反请解读为批判），淡化情感，却效果震人心魄。简言之，它的场面、表演、声音的极致性水准，与影片的异度化的精神空间，如风云雨雷，在天空中伟大地交汇，创造出一种宏阔的均衡感。当然，我们同样能在《偷自行车的人》《四百击》《东京物语》这样小制作的电影中罗列出它们超乎寻常的均衡感，它们或简陋的拍摄器材与题材的关切关系，或流动的调度直觉与主题对自由向往的柔滑相扣，或小而精致的画面语言与题材的隐喻般内涵同气共声，它们了不起的精神异度与表现力之间的令人惊异的平衡能力，如同传记电影《云中行走》中的菲利普·帕迪一样，在纽约世贸双子大厦间的钢丝上自由来回地行走。

当然，我们不要忘记，拍出《四面击》《朱尔与吉姆》的弗朗索瓦·特吕弗对导演出《阿劳伯的劳伦斯》《桂河大桥》《印度之行》《日瓦戈医生》此类史诗风格的大卫·里恩并不待见，认为它们虚假、做作，是“奥斯卡专业户”。虽然库布里克认为大卫·里恩是与费里尼、伯格曼同一个级别，而特吕弗属于下一个级别，但这些争论可能都有一个共同点，那就是这些导演们既在作品中尝试过别人未有的拍摄、调度、声音、结构技巧，有他们技术上（包括编剧与导演）的出色均衡感，更重要的是他们都建立起自己的异度精神空间，与流行的品味大相径庭；他们的电影尊重你的智力，尊重你的探索力与反思能力，而不是一味迎合你，仅仅满足你的视觉猎奇与声音骚动。

精神异度就是自由，就是进入新自由的桥梁，而均衡则使这座桥梁于迷乱世界峡谷中昂然屹立。

08 直播

纪念

1. 作家的天职就是创作。

1980年代末，当法国作家勒克莱齐奥、莫迪亚诺和米歇尔·图尔尼埃一起被介绍到中国的时候，他们三人被贴上了“新寓言派”的标签，这三位所谓“新寓言派三剑客”中，勒克莱齐奥和莫迪亚诺已先后获得诺贝尔文学奖，最年长的图尔尼埃没能等到那个“加冕日”。当地时间2016年1月18日，法国著名作家米歇尔·图尔尼埃（MichelTournier，1924.12.19-2016.1.18）在家中去世，享年91岁。1967年，图尔尼埃发表第一部作品《礼拜五或太平洋上的灵薄狱》，获法兰西学院小说大奖。三年后又以《桤木王》获得龚古尔文学奖，1972年，当选为龚古尔学院成员。他的其他作品还有：《少女与死亡》《爱情半夜餐》《流星》《圣灵风》《大松鸡》《七故事集》《金滴》等。

2. 一场没有尽头的精神逃亡

2016年3月31日，诺贝尔文学奖获得者、匈牙利作家凯尔泰斯·伊姆雷（Kertesz Imre）逝世，享年86岁。在身患帕金森症多年后，这个老人在病痛的折磨下，不得不跟世界说了再见，离开了这个即使充满堕落和痛苦，但仍让他值得为了爱而活着的地方。

14岁的凯尔泰斯被投到德国纳粹设在波兰的奥斯维辛集中营，之后又被转到了德国境内的布亨瓦尔德集中营，直到1945年被苏军解放。1949年在布达佩斯《火花》报社开始了最初的记者生涯，1953年开始自由撰稿人的写作生涯。先后写过三部音乐轻喜剧，并获得成功。六十年代初，开始创作第一部长篇小说——《命运无常》。1975年，以自己少年时代在纳粹集中营的经历为素材创作的自传体小说《命运无常》经过了近十年的辗转努力，终于得以出版。六七十年代，翻译了大量的德文作品，其中主要有：尼采、弗洛伊德、维特根斯坦等。1977 年发表两部中篇小说《寻踪者》和《侦探故事》，之后相继出版长篇自传体小说《惨败》《为一个未出生的孩子哭祷》，中篇小说集《英国旗》，日记体文集《船夫日记》及《另一个人》，思想文集《被放逐的语言》与电影剧本《命运无常》等。

3. 作家靠作品与这个世界对话

2016 年 4 月 29 日上午 7 时 40 分，著名作家、矛盾文学奖获得者陈忠实因病在西安去世，享年 73 岁。陈忠实 1997 年凭借《白鹿原》获茅盾文学奖。其他代表作有短篇小说集《乡村》《到老白杨树背后去》，以及文论集《创作感受谈》。并出版有中篇小说集《初夏》《四妹子》，《陈忠实小说自选集》，《陈忠实文集》，散文集《告别白鸽》等。

4. 杨绛走了，文坛再无女先生

著名作家、翻译家、中国社会科学院荣誉学部委员、外国文学研究所研究员杨绛先生（本名杨季康），以 105 岁高龄于 2016 年 5 月 25 日 1 时 10 分逝世。杨绛通晓英语、法语、西班牙语，由她翻译的《唐·吉诃德》被公认为最优秀的翻译佳作，到 2014 年已累计发行 70 多万册；早年创作的剧本《称心如意》，被搬上舞台长达六十多年；杨绛 93 岁出版散文随笔《我们仨》，风靡海内外，再版达一百多万册，96 岁出版哲理散文集《走到人生边上》，102 岁出版 250 万字的《杨绛文集》八卷。

5. 法国新小说派代表作家米歇尔·布托尔去世

法国新小说派重要代表作家，米歇尔·布托尔于 20 世纪 50 年代登上文坛，先后发表《米兰弄堂》《时间表》《变》《程度》等作品，这 4 部小说作品以富有才情的写作试验、独特的风格、渊博的知识以及大胆的创新奠定了他在法国文坛的重要地位，其中《变》获得 1957 年勒诺多文学奖。他的小说故事极其简单，但对词语以及词语之间的架构、组合有着自主追求。他曾被萨特誉为 20 世纪最有希望的伟大小说家之一。2016 年当地时间 8 月 24 日，米歇尔·布托尔在法国上萨瓦省去世。

米歇尔·布托 1926 年 9 月 14 日出生于法国北方工业重镇里尔的郊区，其父亲在北方铁路公司工作。1929 年全家人搬到巴黎定居，布托尔在巴黎接受良好的教育和艺术熏陶。1960 年，布托尔在出版了他的第四部小说《度》之后，曾三次居留美国，1970 年代以后，开始定居在尼斯，同时在大学里兼任教授，并逐渐淡出文坛，但学术研究的范围却大大地扩展了，他在学术方面的主要著作有：《运动体》（1962）、《梦的材料》（1978）、《绘画絮语》（1969）等。

文坛

1.《当代》长篇小说论坛在京召开，“2015——2016 年度五佳”出炉。

2016 年 1 月 18 日，一年一度的《当代》长篇小说论坛在京召开并现场投票，评选出了“2015 年度五佳”，它们依次是：《群山之巅》（迟子建，人民文学出版社）、《曲终人在》（周大新，人民文学出版社）、《桃夭》（张者，人民文学出版社）、《一座营盘》（陶纯，人民文学出版社）以及《我们的踟蹰》（弋舟，北京十月文艺出版社）。最终，迟子建所著的《群山之巅》凭借领先票数荣获“2015 年度最佳”。

2. 台北国际书展举行

2016 年 2 月 16 日至 21 日，华语文化圈重要的图书展会——台北国际书展在台北世贸中心举行，本届书展由综合书区、文学与艺术书区、动漫及轻小说书区、童书区、数码书区等多个展区组成。

3. 国际安徒生奖首次花开中国

北京时间 2016 年 4 月 4 日 20 时 50 分，在第 53 届意大利博洛尼亚国际儿童书展上，2016 年国际安徒生奖正式揭晓，中国儿童文学作家曹文轩摘得桂冠，成为第一位获得此殊荣的中国作家。

国际安徒生奖由国际少年儿童读物联盟（IBBY）于1956年设立，在全球拥有巨大的影响力，每两年评选一次，被誉为“儿童文学的诺贝尔文学奖”，旨在奖励世界范围内优秀的儿童文学作家和插画家。

曹文轩1954年1月生于江苏盐城，中国作家协会全国委员会委员，北京作家协会副主席，北京大学教授、博士生导师。著有长篇小说《草房子》《根鸟》《细米》《青铜葵花》《火印》以及“大王书”系列、“我的儿子皮卡”系列和“丁丁当当”系列等。

4.《文学蓝皮书：中国文情报告（2015—2016）》

2016年5月11日，由中国社会科学院文学研究所、社会科学文献出版社共同主办的《文学蓝皮书：中国文情报告（2015—2016）》发布会在京举行。《中国文情报告（2015—2016)》设总报告、长篇小说、中篇小说、短篇小说、纪实文学、散文、诗歌、戏剧、网络文学、文学理论批评与年度文学声音等10个专题，分门别类地对年度的文学创作、文学现象、文学争论与文学事件等进行了全面的梳理与概要的描述。

5.“2016年国际布克奖”公布，韩国女作家摘冠，阎连科等6位作家陪跑

伦敦当地时间2016年5月16日晚10时（北京时间2016年5月17日凌晨5时），46岁的韩国小说家韩江凭借《素食主义者》（The Vegetarian）从包括中国作家阎连科在内的6位最终获奖提名人选中脱颖而出，最终荣获“2016年国际布克奖”。负责翻译该书的狄波拉·史密斯（Deborah Smith）也同时获得这一奖项。除奖杯外，两人还将获得五万英镑（约合50万人民币）的奖金。

韩江在首尔艺术学院教授创意写作课程。她也是韩国十分活跃的小说家。在此之前，她曾经获得韩国文学小说大奖以及韩国文坛的李箱文学奖。

6.中国首家民营企业筹办的文学机构——云南大益文学院正式成立

2016年5月，大益文学院（云南大益文学院文化发展有限公司）成立并正式投入运营。在“以一种全新的模式，开创一份对全人类有大益的文学事业”的愿景和“努力打造世界一流文学品牌”的宗旨下，大益文学院将搭建文学桥梁，让国内外众多思想自由、文体新颖、极具才华的文学新人和文学作品不断涌现。

7. 花城出版社推出“锐·小说”系列第二辑

继成功推出“锐·小说”第一辑之后，花城出版社于2016年5月再度推出“锐·小说”系列第二辑，共精选7位70后、80后新锐小说家作品。7位作家分别是：双雪涛、田耳、周李立、卢一萍、娜彧、马金莲、谢络绎。2015年，“锐·小说”第一辑推出了徐则臣、田耳、王威廉和蔡东等作家。

8. 第四届《人民文学》长篇小说双年奖颁发，刘心武、宁肯、袁劲梅、范稳、康赫获奖

由人民文学杂志社设立的第四届“《人民文学》长篇小说双年奖”2016年6月6日在慈溪颁奖，刘心武的《飘窗》、宁肯的《三个三重奏》、袁劲梅的《疯狂的榛子》、范稳的《吾血吾土》、康赫的《人类学》5部作品脱颖而出，获得该奖。

《人民文学》长篇小说双年奖由人民文学杂志社、中共慈溪市委、慈溪市人民政府主办。奖项逢双数年颁发，本届评选范围为2014年——2015年国内首次发表、出版的长篇小说。

9. 吉狄马加获2016年欧洲诗歌与艺术“荷马奖”

2016年6月27日晚，2016欧洲诗歌与艺术“荷马奖”颁奖仪式在四川省凉山彝族自治州西昌市举行。中国著名诗人吉狄马加获得2016年度欧洲诗歌与艺术“荷马奖”。欧洲诗歌与艺术“荷马奖”以伟大的古希腊诗人荷马的名字命名，为表彰具有世界影响的诗人和艺术家对传统的继承，并在文学和艺术领域具有创造性的贡献。欧洲诗歌与艺术“荷马奖”评选机构设在欧盟总部所在地布鲁塞尔，奖项评委包括来自美国、比利时、德国、波兰、意大利、法国、保加利亚、巴西和摩洛哥的作家、艺术家。

10. “大益·中国中青年作家岳阳峰会”

2016年7月9日——2016年7月13日，“大益·中国中青年作家岳阳峰会”在湖南岳阳举办。此次活动由云南大益文学院主办。著名作家马原、王祥夫、何立伟、宁肯，评论家耿占春、刘恪以及二十余位中青年作家代表齐聚岳阳。本次活动以“根性·先锋性——中国当代小说瞭望”为主题，回顾了中国当代小说成果，探讨了当代小说写作的可能性。在为期4天的活动中，主办方共举办了“纸上的世界——中国美术与中国小说”“先锋犹在，小说不死”“寻根？一个真实的伪命题”“先锋－传统——中国小说的悖论”等文学论坛。

11. 第二届“大益·晋宁大航海诗歌艺术汇”

2016年7月17日，第二届“大益·晋宁大航海诗歌艺术汇”活动在云南省晋宁县举办。中国文联副主席丹增、中国作协副主席著名诗人吉狄马加出席本次活动开幕式并发表主题演讲，著名诗人于坚、王家新、臧棣、吕德安等二十余位诗人代表参加了本次活动。在这次活动的闭幕式上，颁出了第二届“大益·晋宁大航海诗歌艺术汇”诗歌创作大赛“银帆奖”和“远征奖”，诗人何永飞、海田、东牟、果玉忠、师立新、胡正刚获奖，“金帆奖”空缺。

12. 大益文学院开启印度作家阿米塔夫·高希中国行系列活动

2016年8月5日晚，印度著名作家阿米塔夫·高希接受大益文学院邀请莅临昆明，与当地十余名作家、诗人、媒体记者就鸦片战争、小说写作等展开对话，这场名为《以小说之刃，洞穿历史之躯》的文学沙龙，不仅是大益文学院成立以来举办的首个文学沙龙活动，更为阿米塔夫·高希的中国系列活动揭开面纱。此次阿米塔夫·高希的中国行系列活动时间为8月5日——9月4日，作家一行分别前往昆明、成都、广州、香港、上海和北京等城市就其新书《烟河》与中国读者分享他对鸦片战争和中印贸易关系的研究成果和小说写作心得。

阿米塔夫·高希是目前国际上知名度最高的印度作家之一，曾被授予印度最高荣誉“年度杰出人物奖”、2010年丹·大卫奖等重要奖项。

13. 2016年上海国际书展规模空前

2016年8月17日——23日，由2015诺贝尔文学奖得主、白俄罗斯作家、记者斯维特兰娜·阿列克谢耶维奇领衔，大批国内外知名作家参会的2016上海国际书展隆重举办。本届上海国际书展继续延续往届的国际化风格，除阿列克谢耶维奇携其中文版《二手时间》与中国读者见面，并与国内知名作家对话外，主办方还向她颁发了上海书展“荣誉嘉宾”奖项。

今年书展嘉宾阵容强大，除美国当代作家朱诺·迪亚斯、英国诗人肖恩·奥布莱恩、美国诗人莎朗·奥兹、俄罗斯散文家米哈伊尔·波波夫、印度作家阿米塔夫·高希、日本作家吉田修一外，周功鑫、阿来、陈晓明、詹宏志、严歌苓、赵丽宏、吴亮、陈丹燕等中国知名学者、作家、评论家也悉数参与。

书展期间还举办了首届“上海国际诗歌节”，来自美国、英国、德国、古巴的诗人，以及中国诗人管管、杨炼、西川、于坚、唐晓渡、赵丽宏、杨小滨、李少君、明迪参会。这也是继上海国际文学周之后，上海书展创建的又一个品牌活动。

14. 郝景芳斩获雨果奖

北京时间 2016 年 8 月 21 日，80 后科幻女作家郝景芳凭借作品《北京折叠》获得了科幻界最高荣誉奖雨果奖，这是继 2015 年刘慈欣凭《三体》获得雨果奖之后，中国科幻作家再一次获此殊荣。郝景芳在《北京折叠》中虚构了一个不同空间、不同阶层的北京，是一个可以折叠起来的城市，人们在同一个舞台上演出无穷循环的城市戏剧。《北京折叠》源于郝景芳的日常观察。她把自己的工作、生活和所思所想放在了一起，构建出了多重世界层层叠加的感觉。今年 7 月，郝景芳的长篇小说《流浪苍穹》和两部短篇合集《去远方》《孤独深处》正式出版，其中《北京折叠》收录在《孤独深处》当中。

新书

作者：［美］唐娜·塔特
译者：李天奇　唐江
定价：59.00
出版社：人民文学出版社
出版时间：2016-1

大都会博物馆发生爆炸，男孩西奥的母亲丧命，十三岁的西奥奇迹般幸存。但由于父亲早已遗弃他们母子，西奥只能寄住在有钱的同学家。陌生的环境令他不知所措，崭新的人际关系令他倍感挫折，但最令他难以忍受的是失去母亲的伤痛。但他意外拥有了博物馆的名画《金翅雀》。这幅画是他在回忆起母亲时的唯一慰藉，将他带进了幽深黑暗的艺术世界……成年后的西奥游走在名人画室和自己工作的古董店之间。他并未与这个世界变得亲近，他爱上了一个女孩。他并不知道的是，自己处于一个正在逐渐缩小的危险的圆圈中心。

作者：王安忆

定价：39.00 元

出版社：人民文学出版社

出版时间：2016-1

《匿名》延续了王安忆以往作品中以小人物作为事件主人公的一贯特征，也正因为是无足轻重的小人物，主人公一出场就是一种匿名的状态："他"因为被人误认为是"吴宝宝"而遭遇绑架，从繁华的大都市上海被扔到几省交界处的深山老林。为了生存，"他"褪去文明的外衣，向荒芜的自然索取食物。在成为失踪者和失忆者、逐渐被文明世界遗忘后，一场大火使"他"不得不走出深山，重新向文明世界靠拢。在即将和家人团聚的最后时刻，命运却又让"他"坠入河中，漂泊在永恒的时空中。小说主人公经历的是从文明到荒蛮，再从荒蛮走向文明的退化和进化之旅，在这个既是起点又是终点、循环往复的圆圈中，"他"始终只有诨号而没有姓名，"他"成为人类历史进化和退化的象征。

作者：贾平凹

定价：38.00

出版社：人民文学出版社

出版时间：2016-1

《极花》延续着贾平凹的现实主义风格，描写了一个从乡村到城市的女孩胡蝶，从被拐卖到出逃、最终却又回到被拐卖乡村的故事。用全息体验的方式叙述她的遭遇，展示了她所看到的外部世界和经历的内心煎熬。

与《带灯》一样，《极花》的主人公也是一位女性。她们都在现实面前不断抗争，一个是萤火虫，一个是蝴蝶，都是飞蛾扑火式的小虫子。虽有抗争，但最终在现实面前妥协。尤其是《极花》中的胡蝶，她在巨大的现实车轮中被碾压，毫无还手之力。

贾平凹笔下的胡蝶与当代中国众多从农村走出来的姑娘具有相似的特质——不甘于重复父辈的生活，急于摆脱农村的一切，尤其要摆脱农村姑娘的身份，梦想着摇身变为城里人。但是，虚无缥缈的城市梦想在胡蝶第一次出去找工作的时候就被割断了，她稀里糊涂地被人贩子卖到了中国西北农村，偏僻、穷苦、无望。

作者：［法］安娜·戈华达

译者：杨亦雨

定价 39.80

出版社：湖南文艺出版社

出版时间：2016-6

卡米耶曾经是很有才华的艺术家，如今却再也没有勇气提笔作画。费里贝尔，守着外祖母遗留的偌大公寓，个性温厚，却有社交障碍。弗兰克，厨艺了得，个性不坏却有点自命不凡，被费里贝尔收留住进了公寓里，每周去看望住院的外祖母波莱特。波莱特患有阿尔茨海默病，生活仅存的期待就是外孙弗兰克每周由远而近的摩托声响，但在外孙面前她总是强忍泪水，从不抱怨。曾经在命运里吃尽了苦头的四个人，在巴黎的一栋老公寓里命运交错，以纯洁的心相互扶持，最终找到了友谊与真爱，帮助彼此走出生命的暗影。

安娜·戈华达是法国百万级畅销书女作家，连续 15 年位居畅销榜，堪称法国文坛传奇，作品热销全球 36 个国家和地区，累计销量超过千万册。《在一起，就好》是安娜最畅销的作品，仅在法国就突破了 200 万册，连续 150 周登上畅销榜，连续 69 周位居德国畅销榜前 3 名。安娜被誉为法国“说故事的天才”，她的作品跨越了壁垒分明的阅读界限，透过平凡的人物和简单的故事，展现生命的本质和意义。

作者：[德] 瓦尔特·本雅明（Walter Benjamin）
译者：王涌
定价：25.00
出版社：南京大学出版社
出版时间：2016-6

《柏林童年》是德国著名哲学家、思想家瓦尔特·本雅明的名著。30 篇文章，创作于 20 世纪 30 年代，记述了作者对 20 世纪初柏林儿时年华的追忆，有不少事件、体验都是其儿时的亲身经历。《柏林童年》被称为“二十世纪最美妙随想集之一”，因其回忆的特异性，该书被当今西方评论界看作“通过对现代都市生活的体验揭示了现代主义的最初源起”。作者极富魅力的个人风格和洞悉事物的新奇视角，在此得到淋漓尽致的表现。

作者：赵兰振
定价：36.80
出版社：作家出版社
出版时间 :2016-06

《夜长梦多》是赵兰振三十年磨一剑之作，书写乡愁与挣扎，穷尽乡村众生相，一部令人震撼的乡村变迁史诗。在小说中，乡村既斑斓，又残酷，既美好，又丑陋，既可爱，又恐怖，既诗意，又灰暗。以南塘三十年的漫长变迁为主线，从复仇者翅膀的生命轨迹铺陈故事，讲述了嘘水、拍梁两地家族、阶层、男女之间互相纠葛、撕扯、逃无可逃的命运。

赵兰振1998年进入文学出版行业，先后供职于《青年文学》《十月》等刊物，现任十月文学院副院长，经他发现和编辑的小说，获得了诺贝尔文学奖、卡夫卡文学奖、茅盾文学奖、鲁迅文学奖等诸多荣誉，成为中国文学高地重要的推手之一。

作者：［印］阿米塔夫·高希

译者：郭国良　李瑶

定价：49.00

出版社：人民文学出版社

出版时间：2016-8

满载契约劳工的“朱鹭”号在孟加拉湾遭到了狂风恶浪的侵袭。在飘忽不定的航船上，人们拼命挣扎，想要死里求生。这其中有因涉嫌伪造罪而沦为阶下囚的没落贵族尼尔，伪装成水手的法国孤女波莱特，以及曾以种罂粟为生，后背井离乡的寡妇迪提和她的情人卡鲁阿。

暴风雨也袭击了“安娜希塔”号，这艘由印度驶往中国广州的船上装满了鸦片，数量之多，前所未有。另一艘苗圃船“雷德鲁斯”号也未能幸免，船上的园艺师费切尔要来寻找中国的无价之宝：那些并不引人注目的花卉能疗伤、可观赏、还能入药。所有这一切都汇聚于广州的番鬼城：一个动荡不安的世界里，各种文明相互碰撞，时而融合。

这里犹如一个火药桶，只等那星星之火，鸦片战争便一触即发！

“大益文学”书系征稿启事

您应该看出来了，您手中的“大益文学”极具先锋气质和世界视野，我们倡导作品真正的“文学性”，同时兼具深刻、坚定的探索性，肯定作家和艺术家的先锋趣味与纯粹本质，选稿和刊发标准将向世界文学的标杆看齐。为了将“大益文学”书系办得更好，现面向全国文学爱好者、文学高手、“大家小家”诚征稿件。

来稿可小说、散文、诗歌、评论；除诗歌外，字数最好6000-40000字，特别优秀的作品，可适当放宽条件。为节约资源、节省空间，来稿请一律投电子稿件。投稿邮箱为dayiwenxue@163.com。

我们郑重承诺：一个月内来稿必复！稿一经采用，我们将以均价每千字1000元的稿费答谢作者。所刊发稿件原则上须保证原创、首发，半年后可投其他文学期刊。

云南大益文学院还将定期举办大型文学活动、中国新锐作家海外推介活动、主题文学沙龙、为作者量身定制丛书或单行本等等，一旦您成为“大益文学”的作者，将有机会受邀参与上述文学活动。

我们期待您的来稿，更期待您的帮助与支持！

此征稿启事长期有效。

大益文学院　“大益文学”编辑部

大益集团
TAETEA GROUP

大 益 集 团 出 品